Siegfried Schröpf

Breslauer Schatten

Ein unentdeckter Mordfall

Kriminalroman

© 2019 webfriends GbR, Amberg 2019. Alle Rechte vorbehalten.

2. Auflage

Umschlaggestaltung: Yuliya Bats, webfriends GbR
Verlag: webfriends GbR, www.webfriends.de
Druck: tredition GmbH, Halenreie 40-44, 22359 Hamburg

ISBN Taschenbuch: 978-3-9483-8600-9
ISBN e-Book: 978-3-9483-8601-6

Breslau – 17. Januar 1945

Während sich ein leuchtender Sternenhimmel über dem verdunkelten stillen Breslau wölbt, scheint der nordöstliche Horizont zu brennen. Ein roter Glutstreifen zieht sich waagerecht durch die ferne Schwärze der Nacht. Es ist die herannahende Front. Doch davon bekommt der Junge in der Häuserschlucht der Herzogstraße nichts mit. Dort versucht er sich schon seit den frühen Abendstunden dieser eisigen Januarnacht warmzuhalten. Es ist nicht viel los in dieser Straße im Norden der Stadt unweit der Sandinseln. Die dunklen Häuserzeilen wirken im Kontrast zur kalten Helligkeit des knirschenden Schnees auf der Straße bedrohlich düster. Von den wenigen Passanten lässt er sich deren Arbeitskarten zeigen und kontrolliert, ob diese abgestempelt sind. So lautet an diesem 17. Januar 1945 der Einsatzbefehl für den etwa 15-jährigen Jungen, der an seinem Mantel das Abzeichen der Hitlerjugend trägt. Gegen zehn Uhr abends ist der Junge allein in der Straße. Schon seit längerem ist kein Fußgänger mehr vorbeigekommen. Gelangweilt und frierend stapft er auf und ab und schlägt mit den Schuhen gegeneinander. Dann geht der Junge zu einem Laden, über dem sich ein Schild Brosinski & Söhne im eisigen Wind fast unmerklich bewegt.

Plötzlich ist der Junge in einer Mauernische verschwunden und taucht kurze Zeit später im Hinterhof des Hauses wieder auf. Er schleicht lautlos zu den Werkstätten hinter dem Laden. Als er von dort Stimmen hört, kauert er sich erschrocken an die Wand neben der Tür zum Verkaufsraum. Durch einen kleinen Spalt kann er einen etwa gleichaltrigen Jungen sehen, der mit blutender Nase weinend auf einem Stuhl sitzt. Zwei Männer stehen neben dem Jungen und streiten. Einer trägt eine Uniformmütze mit SS-Zeichen. Die vier Quadrate auf seiner Spiegelklappe weisen ihn als Sturmbannführer aus. Auf ihn redet der andere Mann in Zivil heftig ein. Er droht, den Jungen an die Gauleitung zu verraten. Anscheinend war er von seinem HJ-Einsatz abgehauen. Das würde vielleicht dessen Tod bedeuten und wenigstens das Karriereende des

Sturmbannführers, so sagt es der andere zumindest. Da fällt ein Schuss, der Mann verstummt und fällt um. Danach ist es still. Draußen hört man das Ladenschild im Wind knarzen, die einzige spürbare Bewegung in den nächsten Minuten. Auf einmal geht es sehr schnell.

Der Bub und der Sturmbannführer wickeln den Toten in eine Decke. Dann verlässt der SS-Mann den Laden und beauftragt den Jungen, in der Wohnung nach Pässen und Dokumenten zu suchen. Kurze Zeit später kommt der Junge mit einer Aktentasche wieder herunter und wartet neben der Leiche, bis ein Auto auf der Straße vorfährt. Der Sturmbannführer kommt zurück und fragt den Jungen, ob er alle Unterlagen habe. Mit gepresster Stimme antwortet der, dass alles in der Aktentasche sei, sogar die Geburtsurkunden und Goldmünzen wären drin. Die beiden zerren das Bündel hinaus. Der Wagen fährt weg, ohne das Licht einzuschalten. Nach einigen Minuten schleicht sich der Hitlerjunge wieder hinaus auf die Straße, wo es gespenstisch still ist. Dort geht er unruhig und ängstlich weiter auf und ab. Bis um Mitternacht sein Einsatz zu Ende ist.

1

„Sag mal, Thomas, den Namen kenne ich doch?" Jean kam mit der Süddeutschen Zeitung in der Hand in das Büro von Thomas Schöngeist. Der antwortete, ohne großes Interesse vorzutäuschen: „Welchen?" Dabei wirkte er, als würde er durch den Schneeregen und die grauen Wolken bis zur Marienfeste schauen wollen. Aber auch wenn er das nasse Grau mit seinen Augen durchdrungen hätte, die Festung hätte er trotzdem nicht wahrgenommen.

Er war in Gedanken ganz weit weg.

In einem Hotelzimmer. Ein luftig weißer Vorhang weht im Wind und öffnet immer wieder den Blick zu einem glitzernd blauen Wasser, auf dem feine weiße Schaumkronen kräuseln. Der Luftzug, der den Vorhang tanzen lässt, erfrischt ohne wirklich kühl zu sein. Thomas hört Karin leise und tief ins Kopfkissen atmen, dabei hat sie das dünne Laken nur über ihre Hüfte gezogen. Thomas küsst eine ihrer Brustspitzen. Mit einem wohligen „mmhh" rückt Karin näher zu ihm, ohne aufzuwachen. Thomas erkennt eine weiße Yacht auf dem Wasser. Als der wehende Vorhang den Blick wieder frei macht, sieht er die argentinische Flagge, die sich stolz von einem Masten über der kleinen Kommandobrücke aus im Wind streckt. Er genießt dieses Bild, das die ruhige Stimmung dieser Tage in Pinamar, an der argentinischen Atlantikküste, so treffend widerspiegelt. Er küsst noch einmal Karins freiliegende Brust in der Hoffnung, dass ihr genießerisches „mmhhh" auch ihr Unterbewusstsein verlässt und sie ihm noch mehr von ihrem Körper, von dem er nicht genug bekommen kann, anbietet.

Jean Meyer, der Kompagnon von Thomas Schöngeist, konnte von alledem nichts wissen und antwortete auf dessen Frage: „Claus Brosinski!"

Dieser Name ließ Thomas tatsächlich aufhorchen und brachte ihn ins Hier und Jetzt zurück.

„Brosinski, natürlich. Was ist mit ihm?"

Thomas war wirklich neugierig geworden. „Was ist denn passiert?", fragte er noch mal nach und deutete dabei auf die Süddeutsche Zeitung, mit der Jean immer noch herumgestikulierte.

„Hast du heute noch keine Zeitung gelesen?" wunderte sich Jean.

Nein, Thomas Schöngeist hatte heute Morgen die Zeitung nicht angerührt. Er war daheim nach dem Aufstehen vor seiner Tasse Milchkaffee gesessen und hatte einfach in das feuchte winterliche Morgendunkel gestiert, ohne Interesse für das, was um ihn herum geschah.

„Aber was ist denn nun passiert?" bohrte Thomas noch einmal.

„Da, lies selbst!"

Unternehmer-Tragödie:
Claus Brosinski nach einem Unglücksfall verstorben
Wie erst jetzt bekannt wurde, ist der 81 Jahre alte Claus Brosinski nach Informationen der dpa am letzten Tag des vergangenen Jahres Opfer eines tragischen Unglücksfalles geworden. Der erfolgreiche Unternehmer hinterlässt eine 40-jährige Tochter und einen 46-jährigen Sohn, seinen Nachfolger als Vorstandsvorsitzenden der Blaukirchener Brosinski AG. In einer persönlichen Erklärung teilte die Familie mit: „Der Verkauf seines Unternehmens sowie die Ohnmacht, nicht mehr handeln zu können, haben dem leidenschaftlichen Familienunternehmer seine letzten Lebensjahre zur Qual werden lassen."
Brosinskis Firmenimperium war vor einigen Jahren ins Wanken geraten. Nach wochenlangen zähen Verhandlungen mit den Gläubigerbanken über einen Überbrückungskredit in Höhe von Hunderten Millionen Euro musste Brosinski damals die Mehrheit seines Unternehmens an einen Finanzinvestor abgeben.

„Das ist ja ein dicker Hund!", entfuhr es Thomas.

„Ich dachte, dass die Geschichte damals einigermaßen glimpflich ausgegangen ist?"

„Na ja, immerhin wurde damals ein Mordanschlag auf mich verübt!", antwortete Thomas etwas vorwurfsvoll. Die Bremsleitungen seines alten Mercedes waren angesägt worden. Was und wer wirklich dahinter gestanden hatte, war nie richtig aufgeklärt worden. Auch wenn Thomas außer ein paar Hautabschürfungen und Prellungen keine ernsthaften Verletzungen zu beklagen hatte, war der Schreck tief gesessen.

„Das weiß ich doch, aber ich meine das Schicksal des Unternehmens und der Familie."

„Ja, du hast recht. Ich dachte mir auch immer, dass die Angelegenheit letztlich doch ein einigermaßen gutes Ende genommen hatte, aber man kann ja in niemanden hineinschauen. Was da wohl passiert sein mag?"

Laura Peters, die langjährige Assistentin der beiden Rechtsanwälte, steckte ihren Kopf ins Zimmer: „Was ist so wichtig, dass ihr die Montagssitzung verpasst?"

„Um Gottes Willen, schon wieder halb zehn? Wie die Zeit vergeht!" Jean stürmte aus dem Büro in Richtung Besprechungszimmer. Thomas hatte diesen Termin nicht vergessen. Er hatte einfach keine Lust dazu, und in seiner niedergeschlagenen Apathie, in die er sich das ganze Wochenende immer tiefer vergrub, hatte er nicht mal die Energie, sich eine Ausflucht zurechtzulegen.

Den Jahreswechsel hatte er zusammen mit Karin bei ihrer Familie im Spessart verbracht. Es waren schöne unbeschwerte Tage in tief verschneiter Landschaft gewesen. Am Dreikönigstag wollte er unbedingt in die nur zehn Kilometer entfernte Lichtenau zu dem Wirtshaus im Spessart, in dem Kurt Tucholsky eines Sommers in den zwanziger Jahren mit seinen Freunden Jakopp und Karlchen eine Flasche Stein-Wein nach der anderen leerte und daraus einen der schönsten Reiseberichte zauberte, den Thomas kannte.

So stapfte er also mit Karin im Hafenlohrtal durch den weihnachtlichen Schnee, der herrlich in der kalten blauen Luft flimmerte und glitzerte. Das Gehen tat gut nach dem vielen Essen der letzten Tage. Wie Scherenschnitte zogen sich hohe Buchen die Hänge entlang und kontrastierten scharf zum weiß eingedeckten Untergrund. Thomas dachte immerfort an Tucholsky: „Dies ist eine alte Landschaft. Die gibt es gar nicht mehr; hier ist die Zeit stehengeblieben."

Damals, immerhin 90 Jahre her, war Sommer. Die hohen Bäume rauschten grün, und er sah vor sich die drei Freunde sitzen, wie sie in der aufdämmernden Nacht, vor dem Haus auf einer Stange sitzend, ernste Dinge beredeten.

Dieses Rauschen der hohen Bäume vermisste Thomas an diesem Wintertag und er tat Karin unrecht, wenn er sich vorstellte, jetzt lieber mit seinen alten Freunden Manni und Jean um ernste Dinge und Wein vom Würzburger Stein zu wetteifern.

Er wollte sich das nicht anmerken lassen und nahm Karin bei der Hand. „Schön hier!"

„Sehr schön", strahlte ihn Karin an.

Thomas hatte ein schlechtes Gewissen, das er gleich mit einem Glas Würzburger Stein beruhigen wollte.

Manche Fenster des Wirtshauses waren wie damals immer noch achtgeteilt. Das Schild *Donnerstag – Ruhetag* sah dagegen relativ neu aus.

Auf dem Rückweg trübte sich der blaue Himmel ein, der Schnee hörte auf zu flimmern, die Buchen formierten sich zu einer düsteren Wand, und Thomas wurde einsilbig. Er entschloss sich, doch am nächsten Tag heimzufahren und beim Neujahrsempfang der Stadt wieder ins Würzburger Leben einzutauchen, wozu er die letzten Tage keine Lust gehabt hatte.

Dort hatte er dann viel zu viel getrunken. Doch er hätte noch viel mehr trinken können, es war tatsächlich

Würzburger Stein, das Gefühl einer langen, bedeutungsschweren Sommernacht mit Freunden stellte sich nicht ein. Dafür begleitete er eine frühere Studienkollegin nach dem Empfang zu ihrer Wohnung.

„Willst du noch einen Kaffee?"

Schöngeist wollte keinen, er wusste eigentlich überhaupt nicht, was er wollte, doch fand er auch nicht die Energie, einfach wegzugehen. Sie sperrte die Tür auf, und weil Schöngeist einfach da stand, ohne etwas zu sagen, zog sie ihn an der Hand mit in ihre Wohnung. Dort landeten sie schnell in ihrem Bett, eine Spur von Kleidungsstücken hinterlassend. Schon kurze Zeit später suchte er seine Sachen wieder zusammen. Nach der hastigen körperlichen Befriedigung wollte er sich gleich wieder aus der kurzen und heftig keuchenden Umarmung lösen.

Am Tag darauf hatte er tobende Kopfschmerzen, draußen verwandelte Schneeregen das winterliche Weiß in tristen Schneematsch. Er bereute den vielen Wein, er bereute die kurze Begegnung mit seiner Studienfreundin, er bereute, nicht bei Karin im Spessart geblieben zu sein.

Selten war Thomas so niedergeschlagen gewesen. Noch dazu war Sonntag. Also keine Möglichkeit, sich irgendwo in den Alltag zu flüchten, und so saß er trübselig, ein Buch in der Hand, in seiner Wohnung und wartete darauf, dass endlich der Montag kommen würde, ohne dass er richtig Lust hatte, irgendetwas zu tun, geschweige denn, sich mit den Problemen seiner Mandanten auseinanderzusetzen. Er hatte nicht einmal Lust zu laufen.

Als er am Montagmorgen das Haus verließ, war es noch dunkel. Trotz des Schneematsches ging er wie fast jeden Tag zu Fuß. Doch hatte er nicht das richtige Schuhwerk an, sodass er schon nach ein paar Minuten patschnasse und eiskalte Füße hatte. Im Büro zog er sich die trockenen Laufschuhe, die er immer im Schrank hatte, sowie die ebenfalls vorrätigen Socken an und stellte seine

Lederschuhe auf die Heizung. Darauf legte er auch seine Füße und starrte, von Karin und Argentinien träumend, aus dem Fenster, in der Hoffnung, seinem schlechten Gewissen zu enteilen. Und mit Sicherheit würde es mit voller Wucht über ihn herfallen, wenn er Karin begrüßen würde, die direkt aus dem Spessart erst zur Montagssitzung wieder ins Büro kommen wollte.

So trottete er, wie eine Kuh zur Schlachtbank, Jean hinterher, und ertrug schicksalhaft seine Furcht, Karin gleich in die Augen schauen zu müssen.

Die saß zusammen mit ihrem Lehrling und Axel Brenken im Zimmer und schien in ein angeregtes Gespräch vertieft. Sie nannten Axel Brenken immer noch den Neuen, obwohl er schon seit fast einem Jahr als junger Rechtsanwalt in ihrer Kanzlei *Meyer&Schöngeist* arbeitete. Anders als sein Vorgänger, dessen Hochmut vor allem seine eigenen Fehler übersah, passte der junge offene Brenken gut in ihr Team. Nach dem Flop mit seinem Vorgänger von Hanstein war es der zweite angestellte Rechtsanwalt, den sich die kleine Kanzlei leistete. Und weil der Schnösel von Hanstein mit despektierlichem Unterton nur „der Vorgänger" genannt und es tunlichst vermieden wurde, seinen Namen auszusprechen, blieb Axel Brenken in ihren Köpfen der Neue.

Der Neue war gut gelaunt. Er erzählte vom Skifahren über die Weihnachtstage: „Super Tiefschnee!"

Thomas setzte sich an die Stirnseite des Tisches und versuchte, sich nicht ansehen zu lassen, dass er am liebsten nicht mit Karin in einem Zimmer sitzen würde. Es gelang ihm nicht. Auch die betonte Lockerheit von Karin konnte nicht darüber hinwegtäuschen, dass irgendetwas nicht zu stimmen schien zwischen den beiden.

Die allwöchentliche Sitzung dauerte dann auch nicht allzu lange. Nur das Nötigste wurde besprochen und die nächsten Termine abgestimmt. Das neue Arbeitsjahr in der Kanzlei *Meyer&Schöngeist* konnte beginnen.

2

Wieder an seinem Schreibtisch nahm Thomas Schöngeist die Akte *Göbel GmbH* in die Hand. Ein verzwickter Fall. Doch die unlautere Abwerbung von Personal interessierte ihn momentan überhaupt nicht. Am Donnerstag sollte der Haupttermin am Würzburger Landgericht in der Ottostraße sein. Er starrte wieder in Richtung Festung, das verregnete Grau des Morgens war kaum heller geworden.

Trotzdem ging es ihm besser. Karin war nach der ersten Arbeitssitzung dieses neuen Jahres noch kurz zu ihm ins Büro gekommen und hatte ihn gut gelaunt zu sich gezogen und geküsst – immer mit einem halben Auge zur Tür schielend. „Wenn uns jemand sieht!", flüsterte sie ihm ins Ohr. Anscheinend hatte sich Thomas die gespannte Stimmung nur eingebildet.

Er holte sich noch einen Kaffee und versuchte, sich auf die Akte zu konzentrieren. Es half ja nichts, irgendwann musste er doch arbeiten.

„Eine Frau Helma Schneider ist am Telefon. Sie ist ganz aufgelöst, sie meinte, du kennst sie. Es wäre dringend!"

Beunruhigt ließ er durchstellen. Helma, die Frau von Peter, seinem alten Schulfreund aus Blaukirchen, und Tochter des vor ein paar Tagen verunglückten Claus Brosinski hatte noch nie bei ihm angerufen. Nicht nur das, bei den wenigen Unterhaltungen mit ihr kamen sie über unverbindlichen Small-Talk nie hinaus.

Der ungewöhnliche Anruf in Verbindung mit der Zeitungsmeldung verunsicherte Thomas. Sein nüchterner Magen meldete sich und er war froh, heute noch nichts gegessen zu haben.

Helma hielt sich auch jetzt nicht mit unnötigem Geplauder auf. Er kam nicht einmal dazu, ihr sein Beileid auszudrücken.

„Peter ist verschwunden!"

Obwohl Thomas ahnte, dass etwas passiert sein musste, brachte er nicht mehr als ein dümmliches „Wie? Verschwunden?" heraus.

„Er ist am sechsten Januar zu einem geschäftlichen Termin nach Frankfurt gefahren."

„Aber das war doch ein Feiertag! Heilige Drei Könige!"

„Nicht in Hessen!"

„Und seitdem hast du ihn nicht mehr gesehen?"

„Genau! Ich habe keine Ahnung, was ich tun soll!" Es war deutlich zu hören, dass sich Helma um einen gefassten Tonfall bemühte.

Er hatte auch keine Ahnung und wunderte sich. Darüber, dass ihn Helma ins Vertrauen zog, und noch mehr über Peter. Er versuchte seine Sorge über ihn damit zu beruhigen und sagte das auch zu Helma, dass ‚no news good news' wären, man also schon etwas gehört hätte, wenn ein Unfall oder sonst was passiert wäre.

„Das denke ich auch und deshalb glaube ich, dass er absichtlich verschwunden ist."

Für Thomas ein unglaubliches Szenario. Als er mit Peter das letzte Mal richtig gesprochen hatte, im Rahmen der Brosinski-Geschichte, wirkte er trotz der Schwierigkeiten zufrieden mit seiner Helma und vor allem – gefestigt in seinem Leben. Was mag da passiert sein? Er spürte deutlich, dass sich Helmas Verzweiflung auf mehr als Peters Verschwinden gründete.

„Eine andere Frau?", fragte er, ohne groß nachzudenken.

„Eher ein anderes Leben", gab sie schnell, vielleicht einen Hauch zu schnell, zur Antwort.

Er hatte den Eindruck, dass sie auf seine Frage, ob er kommen sollte, wartete. So verabredeten sie sich für den späten Nachmittag. Die Fahrt nach Blaukirchen würde trotz der schlechten Straßenbedingungen nicht länger als zwei Stunden dauern.

Thomas Schöngeist war froh, aus seinem Büro, in dem er heute nie richtig angekommen war, rauszukommen. Er war überhaupt froh, das graue Würzburg hinter sich zu lassen, aber der Anlass beunruhigte ihn immer stärker, je mehr er sich seiner Heimatstadt Blaukirchen näherte.

Kurz vor seiner Ankunft auf der Schwäbischen Alb hatte es wieder zu schneien begonnen. Das ohnehin trübe Tageslicht wurde schon wieder schwächer. Auf *SWR3* meldete der Moderator, dass das Dach einer Lagerhalle vom Gewicht des nass gewordenen Schnees eingestürzt sei. Personen wären nicht zu Schaden gekommen.

Helma war schmaler, als er sie in Erinnerung hatte. Der kurze Schnitt ihrer hellen Haare stand ihr gut. „Sylvia ist mit ihrer Oma, Peters Mutter, zur Tante nach Interlaken gefahren! Willst du einen Kaffee?"

Thomas wollte keinen, sagte aber, um die nicht unbefangene Gesprächssituation zu überbrücken: „Ja, gerne!" Helma war froh um die Beschäftigung und hantierte an einer teuer aussehenden Espressomaschine herum. Die moderne Küche war schnell erfüllt von einem italienisch anmutenden Kaffeeduft, der gar nicht zu der nachweihnachtlichen Winterstimmung passen wollte. Große Fenster ermöglichten einen Blick auf das noch in Weihnachtsbeleuchtung strahlende Städtchen. Eine künstliche Stimmung, die Thomas nicht leiden konnte, an der sie aber hier in Blaukirchen besonders lange festhielten.

Er nahm die Untertasse in seine linke Hand, lehnte sich an einen Küchenschrank, umfasste mit der rechten die kleine Tasse, wusste nichts zu sagen und schaute in Helmas grüne Augen, die nicht verleugnen konnten, dass daraus in den letzten Tagen viele Tränen geflossen waren. Sie stand hilflos und verloren in der Küche und wusste, nachdem sie die Espressomaschine gereinigt hatte, nicht, wohin mit ihren Händen.

„Was meintest du mit anderem Leben?", fragte er, um das Schweigen zu brechen.

„Seitdem wir, das heißt mein Vater, die Firma verkaufen mussten, war nichts mehr wie vorher."

Thomas Schöngeist hatte als Rechtsanwalt den Verkauf der Brosinski AG, die in eine finanzielle Schieflage geraten war, begleitet. Den Zuschlag bekam damals ein amerikanischer Finanzinvestor, der sich EIT – *European Investment Trust* – nannte. Helmas Bruder Michael blieb allerdings nach der Übernahme Vorstandsvorsitzender. Eigentlich dachte Thomas, dass mit diesen Investoren viele Probleme gelöst wären, so bitter es natürlich für die Unternehmerfamilie zunächst sein musste, sich von dem zu trennen, was sie ihr ganzes Leben lang aufgebaut hatte. Doch hatte das Unternehmen auf diese Weise eine gute Überlebenschance, was die Arbeitsplätze und letztlich auch die Reputation des Firmengründers, Helmas Vater, Claus Brosinski sicherte.

Die Zeitungsmeldung über den tragischen Tod von Claus Brosinski belehrte ihn eines Besseren.

„Ihr wart doch von der Firma gar nicht abhängig? Oder täusche ich mich da?"

„Finanziell nicht unbedingt. Aber sonst drehte sich in meinem Elternhaus und im Freundeskreis meiner Eltern, eigentlich in ganz Blaukirchen, alles nur um das Unternehmen. Es war der Lebensmittelpunkt, nicht nur in den Köpfen unse rer Familienmitglieder, sondern auch bei Freunden, Bekannten, in der Stadt ..." Helmas Stimme schien zu versiegen, doch nach einer Pause fuhr sie fort: „Alles hatte sich verändert. Mein Vater wurde danach eigenbrötlerisch und kapselte sich mehr und mehr ab. Als Michael dann als Vorstandsvorsitzender immer wieder und immer stärker öffentlich in der Kritik stand, kippte die Stimmung in der Familie vollends. Und ich hatte den Eindruck, dass Peter als Sündenbock für alles herhalten musste."

„Na, ja!", entgegnete Thomas, „das ist doch weit hergeholt, was kann denn Peter für diese Misere?"

„Nichts natürlich, aber er war der Einzige von den Männern, der vermeintlich unbehelligt diese Krise überstanden hatte, ja vielleicht sogar davon zu profitieren schien."

„Wieso solltet ihr von der Misere profitiert haben?"

„Wir besaßen vorher ein riesiges Aktienpaket, doch wir konnten oder durften damit nichts anfangen. Sogar die Dividende wurde nicht direkt an uns ausgeschüttet, sondern an eine Familiengesellschaft, die von Papa geführt wurde. Er traute uns nie zu, mit diesem Geld und der Verantwortung umzugehen." Helmas Blick verlor sich nach draußen auf die Lichterlandschaft von Blaukirchen. Thomas drängte sie nicht. „Wie hätten wir auch jemals lernen sollen, damit umzugehen? Ich wollte dieses Geld und die vielen Verpflichtungen ohnehin nicht. Peter ebenso wenig, aber er fühlte sich immer verantwortlich, haderte aber auch damit. Zum Beispiel, weil Papa immer darauf bestand, dass wir Immobilien auf Kredit kaufen sollten, damit wir unsere Steuern drücken könnten. Peter wollte dieses fremdbestimmte Leben nicht und stritt sich deshalb oft mit meinem Vater." Helma hatte Tränen in den Augen und es fiel ihr schwer weiterzusprechen. „Peter wollte nicht so abhängig leben, doch er ließ sich immer mehr davon in Beschlag nehmen."

„Aber so schnell läuft man doch nicht einfach davon!" Thomas meinte es ehrlich: „Und Peter schon gar nicht. Der lässt sich doch nicht so leicht unterkriegen!"

„Das tut er auch nicht. Wenn du Zeit hast, erzähle ich dir, was da noch alles vorgefallen ist."

„Deswegen bin ich doch hier!"

Das Telefon klingelte. Als Helma den Hörer nahm, konnte er sehen, wie ihre schmalen Hände zitterten. „Ja, Helma Schneider hier!"

„Mmmh ... ich weiß nicht ... nein, er ist momentan nicht zu sprechen ... Moment mal bitte!"

„Einen Augenblick, Thomas, mach es dir erst mal gemütlich." Helma deutete dabei in das angrenzende Wohnzimmer, wo sich die Möbel wie dunkle einsame Schatten verloren, von der Weihnachtsbeleuchtung Blaukirchens in ein dämmriges Licht getaucht.

Er blieb lieber in der Küche stehen, er war zu unruhig, um sich im Wohnzimmer alleine in einen der Sessel zu setzen. Gemütlichkeit stellte er sich anders vor. Helma verließ mit dem Telefon die Küche, und er blätterte in den *Blaukirchener Nachrichten*. Hinten im Regionalsport eine ganze Seite über den Blaukirchener Silvesterlauf. Trotz hohen Schnees eine Rekordbeteiligung mit knapp 500 Läufern. Ein ausführliches Interview mit dem Sieger, der aus dem nicht allzu fernen Tübingen stammte. Am Schluss des Artikels Dankesworte an den Hauptsponsor, die Brosinski AG, vermischt mit Lobeshymnen auf die Unternehmerpersönlichkeit Claus Brosinski, die in hohem Maß den Sport in der Region fördere. Thomas erschrak und schaute auf das Datum der Zeitung: 3. Januar – da wussten sie anscheinend noch nichts.

Draußen schneite es jetzt heftiger. Dicke Schneeflocken, angestrahlt von elektrischem Kerzenschein. Beruhigend und still. Doch seine Unruhe ließ sich nicht dämpfen. Wo mochte Peter sein? Thomas konnte sich nicht vorstellen, dass Peter aus freien Stücken einfach seine Familie im Stich ließ und mir nichts, dir nichts verschwand.

3

Keine Panik, ich erkenne dich schon. Ich bin die Frau, die die Tür öffnet.

Die Pointe in der knappen Mail hatte Witz. Wenngleich die kurze Nachricht sicherlich nicht so witzig gemeint war, sondern eher Wehmut anklingen ließ. Wehmut, dass schon so viele Jahre vergangen waren.

Peter hatte sich außerordentlich gefreut, als er im November sehr persönliche Geburtstagsgrüße von ihr erhalten hatte. Und gleich war er zurück in einem heißen Mannheimer Augusttag vor über 15 Jahren. Nach Arbeitsschluss war er damals in einer trägen Frühabendstimmung durch die Straßen gewandert, ziellos, ruhelos, voller Sehnsucht nach Ferien und Freiheit. Sonst war er im August immer weggefahren, nach Süden, in die für ihn damals große und unbekannte Welt. Aber seit einigen Monaten hatte er eine Anstellung als wissenschaftlicher Mitarbeiter in einem bedeutenden Konzern, und da ziemte es sich nicht, gleich wieder Urlaub zu nehmen. Überhaupt gehörte sich so vieles nicht, was er in seinem bisherigen Leben gewohnt war. So bereitete ihm seine erste Arbeitsstelle Schwierigkeiten. Nicht die Arbeit an sich, die ihm Spaß machte, sondern die vielen ungewohnten Begleitumstände: regelmäßig früh aufstehen, sich anders anziehen als früher, der formelle Umgang mit den Kollegen. Auch mit ihr.

Als er sie an diesem einsamen Abend von weitem sah, ihr Fahrrad schiebend, wusste er gar nicht, wie er sie grüßen sollte. Er konnte sich schon damals nicht mit dem etwas amerikanischen „Hallo" anfreunden, obwohl es einen bequemen und praktischen Mittelweg zwischen dem duzenden „Servus" und dem formellen, unpassenden „Guten Tag" bot. Vorbei die Zwanglosigkeit früherer Begegnungen seiner Studentenzeit.

Es wäre noch möglich gewesen, ihr auszuweichen, doch das wollte er nicht. Schon seit langem war ihm ihr schlaksiger Körper, waren ihm die frech im Pagenschnitt kurz gehaltenen blonden Haare aufgefallen. Ihr hastiges Sprechen, ihre verzweifelten Versuche, gleich mehrere Dinge auf einmal zu erzählen, und vor allem diese leicht kehlige, aber nicht tiefe Stimme. So manch anderes mehr hatte er erst später kennen und auch schätzen gelernt.

Kurz nachdem Peter das Schreiben von ihr erhalten hatte, rief er sie an. Und als er ihre Stimme am Telefon hörte, breitete sich ein warmes Gefühl in seinem Magen aus und er war sich sicher, dass sie noch die von damals sein würde. Er würde kein Erkennungszeichen brauchen.

Er wusste gar nicht mehr, was er damals an diesem Augustabend wirklich zu ihr sagte. Es muss nur ein kurzer Gruß im Vorbeigehen gewesen sein, an den er sich eben nicht mehr erinnern konnte. Dieses kurze Vorbeihuschen in der aufgeheizten Mannheimer Innenstadt war auch nicht ihr richtiges Kennenlernen. Das war einige Wochen später anlässlich des Englischkurses ihrer Firma, in der sie ungefähr zur gleichen Zeit versuchten, sich mit ihrer ersten Stelle anzufreunden.

Nach dem Englischkurs gingen sie öfter aus. Sie waren sich in einer solch freien Unbefangenheit nahe, dass sie irgendwann ganz selbstverständlich nackt beieinander lagen und er den Gebrauch eines Pessars kennen lernte. Mehr als die Erinnerung an ihren Körper war es die Stimme, die ihn auch jetzt, kurz bevor er an ihrer Tür läuten würde, nicht losließ. Die Wärme, die sie immer noch auslöste. Diese Stimme und das, was sie von ihr ausdrückt, hatte ihn damals eingenommen und er sehnte sich danach, sie immer wieder zu hören. Ihr tiefes, aber dennoch unverbindliches Vertrautsein in diesen fernen Mannheimer Monaten ihres Berufseinstieges, auch die damalige körperliche Nähe, rührten in ihm immer noch ein starkes Gefühl an, das er nicht missen mochte, und es freute ihn, dass die Erinnerung in ihm wieder so ein angenehm prickelndes Eigenleben entwickelte. Er hatte sie, die mit dieser auch heute noch so nahe gehenden Stimme sprach, liebgewonnen. Liebe wollten sie es beide wohl nicht nennen. Vielleicht, weil ihre Zuneigung jener Tage auch ohne dieses Wort schön und wertvoll war und ihnen viel Raum im Miteinander ließ.

Wie an jenem Abend, als sie ihm zwei neue Kleider vorführte: „Machst du mir den Reißverschluss zu?" Er zog ihn, hinter ihr stehend, ganz langsam mit einer Hand hoch, während seine andere Hand tastenden Halt an ihren Brüsten suchte und sie sich weich mit ihrem Rücken an ihn schmiegte.

Um Gesprächsstoff waren sie nie verlegen. Ihr Bemühen, manchmal alles auf einmal zu erzählen, hinterließ meist so viele Fragezeichen, denen nachzuspüren er eine Unendlichkeit gebraucht hätte. Ihm genügte es oft, ihr nur zuzuhören und in ihr rastloses Gesicht zu schauen, um ihr ein Lächeln zu entlocken.

Irgendwann hat er Mannheim, nicht sie, verlassen. Dazu war ihr Sich-Mögen zu unverbindlich. Sie sahen sich dann Jahre nicht: an Weihnachten eine Karte, manchmal zum Geburtstag ein Gruß. Bis zu dem Schriftwechsel, der in diese Mail mündete und diesem Sprachspiel, das wirklich gut und letztlich alles andere als ein Witz war. Diese leichte Schwingung von Wehmut in ihrer Stimme am Telefon, das alles machte ihn ganz schön aufgeregt.

4

Helma kam zurück, eine Flasche Wein in der Hand: „Ich kenne mich da nicht aus, schmeckt der?"

„Das ist ein alter Barolo! Und ob der was ist!"

Doch richtig genießen konnte ihn Thomas Schöngeist dann leider nicht. Helma hatte sich anstandshalber auch ein Glas eingeschenkt, aber nippte nur daran. Sie brauchte das Glas mehr zum Festhalten, als Aufgabe für ihre Finger, die sonst nur fahrig herumirrten. Ihre Geschichte klang anfangs ebenso fahrig und er hatte Mühe zu folgen.

„Wie ich schon sagte, hat der Verkauf der Firma unser aller Leben verändert. Mein Vater, der sowieso schon seit Mutters Tod sehr zurückgezogen lebte, igelte sich noch mehr ein. Und kurze Zeit später fing mein Bruder damit an, dass die Firma gar nicht hätte verkauft werden müssen. Sie seien von Professor Voss, dem damaligen Aufsichtsratsvorsitzenden, in die Irre geleitet worden. Die Zahlen wären gar nicht so schlecht gewesen, und eigentlich hätten wir, hätte er, mein Bruder, die Firma aus eigener Kraft wieder auf Vordermann gebracht. Das hätte er leicht schaffen können, wenn er nur gedurft hätte. Aber die Banken ließen ihn nicht und Professor Voss wäre doch nur ein Handlanger der Banken gewesen. Der hätte nie die Interessen der Firma vertreten, sondern nur die der Bank. Michael war ganz besessen davon. Jedem, der es hören wollte oder auch nicht – eigentlich wollte es keiner hören – erzählte er, dass die Familie Brosinski verraten worden sei."

„Moment mal", warf Thomas ein, „Michael blieb doch nach dem Verkauf Vorstandsvorsitzender, da hatte er doch alle Macht und Möglichkeiten?"

„Das ist ja das Problem. Schon nach wenigen Monaten wurden seine Kritiker immer lauter. Stimmen, die früher, als uns noch alles gehörte, nicht einmal geflüstert hätten. Er tat mir fast schon leid, wie er unter Druck stand!"

„Wieso fast?"

„Ehrlich gesagt, glaube ich, dass jetzt an Michael ganz einfach normale Maßstäbe gesetzt werden und er nicht mehr unter väterlichem Schutz steht."

Er war erstaunt über die offenen Worte, die er von einer Tochter des großen Brosinski so nicht erwartet hätte. Helma war wohl selbsterschrocken.

„Entschuldige bitte, ich bin wohl etwas durch den Wind. Die Sache mit Peter ..." Thomas sah sie das erste Mal weinen und wusste nicht, wie er sich verhalten sollte. In den Arm nehmen kam irgendwie nicht in Frage. Das passte nicht zu ihrem distanzierten Verhältnis und ihrem fast vertraulichen verbalen Ausrutscher, der ihr im Nachhinein vielleicht peinlich war. Er kramte ein Tempotuch aus seiner Hosentasche und reichte es Helma. Die nahm es und drückte es so fest mit der Hand zusammen, bis ihre Knöchel weiß aus der schmalen dünnen Hand hervortraten.

„Passt schon, danke!"

„Das ist ja eine blöde Geschichte", fuhr Thomas fort, dem an diesem Abend schon ein kurzes Schweigen unangenehm wurde, „aber was hat das mit Peter zu tun?"

„Professor Voss hat sich oft mit Peter beraten, und Peter war damals der Meinung, dass der Verkauf wohl die einzige Möglichkeit wäre, die Firma und die Arbeitsplätze hier in der Region zu retten."

„Das meinte Jean, mein Partner in der Kanzlei, auch immer. Ich selbst wusste damals nicht so recht. Ich dachte eher, dass Finanzinvestoren moderne Heuschrecken wären, die nichts anderes im Sinn hätten, als sich die Filetstücke einer Firma rauszuschneiden."

„Für Peter war das ziemlich klar und, ehrlich gesagt, mir auch, denn Michael hat nie und nimmer das Zeug wie mein Vater ..." Helma stockte. Wieder liefen ihr ein paar Tränen übers Gesicht. Thomas hatte allerdings kein Taschentuch mehr und stand unbeholfen in der Küche.

In den Arm nehmen kam irgendwie immer noch nicht in Frage.

„Professor Voss wurde damals als Aufsichtsratsvorsitzender abgesetzt, der war dann nicht mehr greifbar, die Bank war ohnehin weit weg. So blieb wohl nur noch Peter, den Michael mit der Zeit für alles denkbare Unglück verantwortlich machte und dem er eigennützige Motive für seine damalige Haltung unterstellte. Das steigerte sich immer mehr. Weil Peter nicht die Ansichten von Michael vertrat, sah ihn Michael nicht nur als Gegner, sondern vor allem als Verräter."

„Das ist doch blanker Unsinn!", entrüstete sich Thomas.

„Natürlich ist das Unsinn", ereiferte sich Helma, „aber da konnte Peter sagen und machen, was er wollte, es nützte nichts. Immer wieder gab es Streit."

„Konntet ihr dem nicht aus dem Weg gehen?"

„Natürlich. Wir haben uns kaum mehr gesehen. Aber ...", wieder fing Helma zu weinen an. Dieses Mal nahm Thomas Helmas Hand, die immer noch das unbenutzte Taschentuch umschloss. Helma ließ ihre Hand bei ihm, ohne erkennen zu geben, ob ihr das angenehm oder unangenehm war.

„Gab es noch andere Schwierigkeiten?", fragte Thomas, um eine womöglich aufkommende Stille zu vermeiden.

„Und ob! Die Leute fingen an, uns zu meiden. Erst fiel uns das gar nicht weiter auf, schließlich ist unser Alltag doch ziemlich auslastend und anfangs denkt man sich nichts dabei, wenn man zu einer Geburtstagsfeier nicht eingeladen ist. Aber dann merkten wir, dass wir immer seltener irgendwo dabei waren. Bis uns einer der wenigen wirklichen Freunde erzählte, wie sehr Michael gegen Peter intrigierte. Der gesellschaftliche Einfluss eines Brosinski ist in einem Städtchen wie Blaukirchen auch kaum zu unterschätzen."

„Hast du nicht mit deinem Bruder gesprochen? Der spinnt doch!"

„Er lässt keine andere Meinung zu, vor allem nicht in diesem Punkt!"

„Das gibt's doch gar nicht!" Er konnte kaum glauben, was er da zu hören bekam. Familienzwist hin oder her, aber der Versuch, seinen Freund Peter gesellschaftlich auszugrenzen und damit auch seine eigene Schwester …

„Ja, das tut schon weh!", murmelte Helma.

„Das kann ich mir vorstellen!"

„Ende November wollte Papa, dass Michael und ich mit ihm ein paar Tage in einem Schweizer Hotel verbringen. Sozusagen als Familienklausur. Ich fand, es war keine schlechte Idee. Dort haben wir so gut wie nicht über Peter gesprochen. Im Prinzip herrschte so eine Stimmung wie Friede, Freude, Eierkuchen. Papa wollte anscheinend ein unbeschwertes Familienwochenende. Wir haben es ihm gegönnt und komischerweise war dadurch auch die Stimmung zu meinem Bruder relativ ungetrübt. Und ich stellte mir doch tatsächlich vor, dass damit die Krise überstanden sei und jetzt alles gut werden würde. Ich dachte wirklich, dass durch die enorme Belastung mit dem Verlust der Familienfirma einfach die Emotionen hochgekocht waren und sie sich wieder legen würden!"

„Und?", fragte Thomas.

„Anscheinend wollte mir mein Bruder nur zeigen, dass er mit mir kein Problem hat, wohl aber mit Peter, und wenn ich zu ihm halten würde, wohl selbst Schuld hätte."

„Wieso denn das?"

„Kurz darauf wurde Peter Knall auf Fall als Geschäftsführer von Immobau suspendiert!"

„Davon wusste ich nichts!" Er war überrascht, fühlte sich übergangen. Warum hatte ihm Peter davon nichts erzählt?

„Das müssen die doch begründen!"

„Ihm wurde gesagt, dass es Unregelmäßigkeiten gegeben hätte. Peter hat spontan sein Ehrenwort gegeben, dass das nicht stimmen könne. Er dachte, das könne nur ein Missverständnis sein."

„Und du meinst, dass …"

„Ich bin mir ziemlich sicher, dass Michael all seinen Einfluss geltend gemacht hat."

„Aber du hast doch eben angedeutet, dass ihr eher die Nutznießer der Transaktion gewesen wäret? Das klingt jetzt aber ganz anders."

„Nutznießerei wurde uns unterstellt, dabei stimmt das so viel und so wenig wie bei meinem Bruder. Finanziell selbstständig waren wir schon vor der Tragödie. Aber was bedeutet schon Geld?"

„Um was ging es dann eigentlich, um Geld oder anderes?"

„Um beides: Geld spielte in meiner Familie immer eine große Rolle. Alle Leute wurden danach bewertet, wie viel sie davon hatten. Natürlich wurden nicht einfach auf plumpe amerikanische Art Dollars gegeneinander aufgezählt, sondern es wurden Charaktereigenschaften derjenigen, die viel Geld verdienen, herausgestellt. Wie oft musste ich hören, wie kreativ der ein oder andere sei. Ein wirklicher Künstler war nie dabei. Nicht einmal ein Lebenskünstler." Helma lachte gequält. „Nein, Lebenskünstler war wirklich keiner von denen!"

Thomas konnte nicht anderes, es rutschte einfach aus ihm heraus: „Peter war immer einer!"

„Auch das haben sie ihm übel genommen. Und im Lauf der letzten Jahre hat er diese Kunst leider verlernt."

Helma schluchzte auf und endlich nahm Thomas sie in den Arm. Sie ließ ihn gewähren, doch schon kurz darauf entwand sie sich wieder, nahm einen Schluck Wein, schaute Thomas unverwandt mit ihren verweinten Augen an: „Und jetzt machen sie ihn auch noch für Papas Tod verantwortlich!"

„Wie ist er denn verunglückt?" Thomas kam bisher noch gar nicht dazu, die Frage zu stellen.

Helma schluckte und brauchte eine Weile, bis sie sagte: „Er hat sich vor einen Zug geworfen."

Die Stille, die sich nach diesen Worten ausbreitete, lastete schon gar nicht mehr, so leer war sie. Thomas wusste und wagte nichts zu sagen. Jedes Wort wäre falsch angesichts dieser Familientragik. Und Helma hatte alles gesagt.

Nach einiger Zeit stellte sie ihr Weinglas ab: „Warte, ich zeige dir die erste Seite eines Briefes, den ich auf Peters Schreibtisch gefunden habe. Das Blatt war nicht sonderlich versteckt."

Lieber Peter,
danke für deinen Brief. Du hast wunderschön geschrieben. Glaubtest du wirklich, diese trockene Immobilienfirma in dem beengten Blaukirchen war das Richtige für dich gewesen? Bei all dem, was du kannst? Ja, es gibt immer noch eine andere Welt. So wie es immer schon eine andere gab.
Ja, Wehmut, das ist das, was einen so überkommt. Wie schnell das Leben saust, wie viele Rillen sich im Gesicht eingraben ...
Ja, ich meine, wir haben uns im Englisch-Kurs kennengelernt und deswegen habe ich da eigentlich ganz wenig mitbekommen, weil du mir ganz gehörig den Kopf verdreht hast. Ich weiß gar nicht mehr so genau, was der Auslöser war, wahrscheinlich deine unbekümmerte Lausbubenart und die Lebensfreude, die du bei all dem Berufsleid ausstrahltest. Wir waren – glaube ich – alle höllisch dankbar, dem Projektstress für eine Woche zu entkommen. Und die meisten dieser sogenannten Kollegen im Anzug wirkten wie Attrappen, seelenlose Gestalten mit ausdruckslosen Gesichtern wie aus der Boss-Herren-Werbung, mit klugen Sprüchen und hohlen Köpfen. Interessiert an ihren Karriere-Steps und den Aktienkursen ihrer Investmentsfonds. Bubis, angepasst, reingepresst, empfindungslos und zugemauert.
Ich erinnere mich an heißen Spätsommer,

Sonnenschein, Englischfetzen. Und an dich – eine Stimme, die Sehnsucht ausstrahlt, Sehnsucht nach dem, was hinter diesem Englisch-Kurs liegen könnte. Kornfelder in der Rheinebene, eine Radel-Tour, ein kühler Bach, ein kaltes Bier, ein amüsantes Gespräch, Sonnenstrahlen, nackte Haut. Eine sonore Stimme, Gefühle auf der Zunge, Augen, die mir in die Seele bis zum Bauchnabel blicken, Sehnsucht ... nach einem anderen Leben, nach einer anderen Welt ... Jemand, der nicht cool ist, jemand, der versteht ...

Diese Gefühle machen heiß ... Ich erinnere mich an einen Spaziergang, diese Hitze von innen und von außen ...

Thomas stand stumm mit seinem Glas Wein in der Küche und sah hilflos zu, wie sich Helmas Augen wieder mit Tränen füllten, die langsam über ihre schmal gewordenen Wangen rannen.

„Doch eine andere Frau!" stellte er fest und er bereute seine unbedachte Bemerkung sofort.

Es dauerte, bis Helma antwortet: „Sieht wohl so aus, trotzdem bleibe ich dabei: ein anderes Leben!" Nach einer Pause fuhr sie fort: „Und das ist letztlich schlimmer!"

So standen beide eine halbe Ewigkeit wortlos in der Küche, der heftige Schneefall draußen verdunkelte die Weihnachtsbeleuchtung, bis Thomas fragte: „Soll ich ihn nur suchen oder auch überreden, wieder zurückzukommen?"

„Sag ihm, dass auch ich ein anderes Leben will! Und zwar mit ihm!"

5

Es war noch nicht allzu spät, als Thomas Schöngeist zu seinem verschneiten Auto ging. Was sollte er tun? Seine Mutter war nicht daheim, sie machte einen Langlaufurlaub mit Freundinnen irgendwo im Schwarzwald und auf das einsame Haus hatte er noch keine Lust. So ließ er das Auto stehen und ging eine Viertelstunde ins Stadtzentrum, zum *Gorki Park*. Dort würde er zumindest noch ein Bier trinken. Große Hoffnung, irgendeinen alten Bekannten so unverhofft zu treffen, hatte er nicht. Im Gegensatz zum heutigen Morgen hatte er schneetaugliche Schuhe an.

Doch er sollte sich täuschen. Für einen Montagabend nach den Feiertagen war die Kneipe, die es schon in seiner Schülerzeit gegeben hatte, gut gefüllt. Lauter fremde Gesichter, größtenteils viel jünger als er, aber auch einige ältere Semester. Kaum einer nahm Notiz von ihm. Thomas stellte sich an den Tresen und bestellte ein Bier. Er hörte Musik, die er nicht kannte, die ihm aber ganz gut gefiel. Die Rhythmen erinnerten ihn an die Musik seiner frühen Jahre. Oder war es einfach nur die Atmosphäre der Kneipe, die seine Jugend wieder lebendiger werden ließ?

Lange konnte er darüber nicht nachdenken, weil er von der Seite angestoßen wurde: „Sag mal Schöngeist, das gibt's doch gar nicht! Was machst du denn hier?" Thomas kam gar nicht zum Antworten, weil Uwe Meier, sein alter Lauffreund aus Schülerzeiten, gleich weiterredete: „Das letzte Mal, als ich dich gesehen habe, warst du ziemlich ramponiert. Dein alter Mercedes hatte die Schnauze voll und ist, anstatt der Straßenbiegung zu folgen, geradeaus gefahren und dann verbrannt. Ein Krankenwagen musste dich abtransportieren. Siehst ja wieder vollkommen saniert aus!"

„Ist ja auch schon eine Weile her!"
„Wie schnell die Zeit vergeht!"

Uwe Meier, damals ein guter 800-Meter-Läufer, hatte nicht wie die meisten von Thomas' Freunden studiert, sondern war zur Polizei gegangen. Seit dem Anschlag von vor zwei Jahren wusste er, dass Uwe Meier mittlerweile als Polizeihauptkommissar hier in Blaukirchen seinen Dienst ausübte.

Thomas versuchte es mit einem Gegenangriff: „Was machst du hier? Nicht bei Frau und Kind?" Dabei wusste er nicht einmal, ob er Kinder hat oder nicht.

Kaum wahrnehmbar spannten sich die Gesichtszüge von Meier an: „Ooch, passt schon!" Nach einer kurzen Pause fuhr er fort: „Und hast du dir wieder einen neuen alten Mercedes gekauft?" Er wartete aber die Antwort nicht ab, sondern legte einen Arm um Thomas und rief, das Stimmgewirr übertönend, zum Wirt: „Helmut, zwei Begrüßungsgrappa für meinen alten Freund und mich!" Als Helmut kurz darauf zwei kleine Gläser über den Tresen reichte, fragte ihn Meier: „Kennst du noch den Schöngeist Thomas?"

Helmut grinste unverbindlich und zuckte vage mit den Schultern. Ein anderer Gast verlangte laut nach drei Bier und erlöste Helmut.

Thomas wusste nicht so recht, ob ihm Meiers betont burschikoses Auftreten peinlich sein sollte oder ob er sich über das Wiedersehen freuen wollte. Er entschied sich für Letzteres, schließlich verhieß es auch Ablenkung, ein wenig über alte Zeiten zu plaudern.

„Prost!"

„Zum Wohl, Schöngeist!"

Während Thomas dem Brennen des Grappas in seiner Kehle nachspürte, redete Meier weiter. Irgendwie war er aufgedreht, allerdings nicht betrunken. „Und was sagst du dazu? Der große Brosinski – schmeißt sich einfach so vor den Zug!" Thomas hätte damit rechnen müssen, dass der plötzliche Tod von Claus Brosinski, der seit heute Morgen durch alle Medien gehechelt wurde, hier in Blaukirchen erst recht Tagesgespräch sein musste und dass die natürlich wussten, wie er gestorben war. Ohne nachzudenken, rutschte ihm reflexartig „So ist das Leben!" raus.

Noch schräger die Reaktion von Meier: „Und in dem ist nichts so sicher wie der Tod!"

Das kann ja heiter werden, dachte sich Thomas und war froh um den hohen Geräuschpegel der vollen Kneipe, der ihn einhüllte. Er fuhr fort im Unverbindlichen: „Ganz schön voll hier!"

Meier nickte, dann zeigte er in eine Ecke, wo gerade ein kleiner Tisch frei wurde: „Komm, lass uns da hinten hinsetzen, dort ist es ruhiger!"

Schlagartig veränderte sich die Stimmung von Meier. „Gar nichts passt", fing er an, „ich fürchte, Marion wird mich verlassen."

Dazu wusste Thomas wieder mal nichts Rechtes zu sagen, außer, dass es ihm leid tue.

„Keine Sorge, ich schwalle dich jetzt nicht voll mit meinen Problemen! Ich wollte es dir nur sagen, damit du weißt, wie es um mich steht. Dann fühle ich mich freier!"

Thomas nahm es als Aufforderung, über etwas anderes zu reden: „Läufst du noch?"

„Ziemlich viel, sonst würde ich vielleicht zu viel trinken!", antwortete Meier.

„Und geht noch was?", fragte Thomas, der sich wirklich dafür interessierte.

„Auf der Bahn nicht mehr. Für alte Knacker wie uns gibt's dort auch keine Rennen mehr. Obwohl mich die Mittelstrecke schon reizen würde. Diese Sehnsucht wird mich nie mehr loslassen."

„Ja, das kenne ich!" pflichtete Thomas ihm bei, ohne dass Uwe Meier ihn wirklich zu hören schien.

„So mache ich halt bei Halbmarathonläufen und anderen Volksläufen mit, da gibt es wenigstens genug Gesellschaft, auch wenn mir die Distanzen eigentlich zu lang sind", fuhr der Polizist fort.

„Ja, das mache ich auch!", antwortete Thomas. „Vor zwei Jahren habe ich noch mal unter einer Stunde 30 Minuten geschafft. Das ist nicht schlecht, aber auch nichts Besonderes für einen richtigen Läufer."

„Beim Silvesterlauf bin ich über 10 Kilometer einen Tausend-Meter-Schnitt von 3:45 Minuten gelaufen. Damit war ich sehr zufrieden. Na ja, ich habe ja in den letzten Monaten viel trainiert, wie ich schon sagte ..."

Das Gespräch zwischen den beiden wurde lockerer. Es fühlte sich langsam wieder nach alter Vertrautheit an.

„Bist du Silvester also noch gelaufen?"

„Ja, natürlich. Warum fragst du?"

„Na ja, an Silvester war das doch mit Brosinski!"

„Ich wurde abends gegen zehn Uhr gerufen. Meine Silvesterfeier fiel somit ins Wasser. Ehrlich gesagt, war ich darüber gar nicht so unglücklich."

„Was ist passiert?", fragte Thomas.

„Ziemlich einfach und ziemlich scheußlich! Er hat sich vor den Regionalexpress nach Ulm geworfen. Sah nicht mehr gut aus. Der Schnee hat Gott sei Dank das Blut schnell überdeckt. Die von der Spurensicherung konnten nicht viel machen, es schneite unaufhörlich."

„Warum ist es erst so spät publik geworden?"

„Der Staatsanwalt wollte angesichts der öffentlichen Bedeutung von Brosinski ganz sicher über die Begleitumstände sein und hat Stillschweigen angeordnet. Und anscheinend hat es funktioniert!"

Thomas wollte nicht von seinem Besuch bei Helma erzählen. Sie hatte zwar nicht explizit darum gebeten, diskret vorzugehen, doch ging er stillschweigend davon aus, dass es ihr nicht recht wäre, wenn er groß über seinen Besuch oder gar über Peters Verschwinden tratschen würde.

„Was gab es angesichts der eindeutigen Indizien noch zu ermitteln?"

„Das war mir selbst nicht klar, aber ich habe mit dem Staatsanwalt besprochen, dass wir die Mitglieder seiner Familie befragen und noch einige Persönlichkeiten in seinem engeren beruflichen Umfeld."

Das Gespräch wurde trotz des tragischen Anlasses weicher und freundschaftlicher. Thomas hörte Meier zu, warf ab und zu eine Frage ein. Längst hatten sie Bier nachbestellt. Thomas fragte nach Peter Schneider.

„Wie kommst du auf ihn?"

„Peter ging zu mir in die Klasse. Wir waren gute Freunde. Und er hat die Tochter von Brosinski geheiratet!"

„So, ihr seid Freunde!"

Hörte Thomas bei Meier einen forschenden Unterton?

„Ja, natürlich, ist das schlimm?"

„Nein. Du hast recht. Es ist nur, weil einige Gerüchte kursieren, dass er Brosinski beschissen hätte."

„Gibt's da auch eine Anzeige?"

„Wenn, dann dürfte ich es dir nicht erzählen!"

„Also keine!?"

Meier schüttelte den Kopf und bestellte noch mal eine Runde Bier.

„Wie kommst du dann darauf?"

„Es kursieren Gerüchte in der ganzen Stadt!"

„Wird die Polizei jetzt schon bei Gerüchten tätig?"

„Die Polizei darf Augen und Ohren nicht vor dem Verschließen, was in der Stadt vorgeht!", antwortete Meier ausweichend.

„Komm schon, was weißt du?", drängte Thomas.

Die junge Bedienung stellte die Biere auf den Tisch. Thomas wunderte sich wieder mal, warum junge Menschen Nasen- und Lippenringe attraktiv fanden. Die junge Frau wäre sonst hübsch gewesen.

„Wissen tue ich gar nichts. Ich reime mir nur zusammen."

„Also, dann trag doch mal deine Reime vor!"

„Anscheinend hat Peter Schneider bei dem Verkauf einer Firma aus der Brosinski-Gruppe die Finger so im Spiel gehabt, dass er einiges an Geld für sich abgezweigt hat, welches vor allem für Brosinskis Sohn, Michael, gedacht war."

„Kann es nicht sein, dass dieses Geld für Helma, seine Frau, war?"

„Schöngeist, ehrlich, ich weiß nichts und kenne mich in Wirtschaftsdingen wirklich nicht recht aus und in dem verschachtelten Imperium der Brosinskis schon gar nicht. Es heißt nur, dass die Brosinskis zerstritten sind wegen dieser Sache. Anscheinend ließ der alte Brosinski seine Interessen von seinem Sohn Michael vertreten und der behauptet bei jeder Gelegenheit, dass Peter seinen Vater und ihn hintergangen hätte."

Thomas hörte aus der Tonlage des letzten Satzes deutlich, dass für Meier dieses Thema erschöpfend behandelt war und verzichtete auf weiteres Nachfragen. Und so war er überrascht, dass Uwe Meier noch einmal anfing: „Es gab da was anderes. Ende November wurde uns eine Schlägerei gemeldet. Wir dachten erst an die übliche Rauferei im Scherbenviertel, wo sich unsere Polen und Russen fast jeden Abend die Kante geben. Trotzdem fuhr natürlich ein Streifenwagen hin und sie fanden einen Mann, der betrunken wirkte und an einer Hauswand lehnte. Er war ziemlich ramponiert. Ein Auge angeschwollen, sein Mantel aufgerissen und dreckig. Kurz, er sah aus, als wäre er in eine Schlägerei geraten. Auf die Frage, was passiert sei, antwortete er:

„Nichts! … Nichts was Sie verstehen könnten!"

„Meine Leute nahmen seine Personalien auf, bekamen aber nicht mehr aus ihm heraus. Auch nicht, als sie ihm drohten, ihn mit zur Wache zu nehmen. Sie ließen ihn dann gehen, eigentlich froh, dass sie keine Scherereien mit dem Vorfall mehr haben würden. Ich erfuhr erst ein paar Tage später davon. Es war Peter Schneider."

„Und?"

„Und was?", raunzte Meier, „mehr …" Er wurde vom Klingeln seines Handys unterbrochen.

„Meier!", schrie er ins Telefon und dann: „Was? Das gibt's doch nicht! ... Tot? ... Um diese Zeit? ... Nachtwanderung?

... Holt mich vor dem Gorki Park ab ... ja, ich stehe gleich draußen."

„Was ist los?", fragte Thomas, der sich aus den Bruchstücken schon einiges zusammenreimen konnte.

„Scheiß Beruf. Ein Toter, oben in der Nähe der Burg. Der Schäferhundverein hat bei einer Nachtwanderung die Leiche gefunden. Sieht wohl so aus, als hätte da jemand nachgeholfen. Ich muss los. Die Jungs sind in ein paar Minuten da!"

Thomas erschrak. „Wie alt ist der Tote?"

„Keine Ahnung. Ich weiß doch nicht mal, ob es eine Frau oder ein Mann ist!"

„Du hast von einem Toten gesprochen, also ein Mann", sagte Thomas, während auch er seine Jacke schnappte und neben Meier nach draußen eilte. Der sagte nichts dazu.

„Kannst du mir deine Handynummer geben?", fragte Thomas. Sie standen vor der Tür des Gorki Park. Es schneite. Die Stadt wirkte unschuldig und friedlich.

Meier kramte in seiner Manteltasche. Ein Polizeiauto schlitterte mit Blaulicht, aber ohne Martinshorn bis vor das Gorki Park. „Hier ist meine Karte!" Gleichzeitig riss Meier die Beifahrertür auf, sprang ins Auto, und schon war er weg. Es schneite weiter. Thomas wusste nicht, was er tun sollte. Wenn nun Peter der Tote ist? Blaukirchen hat gerade mal

20.000 Einwohner. So viele verschwinden da nicht jeden Tag. Doch was sollte er tun? Hinterherfahren? Da müsste er erst zu seinem Auto gehen und letztlich hatte er keine Ahnung, wohin er fahren müsste. In der Nähe der Burg konnte überall sein. Bei Dunkelheit und Schnee ein aussichtsloses Unterfangen, Meier wiederzufinden.

Er entschied sich für heimgehen. An der nächsten Straßenecke kehrte er jedoch um. Er hatte vergessen zu zahlen.

Als Thomas später höchst beunruhigt durch den Schnee zum Haus seiner Mutter stapfte, gelang es ihm nicht, die Vorstellung wegzuwischen, dass es Peter wäre, der da oben leblos im Schnee gefunden wurde. Er versuchte, sich darauf zu konzentrieren, ob an dem Verdacht gegenüber Peter, den Brosinski betrogen zu haben, was dran sein könne. Er konnte es sich einfach nicht vorstellen. Er kannte Peter als ehrliche Haut, ziemlich schlau, was manche missgünstigen Leute vielleicht dazu verleiten könnte, ihm Schlitzohrigkeit zu unterstellen. Allerdings kannte er aus der Schulzeit kaum jemanden, der etwas gegen Peter hatte. Er war zwar nicht unbedingt der Hansdampf in allen Gassen, aber auf fast jeder Party gern gesehen. Genauso wenig konnte sich Thomas vorstellen, dass Peter wegen einer anderen Frau Helma verlassen würde. Einfach so abhauen. Das passte nicht. Irgendetwas stimmte da nicht. Und wenn der Tote doch …?

Ziemlich ratlos schlüpfte er in dem stillen Haus in sein einsames, kaltes Bett, das seine Mutter immer für ihn bereithielt, obwohl er so selten kam.

Seine innere Unruhe trieb ihn ein paar Minuten später wieder hinaus. Er musste Meier anrufen, sonst würde er wahnsinnig werden. Doch es meldete sich nur der Anrufbeantworter.

6

Thomas Schöngeist wälzte sich unter der schweren Daunendecke. Seine Gedanken kreisten um Peter und die Leiche. Er bemühte sich, an etwas anderes zu denken. Zum Beispiel an Uwe Meiers Bemerkungen übers Laufen. Er verstand ihn gut. Es ging ihm nicht viel anders. Die Rennen über 800 oder 1500 Meter aus seiner Jugendzeit und manche Freundschaften mit seinen sogenannten Gegnern würde er nie vergessen.

Er hatte einen Wettkampf vor Augen: Ein 800-Meter-Lauf in Sindelfingen, er war die ganze Saison noch nicht recht in Form gekommen und rannte immer noch seinen Zeiten vom Vorjahr hinterher. Und mit jedem Rennen mehr, in dem er keine Bestzeit lief, steigerte sich der Druck, endlich mal locker einen draufzuhauen, was ihn dann noch mehr belastete. Als er an jenem Morgen aufstand, war er sich sicher, dass der Knoten heute platzen würde. Schon auf der Fahrt nach Stuttgart herrschte gute Stimmung im Auto. Ihr Trainer legte *Dire Straits* auf und die drei jugendlichen Läufer, einer davon war Uwe Meier, redeten nicht über den bevorstehenden Wettkampf, sondern über den Super-Gau von Tschernobyl, der ein paar Tage davor bekannt geworden war. Das Rennen lief von Anfang an gut für Thomas. Er lag nach   300 Metern mit Blickkontakt zur Spitze im Mittelfeld. Sein Schritt fühlte sich frisch und locker an. Er überlegte, wann er einige der vor ihm liegenden Läufer überholen sollte, um sich für die letzten 200 Meter gut in Position zu bringen. An die Angst zu verkrampfen, dachte er überhaupt nicht. Die erste Runde war in 57 Sekunden schnell, aber im Rahmen seiner Möglichkeiten. Aus dem Keuchen der neben ihm Laufenden spürte er, dass er auf der Zielgeraden mehr drauf haben würde als die meisten seiner Konkurrenten. So überholte er nach 500 Metern noch relativ leichtfüßig eine Dreiergruppe, in der sich Uwe Meier, sein Vereinskamerad, gut hielt und schloss zu den beiden Führenden auf. Er kannte beide,

Klaus und Manni. Klaus würde gewinnen. Das war klar, aber Manni könnte er packen. Doch war ihm das gar nicht so wichtig. Wenn er seinen dritten Platz in einer guten Zeit, deutlich unter zwei Minuten halten könnte, wäre er vollauf zufrieden. 1:27 Minuten bei 600 Metern. Das Keuchen der hinter ihm Liegenden wurde heftiger. Seine Beine wurden jetzt auch müde, doch er bemühte sich, sich auf Manni zu konzentrieren und keinen Meter zu verlieren. Ausgangs der Zielkurve setzte er zu seinem Endspurt die jetzt unendlich lang scheinende Zielgerade entlang an und versuchte, Manni zu überholen. Der hielt dagegen und so liefen sie mit immer schwerer werdendem Schritt nebeneinander dem Ziel entgegen. Thomas war versucht aufzugeben. Nicht nur seine Beine, sein ganzer Körper wollte nicht mehr weiter laufen. Doch noch war da diese leise Stimme in seinem Kopf, die ihm einflüsterte: ‚Zieh durch, ob Zweiter oder Dritter ist egal, es wird eine gute Zeit!' Dessen war er sich mittlerweile sicher. Da hörte er von hinten einen Läufer. Der versuchte sich auf den letzten 20 Metern zwischen Manni und ihm durchzumogeln. Dabei rempelte er ihn heftig mit den Armen. Thomas stolperte, der andere Läufer fuhr noch mal seine Ellenbogen aus und Thomas strauchelte endgültig. Gerade mal zehn Meter vor dem Ziel. Der Läufer war Uwe Meier! Thomas war unglaublich wütend auf ihn, und er fragte sich, ob das Absicht gewesen sei.

Diese Szene, ein Vierteljahrhundert alt, hatte er eigentlich längst vergessen. In seinen immer wiederkehrenden Erinnerungen ist die hohe Geschwindigkeit der damaligen Rennen geblieben. Das euphorisierende Gefühl auf der Zielgeraden mit und gleichzeitig gegen einen Körper, der eigentlich nicht mehr konnte und wollte, die Geschwindigkeit so zu erhöhen, dass man glaubte zu fliegen. Es gelang selten, aber dieser Traum von Leichtigkeit blieb, und manchmal ging er damals in Erfüllung. Er teilte ihn mit Manni, den er im Studium zufällig in der Universität wieder getroffen hatte. Seither war er mit dem heutigen Steuerberater eng befreundet und lief regelmäßig mit ihm. Allerdings würden beide heute in einem 1000-Meter-Lauf mit dem jungen Schöngeist keine 100 Meter mehr mithalten können. Vielmehr hatte Thomas den Eindruck, dass er sich von einem Schmerz zum anderen quälte. Hörte die Achillessehne auf zu ziehen, tobte die Hüfte bei jeder Bewegung, und war an diesen Stellen mal wieder Ruhe eingekehrt, meldete sich der Ischiasnerv zu Wort und demonstrierte seine Macht über sein linkes Bein, indem er es mal taub werden ließ und es ein anderes Mal so kitzelte, als würden tausend Ameisen darüber hinweg laufen. Thomas lief noch gern und viel, aber er merkte, dass er mit über vierzig Jahren einfach anders als früher mit seinem Körper umgehen musste. Er wusste das schon lange, aber es gelang ihm nicht so recht. Er war seit seiner Jugend vom Laufvirus besessen und der half ihm über manche schwere Zeit hinweg. Auch damals, als Leonie, seine große Liebe, drei Jahre nach ihrer Hochzeit plötzlich verstarb. Ohne Jean, seinen Partner in der Kanzlei, der ihn beruflich auffing und ohne seine nahezu täglichen Läufe hätte er seine damalige Krise sicher nicht so leicht überwunden.

Über dem Gedanken, dass er eigentlich Uwe Meier hätte fragen können, ob das damals Absicht gewesen war, schlief er dann doch endlich ein.

7

Thomas Schöngeist wachte auf, obwohl er nicht ausgeschlafen war. Sein Mund fühlte sich pelzig an, sein Kopf brummte, und es war noch stockfinster und gespenstisch ruhig im Haus. Auch von draußen hörte er nichts. Der Schnee schien nicht nur die Landschaft zuzudecken, sondern dämpfte auch die üblichen Alltagsgeräusche. Er kramte sein Handy aus seiner Tasche: 5:23 Uhr. Obwohl noch sehr müde, wusste er, dass er nicht mehr einschlafen könnte. Er brauchte einen starken Kaffee und eine Aspirin. Seine Mutter hatte nur Filterkaffee und er hatte keine Ahnung, ob sie irgendwo Schmerztabletten deponiert hatte. Es half nichts, er musste raus. Der Spaziergang zu seinem Auto würde ihm gut tun. Mit einem schlechten Gewissen, weil er nicht geschippt hatte, verließ er sein Elternhaus. Feiner Sohn, dachte er sich.

Er rief wieder Meiers Mobilnummer an. Und wieder war nur der Anrufbeantworter dran. Kein Wunder, so früh am Morgen.

Es hatte aufgehört zu schneien und die Luft war angenehm frisch. Der Schnee knirschte unter seinen Füßen, und so stiefelte er eine halbe Stunde zu seinem Auto, das vollkommen eingeschneit vor Peters Haus stand. Der einsame Spaziergang durch den noch dunklen Morgen, der nur von Straßenlaternen erhellt wurde, machte seinen Kopf etwas freier. Von der Vorstellung, dass die Leiche Peter wäre, konnte er sich allerdings nicht befreien.

Die Straße war noch nicht geräumt, nur in wenigen Häusern sah er Licht. Auch bei Helma waren zwei Fenster erleuchtet. Während er den Schnee von seinem Auto fegte, überlegte er kurz, ob er noch mal zu ihr gehen sollte. Aber was könnte er ihr schon Neues sagen? Dass er gestern mit Uwe Meier gesprochen und dabei ein paar Bier zu viel getrunken hatte? Dass er ratlos ist und den Eindruck hat, dass etwas nicht stimmt? Das bräuchte er Helma nicht zu erzählen, sie wusste das auch so.

Auf keinen Fall konnte er von dem Toten erzählen. Das würde sie nur unnötig beunruhigen.

Er erschrak, als er plötzlich ihre Stimme hörte: „Kommst du noch mal rein?" Als Thomas stutzte, fuhr Helma fort:

„Vielleicht ein Kaffee?"

In der Küche sah er Helma beim Hantieren an der Kaffeemaschine zu. Wieder zitterten ihre Hände. Sie schien wenig geschlafen zu haben und hatte den Kaffee wohl nötiger als er. Wieder blieben beide in der Küche stehen. Die Stadt strahlte noch nicht wie am Abend davor. Nur vereinzelte Lichtpunkte verrieten die Zivilisation dort unten. Thomas, gegen einen Küchenschrank gelehnt, umfasste die Tasse Milchkaffee mit beiden Händen und schaute durch das große Fenster nach draußen. Von dort huschte sein Blick immer wieder zu Helma, die seitlich von ihm stand, ihren Blick durchs Fenster ins Leere gerichtet. Ihre Tasse hatte sie auf die Arbeitsplatte gestellt. So konnte sie das Zittern ihrer Hände einigermaßen verbergen. Ihre Stimme war dafür erstaunlich fest: „Ich habe heute Nacht in seinen Unterlagen gesucht!"

Thomas schaute sie nur fragend an, sagte aber nichts. „Bevor ich mit dir gesprochen hatte, wollte ich das nicht. Aber seitdem ich dir gestern von Peters Verschwinden erzählte, ist es irgendwie Wirklichkeit geworden und nicht nur ein böser Alptraum, aus dem ich wieder erwachen könnte."

Wieder wartete Thomas nur ab und sagte nichts.

„Und ich habe die zweite Seite des Briefes gefunden. Allerdings keinen Briefumschlag und keine Adresse." Nach einer kurzen Pause lachte sie mit einem müden verzweifelten Blick kurz und falsch auf: „Heike heißt sie!" Sie machte keine Anstalten, ihre Tränen zu verbergen. „Da, lies selbst!" und reichte ihm das Blatt.

Brennen, verrückt, nur stillbar nach Berührung, nur zu lindern durch Haut, Anpacken, Anfassen, jetzt, sofort, Hingabe, Lust, unglaublich. Heike, du bist ferngesteuert, wo ist die Businessfrau, die Fassade, die du aufgebaut hast, hinter der du dich verkrochen hast? Wo ist dein Verstand, deine Logik, deine Vernunft? Alles weggeschwemmt, alles eingerissen, alles weggefegt, über Bord ... weg, leer, alleiniges Ziel ist Nähe, Berührung, Verminderung dieses Abstandes zwischen uns. ENDLICH! Erlösung ...

Schüchterne Küsse, Haare gezwirbelt, Nasenstüber, Lachen, vorsichtiges Betasten ... bevor es „ernst" wird im Bett – wahnsinnige Gefühle im Rausch und in der Achterbahn. Träumen von einem Neuanfang ...

Erste Schatten liegen auf uns – sind wir frei? ... können wir uns davon lösen? Gehen wir ohne Ballast miteinander ins Bett? Sind wir allein oder ist jemand mit an Bord?

Und jetzt – falsch! Wir haben uns sehr verändert, innerlich wie äußerlich. Äußerlich wahrscheinlich viel mehr, das Innere zum Teil überdeckt durch Konventionen, durch Verantwortung, durch Familien und Ernährerrollen ... Eingemottet, fest getrottet, fest gezurrt und reibungslos eingespielt ...

Wehmut ...

Das ist lange vorbei!

Ich freue mich auf dich! Heike

Seit Thomas in der Küche stand, hatte er außer einem Dankeschön für den Kaffee noch nichts gesagt, und jetzt fiel ihm erst recht nichts mehr ein. Doch er kam gar nicht zum Überlegen, denn Helma zeigte ihm ein weiteres Blatt, zweimal jeweils mittig gefaltet.

Aus ist deine Zeit und die Laut zerschlagen, Nachts aus der stillen Stadt nun mußt du gehn, Die Wetterfahnen nur im Wind sich drehn, dein Tritt verhallt, mag niemand nach dir fragen.

„Von wem ist das?", fragte er.

„Von Eichendorff", antwortete Helma mit ihrem gequälten, überhaupt nicht lustigen Lachen.

„Eichendorff? Du meinst den Romantiker?" Und nach einer kurzen Pause: „Der wird Peter wohl kaum mehr schreiben!"

„Tut er natürlich nicht. Das Gedicht ist von ihm. Mann, ist das blöd! Ich weiß doch auch nicht, was das soll. Anscheinend wurde ihm das in einem Kuvert zugesandt, zumindest ist das Blatt so gefaltet. Und was anderes steht nicht drauf."

„Und das Kuvert?"

„Ich habe sonst nichts Erhellendes mehr gefunden. Auch kein Kuvert. Der Papierkorb war so gut wie leer und in seiner Ablage für Unerledigtes fanden sich neben einigen geschäftlichen Dingen das zweite Blatt des Briefes von Heike und das Eichendorff Zitat."

„Vielleicht hat Peter es auch selbst ausgedruckt?", sinnierte Thomas und fragte: „Was ist mit seinem Computer?"

„Da komme ich nicht rein. Habe schon alle möglichen und unmöglichen Passwörter probiert."

Thomas war ziemlich ratlos und so stellte er die dämliche Frage, woher sie das Gedicht kenne. „Habe ich gegoogelt! Ich bin doch kein Literaturlexikon! Und schon froh, dass mir der Name Eichendorff überhaupt was sagt."

Thomas überlegte, ob er den Vorfall mit der Schlägerei ansprechen sollte. Er ließ es bleiben. Sein Kopf schmerzte dumpf, und er hatte das Bedürfnis, möglichst schnell wieder zurückzufahren, um in Ruhe zu überlegen, was er weiter tun könnte. Auch wenn es ihm leid tat, Helma, die mit den Nerven ziemlich am Ende war, in der Blaukirchener Einsamkeit zurückzulassen. Er versprach ihr, sich spätestens am nächsten Tag wieder zu melden.

Beim Hinausgehen rief ihm Helma hinterher: „Ach, übrigens – Eichendorff hat geschrieben: Aus ist dein Urlaub, nicht Aus ist deine Zeit!"

8

Für die Rückfahrt brauchte Thomas Schöngeist deutlich länger als für die Hinfahrt am Vortag. Anfangs schlich er hinter einem Räumfahrzeug her, dann stand er wie viele andere, die zur Arbeit wollten, vor dem Autobahnkreuz Ulm-Elchingen in einem Stau. Er versuchte immer wieder Meier anzurufen und entwickelte eine massive Abneigung gegen die Stimme, die immer wieder im gleichen Tonfall erklärte, dass der Teilnehmer *temporary not available* sei.

Im Radio hörte er unglaubliche Enthüllungen über die abgeschriebene Doktorarbeit eines prominenten Bundesministers. Zwei Drittel der Arbeit seien einfach nahezu eins zu eins abgekupfert worden. Für den, der es genauer wissen wollte, wären Original und Plagiat auf einer Internetseite gegenübergestellt. Der Minister räumte einige wenige Zitierfehler im umfangreichen Literaturverzeichnis ein, Betrugsabsicht wies er als abstrus weit von sich.

Thomas fragte sich, wie so eine Arbeit mit summa cum laude, also der bestmöglichen Note, bewertet werden könne und stellte sich mit Grauen einen politisch-wissenschaftlichen Filz vor, dessen Ursprünge in die Zeiten eines berühmten bayerischen Ministerpräsidenten zurückreichten. Die Krönung war ein verharmlosender Kommentar der Bundeskanzlerin, dass sie doch keinen wissenschaftlichen Mitarbeiter eingestellt hätte. Thomas schüttelte den Kopf. Der Tag fing ja fast noch schlimmer an als der gestrige. Die Werte unserer Gesellschaft von der politischen Führungskaste einfach mit einem Halbsatz weggewischt.

Kurz vor Ende des Beitrages bog er endlich auf die A7 ein und es ging ohne Stau weiter. Endlich meldete sich Meier.

„Was willst du denn schon so früh?", schnauzte der ins Telefon.

„Wegen des Toten ..."

„Warum interessierst du dich so dafür?"

Meiers Stimme klang gereizt.

Thomas wusste nicht, wie er es erklären sollte. „Ich bin halt neugierig. Schließlich war ich gestern ja fast live dabei …"

„Komm, erzähl nicht! Da steckt doch was dahinter. Rück mal raus mit der Sprache!"

„Ich hätte es wissen müssen. Einen Polizist zum Freund zu haben …"

Meier fiel ihm ins Wort: „Es war schön, dass wir uns gestern getroffen haben, aber deshalb kann und darf ich dir trotzdem nichts aus der laufenden Ermittlung erzählen."

„Ermittlung?"

„Also entweder du sagst mir jetzt, warum du dich dafür interessierst, oder du erfährst morgen aus der Zeitung, was passiert ist."

Thomas blieb nichts anderes übrig, als vom Verschwinden Peters zu berichten.

„Aha, daher weht der Wind! Aber ich kann dich beruhigen. Der Tote stammt vermutlich aus Polen. Wahrscheinlich eine Drogengeschichte."

Meier musste gehört haben, wie Thomas ein Stein vom Herzen fiel und fuhr fort: „Anscheinend ist doch was dran an den Geschichten, die man so in Blaukirchen erzählt. Dass er den Brosinski beschissen hat."

„So ein Quatsch!", antwortete Thomas, „aber besten Dank für die Info!"

Er fuhr erleichtert weiter. Richtig schnell fahren konnte er wegen der winterlichen Bedingungen aber nicht. Nicht auszudenken, wenn Peter … Nein, der ist nicht tot. Da ist etwas anderes passiert, und er wird noch in Erfahrung bringen, was genau.

Thomas kannte Peter und Helma aus der Schulzeit. Peter war meistens sein Banknachbar und ist auch später sein Freund geblieben. Helma war eine Klasse unter ihnen. Im Gegensatz zu den anderen Mädchen ihrer Jahrgangsstufe hatte er mit ihr wenig bis nichts zu tun. Sie kam ihm nicht nur unnahbar, sondern vor allem ein wenig hochnäsig vor und sie hielt ihn und seinesgleichen auf Distanz. „Bei der hast du keine Chance!", hörte er sich und die anderen, wenn sie sich über die Mädchen der Schule unterhielten.

Während seines Studiums kam er immer seltener nach Blaukirchen, doch den Kontakt zu Peter versuchte er zu halten. Sie besuchten sich ab und zu. Peter kam nach Würzburg, wo Thomas ihn mit seiner späteren Frau Leonie bekannt machte, und Thomas fuhr des Öfteren nach Tübingen, wo ihm Peter überraschenderweise Helma als seine Freundin vorstellte. Sie studierte dort wie er Betriebswirtschaftslehre.

Einige Jahre nach dem Studium zogen die beiden dann wieder nach Blaukirchen. Bis dahin war Peter in einem großen Mannheimer Industrieunternehmen angestellt. Helma arbeitete in dieser Zeit in einem Versandhaus für Ökoprodukte, bis sie endlich vor sechs Jahren Mutter der kleinen Sylvia wurde. Seit zwei Jahren war sie in ihrer alten Firma wieder in Teilzeit beschäftigt.

Thomas hatte bis gestern den Eindruck, dass beide glücklich miteinander und zufrieden mit ihrem Leben waren. Er hatte keine Ahnung von den Schwierigkeiten, die Peter in seiner eingeheirateten Familie hatte. Ob er wirklich seinen Schwiegervater oder seinen Schwager betrogen hatte? Thomas konnte sich das nicht vorstellen. Doch anscheinend konnte er sich vieles nicht vorstellen. Weder das, was Helma erzählt hatte, noch dass Peter eine Geliebte hat. Geschweige denn, dass er bei ihr abgetaucht wäre. Er fürchtete, dass sich Abgründe auftun würden, wenn er nach Peter forschen würde. Vielleicht lernt er einen ganz anderen Peter kennen als den von früher? Vielleicht muss er sein Bild von ihm revidieren? Das Bild eines freundlichen, aufgeschlossenen, ehrlichen und zuverlässigen Freundes? Außerdem war es ja nicht vollkommen abwegig, dass der Selbstmord des alten Brosinski und das Verschwinden von Peter irgendwie zusammenhingen. Aber wenn ja, dann wie?

9

Die Straßenverhältnisse wurden erst ab Rothenburg wirklich besser und kurz vor Würzburg war der Winter auf schmutzige Schneereste geschrumpft.

Karin empfing ihn mit vorwurfsvollem Blick: „Warum hast du nichts von deinem Termin erzählt?"

Thomas Schöngeist war ehrlich überrascht und schaute fragend zu Karin. Gleichzeitig ärgerte er sich, dass er so schlecht organisiert ins neue Arbeitsjahr startete.

„Frau Sofia Grünberg!"

Seine Augen verrieten Ahnungslosigkeit: „Wer ist denn das?"

„Eine sehr gut aussehende Polin!", antwortete Karin etwas spöttisch, „ich habe sie ins Besprechungszimmer gesetzt und so getan, als wüsste ich, dass du bald kommen würdest."

„Und um was geht es?" Seine Ahnungslosigkeit besänftigte Karin. Von ihrem Ärger blieb nur noch ein schnippischer Unterton: „Sie sagte, du wüsstest Bescheid. Ihr kennt euch privat."

Thomas konnte nurmehr mit Mühe seine Neugierde zügeln. „Machst du mir einen Kaffee, bevor du Frau Grünbaum in mein Büro bringst?"

„Mit oder ohne Aspirin?", grinste Karin schon wieder etwas versöhnlicher und streichelte mit ihrem Mittelfinger verstohlen über seine rechte Hand. Gleich danach kam Karin wieder in sein Büro, mit dem Kaffee in einer Hand und einer attraktiven Blondine im Schlepptau: „Frau Grünberg!", stellte sie kurz vor, und schon war sie wieder aus dem Zimmer.

Thomas brauchte einige sprachlose Sekunden, bis er in der blonden Frau im Business-Kostüm Olga wiedererkannte.

In den Tagen, als er sie kennenlernte, hatte sie bedeutend weniger an. Erst ein Hauch von Nichts, passend zu dem Nachtclub, in den ihn sein Freund Manni vor knapp einem Jahr zerrte, weil sie keine Kneipe fanden, die so spät noch offen hatte. Und danach in ihrer Wohnung meistens gar nichts.

Er erinnerte sich an ein Telefonat mit Manni. Der hatte ihn damals am Sonntag nach ihrem Versumpfen in der Nachtbar gefragt, ob er Lust zum Laufen hätte.

„Nein, ich kann jetzt nicht!", antwortete Thomas.

„Wieso das denn? Du hast doch eh nichts zu tun! Wo bist du denn überhaupt? Auf deinem Festnetz konnte ich dich nicht erreichen."

„Bei Olga!"

„Olga?", fragte er, und Thomas spürte, dass Manni sich schwertat, eine Verbindung zu der Polin vom Nachtklub herzustellen.

„Ja, Olga! Die hübsche Polin."

Langsam schien es Manni zu dämmern: „Was war denn noch?"

„Ich bin mit zu ihr!"

„Du bist was?" Jetzt war er doch überrascht. „Zu dieser Nutte? ... Entschuldigung."

„Ist schon gut, ich lag bis jetzt in ihrem Bett, und es geht mir prächtig. Ich habe ihr alles erzählt! Und ... sie hat mir zugehört."

Manni hatte es anscheinend die Sprache verschlagen. Und so fuhr Thomas mit einer ihm fremden Stimme fort:

„Und mich verstanden. Loslassen, freilassen, fliegen ..."

„Sag mal, spinnst du jetzt komplett?" Manni konnte seine spontane Entrüstung schwer zurückhalten: „Nur weil du zwei Tage lang nicht aus dem Bett einer ... nur, weil du Olga kennengelernt hast, schnappst du noch über!" Manni ereiferte sich richtiggehend.

In diesem Stil ging das Gespräch vor einem Jahr weiter

und Thomas dachte wie damals an Olgas offene Arme und ihren weichen Körper, der ihn vorbehaltlos empfing. Er konnte nicht genug kriegen zwischen ihren Brüsten und Beinen. Vielleicht auch deswegen, weil er das erste Mal nicht an den mahnenden Zeigefinger von Leonie denken musste.

„Olga!", rief er also, sichtlich überrascht. Dann stutzte er und fragte: „Sofia Grünbaum?"

„Ja, das heißt nein!" Sie reichte ihm ihre Hand. „Ich heiße Zofía Grynberg, nicht Grünbaum!"

Thomas war etwas verdutzt. „An deiner Haustüre stand Olga Krasicki oder so ähnlich!" Und als ob es für sein Namensrätsel von Belang wäre, fügte er hinzu: „Ich bin noch mal da gewesen und habe geläutet. Es hat niemand aufgemacht!"

„Ich bin weg aus Würzburg, kurz nach unserem Wochenende."

„Du bist weg? Wohin denn?" Thomas war überrascht.

„Wieder zurück nach Wrocław. Oder Breslau, wie Deutschen noch sagen!"

„Und wie bist du jetzt wieder hergekommen?"

„Mit Auto!"

„Das meine ich nicht, sondern wie es zugegangen ist, dass du mich hier gefunden hast!"

„Ich dich nicht habe gesucht!"

Thomas wurde es unbehaglich. Er hatte Kopfschmerzen, war verwirrt und nach den Ereignissen der letzten Tage, die ihn etwas überforderten, nicht in der Lage, besonders souverän zu reagieren.

„Entschuldige, Thomas! So war nicht gemeint", fuhr Zofía sanfter fort, „ist auch für mich verwirrend und ich war sehr nervös als ich hergekommen. Ich immer noch bin aufgeregt!"

Er hörte wieder die Schwingung in ihrer Stimme, aus der er damals ihre Seele sprechen hörte. Die Schwingung, in der er sich vor einem Jahr, ohne nachzudenken, so geborgen fühlte, dass er Olga in den Tagen und Nächten im Bett alles erzählte: Wie sehr ihm Leonie fehlte. Wie er nach ihrem plötzlichen Tod keine Lebenskraft mehr hatte. Wie er langsam wieder versuchte, im Leben Fuß zu fassen. Wie er immer wieder von Alpträumen geplagt wird, dass Leonie, die ihn im Schlaf besucht, ihn erneut für immer verlassen würde. Wie Simone auftauchte und er aus Angst, auch sie würde wieder sein Leben verlassen, über Gebühr eifersüchtig war. Sie nahm seine innersten Bekenntnisse so vorbehaltlos auf wie ihr Körper in einer unendlichen Weichheit und Wärme den seinen.

Mit diesem Bild im Kopf fiel es ihm schwer, sich auf die Frau einzustellen, die sich jetzt Zofía nannte und unter dem geschäftsmäßig androgynen Kostüm all die Formen, von denen er so erregt war, verbarg.

„Ich gestern war mit meiner Firma in Karlsruhe bei Solarunternehmen. Heißt *Solarmanufaktur*. Dort hatten wir Besprechung mit Heribert Gmeiner."

„Den kenne ich doch!", entfuhr es Thomas.

„Genau, dachte auch! Als wir waren am Gehen, seine Assistentin sagte zu ihm, dass sie Herrn Schöngeist in Würzburg einfach nicht erreichen kann. Sein Büro hat gesagt, dass er ist dienstlich unterwegs und an Handy nicht rangeht. So warst du wieder in meinem Kopf. Klingelton von dir kenne ich immer noch. Melodie bimmelte immer an unserem Wochenende. Erst ich dachte, es ist meines. Und du gingst den ganzen Samstag einfach nicht an deines ran. Das Gute an fürchterlicher Melodie ist, dass überall und immer wieder gleiche anläutet und ich immer wieder an diese Tage erinnere."

„Und warum hast du dich nie gemeldet?"

„Schöne Erinnerung reichte mir voll und ganz. Schließlich ich habe nach unserer Begegnung mein Leben wieder zurückgewonnen. Hier ist!"

Sie reichte ihm eine Visitenkarte:

SMP – Solar Moduľy
Polska Zofía Grynberg
Assistentin der Geschäftsleitung
4 ul. Jana Kilińskiego, Wrocľaw, Polska.

„Ich dolmetsche vom Polnischen ins Deutsche und umgekehrt", erklärte sie dazu. „Das kann ich ja und wird immer mehr gebraucht! Schließlich ist Polen mittlerweile größte Handelspartner Deutschlands in Osten Europa."

Thomas kam aus seinem verwirrten Staunen nicht mehr heraus. Er hatte Olga als Sinnbild von Weiblichkeit kennengelernt und jetzt sitzt da Zofía, eine Geschäftsfrau, die irgendwie die ist, mit der er vor einem Jahr zwei Tage intensiv im Bett verbracht hatte.

Er wusste nicht so recht, was er jetzt tun sollte und so fragte er, ob sie später mit ihm Mittagessen gehen wolle.

„Nein, habe wenig Zeit! Muss mittags wieder los. Um 20 Uhr habe noch Termin in Wrocľaw! Und lange Autofahrt vor mir!"

Er war gleichzeitig erleichtert und enttäuscht. Auf der einen Seite hätte er sich ein intensiveres Treffen mit ihr gut vorstellen können. Allein die Vorstellung erregte ihn. Auf der anderen Seite hätte er überhaupt nicht gewusst, wie er diese Geschichte irgendwie Karin erklären sollte.

„Wie lange musst du fahren?"

„Gut 600 Kilometer. Wenn nicht noch mal zu schneien anfängt, brauche ich etwa sechs bis sieben Stunden!"

Thomas Schöngeist konnte sich unter Breslau wenig vorstellen. Er war noch nie in Polen gewesen und kannte es nur aus den Erzählungen seiner Elterngeneration. Er tat als kleiner Junge immer so, als würde er weghören, wenn die Rede auf den Krieg, auf Hitler und auf die Flüchtlinge kam. Das Wort Flüchtling verband er interessanterweise mit Breslau. Ansonsten schien ihm Polen unendlich weit weg zu sein. Er wusste nicht, ob das auch mit den Flüchtlingen zu tun hatte.

Ihm fielen die blöden Polenwitze ein, die immer in die gleiche Richtung zielten: „Das gute an dem kalten Wetter ist, die Polen lassen ihre Hände in den eigenen Taschen."

Die Distanz kommt eher durch den Eisernen Vorhang seiner Jugendjahre und die Fremdheit der Sprache. Lauter Z und C irgendwie unaussprechbar zusammengewürfelt.

„Im Radio habe ich gehört, dass es heute nur mehr im Westen Deutschlands schneit. Im Osten soll sogar die Sonne durchkommen!"

„Wrocław ist nicht in Deutschland!" Wieder klang Olgas Stimme fremd und scharf.

„So habe ich das doch nicht gemeint", verteidigte sich Thomas, „ich dachte nur, dass die Niederschlagswahrscheinlichkeit sinkt, je weiter man nach Osten kommt."

„Ist schon gut!" Olga bemühte sich um einen versöhnlichen Ton. „Vielleicht kommst du mich auch mal besuchen?"

„Bist du bald mal wieder in Deutschland?", fragte Thomas statt einer Antwort und fuhr fort: „Dann kannst du mich ja vorher anrufen, damit wir uns verabreden können." Olga verabschiedete sich wieder mit einem Händedruck. Der war beileibe nicht kühl, genauso wie ihr Gesichtsausdruck. Doch für eine Umarmung oder gar einen Abschiedskuss war die Distanz zu groß.

„Bis bald!"

„Bis bald!"

10

Wie sehr sich diese Fahrt von Würzburg nach Wrocław von der vor einem Jahr unterschied, dachte sich Zofía, als sie wieder im Auto saß. Doch auch wenn sich ihre Lebensumstände seither sehr verändert hatten, eines blieb gleich: Wie damals hatte sie auch jetzt Thomas Schöngeist im Kopf dabei.

In jeder Hand eine große Sporttasche mühte sie sich im Vorjahr in Wrocław die Bahnhofstreppe hinunter, die Rolltreppe war defekt, und kämpfte sich durch die nachmittägliche Menschenmenge zum Nordausgang. Zum Busbahnhof musste sie die Taschen noch hundert Meter nach links schleppen. Erleichtert stellte sie dort ihr Gepäck ab. Gott sei Dank ist es heute nicht so heiß wie die letzten Tage in Würzburg, dachte sie sich, während sie auf die Straßenbahn in Richtung alter jüdischer Friedhof wartete. Dort in der Nähe konnte sie bei Jacek ein paar Tage wohnen, bis sie eine eigene Wohnung und eine Arbeit gefunden hatte. Die Nummer 7 war glücklicherweise nicht so voll, sodass sie mit ihren zwei Taschen bequem Platz fand, nachdem sie beim Schaffner zwei Złoty gezahlt hatte. Jacek würde erst gegen 19 Uhr nach Hause kommen. Wegen des Schlüssels sollte sie bei Frau Zimianski läuten, die würde im dritten Stock wohnen. Jacek bewohnte zwei kleine Zimmer mit Bad und Küche im fünften Stock. Zofía hätte auch in der Stadt auf Jacek warten können, doch nach der neunstündigen Zugfahrt wollte sie endlich irgendwo ankommen, noch dazu mit den zwei schweren Taschen, die ihre Arme immer länger nach unten zogen.

Jaceks Appartment war nicht weit entfernt von der Wohnung, in der sie erst mit ihren Eltern und ihrer Großmutter gelebt hatte und später allein mit der Mutter, nachdem die sich von ihrem Vater hatte scheiden lassen und ihre Großmutter längst gestorben war. Ihr Vater war noch vor der Wende in den Westen abgehauen, ins gelobte Land, und sie hatte damals den Eindruck, dass sie von ihm wieder im Stich gelassen wurde, dass er sie noch einmal verlassen hatte, sie mit ihren zwölf Jahren. Seither war sie allein mit ihrer Mutter, die sich nach einer starken Schulter sehnte, sie aber nicht finden konnte. Dabei war sie es, die Papa verlassen hatte. Ihn, der sich nicht mehr in das so graue volkspolnische Leben einfinden konnte, das doch ihr Leben, ihre Kindheit und ihre Heimat war. Und sie war nicht unzufrieden damit. „Wenn das mit Papa nicht gewesen wäre und dann später das mit Mama ...", sagte sie sich immer wieder. Später am Abend fragte Zyta, Jaceks Freundin, was denn mit ihrem Papa eigentlich gewesen sei. Jacek, ein Cousin von Zofía, war mit seiner Freundin noch in die Wohnung gekommen, bevor er die nächsten Tage bei ihr verbringen würde.

„Papa arbeitete wie Antoni Mostowski bei den Elektrizitätswerken. Er war Elektromechaniker und natürlich in der *Solidarnos´c´*."

„Die wurde doch damals mit der Verhängung des Kriegsrechts 1981 verboten?", fragte Zyta.

„Stimmt. Er blieb aber Mitglied und arbeitete illegal weiter. So wie auch Zbigniew Kowalewski, einer der führenden *Solidarnos´c´*-Köpfe, der nach der Verhängung des Kriegsrechts in Frankreich festsaß. Er war es, der dort Sender beziehungsweise Sendeanlagen beschaffte, die in tragbare Radiorekorder eingebaut wurden. Mit Kurieren wurden sie versteckt in Autos über die Grenze gebracht, ohne aufzufallen und ohne, dass man ihnen ihre neue, wahre Funktion ansah. Mit einem Zehn-Watt-FM-Sender konnte man das gesamte Stadtgebiet von Wroc´law abdecken."

„Woher weißt du denn das alles?", fragte Zyta. „Du warst doch damals höchstens fünf Jahre alt!"

„Mama hat es mir erzählt. Sie war trotz allem stolz auf meinen Papa. Er war für sie ein Held, später aber ein gescheiterter Held. Und damit ist sie wohl nicht fertig geworden."

„Erzähl weiter!", bat Jacek und öffnete noch eine Flasche Bier.

„Papa installierte zusammen mit zwei oder drei Gewerkschaftsaktivisten diese Sender auf Dächern von Hochhäusern in den Wohnbezirken von Wrocław. Sie schalteten sich aufgrund der vorher programmierten Weckfunktion automatisch ein und strahlten die zuvor auf Kassetten aufgenommenen Sendungen aus. Dazu brauchte Papa nur eine Antenne und für die Stromversorgung eine Autobatterie. Die Dauer der Sendungen wurde stets so kurzgehalten, dass es der Polizei nicht gelingen konnte, die Sender zu orten. Später holte Papa den Sender zurück und installierte ihn auf einem anderen Dach."

„Das war aber ganz schön gefährlich!", kommentierte Zyta.

„Das war es wohl. Manchmal fuhren Ortungswagen durch das Viertel, ohne jedoch den Standort des Senders ermitteln zu können. Bis auf das letzte Mal. Anscheinend ist Papa verraten worden. Er wurde im Frühling 1982 – das Kriegsrecht galt immer noch – von der SB, dem Staatssicherheitsdienst, verhaftet."

„Und dann?"

„Dann war er drei Monate im Gefängnis. Und danach war nichts mehr so wie vorher."

„Und wann haben sich deine Eltern dann scheiden lassen?", fragte Jacek.

„Das war 1984. Papa war schon vorher ausgezogen. Er ist dann in den Westen geflüchtet!"

„Und?", drängte Jacek weiter.

„Ich habe ihn dort nicht getroffen!" Und nach einer Pause, in der niemand sonst etwas sagte, beendete sie unwillig das Gespräch: „Darüber möchte ich jetzt nicht mehr reden. Ich bin froh, dass ich wieder hier bin, daheim in Wrocław.

Danke für die Wohnung, Jacek. Morgen gehe ich zu Antoni Mostowski und frage, ob er Arbeit hat für mich."

„Seine Firma, die *SMP*, ist ganz schön bekannt geworden. Jeder spricht ja heute von Solarenergie. Kürzlich haben sie eine neue Fabrik im Industriegebiet gebaut."

„Aber die Zentrale ist nach wie vor in der Kilińskiego", wusste Zofía.

„Ja, soweit ich weiß, ist es noch das Haus, in dem die Mostowskis aufgewachsen sind. Das gehört denen schon ewig! Anscheinend kann sich Antoni Mostowski davon nicht trennen."

„Jedenfalls gehe ich morgen dorthin und stelle mich vor!"

„Viel Glück!", wünschten Zyta und Jacek zum Abschied.

11

Tadeusz Mostowski zog im Herbst 1945 in die ul. Jana Kiliń skiego unweit der Oderinsel von Wrocław ein. Zusammen mit drei Brüdern und zwei Schwestern. Sie kamen mit ihren Eltern aus Lemberg. Nicht einfach mit dem Zug, denn die 600 Kilometer, die heute vielleicht 15 Stunden dauern würden, bedeuteten in jenen Tagen nach dem Krieg eine beispiellose Irrfahrt, die 15 Wochen währte. Tadeusz war damals sieben Jahre alt. Seine Eltern hatten nicht gerade gerne ihr geliebtes Lemberg verlassen, doch sie fürchteten den ukrainischen Terror, dem die dortigen neuen sowjetischen Behörden tatenlos oder gar wohlwollend zusahen. Außerdem hatten sie Angst davor, nach Osten, in die Tiefe der UdSSR deportiert zu werden. Sein Vater, der an der Universität Lemberg als Hausmeister arbeitete, meinte, dass alle Kollegen nach Wrocław umziehen würden. Denn die Universität würde an diese Stadt an der Oder verlegt werden. Sogar die Ossolineum-Sammlung, das Herzstück der polnischen Forschung, solle bald dorthin transportiert werden. Was für ihn bedeutete, dass das polnische Herz künftig in Wrocław schlagen würde.

Tadeusz kannte dies alles nur aus Erzählungen. Er selbst konnte sich nicht mehr richtig an diese lange Reise erinnern, außer an den Tag, als seine jüngste Schwester starb und an ein düsteres Versteck, in dem sie zwei lange Tage nur flüsternd ausharren konnten. „Die Rote Armee!", sagten seine Eltern, „Räuber und Mörder." So war die Familie Mostowski eher erleichtert, auch wenn nur mehr ein Teil ihres Hausstandes übrig war, als sie ängstlich aus dem Kellerloch schlüpften. Ihr Leben hatten sie noch. Die zwei hohen Leiterwägen mit Bekleidung, Schuhen, Lebensmitteln, Haushalts und Wirtschaftsgeräten, die sie mühsam Richtung Westen zogen, waren seitdem deutlich leichter. Die „Roten" blieben für Tadeusz aber zeitlebens der Inbegriff von Gefahr.

Leicht hatten sie es in Wrocʻlaw nicht gerade, selbst wenn sie es im Vergleich zu anderen „Ukrainern" golden erwischt hatten. Sein Vater bekam tatsächlich wieder eine Stelle als Hausmeister. Aber willkommen fühlten sie sich nicht in der zerstörten Stadt, die nun ihre Heimat werden sollte. Aber andere polnische Familien aus der Westukraine hatten es viel schlimmer erwischt. Viele wurden einfach auf irgendeiner Eisenbahnstation ausgeladen, wo sie manchmal viele Wochen lang auf die Zuteilung einer Wohnung oder eines Bauernhofes warteten. Dort boten sie ein Bild des Elends und der Verzweiflung. Sie hatten kaum etwas zu essen und nicht wenige verloren sogar ihr Leben. Also sollte die Familie von Tadeusz froh sein, dass es das Schicksal mit ihnen besser meinte. Auch wenn sich Tadeusz oft ärgerte, wenn manche Leute seine Familie als Rote beschimpften.

Das Haus, in dem die große Familie auf zwei Zimmern zusammengepfercht wurde, war relativ unversehrt, nur die Fenster waren alle kaputt und die Möbel und Teppiche waren übersät von Glassplittern. An die konnte sich Tadeusz wieder erinnern. Ein Splitter steckte gleich zu Anfang in seinem Fuß. Als es kälter wurde, verbrannten sie die Bücher, die ohnehin keiner verstand. Später bekamen sie noch zwei Zimmer dazu. Sein Vater trieb irgendwann Fensterscheiben auf und Tadeusz fühlte sich auch in der Erinnerung immer heimisch in seinem neuen Haus in der ul. Jana Kilińskiego. Erst viel später bekam er mit, dass seine Mutter sehr viel länger als er oder seine Geschwister brauchte, um sich in Wrocʻlaw einzufinden. Sie betrachtete die schwer verletzte schlesische Stadt wie ihr heimatliches Lemberg, dass sie hatte verlassen müssen: Den Park, in dem sie mit Tadeusz und seinen Geschwistern manchen Nachmittag spazierte, nannte sie genauso wie in Lemberg Lytschakiwskyj Park, obwohl die ganze Stadt Park Szczytnicki dazu sagte. Später erfuhr er, dass er bei den Deutschen Scheitniger Park hieß. Das war auch die Zeit, als er kapierte, dass seine Mutter oft die Realität und die Gegenwart ausblendete und sich in der alten Vergangenheit wähnte.

In ihrer neuen Wohnung waren die kleinen Dinge, die sie aus der Heimatstadt mitgebracht hatten, am allerwichtigsten. Später litt sie darunter, dass es im kommunistischen Polen anstößig war, über Lemberg oder Lviv, wie es neuerdings hieß, überhaupt zu sprechen.

In der Schule gab es eine kleine Bücherei, wo man sich Bücher ausleihen konnte. Tadeusz las gerne die Geschichten über Wanne Kleks, von Jan Brzechwas. Nachdem er jedes dreimal verschlungen hatte, nahm er auch einmal den Gedichtsband für Kinder mit. Und stellte fest, was er ohnehin schon wusste, dass ihm die Abenteuer in der Akademie von Wanne Kleks einfach besser gefielen.

Einmal schrieb die Lehrerin ein Gedicht an die Tafel, es war von Jan Brzechwas und Tadeusz hatte es in dem Buch gelesen, das er kürzlich ausgeliehen hatte. Tadeusz meldete sich sofort und sagte vorlaut: „Frau Ossowska! Das ist falsch, die Cousine kommt aus der Nähe von Molodeczno nicht aus der Nähe von Piaseczno!"

„Woher willst du das wissen?", fragte sie zurück.

„Das steht in dem Buch so drin!"

„Das ist falsch!", sagte sie scharf mit erhobenem Zollstock. Er bekam eine Strafarbeit für sein vorlautes Verhalten. Abends traute er sich, seinen Vater zu fragen, wo denn Molodeczno sei. Von der Strafarbeit erzählte er besser nichts, sonst hätte es vielleicht noch einmal Ärger gegeben.

„Das liegt im Norden von Lemberg in Richtung Russland und gehörte mal zu Polen."

„Und wo ist Piaseczno?"

„Das ist, glaube ich, in der Nähe von Warschau! Warum fragst du?"

„Ach, nur so, die Lehrerin hat's in der Schule gesagt!"

Erst viele Jahre später hat er die Geschichte, die sich wegen der ungerechten Strafaufgabe tief in sein Gedächtnis eingegraben hatte, verstanden.

Die ehemaligen Ostgebiete wurden einfach weggeleugnet. Zu Zeiten der Volksrepublik Polen war schon die Herkunft aus den Ostgebieten fast gleichbedeutend mit Gegnerschaft zum System. Und wer dann Ende der 50er Jahre noch mit Stolz sagte, dass er aus Lemberg käme, der hatte gewissermaßen die kommunistischen Machthaber herausgefordert.

Für Tadeusz war dies allerdings kein Grund, sich nicht wohl zu fühlen in Wrocław und in seinem Haus in der ul. Jana Kilińskiego.

Deshalb blieb er in diesem Haus wohnen. Andere Familien zogen aus. Er gründete eine Familie darin. 1992, er war gerade zum ersten Mal Opa geworden, konnte er endlich sein Haus erwerben. Er war stolz auf seine drei Kinder. Roman, der Älteste, wurde wie seine Schwester Hanka Lehrer, Antoni studierte Elektroingenieur. Der wurde allerdings nach der Wende entlassen. Tadeusz half ihm danach, die Werkstätten im Erdgeschoss zu renovieren und wieder ihrer ursprünglichen Bedeutung zuzuführen. Dort baute Antoni Computer um und aus und reparierte alte Geräte. Davon konnte sein Sohn ganz gut leben. So gut, dass er am Stadtrand eine Fabrikhalle bauen konnte. Und dort fing er vor ein paar Jahren an, Solarmodule zu fertigen. Dieses Geschäft lief von Anfang an hervorragend. Deutsche kauften die Ware schon, bevor sie überhaupt produziert war. Seine Büros in der ul. Jana Kilińskiego behielt Antoni allerdings. Genauso wie Tadeusz mit seiner Frau Elie im zweiten Stock wohnen blieb.

Und jeden Tag erfüllte es Tadeusz aufs Neue mit tiefem Stolz, wenn er an seiner Hausfassade das Schild *„SMP – Solar Moduł y Polska – Antoni Mostowski"* las.

Seit Herbst letzten Jahres kam panische Angst dazu. Angst, sein Haus wieder zu verlieren. Da kam dieser dicke große Brosinski mit einer Dolmetscherin und behauptete freundlich, dass dies sein Haus wäre, er würde es kaufen wollen. Doch Tadeusz wollte auf keinen Fall verkaufen und lehnte brüsk ab. Er zweifelte nicht daran, dass Brosinski in diesem Haus gewohnt hatte, doch Tadeusz lebte mit seiner Familie nun schon seit 65 Jahren hier. Er hatte die Nachkriegszeit überstanden, die Misswirtschaft des Sozialismus und einen hochnäsigen Kapitalismus, den die alte Führungselite der Partei als Selbstbedienungsladen missverstand. Dabei wollte er nur ein freier Bürger sein und friedlich in seinem Haus wohnen. Ein paar Tage später tauchte Brosinski wieder auf. Zusammen mit einem Dr. Krueger. Der war zwar nicht so groß, dafür aber noch breiter als Brosinski. Freundlich waren die beiden nicht, sie hatten auch keine Dolmetscherin dabei. Krueger drohte auf Polnisch im Namen einer *Preußischen Treuhand* mit Klagen, unter anderem vor dem Europäischen Gerichtshof für Menschenrechte. Er führte einige Paragraphen an, redete von Besitzansprüchen, von unrechtmäßiger Enteignung, von falschen Grundbucheinträgen. Tadeusz wurde es schwindelig. Natürlich blieb er standhaft, auch wenn er sich elend fühlte. „Ich verkaufe nicht!"

Kaum waren die beiden zur Tür raus, schenkte sich Tadeusz einen doppelten Wodka ein, den er viel zu schnell trank. Es half nicht wirklich, die bedrohlichen Gespenster zu vertreiben.

Als Elie wieder nach Hause kam – sie hatte auf die Kinder ihrer Tochter Hanka aufgepasst – erschrak sie fürchterlich.

„Bist du krank, Tadeusz?"

„Vielleicht eine Erkältung. Die geht doch schon wieder um in der Stadt!", redete er sich raus. Elie legte ihre flache Hand auf seine Stirn, „Du hast ja Fieber! Du musst dich hinlegen!" Sie brachte ihm heißen Tee mit Wodka: „Das wird dir guttun!" Tadeusz trank geistesabwesend, während sich seine Gedanken nur darum drehten, wie er verhindern konnte, dass diese Männer ihnen ihr Haus wegnehmen würden.

12

„Ich weiß nicht, ob das interessant ist. Ein Ordner mit Artikeln und Informationen über eine *Preußische Treuhand*?"

Helmas Stimme klang am Telefon noch deprimierter als in Blaukirchen.

„Was ist denn das?", antwortete Thomas Schöngeist mit einer Frage.

„Eine Organisation, die sich anscheinend um Besitzansprüche von aus Polen vertriebenen Deutschen kümmert. Mir sagt der Name auch nichts."

Er verstand nicht so recht, was Helma wollte und wurde den Eindruck nicht los, dass sie außer ihm niemanden hatte, mit dem sie reden könnte.

Sein Kopf schmerzte immer noch und er hatte keine Lust auf dieses Telefonat. Er wünschte sich stattdessen einen langen Lauf mit Manni, auch wenn er sich dafür viel zu schlapp fühlte, was ihn wiederum frustrierte. Seine Stimmung war düster, und er fühlte sich als Getriebener von Ereignissen oder Mächten, auf die er wenig Einfluss hatte. Dann warf er sich vor, dass er nach dem Neujahrsempfang noch im Hausflur seiner Bekannten hätte weggehen können. Aber anscheinend traute er sich nicht, oder er wollte sie, die ihn mit ihren großen und einsamen Augen so hoffnungsvoll anschaute, nicht enttäuschen. Schließlich hätte er auch am Montag bessere Schuhe anziehen können, dann wären seine Füße nicht eiskalt geworden und er müsste jetzt nicht gegen eine Erkältung ankämpfen. Eine Erkältung, die immer stärker von ihm Besitz ergriff. Vielleicht wäre er dann Olga gegenüber weniger steif und unbeholfen aufgetreten und sie hätte vielleicht am Abend doch keinen Termin mehr in Breslau haben müssen. Für die abgeschriebene Doktorarbeit konnte er nichts, außer, dass er selbst nie eine geschrieben hatte, was er schon öfter bereut hatte und einmal nachholen wollte.

Auch für Peters Verschwinden konnte er nichts. Aber auch hier machte er sich Vorwürfe. Hätte er nicht engeren Kontakt zu seinem alten Freund halten sollen? Hätte er sich nicht anbieten sollen, wenn der Probleme hatte?

Seine Gedanken kreisten wirr und orientierungslos durch seinen heißen Kopf. Er hörte Helma noch sagen, dass ihr Bruder anscheinend neuerdings versuchen würde, den alten Besitz der Familie in der Herzogstraße in Breslau wieder zurückzufordern. „Ob dies in einem Zusammenhang mit Peters Verschwinden stehen könnte?"

Karin schaute ins Zimmer. „Thomas, was ist denn los?" Sie stand neben ihm, legte eine Hand auf seine Schulter, die andere auf seine Stirn. „Du hast ja Fieber!", schalt sie ihn mit mütterlichem Ton. „Du musst ins Bett!"

„Mit dir?" Thomas versuchte, sich mit dieser durchaus nicht unernsten Bemerkung und einem schiefen Lächeln aus seiner Niedergeschlagenheit zu befreien.

„Nein, mit einer Wärmflasche!", antwortete Karin streng.

„Aber ich fahre dich!"

In seiner Wohnung wollte Thomas Karin mit ins Bett ziehen, doch sie wehrte ab: „Willst du, dass ich auch noch krank werde?"

Das wollte er natürlich nicht – aber was er wirklich wollte, wusste er nicht. Er nahm noch eine Aspirin gegen seinen Kopfschmerz und hoffte, dass die Tablette auch gegen seine Gliederschmerzen helfen würde. Karin hatte eine Kanne Tee neben sein Bett gestellt. „Ruf mich an, wenn du was brauchst!"

„Bitte frag den Neuen, ob er mich am Donnerstag auf dem Landgericht vertreten kann. Oder verschieb den Termin!"

Er konnte nicht schlafen, sich allerdings auch auf nichts konzentrieren. So suchte er im Internet nach Informationen über die *Preußische Treuhand*.

Wie Helma schon sagte, handelte es sich um eine Organisation, die die privatrechtlichen Rechtsansprüche der deutschen Heimatvertriebenen wahren wollte. Sie fanden dabei weder die Unterstützung der Vorsitzenden des Bundesverbandes der Vertriebenen und schon gar nicht die der Bundesregierung. Sieh an, dachte sich Thomas, die gleiche Regierung, die gefälschte Doktorarbeiten von Bundesministern als Kavaliersdelikt bagatellisiert! Wenn die diesen Verein nicht unterstützt, muss er ja wirklich außergewöhnlich problematisch sein.

Beim Weitersurfen las er interessiert einen Eintrag über eine Agnes T.:

Schon seit dem Jahre 2003 klagt Frau T. auf Rückgabe ihres Familienbesitzes. Über 100 Hektar Land und mehrere Gebäude hatten ihrer Familie vor der Aussiedlung gehört, seit der Wende bemüht sich die heute 70-Jährige um Restitution.
Im Sommer 2007 erzielte Frau T. einen ersten wichtigen Erfolg, als ihr ein Gericht das Elternhaus und knapp 60 Hektar Land zusprach. In Deutschland berichteten die meisten Medien nur in kleiner Aufmachung oder gar nicht über den Fall, obwohl er in Polen hohe Wellen schlug und der damalige Ministerpräsident Jaroslaw Kaczynski die polnischen Gerichte öffentlich aufforderte, in solchen Fällen die „Staatsräson" über die Gesetze zu stellen.
Medienberichten zufolge hatte Frau T. die ihr damals zugesprochenen Grundstücke denn auch nicht wieder in Besitz nehmen können, weil zwei weitere Instanzen ihren Anspruch als „verjährt" bezeichneten. Erst im Frühjahr 2009 entschied das Oberste Gericht Polens, dass der Anspruch nicht verjährt sei und ihr der Rechtsweg weiter offenstehe. Eine Entschädigung in Höhe von umgerechnet 262000 Euro hat ein Gericht ihr nun kurz vor Weihnachten zugesprochen. Allerdings ist das Urteil

noch nicht rechtskräftig, da der polnische Staatsschatz
neuerliche Berufung angekündigt hat.
Die Preußische Treuhand sieht dies als Erfolg ihrer
unermüdlichen Arbeit.

Thomas reimte sich zusammen, dass Michael Brosinski mit Hilfe der *Preußischen Treuhand* seine Besitzansprüche in Breslau geltend machen wollte. Doch er hatte keine Ahnung, wie diese *Preußische Treuhand* mit Peter zusammenhängen sollte und irgendwann war er eingeschlafen und er träumte wirr und unruhig von der Nachtbar und von Olga.

Er saß im schlüpfrigen Halbdunkel mit Peter und Manni. Der bestellte noch eine Flasche Wein. Die wurde von Olga – oder war es Zofía? – gebracht. Ihre wohlgeformten Brüste wippten beim Gehen nicht ganz synchron. Zofía setzte sich neben ihn und sah ihn mit strengem Blick an. Er fragte, ob sie auch ein Glas wolle. An ihrer Stelle antwortete Olga mit osteuropäischem Einschlag in der Stimme: „Ja, gerne" und legte ihre Hand wie zufällig auf seinen Oberschenkel.

„Möchten du nicht anstoßen mit mir? Macht Leben leichter!", mischte sich Olga in das Gespräch der drei Freunde und schob dabei ihre Hand auf seinem Bein fast unmerklich höher und beugte sich so zu ihm, dass Thomas nicht an ihrem Ausschnitt vorbeisehen konnte. „Darfst ruhig schauen, ist alles echt!"

Ihre Brüste sahen wirklich einladend aus. Er fragte sich, wie sich das anfühlen würde, dazwischen zu versinken, und in die Runde, ob er nachschenken solle. „Nein, ich mache für euch", antwortete Olga fürsorglich. Als sie sich mit der Flasche zu Peters Glas beugte, hatte Thomas für einen kurzen Moment wieder nur ihren Busen vor Augen und sonst nichts. Er versuchte, sich auf seine Antwort auf Mannis Frage zu konzentrieren: „Dann bleibt nur noch die Hoffnung, dass dich jemand rauszieht!"

„Weil wir nicht alleine sind, bist du manchmal so verlassen." Olgas polnischer Akzent polterte laut, aber es lag auch ein wenig weiche Wehmut in ihrer Stimme. Sie nahm seine Hand, um sie gegen ihre Brüste zu drücken, und flüsterte mit leicht rauchiger Stimme: „Dafür gibt's mich!" Die drei Freunde schauten weiterhin ziemlich verdattert zu ihr, Manni ein bisschen neidisch, Peter etwas abfällig.

„Darf ich noch eine Flasche bringen", lachte sie, „und wieder zu euch setzen?"

Ihr Gesprächsfaden war gerissen. Thomas blickte ihr nach, wie sie mit leicht schwingendem Hintern zur Theke ging und hörte kaum mehr Mannis Frage: „Wie ging's dann weiter?" Worauf Peter ungefragt antwortete: „Manchmal geht's nicht weiter, nur fort!"

Thomas registrierte auf Olgas Rückweg ein hüpfendes Wiegen ihres Busens, harmonisch im Rhythmus ihres Schrittes. Sie setzte sich zwischen ihn und Zofia, die in ihrem schwarzen Anzug immer strenger schaute, schenkte die Gläser voll und legte ihre Hand wieder auf seinen Oberschenkel.

„Und jetzt?", fragte Thomas.

„Jetzt bin ich hier!"

„Nein, ich meine, was machst du jetzt?"

„Was immer du willst."

„Ich meine danach, wenn du nach Hause gehst." Er ließ wie üblich nicht locker.

„Nach Hause? Das ist weit weg. Vielleicht zu weit."

Manni stand plötzlich auf und verabschiedete sich von ihm und Peter. Drei finster aussehende Typen, die plötzlich auftauchten, boxten Peter zu Boden. Thomas wollte eingreifen und wurde von der Polin zurückgehalten. Die flüsterte ihm ins Ohr: „Wenn du nicht weißt, wohin, komm mit mir nach Hause, es wird dir auch immer bleiben in Erinnerung."

Thomas Schöngeist wachte patschnass geschwitzt auf. Er hörte Geräusche in der Küche. „Karin?", rief er fragend.

Die kam mit einer Teekanne in sein Zimmer: „Wie geht's dir denn?"

„Keine Ahnung! Ich brauch' erst mal was Trockenes zum Anziehen!" Er wollte aufstehen, doch schon beim Aufsetzen wurde ihm schwindlig. Karin brachte ihm Boxershorts und ein T-Shirt und Thomas zog sich, auf dem Bett sitzend, um.

„Wie spät ist es?"

Karin antwortete mit einer Gegenfrage: „Wer ist Olga?"

„Wie kommst du denn auf Olga?"

„Du hast immer wieder mal im Schlaf ihren Namen gerufen!"

„Keine Ahnung. Vielleicht irgendwas geträumt!"

„Hier ist ausreichend Tee. Die Tabletten helfen gegen Fieber und Kopfschmerzen. Dein Handy habe ich ausgeschaltet und deinen Laptop habe ich in Griffweite liegen gelassen. Hast du Hunger?"

Er schüttelte den Kopf. „Willst du wohl wieder gehen?"

„Ich glaube, du hast mehr von mir, wenn ich gesund bleibe. Vielleicht schaff' ich's auch noch zu meiner Gymnastikstunde. Die geht um acht Uhr los!"

„Na dann viel Spaß!"

„Ich schau morgen früh wieder vorbei!" Weg war sie.

Thomas überlegte, ob er Ralf Bendlin anrufen sollte. Sein Freund betrieb eine Detektei in Frankfurt, *bendlin research*, dessen Leute waren ziemlich fit in Bezug auf Computertechnik. Die könnten zum einen vielleicht Peters Computer durchforsten, zum anderen auch Peter schnell finden. Letztes Jahr hatte es gerade mal ein paar Tage gedauert, bis sie Simone, die Thomas damals verzweifelt suchte, in Buenos Aires ausfindig gemacht hatten. Eine gewisse Erfahrung im Aufspüren von verschwundenen Leuten konnte man

Bendlin also nicht absprechen. Die Nummer hatte er in seinem Mobiltelefon eingespeichert. Er schaltete es also wieder ein und prompt erhielt er zwei Nachrichten.

Die eine von Karin: „Du solltest dich doch ausruhen und nicht dein Handy anschalten! Trotzdem gute Besserung!"

Von der anderen Nachricht kannte Thomas weder die Nummer noch die Vorwahl: 0048 …?

„Habe die Winterstürme hinter mir gelassen und bin wieder daheim! Übrigens war meine Einladung nicht nur so dahingesagt."

Er googelte mit seinem Laptop die Vorwahl und sah seine Vermutung bestätigt: Polen! Also Olga! Was sollte er jetzt damit anfangen?

Er wählte die Nummer von Bendlin. Doch der ging weder an sein Mobilteil noch an sein Festnetztelefon. Recht hat er! So schrieb er ihm eine kurze Mail, dass er ihn sprechen wolle, schaltete danach sein Mobiltelefon wieder aus und schlief vollkommen erschöpft ein. Mitten in der Nacht wachte er noch einmal patschnass geschwitzt und mit fürchterlichen Kopfschmerzen auf. Als er einen neuen Schlafanzug aus seinem Schrank holen wollte, wurde ihm schwindlig. Er stützte sich an der Wand ab, zog sich mühsam, an die Wand gelehnt, um, nahm zwei von den Tabletten und stürzte durstig zwei große Tassen des inzwischen kalt gewordenen Tees hinunter.

Als er das nächste Mal aufwachte, empfing ihn graues Licht und wieder ein Klappern in der Küche. Karin kam kurz danach mit einer Kanne Tee und Zwieback ins Schlafzimmer: „Du musst unbedingt was essen!"

Thomas stellte sich müde und schwach. Vielleicht war er es auch. Er schalt sich dafür, dass ihn ihre korrekte Fürsorge irgendwie störte. Natürlich verstand er, dass er wenig einladend wirkte, in die Arme genommen zu werden, aber etwas mehr liebevolles Mitgefühl hätte er sich schon gewünscht.

„Übrigens hast du wieder von Olga geträumt!" Ihre Stimme klang etwas spitz.

„Danke für alles!", antwortete Thomas.

„Ich komme nach Feierabend wieder vorbei. Du siehst schon besser aus als gestern! Auf dem Herd steht eine Hühnerbrühe mit Nudeln. Falls du noch mehr Hunger bekommst!"

„Danke!"

„Ich mach dann mal los!"

13

Die Tür schnappte zu und Thomas Schöngeist ging aufs Klo. Der Schwindel beim Aufstehen verschwand schon nach wenigen Augenblicken. Es ging ihm eindeutig besser. In der Küche machte er sich einen Milchkaffee. Beim Aufheizen der Maschine wurde ihm wieder etwas schwindlig, und als er endlich die große Tasse heißen Milchkaffee zwischen beiden Händen hielt, war er wieder vollkommen erschöpft. Er setzte sich aufrecht in sein Bett, lehnte sich an die Wand und schaute in den grauen Nebel, der vom Main heraufwaberte und die Alte Mainbrücke mystisch einhüllte, ab und zu einen der Heiligen freigab und gleich wieder versteckte. Der heilige Burkardus blieb im Nebel verschwunden. Allerdings würde der wieder auftauchen. Anders als Leonie, die er nie mehr sehen würde. Tränen rollten über sein Gesicht. Er wischte sie nicht weg. Heute nicht.

Warum er ausgerechnet Olga alles von Leonie erzählt hatte, war ihm auch heute noch ein Rätsel. Überhaupt war das ganze Wochenende in der Rückschau vollkommen unglaublich. Noch nie war er bis dahin in einem Puff gewesen. Mit 43 Jahren! Dann hat ihm doch tatsächlich eine Frau wirklich gefallen. Erst hatte er sie nur als polnische Blondine wahrgenommen, dann bekam sie einen Namen: Olga! Es irritierte ihn ein wenig, dass sie sich jetzt Zofía nannte. Er war mit in ihre Wohnung gegangen. „Keine Angst, ich nehme beruflich nie jemanden dorthin mit!", versuchte sie ihn zu beruhigen. Dort vereinten sich ihre Körper, so als hätten sie sich schon seit Jahren gesucht. Er war schnell eingeschlafen, weil er zu viel getrunken hatte.

Doch am nächsten Tag war es ihm nicht unangenehm, neben ihr aufzuwachen. Olga ging es wohl genauso. „Soll ich dir einen Kaffee machen?" Dazu kam es nicht gleich, erst eine halbe Stunde später löste sie sich mit gerötetem Gesicht aus seiner Umarmung. Thomas hatte sich selten so entspannt gefühlt, als Olga ein paar Minuten später wieder zurückkam: „Der Kaffee, mein lieber Mensch!"

Sie lehnten, jeder mit einer Kaffeetasse zwischen den Händen im Bett sitzend, an der Wand. Olga rückte dicht zu ihm. Er bewunderte ihre schönen festen Brüste, deren Spitzen sich keck in den neuen Tag reckten und beugte sich vor, um eine davon zu küssen.

Noch nie hatte Thomas fast einen ganzen Tag im Rhythmus zwischen höchster Erregung und kuscheliger Erschöpfung im Bett verbracht. Nachmittags bekam er Hunger. Sie kochten sich Nudeln mit irgendeiner Fertigsoße aus der Dose. Angezogen haben sie sich dabei nicht. Sie standen eng Haut an Haut.

Als es dunkel wurde, erzählte er von Leonie. Er fühlte sich nicht beklemmt, wollte nicht rechtfertigen, lag einfach neben ihr und spürte, dass sie von ihm hören wollte, wie er Leonie kennengelernt hatte auf einer Wanderung in den Abruzzen, wie er sie neben dem Heiligen Burkardus auf der Alten Mainbrücke küsste, wie er mit ihr in Basel ein Spätsommerwochenende verbrachte. Wie sie sich ein gemeinsames Leben versprachen und wie es plötzlich vorbei war, als der Beamte in der Tür stand und fragte, ob er der Mann von Leonie Schöngeist sei und er mit ihm vollkommen ferngesteuert ins pathologische Institut ging, um dort neben Leonie zu stehen und wortlos zu nicken. Wie durch Watte hörte er: *sudden cardiac death.*

Ab und zu strich ihm Olga über sein Gesicht, manchmal suchten ihre Beine Kontakt zu den seinen. Enger waren die Berührungen nicht, doch Thomas fühlte sich intensiv geborgen in einer weichen unendlichen Weiblichkeit, der er alles anvertrauen konnte. Später dachte er an den Begriff Urmutter, und an eine frühere Freundin, die ihm immer wieder, seit sie in Südamerika gewesen war, von Pachamama vorschwärmte. Damals konnte er damit nichts anfangen.

Dann hatte er von Simone erzählt, wie er sich in sie verliebt hatte, ihrer ersten Nacht in Hamburg, von seinem Eindruck, dass sie ihn danach am langen Arm hatte verhungern lassen, von Harry, einem Freund von ihr, auf den er furchtbar eifersüchtig gewesen war ...

Das alles erzählte er ihr, nackt und ohne Scham.

Dann eine wunderschöne Stille, in der sich Schöngeist nicht einsam fühlte.

Die Stille lastete nicht, sie wurde nicht unangenehm lang. Irgendwann fragte Olga, ob er Hunger habe.

„Ja, nach dir!"

Danach hatte er wirklich Hunger. Beide hatten keine Lust auszugehen. Es war ohnehin schon Mitternacht geworden. So suchten sie sich wieder irgendwelche Essensreste in der Küche, diesmal hatte sich jeder ein T-Shirt übergezogen, da es kühl geworden war.

Als Dessert fanden sie immer noch Stellen am Körper des anderen, die noch gekostet werden wollten.

Dazwischen hatte immer wieder mal Thomas' Handy geklingelt. Am Sonntagnachmittag war Thomas das erste Mal rangegangen. Es war Manni gewesen, der sich zum Laufen verabreden wollte. Erst am Abend war Thomas wieder in seine Wohnung zurückgekehrt.

14

Thomas Schöngeist wurde wieder von Geräuschen in der Küche geweckt. Sein Kopf fühlte sich eindeutig weniger wattiert an als die letzten Tage. Von der wieder erlangten Freiheit beschwingt stand er auf und musste sich gleich wieder hinsetzen. Das war dann doch zu viel für seinen bettlägerigen Kreislauf. Er hörte Karin rufen: „Bist du schon auf?"

Als Thomas das Aufstehen noch einmal probierte, etwas langsamer und vorsichtiger als davor, kam Karin ins Zimmer, einen Kochlöffel in der Hand. Er hob beide Hände und rief: „Unschuldig!" Karin schaute langsam und fast vorwurfsvoll an ihm hinunter: „So krank kannst du gar nicht mehr sein!" Jetzt erst spürte Thomas sein steifes Glied und den Grund von Karins Heiterkeit.

„Ich habe Grießbrei gekocht!"

„Ich habe aber Lust auf Fleisch!", antwortete er und zog Karin mit leichtem Widerstand zu sich.

„Du brauchst Schonkost! Außerdem ist keines im Kühlschrank!"

„Ich will auch lieber frisches!" Er schob seine rechte Hand unter Karins T-Shirt. Ihre Haut fühlte sich kühl an, was ihn noch mehr erregte.

Sein Handy klingelte.

Thomas' Hand tastete sich zu Karins Brüsten vor.

„Willst du nicht drangehen?", fragte sie.

„Ich bin doch schon dabei", antwortete er.

„Vielleicht ist es wichtig?", sagte Karin und schob ihn von sich weg. Der zog seine rechte Hand wieder aus Karins T-Shirt, sah kurz auf das Display und nahm das Gespräch an, wobei er versuchte, sich seine Enttäuschung über Karin nicht anmerken zu lassen: „Schöngeist!"

Es war Ralf Bendlin: „Du hast angerufen? Aber erst mal ein gutes neues Jahr!"

Thomas versuchte, Bendlin in groben Zügen zu erzählen, was passiert war. Dann wollte er von ihm wissen, ob sich auf Peters Computer vielleicht Spuren finden ließen, die mit seinem Verschwinden zu tun haben könnten. Schließlich bat er Bendlin, diese Heike ausfindig zu machen. „Wahrscheinlich muss man erst mal in der damaligen Firma …"

„Lieber Schöngeist, das überlass mal mir, ich weiß schon, wie man das macht", unterbrach ihn Bendlin und fuhr dann fort: „Du kennst doch meinen Heiner Müller, du weißt schon, der mal beim *Chaos Computer Club* gearbeitet hat. Der hatte kürzlich unter der Hand die Beta-Version eines Trojaners bekommen, den irgendeine Regierungsstelle zur Überwachung von feindlichen Computern entwickeln lässt. Hatte gelacht, als er hörte, dass dies vollkommen unbemerkt geschehen könnte. Damit bekommen die mal ein riesiges Problem! Aber für uns ist das kleine Programm Gold wert, meint er."

„Ich verstehe ehrlich gesagt nicht allzu viel!", unterbrach ihn Thomas. „Trojaner! Von der Regierung entwickelt? Feindliche Computer? Was soll das Ganze und was hat das mit Peter und mir zu tun?"

„Eigentlich brauchst du auch nichts verstehen. Sorge dafür, dass der Computer von Peter eingeschaltet ist und wir sagen dir dann, was dort alles abgespeichert ist!"

„Und die Passwörter?"

„Was meinst du denn, für was man Millionen von Euro in die Entwicklung von solchen Trojanern steckt? In einen fremden Computer kann ich auch mit einer Software, die ich mir kostenlos und legal aus dem Internet laden kann. Nein, dieser Trojaner, ich nenne ihn mal wegen seiner Herkunft Staatstrojaner, beinhaltet einen Algorithmus, mit dem Kennwörter und die zugehörigen Passwörter generiert werden können. Faszinierend! Und brandgefährlich. Da kommt man fast überall hin!"

„Und du meinst, ihr könnt damit alles auf Peters Computer lesen?"

„Alles, was er mit den gängigen Sicherheitsstandards abgespeichert hat!"

Bendlin brauchte nur die Adressdaten von Peter Schneider. Allerdings war schon Freitag und Heiner Müller hatte das Wochenende frei. „Wenn du bis Anfang nächster Woche warten könntest, wäre die Aktion ziemlich stressfrei!"

Thomas blieb nichts anderes übrig als „ja klar" zu sagen, obwohl er ungeduldig hoffte, über Peters Computer Spuren zu finden, wohin sein Freund verschwunden war. Karin war während des Telefonats wieder in die Küche gegangen, wo er sie räumen hörte. Vor Enttäuschung über Karins Distanziertheit spürte Thomas jetzt erst, dass ihm vom Stehen nicht schwindlig wurde, ja, dass er sich überhaupt besser, eigentlich wieder gesund fühlte.

Er ignorierte das Klappern in der Küche und ging ins Bad, um zu duschen. Dabei fragte er sich, warum er bis jetzt nicht daran gedacht hatte, Peters Vater zu fragen, ob er denn was wüsste. Dabei wurde ihm klar, dass er keine Ahnung hatte, ob denn Peters Eltern noch in dem kleinen Häuschen in der Fliederstraße wohnen würden. Dort hatte er Peter in seiner Schulzeit oft besucht. Mit dem Rad waren es gerade mal fünf Minuten von seinem Elternhaus. Bei Peters Eltern hatte er sich wohl gefühlt, er hatte den Eindruck, dass sie es gerne sahen, wenn die beiden Buben etwas zusammen unternahmen. Mit Peters Schwester Judith, die drei Jahre älter war als er, hatte er kaum Kontakt. Wenn Thomas zum Abendessen eingeladen war, saß sie manchmal mit am Tisch. Sie redete nicht viel und Thomas stellte sich so eine Jüdin vor, dunkle kräftige Haare, die ein hübsches, aber schwermüti ges Gesicht einrahmten. Er verschlang damals Bücher über das Schicksal der Juden in der Nazizeit. An Peters Vater als einzelne Person konnte er sich gar nicht mehr richtig erinnern, er kannte ihn nur im Kontext mit Peters Mutter am Abendtisch. Die war eine sehr freundliche und redselige Frau, und erst jetzt, so viele Jahre später unter der Dusche, spürte er, dass sie damit dem Schweigen ihrer Familienmitglieder begegnete. Judith lebte also in Interlaken, zumindest hatte Helma gesagt, dass dorthin ihre Schwiegermutter mit Sylvia gefahren ist, um Judith zu besuchen. Was aber ist aus dem Vater geworden?

Er rief Helma an, doch dort nahm niemand ab. Thomas hatte vergessen, sich ihre Handynummer geben zu lassen. So läutete er bei Uwe Meier an, den er gerade noch in der Umkleidekabine beim Sportverein erwischte. „Ich laufe gleich mit den Jungs los! ... Peters Vater ist schon seit letztem Jahr in irgendeinem Pflegeheim! ... Irgendwas mit Alzheimer oder so was! ... Keine Ahnung wo ... schönes Wochenende!"

Thomas rief noch einmal bei Bendlin an.

„Entweder ich habe seine Adresse in einer halben Stunde oder ich brauche einige Tage!"

Karin hatte schon ihren Anorak und die Straßenschuhe an, als sie in sein Arbeitszimmer kam: „Ich gehe jetzt ins Training und bin danach mit meinen Freundinnen verabredet!" Und bevor er zu einer enttäuschten Antwort ansetzen konnte, fuhr sie fort: „Ich konnte ja nicht ahnen, dass du dir ab heute Nachmittag einbildest, wieder gesund zu sein!"

Als sie schon in der Tür stand, drehte sie sich noch einmal um: „Vielleicht erzählst du mir mal bei Gelegenheit von Olga!" Und weg war sie.

Was sollte er erzählen? Dass er mit Manni vor einem Jahr in einem Nachtclub war? Dass er dort Olga kennenlernte, eine Angestellte des Clubs? Dass Olga ebenso wie Karin blond war? Dass Olga etwas kleiner als Karin ist und ihre Brüste etwas größer sind? Als ob es darauf ankäme.

Oder dass er das Wochenende mit Olga verbrachte, als Karin noch mit Michael Klose zusammen war? Er beschloss, dass es nichts zu erzählen gab und überlegte kurz, ob er nicht Laufen gehen sollte, doch merkte er gleich, wie unvernünftig alleine der Gedanke daran war.

In der Küche stand ein Teller mit Grießbrei, daneben Zimt und Zucker und ein Schälchen Kirschkompott, sowie ein Zettel: „Guten Appetit und gute Besserung. Gruß und Kuss, Karin"

Er wertete seinen Hunger als gutes Zeichen seiner Genesung, doch kam er nicht zum Essen. Wieder läutete sein Handy.

„Reinhold Schneider ist seit einem Jahr in Heidenheim in einem Pflegeheim für Alzheimerkranke untergebracht." Bendlin gab ihm die Telefonnummer vom Haus *Curasana* und wünschte endgültig ein schönes Wochenende. Thomas beschloss, gleich morgen früh nach Heidenheim zu fahren, um Peters Vater zu besuchen.

Für den einsamen Abend und als Zeichen seiner Genesung entkorkte er eine Flasche Primitivo, legte *Neil Young* auf und nahm sich das Buch von Mihail Sebastian, das er kurz vor Weihnachten beim Stöbern in der Buchhandlung *Knott* wegen des Klappentextes gekauft hatte, ohne den Autor zu kennen. ‚Der Unfall' sei eine wunderbare Liebesgeschichte und gleichzeitig eine Reminiszenz an das glanzvolle Bukarest der dreißiger Jahre. Ein Roman der kleinen Gesten und der zeitlosen, großen Gefühle – und ein Buch über die Einsamkeit des Zurückgewiesenen und die Isolation eines Autors, der wegen seines jüdischen Glaubens ausgegrenzt wurde.

Er dachte daran, wie Peter und Helma in Blaukirchen von früheren Freunden geschnitten wurden und fand gleichzeitig, dass ein Vergleich mit den Juden jener Zeit wohl doch etwas unangemessen wäre.

Kurz bevor er ins Bett ging, schrieb er eine SMS an Olga:

„Mich haben die Winterstürme eingefangen und ans Bett gefesselt. Jetzt bin ich wieder frei. 500 km nach Osten können viel weiter sein als 500 km nach Westen."

Dann noch eine an Karin: „Bin morgen schon früh in Sachen Peter Schneider unterwegs nach Heidenheim. Melde mich wieder."

15

Der Geruch stieß ihn ab und Thomas Schöngeist musste sich überwinden, nicht gleich wieder umzukehren. Kann Alter riechen? Riecht es nach Verfall? Oder wie Fäulnis? Verstärkt durch die fast unerträgliche Hitze im Haus, vermischt mit dem Geruch nach Putzmitteln und fader gedünsteter Schonkost. Nicht appetitanregend und wenig einladend. Thomas fragte sich, warum er diesen Geruch so übersteigert wahrnahm.

Er fühlte sich von den geisterhaften Gestalten beobachtet, die im Foyer in Rollstühlen saßen und ihre Augen zwar ihm, dem Neuankömmling, dem seltenen Besucher, zuwandten, ihn aber nicht wirklich wahrnahmen. Keine Regung in ihren Gesichtern. Niemand grüßte zurück. Thomas, der in eine für ihn fremde Welt eingetreten war, hatte den Eindruck, dass die dort befindlichen Körper wiederum in einer ganz anderen Welt lebten. Umso mehr freute er sich, als ihm eine sympathisch wirkende Frau mittleren Alters entgegenkam und sich ihm als Schwester Ingrid vorstellte. Sie begleitete ihn freundlich lächelnd zu Zimmer 324. „Seit Wochen hatte Herr Schneider keinen Besuch und in diesem Jahr sind Sie schon der zweite!"

Erst dachte Thomas, dass dies wohl ein Witz sein sollte, doch dann wurde ihm klar, dass hierher selten Besucher kamen, Pflichtübungen, die man wenige Male im Jahr zu absolvieren hatte.

„Warum besucht ihn sonst niemand?"

„Sein Sohn kam bis November regelmäßig ein bis zweimal im Monat vorbei. Er hat ihn dann immer recht lang durch die Gegend geschoben, das hat Herrn Schneider gutgetan!"

„Und der Rest seiner Familie?"

„Die Tochter lebt wohl im Ausland und kommt recht selten!"

„Und seine Frau?"

„Oh, das ist ganz schwierig. Wir sind alle ratlos. Er wird nach wenigen Minuten ihr gegenüber furchtbar aggressiv. Letzten Sommer hat er ihr sein Mittagessen mitsamt dem Teller an den Kopf geworfen und sie so unglücklich getroffen, dass eine Schnittwunde am Kopf genäht werden musste."

Thomas wollte fragen, wer denn der andere Besucher in dieser Woche gewesen war, da klopfte Schwester Ingrid an der Tür, wartete aber keine Reaktion ab und öffnete sie. Thomas erschrak, als er das dünne Männchen im Rollstuhl vor dem Fenster sitzen sah. Der schien auch nicht auf ihren Besuch zu reagieren, bis Schwester Ingrid mit Thomas zu ihm ging und ihm zurief: „Herr Schneider, ich habe jemanden mitgebracht!" Erst da wendete das Männchen seinen Kopf vom Fenster weg und nahm die beiden wahr. Ein Lächeln huschte über das Gesicht von Herrn Schneider und mit schwerer Stimme rief er leise: „Thomas!" Der war noch überraschter als Schwester Ingrid. „Es ist immer wieder unglaublich, wie sich manche hier an früher erinnern, aber vollkommen vergessen, was in der Gegenwart passiert. Dann lasse ich Sie mal alleine!"

Thomas reichte Peters Vater die Hand und setzte sich auf den Besucherstuhl neben dem Rollstuhl.

„Gut, dass du kommst, Thomas!" Ihm fiel das Reden sichtlich und hörbar schwer, doch er mühte sich: „Ich habe schon auf dich gewartet!" Thomas wusste überhaupt nicht, wie ihm geschah. Er konnte schon kaum glauben, dass ihn das Männchen, Peters Vater, nach so vielen Jahren überhaupt wieder erkannte und jetzt sagte er, dass er gewartet hätte.

„Vielleicht kannst du dem Peter noch mal zureden. Er will doch die Helma von den Brosinskis heiraten. Und ich habe ihm gesagt, dass das nicht zusammenpasst. Wir sind einfache Leute. Mein Vater war Elektriker, ich bin ein kleiner Elektroingenieur, wie soll das gut gehen? Peter ist ein braver gescheiter Junge und Helma kommt doch aus einer ganz anderen Welt! Und dort wird er immer nur der Emporkömmling bleiben, einer, der nur dazu gehört, weil er geheiratet hat."

„Aber Herr Schneider, Peter hat doch längst geheiratet! Vor über zehn Jahren!"

„Was, er hat sie geheiratet? Warum hat er mich nicht auf die Hochzeit eingeladen? Wo ist Peter? Er kann doch nicht einfach heiraten und mich nicht einladen. Das kann doch nicht gut gehen." Peters Vater war sehr erregt und plötzlich nahm er die Flasche, die er die ganze Zeit mit beiden Händen gehalten hatte, schleuderte sie zu Boden und schrie mit seiner dünnen schwachen Stimme: „Das kann doch nicht gut gehen!"

Thomas hob die Flasche wieder auf, sie war aus Kunststoff. Das kann ja heiter werden, dachte er sich.

„Herr Schneider, Sie waren doch damals bei der Hochzeit dabei und haben eine kleine mutige Rede gehalten! Ich kann mich noch gut daran erinnern!"

Peters Vater war nur schwer zu verstehen. Seine mühsam artikulierende Stimme vergaß immer wieder Buchstaben oder er ließ einfach Wörter wegfallen. Anfangs versuchte Thomas nachzufragen oder sich irgendwie am Gespräch zu beteiligen, doch Herr Schneider schien ihn gar nicht wahrzunehmen und kämpfte mit seiner schweren Zunge weiter um jedes einzelne Wort. Unstet hüpfte Peters Vater zwischen den Jahren hin und zurück. Ein roter Faden erschloss sich Thomas mit viel Mühe erst nach einer Stunde, in der er sich immer wieder überlegte, wie er es schaffen sollte, dem alten Männlein, seiner wirren Geschichte, überhaupt diesem Haus wieder zu entkommen, das ihn mit seinen Schicksalen festhalten wollte. Über Peters Verschwinden würde er hier nichts erfahren. So sah er sehnsuchtsvoll aus dem Fenster, doch die Trübnis setzte sich draußen fort: triste graue Wohnblöcke unter einem nassen bleiernen Himmel, von winterlichem Schnee war hier längst nichts mehr übrig. Und so ließ er sich immer mehr auf die Geschichte von Reinhold Schneider ein.

1931 in Breslau geboren, wuchs er zusammen mit drei weiteren Geschwistern, zwei Schwestern und einem älteren Bruder, in der Rosenstraße auf. Dort hatten sie eine für damalige Verhältnisse sehr komfortable Vier-Zimmer-Wohnung mit einem Etagenklo im Treppenhaus, das sie mit den anderen Parteien des Hausabschnittes teilen mussten. Sein Vater Waldemar Schneider arbeitete als Elektriker beim *Elektricitätswerk Schlesien*, dem *EWS*. Der hatte 1926 die damals 20-jährige Erna Wrana aus Brieg geheiratet.

In ihrem Viertel um die Elftausend-Jungfrauen-Kirche wohnten auch Polen. Mit Bogumil Sekula, seinem Freund aus der Herzogstraße, gleich in der Nachbarschaft, ging Reinhold in die Schule und saß zusammen mit ihm in einer Bank. Mit ihm und seinem Vater war er auch zur Eröffnung des Polnischen Hauses im Nikolaigraben gegangen. Es gab umsonst zu essen und zu trinken. Das war irgendwann 1938. Bogumils Vater hatte einen Laden in der Herzogstraße, wo er elektrische Geräte verkaufte und reparierte. Herr Sekula hatte einige Arbeiter in seinem kleinen Unternehmen beschäftigt. Manchmal kam er zu ihnen in die Wohnung und brachte irgendein Elektrogerät mit, meistens große Schalter, und fragte seinen Vater um Rat. Oft zerlegten sie das Teil und bauten es wieder zusammen und freuten sich, wenn es wieder funktionierte. Mit der Zeit wurden die Besuche seltener, weil der Vater öfter abends zu Sekula ging, um dort Schalter auseinander und wieder zusammenzubauen. „Dort gibt es mehr Werkzeug und jetzt haben wir ein Messinstrument!"
Sein älterer Bruder Helmut und er gingen manchmal mit. Erst ein paar Jahre später fiel Reinhold das „wir" in der Rede seines Vaters auf. Auch erst viele Jahre später wurde ihm bewusst, dass sein Vater wohl mehr Geld verdiente als ein typischer Arbeiter. Das hing offenbar mit seiner Arbeit bei Sekula zusammen. Die hatten im Nachbarhaus auch eine viel größere Wohnung als seine Eltern.

Dann kam der 1. September 1939, ein Freitag. Reinhold konnte sich noch genau erinnern. Sein Bruder Helmut hatte schon am Morgen wieder die schneidige Uniform der Hitlerjugend an, die er vor ein paar Wochen bekommen hatte und um die ihn Reinhold so beneidete. Helmut saß beim Frühstück ganz aufgeregt vor dem Radio und jubelte lauthals: „Endlich fliegen die Polen raus!", als eine kratzende Stimme vermeldete, dass Deutschland Polen den Krieg erklärt hatte. Sein Vater gab ihm eine schallende Ohrfeige und Helmut stolperte daraufhin so unglücklich mit dem Kopf an die Tischkante, dass er sich die Lippen blutig aufschlug. Seine Mutter und seine Schwestern kreischten, als Blut über den Frühstückstisch spritzte. Helmut rannte zornentbrannt aus der Küche. Kurze Zeit später hörten sie die Türe zuschlagen. Seine Mutter schaute bang zu seinem Vater. Der schüttelte den Kopf und als seine Mutter etwas sagen wollte, deutete er ihr mit seinem rechten Zeigefinger am Mund an zu schweigen und sagte nur: „Ich habe Vertrauen in unsere Kinder!"

Es war ein klarer warmer Morgen und wie die letzten Tage auch versprach es, heiß zu werden. Die Luft roch nach Sommer und dem Fluss, der träge und wegen der Trockenheit in seinem Flussbett immer bescheidener wurde. Wie an den vergangenen drei Tagen wartete er vergebens auf Bogumil und so ging er wieder alleine in die Schule. Langsam gewöhnte er sich daran, aber am ersten Tag war das ganz ungewohnt und er ein wenig ängstlich gewesen. Bogumil war nämlich etwas älter und viel größer und kräftiger als Reinhold. In der Schule verkündete ihnen der alte Lehrer Kümbel, dass wir Polen den Krieg erklärt hätten und er endlich das Polenpack nicht mehr unterrichten müsse. Der Platz neben Reinhold blieb weiterhin leer und er vermisste Bogumil. Dass der zum Polenpack gehören sollte, verstand er erst im Laufe der nächsten Tage. Für ihn war er sein Freund.

Nicht weit von Sekulas Laden, der im letzten Jahr noch einmal größer geworden war, gab es ein anderes Elektrogeschäft *Brosinski & Söhne*. Wenn Papa mit Sekula über Brosinski sprach, klang das nicht besonders freundlich.

„Der hat doch keine Ahnung! Mit den Schutzkontakten kennt sich der ohnehin nicht aus. Soll er doch weiter die alten Staubsauger reparieren." Soweit er das mitbekam, hatte sein Vater mit Sekula ein Patent angemeldet, irgendwas mit diesen Schutzschaltern. Er hatte das damals nicht verstanden.

Kurz vor dem 1. September hatte er gesehen, wie sein Vater ganz blass in der Küche saß und seiner Mutter sagte, dass es aus sei, Sekula müsste so schnell wie möglich verschwinden und Brosinski würde wohl den Laden übernehmen. Seine Eltern fühlten sich unbeobachtet. „Was soll ich nur tun?", fragte er verzweifelt. „Brosinski hat gute Verbindungen zur Kommandantur, und wenn ich nicht für ihn arbeiten werde, fürchte ich, dass er uns bei der Gestapo anschwärzt, falls er das ohnehin nicht schon gemacht hat. Polenkontakte, subversives Agieren gegen das Deutsche Reich und so einen Blödsinn. Überall passiert das ja momentan, bloß will keiner so recht hinschauen, aus Sorge, dass es einen selbst treffen könnte."

„Aber Waldemar, ohne dich oder Sekula kennt der sich mit dem Patent gar nicht aus!"

„Das könnte uns schützen, aber ich will nicht mit diesem Idioten arbeiten!"

„Waldemar, denk an die Kinder!"

„Natürlich denke ich an die Kinder. Und an dich, Erna." Das Gespräch ist Reinhold Schneider auch deshalb so gut in Erinnerung geblieben, weil er das erste Mal gesehen hatte, wie sein Vater seine Mutter küsste. Er wurde ganz rot im Gesicht. Gott sei Dank hat das keiner gesehen.

„Du gehst erst mal dort hin wie fast jeden Abend. Und vielleicht kannst du es bei der *EWS* so einrichten, dass die dich öfter brauchen. Sozusagen als Dienst am Vaterland.

Dann kannst du nicht mehr so oft zu Brosinski!"

„Soll ich wohl Sekula verraten?"

„Du verrätst ihn nicht, wenn du jetzt so tust, als würdest du Brosinski helfen. Sekula würde dich selbst darum bitten, dass du dich öffentlich von ihm distanzierst!" Die letzten Worte lösten sich in Mutters Tränen auf, auch deshalb erinnerte er sich so gut an diese Szene.

Dann war Vater für einige Tage weg und Reinholds Mutter war in dieser Zeit ganz nervös. Sein Vater kam erst in der Nacht vor jenem Freitag, als er seinem Bruder Helmut diese Ohrfeige verpasste, wieder nach Hause.

Er ging tatsächlich immer seltener zu Brosinski und bei den *Schlesischen Elektricitätswerken* beförderten sie ihn zum Abteilungsleiter. Das schützte ihn auch anfangs davor, eingezogen zu werden.

Ansonsten spürte man vom Krieg in Breslau nicht viel. Erst zum Ende des Krieges wurde es richtig ernst: Seine Schwestern Hildegard und Irene verrichteten ihren Dienst am Vaterland in den Krankenhäusern und sein Bruder Helmut musste genauso wie er die Stadt verteidigen.

Plötzlich stockte Reinhold Schneider, schaute aus dem Fenster und schrie verzweifelt: „Wo ist Peter? Er kann doch nicht eine Brosinski heiraten! Wer sind Sie eigentlich?" Reinhold Schneider war plötzlich über alle Maßen aufgeregt: „Sind Sie nicht der Leutnant Molitor? Genau, Sie sind der Molitor und wollen uns wieder hier festhalten. Meine Mutter und meine Geschwister. Dabei müssen wir endlich fort von hier. Die Russen bombardieren doch alles zu. Sie sind der Molitor und wollen uns hier wieder festhalten."

Thomas verstand jetzt gar nichts mehr. Danach sank Peters Vater in sich zusammen, wirkte noch kleiner als vorher und schwieg.

Thomas versuchte immer wieder, an das Gespräch anzuknüpfen: „Herr Schneider, bitte ..."

Doch der nahm ihn überhaupt nicht mehr wahr. War in einer anderen Welt versunken, die er nicht mit Thomas teilen wollte. War vielleicht auf der Flucht aus Breslau oder bei seinem Schulfreund Bogumil oder bei seinem Vater, der verzweifelt in der Küche sitzt.

Nach einigen zähen und langen Minuten gab Thomas auf. Er verabschiedete sich von Reinhold Schneider und etwas später von Schwester Ingrid, die in ihrem Dienstzimmer saß und sich eine Pause gönnte. „Wollen Sie auch einen Schluck Kaffee?" Thomas wollte nur weg und bedankte sich höflich. Im Treppenhaus fiel ihm ein, dass er Schwester Ingrid fragen wollte, wer denn der andere Besucher von kürzlich war. Er kehrte wieder um, doch Schwester Ingrid war nicht mehr in ihrem Zimmer.

Er vertröstete sich auf später. Denn er wollte auf alle Fälle noch einmal bei Peters Vater vorbeischauen. Auch wenn der nicht wissen konnte, wo sein Sohn geblieben war, interessierte ihn der Fortgang der Geschichte. Irgendwie hatte er das Gefühl, dass es etwas mit Peter zu tun hatte und vielleicht ein Schlüssel zu ihm sein könnte.

Draußen auf dem Weg zum Parkplatz schaltete Thomas sein Handy wieder ein. Drei Nachrichten kündigten sich piepsend an.

Karin: „Was ist los mit dir?"

Manni: „Bist du wieder gesund? Ich hätte Lust zu laufen. Wo steckst du?"

Olga: „Breslau ist näher, als du denkst. Probier's doch mal aus. Lass die Stürme des Winters zurück."

Thomas überlegte, was er tun solle. Es war mittlerweile Nachmittag geworden und er könnte nach Blaukirchen zu seiner Mutter fahren. Die müsste wieder aus ihrem Urlaub zurück sein und würde sich sehr über sein Kommen freuen. Außerdem könnte sie ihm vielleicht mehr über die Eltern von Peter erzählen. Sie, die in Blaukirchen geboren war und ihrer Stadt Zeit ihres Lebens treu geblieben war, wusste mehr über deren Bewohner, als oft in der Zeitung zu lesen war. Außerdem konnte er bei dieser Gelegenheit noch einmal bei Helma vorbeischauen. Wo war sie nur geblieben? Warum sagte sie ihm nicht Bescheid? Schließlich hat sie ihm den Auftrag erteilt, nach Peter zu suchen. Ob er ihr seinen normalen Stundensatz verrechnen könnte? Und wieder schalt er sich für seinen Gedanken. Der war noch dazu falsch. Er selbst wollte Peter finden, unabhängig von Helma.

Bevor er losfuhr, antwortete er auf die SMS: An Manni: „Montag zur gewohnten Zeit!" An Karin: „Was ist los mit dir?"

Zu Olgas SMS fiel ihm keine passende Antwort ein.

16

In Blaukirchen waren noch dreckige Schneereste zu sehen, die sich aber bei dem leichten Nieselregen sichtlich zusammenzogen und morgen wahrscheinlich verschwunden sein würden. Renate Schöngeist hatte den Holzofen angeschürt, ihrem Sohn Thomas einen Tee gekocht und eine Flasche Rum mit auf den Tisch gestellt. „Das wärmt und vertreibt deine Erkältung vollends!"

„Woher weißt du denn das schon wieder?"

„Ich habe mit Karin telefoniert."

„Mit Karin?"

„Ja warum? Wir telefonieren öfter! Du hattest hohes Fieber und sie sorgte sich um dich. Und jetzt bist du schon wieder unterwegs. Du solltest dich schonen!"

Thomas genoss die Fürsorge seiner Mutter, auch wenn es ihn etwas irritierte, wie sie sich mit Karin austauschte. Davon wusste er nichts. Dann fragte er nach den Schneiders und Brosinskis.

„Was soll ich dir erzählen, Bub?"

„Zu Kriegsende war ich zwei Jahre alt! Aber deine Oma hat mir natürlich so manches erzählt und in den fünfziger Jahren habe ich auch einiges mitbekommen."

„Dann schieß doch einfach los!"

„Die Brosinskis waren kurz nach Ende des Krieges einfach da und machten unten in der Altstadt einen Laden für Elektrogeräte auf. Verkauft werden sie wohl kaum was haben, dafür aber umso mehr repariert. Gleichzeitig machten sie in einem alten Industrieschuppen am Stadtrand eine Fabrik auf. Doch dort arbeiteten nur eine Handvoll Leute. Irgendwas mit Schaltern oder Steckern wollten sie produzieren. Arm waren sie nicht, die Brosinskis, vielleicht auch nicht richtig reich, jedenfalls schienen sie viel zu arbeiten und der Schuppen am Stadtrand ist stetig gewachsen."

„Und was war mit den Schneiders?", fragte Thomas.

„Die Schneiders sind viel später, vielleicht '47, in die Stadt gekommen und haben anfangs noch in den Baracken gewohnt, wo die meisten Leute Ende der Vierziger wieder ausgezogen sind, weil sie sich eine eigene Bleibe erarbeitet hatten."

„Und die Schneiders, sind die dort geblieben?"

„Lass mich halt ausreden. Die Schneiders waren der damals 16-jährige Reinhold, seine beiden Schwestern und seine Mutter, die jedoch schon früh, irgendwann Mitte der Fünfziger, gestorben ist. Von den Baracken sind sie schon ein paar Monate nach ihrer Ankunft in die Neubausiedlung gezogen. Viele haben sich damals gewundert, wie sie sich das so schnell leisten konnten. Die Leute tratschten ja früher noch viel gehässiger als heute und so wurde gemunkelt, dass die Mädchen für Geld mit Amis ausgingen. Keine Ahnung, ob da was dran war. Ich glaube es ehrlich gesagt nicht. Die Flüchtlinge hatten es damals nicht leicht. Viele waren einfach nur fleißig, vielleicht versuchten sie, sich mit viel Arbeit über den Verlust ihrer Heimat hinwegzutrösten. Reinhold ging sogar aufs Gymnasium und danach auf die Ingenieursschule in Reutlingen. Einige zollten den Schneiders Respekt, andere gifteten weiter, woher denn das Geld komme. ‚Den Flüchtlingen wird alles geschenkt …' Na, du kennst ja diese Sprüche, Thomas. Die finden immer einen Adressaten!"

Thomas bewunderte seine Mutter für ihr spitzes, offenes Mundwerk. Sie, die keine höhere Schule besuchen konnte, weil es damals für Mädchen angeblich rausgeschmissenes Geld gewesen wäre, hatte ihr Herz am rechten Fleck und nahm selten ein Blatt vor den Mund.

„Wenn ich das heute erzähle, frage ich mich auch, wie sich die Schneiders das leisten konnten. Später heiratete Reinhold die Marlene Ritter, eine Schwester meiner Freundin Bärbel. Wir waren damals noch richtige Teenager und bewunderten Marlene in ihrem weißen Kleid. So wollten wir auch mal aussehen. Reinhold war ein eher schmaler ruhiger Mensch, der zu mir immer freundlich war.

Bärbel erzählte mir, dass er zwar ab und zu jähzornig sein konnte, sie aber gerne ihre Schwester besuchen ging. Dort gab es immer leckere Sachen zu essen: russische Eier, den lustigen Mett-Igel oder Bockwurstsalat und sonntags dann Windbeutel."

„Was ist denn ein Mett-Igel?", unterbrach sie Thomas.

„Das war damals der Renner: ein Tierchen aus Schweinehack, das in einem Nest aus Gurkenscheiben saß, mit rohen Zwiebelstücken als Stacheln. Es war DIE Verkörperung des damaligen Lebensgefühls!" Dabei dehnte Thomas' Mutter das I sehr lange und genussvoll betont. Er konnte hören, wie ihr dieser Igel damals geschmeckt haben mochte, und meinte: „Nicht unbedingt das, was man sich heute unter gesunder Ernährung vorstellt!"

„Heute würdet ihr jungen Leute sagen, dass der Mett-Igel der Beginn der kreativen Küche war, mit der die hungrige Nachkriegszeit endgültig überwunden wurde!"

„Wie ging's dann weiter mit den Schneiders?", wollte Thomas wieder zum Thema kommen.

„Reinhold Schneider war Ingenieur bei den Stadtwerken Ulm. Den Rest kennst du besser: Peter, sein Sohn ist dein Freund und Judith kam ein oder zwei Jahre früher zur Welt. Die lebt ja irgendwo in der Schweiz. Ich glaube, sie hat in ein Hotel hineingeheiratet. Von den Brosinskis weiß ich weniger. Ich hatte keine Freundin, die mit denen verwandt war. Es war nur der Vater mit seinem Sohn Claus. Den Claus schrieb man mit C. In der Stadt munkelte man, dass er darauf Wert lege."

„Das ist oder besser war Helmas Vater!", warf Thomas ein.

„Genau. Und dessen Vater führte das Elektrogeschäft in der Stadt. Aus dem Laden ist nie was geworden. Das lag vor allem daran, dass der alte Brosinski zu sehr dem Alkohol zugetan war. Sein Sohn Claus arbeitete in diesem Schuppen am Stadtrand. Schon Anfang der Fünfziger wurde aus dem Schuppen eine Fabrikhalle und jedes Mal, wenn ich wieder dort vorbeikam, war die Fabrik größer geworden. Immer mehr Leute arbeiteten dort. Sie machten, wie gesagt, so Schalter und Elektronikteile für Autos. Ich kenne mich da nicht so gut aus. Es hieß, dass bei Brosinski gut gezahlt würde, und den Rest kennst du ja auch: Heute ist er der größte Arbeitgeber in der Gegend."

„Und hat es ihm Glück gebracht?", fragte Thomas halblaut. Mehr zu sich selbst.

„Seine Kinder, Michael und Helma, kennst du auch besser als ich. Ich kann nur noch sagen, dass es ein ganz schönes Getratsche in der Stadt gab, als Peter Schneider die Helma Brosinski geheiratet hat."

„Und weißt du, was aus Reinhold Schneider, Peters Vater, geworden ist?"

„Es heißt, dass er irgendeine Nervenkrankheit bekommen hat, Alzheimer oder Demenz. Oder ist es Parkinson? Ich weiß nicht so genau. Jedenfalls heißt es, dass er seit letztem Jahr in einem Pflegeheim ist. Ich glaube in Heidenheim. Keine Ahnung, warum so weit weg. Es soll ein spezielles Heim sein."

Thomas wunderte sich, wie wenig er, als Blaukirchener, von den Leuten aus der jüngeren Vergangenheit wusste. Er genoss das Reden seiner Mutter, die gerne in den Erinnerungen ihrer Jugendzeit schwelgte, trank heißen Tee und schüttete sich immer wieder einen Schuss Rum dazu. Seine Mutter schürte den Ofen und irgendwann fielen ihm einfach die Augen zu.

„Dein Bett ist schon gerichtet!", weckte ihn seine Mutter, bevor er in seinem alten Zimmer in einen tiefen und ruhigen Schlaf fiel.

Als er wieder aufwachte, duftete es im Haus nach Kaffee. Vielleicht war er davon aufgewacht oder von den Stimmen in der Küche. Es war schon nach neun Uhr, er duschte schnell und freute sich auf das Frühstück.

Am Tisch saß zu seiner Überraschung eine Freundin seiner Mutter. „Das ist Hertha Freygang! Wir fahren gemeinsam nach Münsingen. Geburtstagskaffee bei einer Bekannten." Sie schenkte Thomas eine Tasse Kaffee ein und während sich Thomas Marmelade auf eine frische Semmel schmierte, plauderte sie weiter: „Ich habe mit Hertha über die Schneiders und Brosinskis gesprochen. Sie weiß, dass beide aus Breslau gekommen sind. Brosinski noch 1945, die Schneiders erst '47!"

Thomas schluckte schnell hinunter und fragte neugierig dazwischen. „Ich habe doch irgendwo gelesen, dass die Brosinskis aus Chemnitz stammen!"

„Das stimmt nicht ganz", sagte Hertha Freygang, „die hatten in Chemnitz eine Filiale. Das Hauptgeschäft war in Breslau."

„Woher wissen Sie denn das?" Thomas wurde immer neugieriger. Er wusste zwar mittlerweile von Reinhold Schneider, dass beide Familien, beziehungsweise das, was der Krieg von ihnen übrig ließ, aus Breslau stammten, doch fürchtete er, dass ihm Reinhold Schneider nichts mehr erzählen würde und hoffte, dass Frau Freygang noch mehr wüsste.

„Meine Familie stammt aus Krakau. Wir sind nach dem Krieg in Neustadt gestrandet. Dort haben sich meine Eltern oft mit anderen Flüchtlingen aus Schlesien getroffen. Da waren auch welche aus Breslau dabei. Wenn Sie wollen, kann ich versuchen, nach denen zu fragen. Vielleicht kommen Sie dann weiter."

Thomas wusste nicht, ob er wütend auf seine Mutter sein sollte oder aber besser gerührt. Einerseits wollte er nicht, dass sie über seine Recherchen herumtratschte, auf der anderen Seite wollte er natürlich weiterkommen. Er entschied sich dafür, dass sie sicherlich die Gespräche diplomatisch angebahnt hatte, ohne zu viel zu verraten.

Hertha Freygang versprach, sich in den nächsten Wochen bei ihm zu melden. Thomas meinte zu spüren, dass sie dankbar war für diese Aufgabe und so fuhr er einigermaßen zuversichtlich noch einmal nach Heidenheim.

Wie er schon befürchtet hatte, nahm ihn Reinhold Schneider überhaupt nicht als Besucher wahr. Der fragte nur, wann endlich das Essen käme. Thomas' Geduld währte nur eine knappe halbe Stunde, dann verließ er das Zimmer und rannte Schwester Ingrid in die Arme. Er fragte sie nach dem zweiten Besucher.

„Um Gottes Willen, wie soll ich mich denn an alle Besucher der Station erinnern?", wollte sie abwiegeln.

„Sie sagten doch gestern, dass in den letzten Wochen kein Mensch mehr zu Herrn Schneider gekommen ist und dann gleich zwei. Einer war ich gestern!"

„Stimmt!"

„Ist ihnen etwas Besonderes aufgefallen an dem anderen Besucher? Oder wissen Sie noch, wann er kam?"

Schwester Ingrid überlegte: „Also ich weiß nicht …" Und plötzlich hellte sich ihr Gesicht wieder auf. „Ich hab's! Der Mann kam am Tag vor Silvester. Jetzt erinnere ich mich wieder genau. Ein alter Mann, etwa so alt wie unser Herr Schneider, schlich den Gang hier entlang und dann gab es einen entsetzlich lauten Knall von draußen! Der Mann ist fürchterlich erschrocken und ich dachte schon, dass er umkippen würde. ‚Kann ich Ihnen helfen?', habe ich ihn gefragt. Und er sagte, dass er Herrn Schneider suche. Ich habe ihn dann aufs Zimmer begleitet. Er war noch total verstört und hat gezittert. Ich habe mich über die Halbstarken da draußen sehr geärgert, die schon am Tag vor Silvester die lauten Böller loswerfen und die alten Leute hier erschrecken."

„Wie sah der Mann denn aus?"

„Ich kann mich eigentlich nur an sein verängstigtes Gesicht erinnern. So ein Spaß hätte ja tragisch enden können."

„Ich meine Größe und Haarfarbe!"

„Das weiß ich nicht mehr so genau. Ein alter Mann. Ja, mit ganz grauen Haaren. Er war nicht groß, aber auch nicht klein. Jedenfalls war der Arme total verschreckt!"

Thomas gab ihr ohne große Hoffnung seine Visitenkarte und bat sie, sich zu melden, sollte ihr, aus welchem Grund auch immer, irgendetwas zu dem Besucher einfallen.

17

Ein paar Sonnenstrahlen, die sich durch die Trübnis der grauschweren Wolken kämpften, linderten seinen Frust über die Schweigsamkeit von Peters Vater. Thomas Schöngeist rätselte, wer denn dieser Besucher sein könnte. Je mehr er sich Würzburg näherte, desto mehr setzte sich die Sonne gegen die Wolken durch. Er hörte *Neil Young*:

> *See the sky about to rain, broken clouds and rain.*
> *Locomotive, pull the train, whistle blowing through*
> *my brain.*
> *Signals curling on an open plain, rolling down the*
> *track again.*
> *See the sky about to rain.*
> *Some are bound for happiness, some are bound to*
> *glory Some are bound to live with less, who can tell*
> *your story?*

In Würzburg empfing ihn blauer Himmel. Er riss in seiner Wohnung alle Fenster auf, als würde er so die Gerüche und Überbleibsel seiner Krankheit vertreiben können. Dann rief er Karin an und fragte, ob sie nicht Lust hätte auf einen Spaziergang zur Frankenwarte.

„Geht's dir wieder gut?", freute sie sich.

Den Main entlang gingen sie schweigsam und genossen die klare Luft und den blauen Himmel. Von der Leistenstraße bogen sie in den *Weg zur Neuen Welt* ein. Rechts über ihnen thronte mächtig die Festung.

Thomas bildete sich ein, einen Hauch von Frühling zu riechen. Karin lachte ihn aus: „Das hättest du wohl gerne! Der Winter ist gerade erst angekommen und macht nur eine kurze Pause." Doch Thomas kannte diese Ahnung von der nächsten Jahreszeit, noch bevor sich die aktuelle so richtig entfaltet hatte. So ist es ihm schon oft passiert, dass er Mitte Juli eine herbstliche Note in der heißen Sommerluft wahrnahm. Die ersten Male, als er diesen verfrühten

Geruch in der Nase hatte, bekam er Angst, dass der Sommer schon vorbei sei. Der währte trotzdem noch recht lange, und meist schon am Tag darauf war dieses Herbstgefühl aus seiner Nase verschwunden. So würde es ihm wahrscheinlich morgen auch mit dieser Frühlingshoffnung gehen, die sich ihren Weg über seine Nase zu seinem Bewusstsein bahnte. Davon erzählte er Karin nichts, vielmehr nahm er sie bei der Hand. Sie schmiegte sich an ihn und so gingen sie über den *Leutfresserweg* und den *Weg zur neuen Welt* weiter in Richtung Frankenwarte. Thomas mochte diese Strecke schon allein wegen der ungewöhnlichen Straßennamen. Noch mehr allerdings wegen der schönen Aussicht auf die Festung und auf Würzburg, das sich zwischen den Weinhügeln, durchschnitten vom Main, auf dem Rückweg unter ihnen ausbreiten würde.

Karins Frage, wer denn Olga sei, wollte oder konnte er nicht beantworten. Vielleicht wartete Karin darauf? Sie sagte jedenfalls nichts und erweckte auch nicht den Eindruck, dass sie verstimmt wäre. Ganz im Gegenteil. Doch Thomas spürte ihr Warten auf seine Antwort, genauso wie er den Frühling in der Januarluft spürte. War es sein schlechtes Gewissen? Musste er eines haben? Wegen Olga? Weil sie ihn besuchte? Und was konnte er dafür, dass er von ihr träumte?

Er hatte ein schlechtes Gewissen wegen des Neujahrsempfangs, als er noch seine Studienfreundin Pia in ihre Wohnung begleitete, auch wenn die intime Begegnung in jener Nacht keine weitere Bedeutung für ihn hat. Er fühlte nicht viel mehr als Mitleid mit ihr und ärgerte sich über sein schlechtes Gewissen und die Erkältung, die sie ihm als Erinnerung mitgab. Ein Gespräch darüber könnte mehr als missverständlich sein und würde sein Gewissen genauso wenig entlasten wie zur Klärung seiner emotionalen Gefühlslage beitragen.

Was wäre eigentlich dabei, wenn er von Olga erzählen würde?

Doch er schilderte Helmas Verfassung. Ihre verzweifelte Traurigkeit über einen möglichen Verlust von Peter. Die quälende Unsicherheit, wohin und warum er verschwunden war. Thomas fragte sich und Karin, ob er Helma verlassen hat oder ob er einfach abgetaucht ist. Und wenn, ob dies freiwillig geschah. Vielleicht ist er entführt worden? Dagegen sprach allerdings, dass sich die Entführer nicht gemeldet haben. Nein, alles deutete darauf hin, dass er freiwillig gegangen oder abgetaucht war. Nur warum? Das passte nicht zu Peter. Warum war Peters Vater so erregt gewesen und wollte seinen Sohn von einer Hochzeit mit Helma abhalten?

Was hat es mit dieser polnischen oder russischen Bande, die Peter Ende letzten Jahres verprügelte, auf sich? Ungefähr seit diesem Zeitpunkt hat Peter seinen Vater nicht mehr besucht, obwohl er sonst regelmäßig kam.

Nach den Erinnerungen von Reinhold Schneider kannten die Schneiders die Familie Brosinski aus Breslau. Bislang schien aber in Blaukirchen niemand davon zu wissen. Weiß das eigentlich Peter? Warum weiß das eigentlich niemand in Blaukirchen?

„Vielleicht wollten das weder die Familie Schneider noch die Familie Brosinski?" Karin erwiderte Thomas Gedankengänge mit einer Gegenfrage.

„Irgendwie gibt's da nur Fragen. Und nicht den Ansatz einer Antwort. Was ist zum Beispiel mit der *Preußischen Treuhand*?"

„So wie du mir den jungen Brosinski geschildert hast, will der Typ einfach die alten Besitztümer der Familie wiederhaben. Und es wird ihn wenig kümmern, dass da schon seit 65 Jahren ganz andere Leute wohnen!", meinte Karin dazu. Ohne auf ihre Vermutung einzugehen, sinnierte Thomas weiter: „Die einzige gemeinsame Basis in der Vergangenheit ist Breslau!"

„Thomas, sag mal, verrennst du dich da nicht? Warum suchst du in der Vergangenheit? Peter ist jetzt verschwunden. Das wird wohl kaum etwas damit zu tun haben, dass sowohl seine als auch Helmas Großeltern aus Breslau stammen."

„Na ja", brummelte Thomas, mehr zweifelnd als zustimmend.

„Was ist denn mit den Betrugsvorwürfen, von denen dein alter Kumpel Meier gesprochen hat? Vielleicht ist da was dran und Peter ist ganz einfach geflüchtet. Und fängt irgendwo in der Südsee ein neues Leben an."

„Das passt doch einfach nicht!"

„Warum nicht? Ich fände es jetzt eindeutig wärmer und schöner, irgendwo in der Südsee am Strand zu liegen, anstatt mir hier in dieser kalten windigen Gegend die Nase abzufrieren."

„Peter ist nicht der Typ für die Südsee. Außerdem ist es heute warm", muffelte Thomas. Ob seiner Ratlosigkeit und Sorge schien er jeden Humor zu verlieren.

Karin versuchte, wieder einzulenken: „Interessant ist doch vielleicht, dass Peter kurz nach Brosinskis Selbstmord das Weite gesucht hat. Vielleicht sollte man hier ansetzen?"

„Ich verstehe ohnehin nicht, warum sich Brosinski zwei Jahre nach dem Verkauf der Firma umbringt. Eigentlich sollte doch das Schlimmste vorbei gewesen sein", grübelte Thomas weiter. „Es muss da noch was geben!"

„Sag mal, wie sah denn der alte Brosinski aus?"

„Keine Ahnung, wie alte Leute eben aussehen. Ich kenne ihn eigentlich auch nur aus der Zeitung. Und früher habe ich ihn vielleicht ein paar Mal gesehen. Mittelgroß würde ich sagen, graue Haare."

„Hatte er wirklich graue Haare oder eine Glatze?"

„Nein, eine Glatze auf keinen Fall!"

„Vielleicht war er der andere Besucher in dem Pflegeheim?"

„Wie kommst du denn da drauf? Warum sollte der auf einmal Peters Vater besuchen? Soweit ich weiß, hatten die wenig bis gar nichts miteinander zu tun. Außerdem gibt es noch viel mehr alte Männer ohne Glatze und noch plausiblere Möglichkeiten, wer das gewesen sein könnte. Ganz einfach ein alter Kollege oder Freund."

„Das wäre ja banal. Für mich wäre es interessanter, ein Motiv zu suchen, das irgendwie mit dem Selbstmord zu tun hat. Und wenn Peter verdächtigt wird, damit etwas zu tun zu haben, ist es auch nicht mehr soooo unsinnig, Brosinski mit Peters Vater in Verbindung zu bringen."

„Immerhin waren beide gegen die Hochzeit von Helma und Peter", gab Thomas eher widerwillig zu.

„Irgendwas in dieser Richtung erscheint mir jedenfalls bedeutend plausibler als vorschnell in die schlesische Vergangenheit einzutauchen", bekräftigte Karin noch einmal.

Thomas fragte sich, ob er das vielleicht wirklich vorschnell getan hatte. Hing das mit Olga zusammen? Dachte er vor allem wegen ihr an Breslau und projizierte zu sehr Schicksalhaftes in die ehemalige schlesische Metropole?

Als sie an der Frankenwarte wieder umkehrten, kontrastierte das feurige Rot der untergehenden Sonne mit dem stahlkalten Blau des Januarhimmels. Thomas zog Karin zu sich, küsste sie, um nachher festzustellen, dass es doch nichts Schöneres gebe. Karin verzichtete wegen seiner heutigen Humorlosigkeit darauf, zu fragen, ob er den Sonnenuntergang oder den Kuss meinte. Sie entschied sich für beide Varianten und war zufrieden mit ihrer lautlosen Antwort.

18

Diese Wohnung könnte auch Helma gefallen. „Die Häuserzeile ist irgendein Stil zwischen Gründerzeit und Jugendstil." So genau schien sich der Makler nicht auszukennen. Vier Zimmer, Küche, Bad. Davor der Park, Falkplatz genannt, und, vom Balkon aus zu erahnen, das Friedrich-Jahn-Sportgelände. „Ein Schnäppchen", redete der Makler zu.

Peter Schneider fragte sich, wie viele Leute sich 1500 Euro monatliche Kaltmiete leisten können. Ihm gefiel die Wohnung, trotzdem hielt er den jungen Makler hin, wollte nicht gleich gierig danach greifen, sondern erbat sich eine Bedenkzeit bis zum Abend aus. „Es gibt viele Interessenten", erinnerte ihn der schmierige junge Mann mit einem mahnenden Unterton. Peter zuckte mit den Schultern und versprach ihm, bis 18 Uhr Bescheid zu geben. „Haustürgeschäfte sind unseriös!", mahnte er ihn, worauf der Makler scheinbar gelangweilt mit einem „Ist doch nicht mein Problem"-Gesichtsausdruck seine Schultern hochzog.

Vor der Eingangstür pfiff ein feuchter kalter Wind und Peter brauchte viel Phantasie, um sich die schwarzen kahlen Baumstämme des Parks sommerlich grün mit singenden Vögeln vorzustellen. Es gelang ihm nur ansatzweise. Er setzte sich erst einmal eine Mütze auf und ging über die nasse Rasenfläche in Richtung Sportgelände. Dort drehten einige Läufer auf der Bahn ihre Runden. So wie sein Freund Thomas, der in seiner Jugend ein ambitionierter Mittelstreckenläufer gewesen war. Einmal hat er ihn zu den Württembergischen Jugendmeisterschaften begleitet, Thomas ist dort 1500 Meter gelaufen, das waren dreidreiviertel Runden. Er kam nur einen Wimpernschlag hinter dem Dritten ins Ziel, und Peter wunderte sich damals, wie zufrieden Thomas danach war, und vor allem, wie gut er sich mit seinen Konkurrenten verstand, mit denen er kurz vorher auf der Bahn noch so verbissen gerungen hatte. Die vier Minuten, die Thomas unterboten hatte, erfuhr er nachher, waren eine magische Schallmauer, die zu durchbrechen einen jugendlichen Mittelstreckler für höhere Weihen qualifizierte.

Die Laufbahn war nur ein kleiner Teil des großen Sportgeländes, an dessen anderem Ende er auf die Bernauer Straße stieß. Vor seinem inneren Auge sah er Backsteinhäuser, an deren Fenstern Menschen mit bangem Blick standen, den Blick gen Westen gerichtet oder auf die Straße, die viel zu weit unten lag, um sie mit einem lockeren sicheren Sprung zu erreichen. Doch sie konnten nicht mehr zurück – eine verzweifelte Gewissheit, den Sprung zu wagen. Den Sprung in die unsichere Freiheit, in ein neues Leben, vom alten nur durch eine Mauer getrennt, doch unendlich weit entfernt, beklatscht von den Zaunguckern, denen sie in den Augusttagen 1961 mit einem kleinen Köfferchen entgegenliefen.

Die Bernauer Straße führt leicht abwärts die ehemalige Mauer entlang und er musste aufpassen, dass er nicht von einem der vielen Radfahrer erfasst wurde. Links die ehemalige DDR mit den unüberwindlichen, übermächtigen Grenzanlagen, von denen noch ein kleines Stück, museal aufbereitet, zu sehen ist. Vom Nordbahnhof waren es nur mehr ein paar Schritte zum *Hotel Honigmond* in der Invalidenstraße. Nicht mehr weit von seinem neuen Büro in der Torstraße entfernt. Er fühlte sich wohl in dieser Gegend. Dass er die Wohnung in Pankow, im vormaligen Ostteil der Stadt, nehmen würde, war ihm schon klar, als sie ihm der schnöselige Makler anpries. Die Wohnung könnte Helma wirklich auch gefallen. Doch ob sie nach Berlin ziehen wollte? Eigentlich am anderen Ende Deutschlands. Weiter geht's kaum nach Osten. 700 Kilometer! Oder vielleicht deswegen? Vielleicht wollte er dem Makler nicht zeigen, dass es genau die Wohnung war, in der er ein neues Leben beginnen könnte. Weit weg vom alten, in dem er aussichtslos in einem düsteren Strudel versank. Die letzte Woche war gut gewesen. Die Reise nach Ecuador hatte ihn von der Blaukirchener oder gar der deutschen Enge befreit.

Im Flugzeug hatte er die gestrige Nacht sogar durchgeschlafen. Er konnte sich gar nicht erinnern, wann das zuletzt der Fall war. Von einem Jetlag spürte er am Morgen nichts, als er sich bei Heike und ihren Kollegen als möglicher neuer Partner vorstellte.

Doch! Er konnte sich vorstellen, in Berlin, in dem kleinen Team um Heike, in ihrer Firma *Suninvest*, zu arbeiten und nach der Arbeit dort zu leben.

Will ich das mit Helma? Ist sie froh, dass ich weg bin? Wie würden wir das dann mit Sylvia regeln? Diese Gedanken verdrängte er wieder. Unmöglich, dass ihn jemand oder etwas von seinem kleinen Sonnenstern wegtreiben könnte. Im Park vor dem Haus könnte sie draußen spielen. Sicherlich gibt es im Sommer dort viele Kinder.

Das Tagebuch. Brosinski und Exner. Er fragte sich, was Helma alles gewusst hatte. Warum hat sie mir so vieles verschwiegen? Warum hat sie mich nicht ins Vertrauen gezogen? Und warum hat Papa nie etwas gesagt? All die Jahre hat er mit dem Wissen gelebt und mir nie etwas erzählt. Jetzt tut er so, als würde er mich nicht verstehen. Flüchtet sich in seine Vergangenheit, als wenn er von dort noch mal eine andere Richtung im Leben einschlagen könnte. So als könnte er dadurch ungeschehen machen, was er verschwiegen hat, und somit posthum sein Schweigen rechtfertigen. Eigentlich haben mich alle angelogen oder reingelegt. Helmas Bruder ohnehin, der hat mich noch nie leiden können und jede Möglichkeit gesucht, mich zu diskreditieren. Dann seine Schnapsidee, die alten Betriebsgebäude der Brosinskis in Breslau wieder zurückzufordern, nachdem ihm dies mit der Fabrik in Chemnitz nicht gelungen war.

Was soll ich jetzt im Hotel? Er ließ das *Honigmond* links liegen. Es war vollends dunkel geworden. Kann man einfach so ein neues Leben beginnen? Sich hier in Berlin niederlassen und ohne weiteres noch mal anfangen? Ist so ein Leben dann unbeschwert? Auf alle Fälle erst einmal einsam. Ich muss neue Leute kennenlernen. Oder wir?

Würde Helma überhaupt hier Fuß fassen wollen? Wie sehr ist sie eigentlich wirklich mit Blaukirchen verbunden? Würde es sie noch mehr schmerzen als mich, von dort wegzugehen? Von dort, wo ich geboren bin, wo lange mein Lebensmittelpunkt war und wo er es irgendwann nach dem Studium wieder wurde. Wo viele Freunde leben.

Wieder begann, wie schon so oft in den letzten Wochen, in Peters Kopf der ewig gleiche Alptraum, wie ein alter Film, in dem er im Mittelpunkt eines Kreuzverhörs stand und nicht weglaufen konnte. Es machte ihm Angst, so als hätte ihn sein Über-Ich schon vorverurteilt und wollte ihn noch einmal misstrauisch prüfen.

„Wie fing es denn an?"

Worauf er zaghaft antwortete: „Ich hatte einen Termin mit den beiden Hauptgesellschaftern."

„Hatten Sie nicht auch Geschäftsanteile?"

„Doch, aber alleine nicht die Mehrheit!"

„Welchen Anlass gab es für das Gespräch?"

„Ich habe gleich gemerkt, dass etwas nicht stimmt. Alle waren ganz aufgeregt. Statt in eines ihrer Büros ging es in ein Besprechungszimmer. Dort machen wir normalerweise nie interne Besprechungen. Peltzer hat mir gesagt, ich sei suspendiert, weil ich sensible Informationen nach draußen gegeben hätte. Ich habe ihm spontan mein Ehrenwort gegeben, dass das nicht stimmt. Ich dachte mir, das kann nur ein Missverständnis sein."

„Warum haben Sie sich einfach in ihr Schicksal gefügt und sich nicht stärker gewehrt?"

„Ich weiß nicht. Die nächsten Minuten liefen ab wie in einem schlechten Film. Ich musste meine Schlüssel und mein Handy aushändigen und wurde von unserem Firmenanwalt, der plötzlich in der Besprechung auftauchte, nach draußen begleitet. Vor der Tür habe ich ihn gefragt: ‚Wie geht es weiter? An wen muss ich mich wenden?' Worauf er mich anguckt und mir ins Gesicht sagt: ‚Ich bin jetzt Ihr Gegner.' Eiskalt. Und dann stand ich draußen, an einem neblig kalten Novembertag, plötzlich wie in einer anderen Welt. Wie entrückt."

„Sind Sie wirklich völlig unschuldig?"

„Wer ist schon vollkommen ohne Schuld? Ich habe mir seither das Hirn zermartert. Könnte vielleicht doch etwas ohne mein Wissen nach draußen gelangt sein? Ich habe immer wieder alle Möglichkeiten durchgespielt, aber nichts gefunden."

„Warum haben Sie das nicht mit Ihren ehemaligen Kollegen oder Mitarbeitern geklärt?"

„Da wollte in dieser kritischen Situation keiner mit mir sprechen, das verstehe ich. Es herrschte ein Klima der Angst."

„Wollen Sie mit dem Umzug nach Berlin der Verantwortung davonlaufen?"

„Anfangs dachte ich, dass an erster Stelle die Gerechtigkeit kommt. Und die wollte ich vor Ort suchen. Ich habe mal gehört, dass in solchen Fällen 80 bis 90 Prozent der Leute aufgeben, weil sie das einfach nicht durchstehen. Das sollte für mich nie in Frage kommen. Als ich dann spürte, wie sehr ich und vor allem meine Frau sozial abgekoppelt wurden, fing ich an umzudenken."

„Glauben Sie, dass Michael Brosinski hinter all dem steckt?"

„Hier waren unstreitig konspirativ handelnde Personenkreise am Werk. Wer sonst außer ihm sollte so ein virulentes Interesse an meinem Untergang haben?"

„Welchen Anlass haben Sie Herrn Brosinski gegeben, so zu handeln?"

„Ich weiß es wirklich nicht, außer, dass ich existiere!"

„Warum beschuldigen Sie Herrn Brosinski, ohne genaue Beweise?"

„Ich kann ihn persönlich schwer einschätzen, der lebt womöglich in seiner eigenen Welt. Ich habe eigentlich erst in den vergangenen Monaten die Tragweite der ganzen Story erkannt."

Peter wusste nicht, wie oft sich dieser Alptraum schon wiederholt hatte. Manchmal schreckte er schweißgebadet aus unruhigem Schlaf, doch auch tagsüber wurde er von dieser imaginären Gerichtsverhandlung eingeholt, mit seinem Gewissen als unerbittlichem Richter und seiner kleinen Existenz als Angeklagter. Er musste sich unbedingt ablenken, bevor sich in seinem Kopf diese Endlosschleife immer weiter wiederholen würde.

Der Wind pfiff heftig durch die abendlichen Häuserschluchten. „Wo soll ich denn hingehen?", redete Peter weiter mit sich selbst. „Noch mal am *Bahnhof Friedrichstraße* vorbei bis *Unter den Linden?*" Die *Friedrichstraße* war enttäuschend menschenleer. Peter hatte sich ein großstädtischeres Menschengewühl vorgestellt, in dem er sich hätte mittreiben lassen können. Aber er war recht allein mit sich in dieser zugigen Berliner Nacht.

Der Massagesalon war ihm schon auf dem Hinweg aufgefallen. Neben der Eingangstüre wurde in einem kleinen Schaufenster für verschiedene fernöstliche Massagetechniken geworben. Keine nackten Brüste. Es sah seriös aus. Dabei kosteten sechzig Minuten nur fünfzig Euro. Der Eindruck bestätigte sich, nachdem er sich durch die Tür traute. Zwei Asiatinnen in Alltagskleidung begrüßten ihn freudig und eine davon wies ihn in ein Zimmer mit einer Massageliege. Er solle sich umziehen, sie käme gleich wieder. So wartete er, nur mehr mit der Unterhose bekleidet, bäuchlings auf der Massagebank. Er entspannte sich unter den Händen der kleinen Frau, die kurz darauf ins Zimmer kam und ihm Beine und Rücken durchknetete. Dabei vermied sie jeden anzüglichen Körperkontakt. Er spürte, wie die Spannung seiner Muskulatur etwas nachließ, doch blieben seine Gedanken bei der körperlichen Berührung. Kurz vor Weihnachten hatte er das letzte Mal mit Helma geschlafen. Die Masseurin, er vermutete, eine Thailänderin, knetete intensiv an ihm rum und er spürte ihr Bemühen, ihn nicht an intimen Stellen zu berühren oder ihm mit ihrem Busen zu nahe zu kommen, wenn sie sich tief über ihn beugte.

Währenddessen quälte ihn die seit Tagen immer wiederkehrende Frage: „Was ist am Silvesterabend genau passiert, nachdem er sich von seinem Schwiegervater verabschiedet hatte?"

Peter fand keine Antwort. Aber es plagte ihn ein schlechtes Gewissen, wie sehr Helma darunter litt, mit ihm von sogenannten alten Freunden geschnitten zu werden.

Er selbst hatte angefangen, alte, längst vernachlässigte Kontakte aufzufrischen. Nicht alle hatten auf ihn gewartet, aber er spürte doch, dass es noch eine andere Welt, außerhalb der von Brosinski regierten, gab. Wenn es nicht so traurig wäre, wegen Helma, wäre es ja zum Lachen. So wirkte es lächerlich, wie ein billiger Klamauk, wenn Michael, Helmas Bruder, ihn betont auffällig nicht wahrnehmen wollte oder mit einem ziemlich angespannten Gesichtausdrucks, der wohl souverän wirken sollte, so tat, als wäre er Luft. Auch wenn sie, was sich manchmal nicht vermeiden ließ, sehr knapp aneinander vorbeigingen. Schwierig war es nur, wenn er mit Leuten zusammenstand, zu denen sich Helma und er normalerweise auch gerne gestellt hätten. Insofern war es eine Entlastung, dass einige von denen nicht mehr mit ihnen sprechen wollten. Doch so viele waren es gar nicht, wie Helma manchmal meinte.

Er sollte sich umdrehen. Die Thailänderin massierte an der Schulter weiter. Ab und zu zischten schnelle Worte aus ihr heraus. Er verstand sie nicht, aber sie lächelte dabei.

Trotzdem die Massage wohltat und ihn körperlich entspannte, blieb eine Spannung, keine unangenehme, zwischen der Thailänderin und ihm. Immer wieder bemühte er sich, den Genuss ihrer Berührungen nicht mit dem erregenden Streicheln bei einem Liebesspiel in Verbindung zu bringen. Es gelang ihm nicht vollständig. Sie war nun mal eine Frau. Eine, von der er außer einer Massage nichts wollte, aber eine Frau, der er, nur bis auf die Unterhose bekleidet, recht wohlig ausgeliefert war.

Beim Massieren seiner Oberschenkel, konnte er sich nicht mehr auf die Frage konzentrieren, was am Silvesterabend passiert war. Stattdessen versuchte er recht angespannt, sich so zu entspannen, dass er keine Erektion bekäme. Was sie wohl denken würde, wenn sich mein steifes Glied unter der Unterhose abzeichnen würde?

Als die Stunde rum war, war er erleichtert und enttäuscht zugleich. Vielleicht wäre es mir gar nicht so unangenehm gewesen, wenn sie dort weiter massiert hätte? Quatsch, schalt er sich, mit der zierlichen Thailänderin hatte er nichts am Hut. Er war noch nie in einem Puff gewesen und hatte das auch in Zukunft nicht vor. Trotzdem wollte er mit einer Frau schlafen, und zwar mit seiner Frau – mit Helma.

Im Hotelzimmer tippte er endlich, acht Stunden nach seiner Ankunft in Berlin Tegel, mit nervösen Fingern Helmas Handynummer in die Tasten seines Telefons. Er fürchtete sich vor Tränen oder Vorwürfen und war letztlich erleichtert. Nichts von alledem, ein freudiges „Wie geht's dir? … Wo bist du?" und dann, ohne lang zu überlegen: „Ich bin in Interlaken bei Judith. Ich komme!" Zehn Minuten später rief sie wieder an: „Ich nehme den Nachtzug. Holst du mich morgen um 11 Uhr 19 am Hauptbahnhof ab?"

Vor dem Einschlafen blätterte er noch einmal im Tagebuch, das er beim Aufräumen und Entrümpeln der Sachen seines Vaters gefunden hatte.

19

Tagebuch

22. Juli 1944

Mit unserem Hordenführer marschieren wir geschlossen zum Schloßplatz. Habe selten so viele Menschen so eng gedrängt gesehen. Mehrere Zehntausend dürften es sein, die den Worten des Gauleiters Hanke zuhören. Mit bei der Prominenz auf der Bühne steht Sturmbannführer Exner, der mit dem Brosinski aus der Herzogstraße verwandt ist. Noch immer redet Vater verächtlich über Brosinski, der Sekula vor Kriegsbeginn um seinen Laden betrogen hatte. Mithilfe dieses Exner, der mit dem Gauleiter zur jubelnden Menge spricht.

Hanke äußert Abscheu über den „Verrat" und Freude über die Errettung des Führers. Heute Morgen hat es sich wie ein Lauffeuer herumgesprochen, daß der Führer ein abscheuliches Attentat überlebt hat. Hanke schrie mit sich überschlagender Stimme, da Breslau Adolf Hitlers getreueste Stadt ist. Unter stürmischem Beifall brüllte er in die tosende Menge, daß niemand auf die Putschisten hereingefallen ist, weil Offiziere und Soldaten der Wehrmacht aufrechte Nationalsozialisten sind. Es gibt keine Wehrmacht in Deutschland, die nicht auch Partei ist!

8. August 1944

Gestern haben die Engländer Bomben auf Breslau abgeworfen. Es ist nichts passiert. Hier in Breslau sind wir sicher. Die Gefahr ist im Westen. Im Ruhrgebiet fallen viele Bomben und zerstören ganze Städte. Seit April ist Henning in meiner Klasse. Er redet ein komisches Deutsch, sitzt alleine in einer Bank und hat keine Freunde. Seine Familie wurde in Wuppertal ausgebombt.

15. September 1944

Ein heißer Spätsommertag. Wir sind mit unserer Rotte auf dem Fahrrad zum Carlowitzer Strandbad gefahren. Die BDM-Gruppe von Klara war zufällig auch dort. Die Eltern von Gerhard haben ein kleines Paddelboot, womit wir auf dem Oderarm zwischen der Hindenburgbrücke und der Nakonzbrücke umherpaddelten.

An der Südseite des Schwimmbades ist ein Sandstrand aufgeschüttet. Wir turnten da im Sand herum und versuchten, die Aufmerksamkeit der Mädchengruppe auf uns zu lenken. Ich konnte im Handstand gehen und hoffte, daß Klara mich dabei beobachten oder gar bewundern würde. Dann probierten wir es mit waghalsigen Sprüngen vom Fünfmeterturm ins Wasser.

Klara sprang vom Dreimeterbrett. Gerne hätte ich ihr gesagt, wie elegant sie dabei aussah. Doch war das in der großen Gruppe nicht möglich. Ob ich alleine den Mut gehabt hätte? Ich traue mich nicht, sie anzusprechen und grüble, wie ich das anstellen soll.

20

Es war dunkel geworden, als die beiden Spaziergänger von der Frankenwarte wieder in Thomas Schöngeists Wohnung zurückkehrten.

Sein Handy zeigte einen Anruf in Abwesenheit an. Die Nummer war ihm unbekannt.

Auch sein Anrufbeantworter blinkte rot auf.

Doch er hatte anderes als Telefonieren im Sinn. Lieber genoss er den leidenschaftlichen Kuss von Karin, der noch mehr versprach. Er ließ sich gerne sein Hemd aufknöpfen und versuchte dabei, das penetrante Läuten des Telefons zu ignorieren. Stattdessen tastete seine Hand unter Karins Pullover nach ihren Brüsten.

„Das Telefon stört mich!"

„Es hört schon wieder auf!"

Doch die Stimmung war verflogen, Karin schob seine Hand zurück, und als sich kurz darauf das Telefon wieder meldete, hob Thomas ab.

„Hallo Thomas, tut mir leid, ich konnte dich nicht erreichen ..."

„Wo bist du? Die ganze Welt sucht dich! Helma vergeht fast vor Sorge und du rufst einfach seelenruhig hier an!" Beim Luftholen hörte er Peter: „Ich bin in Berlin. Helma ist bei mir. Sie ist heute Mittag angekommen. Erst da hat sie mir erzählt, dass sie dich beauftragt hat, mich zu suchen." Und nach einer kurzen Pause meinte Thomas, etwas bitteren Sarkasmus aus Peters Stimme zu hören: „Als könnte ich verloren gehen!"

Thomas war nicht zum Scherzen zumute, trotzdem war er natürlich froh, dass Peter wieder aufgetaucht und Helma schon bei ihm war. Peter skizzierte ihm in kurzen Zügen, was passiert war:

„Am Neujahrsmorgen, nach dem Selbstmord von Brosinski, hatte Michael wieder bei Helma angerufen und sie gebeten, zu ihm zu kommen.

Es hatte am Abend, wie schon vermutet, Streit zwischen Michael und Claus Brosinski gegeben. Ihr Vater sagte wörtlich: ‚Peter hätte uns ruinieren können!'

Helma kam vollkommen aufgelöst nach Hause. Was sollte diese unsinnige Schuldzuweisung? Als hätte der Tod ihres Vaters alleine nicht genügt …

Claus Brosinski hatte einen Abschiedsbrief hinterlassen. Michael wollte nicht, dass er an die Öffentlichkeit gelangt. In diesem Punkt pflichtete ihm Helma bei, die ansonsten zu seinen Vorwürfen nichts sagte. ‚Was hätte ich auch sagen sollen?'

Es war für mich manchmal unerträglich, wie ich immer wieder diffamiert und beschimpft wurde, ohne dass sich Helma wehrte. Ich konnte mich ja nicht mehr selber wehren. So gerieten wir in Streit. Wer an welcher Stelle wann was hätte verhindern können. Im Nachhinein war klar, dass die vielen ungelösten Probleme irgendwo ein Ventil suchten, und sie entluden sich einfach an der falschen Stelle. Mit der

Folge, dass wir uns danach noch einsamer fühlten. Während der letzten Monate hatte ich wieder intensiveren

Kontakt zu Heike aufgenommen, einer früheren Arbeitskollegin, mit der ich in Mannheim für kurze Zeit liiert gewesen war. Sie hatte es zwischenzeitlich nach Berlin verschlagen, wo sie zusammen mit einem Partner eine Vermögens- und Anlageberatungsfirma namens *Suninvest* aufgebaut hatte. Mit ökologischen Investments, hauptsächlich im Bereich der Solartechnik. Und weil sie in den letzten beiden Jahren stark gewachsen waren, suchten sie nach einem geeigneten Partner, der sowohl mitarbeiten als auch Geld mitbringen würde. Nach einem regen Schriftverkehr vor Weihnachten freundete ich mich mit der Möglichkeit an, in Berlin neu anzufangen.

Doch traute ich mich anfangs nicht, Helma in diese Entwicklung mit einzubeziehen. Ich wollte ihr davon erzählen, wenn es tatsächlich spruchreif geworden wäre. Investments, die Ökologie und Ökonomie miteinander verbinden, das hat mich einfach fasziniert. Doch ich fand auch später nie die richtige Gelegenheit, mich Helma anzuvertrauen, und je länger ich damit wartete, desto schwieriger wurde es für mich, mit ihr darüber zu reden.

Dann der Selbstmord ihres Vaters. Die Vorwürfe, die Helma gegenüber Michael unwidersprochen ließ, womit die Behauptung, ich hätte die Brosinskis ruiniert, einfach so im Raum stehen blieb. So als könnte sie stimmen."

Thomas hörte interessiert zu. Von alledem hatte er nichts mitbekommen. Sein Freund hatte ihn an keiner Stelle ins Vertrauen gezogen, und Thomas hatte den Eindruck, dass Peter beileibe nicht alles erzählte. Er glaubte auch, dass Helma nicht alles erzählt hatte. Das ärgerte ihn.

„Warum wollte eigentlich dein Vater verhindern, dass ihr heiratet, genauso wie übrigens der Brosinski?", fragte Thomas in Peters Ausführungen hinein.

„Vielleicht haben uns genau diese Widerstände erst recht gegen die bösen Elternmächte vereint? Wer weiß, ob wir sonst geheiratet hätten", wich Peter einer Antwort aus.

Nach dem Telefonat blieb Thomas still an seinem Schreibtisch sitzen und schaute im Dunkeln auf das nächtlich beleuchtete Würzburg – Peter und Helma würden also mit Sylvia nach Berlin ziehen. Thomas fragte sich, ob damit das Rätsel über Peters Verschwinden wirklich gelöst war. Peter war wieder da, also sollte eigentlich alles wieder gut sein. Doch war Thomas nach dem Gespräch mit Peters Vater neugierig geworden.

Außerdem hatte er gespürt, dass Peter ihm etwas verschwieg und das hing irgendwie mit dem zusammen, was sein Vater erzählt hatte. Irgendein Geheimnis schien es um die Brosinskis, die sich nach Kriegsende in Blaukirchen niederließen, zu geben.

Thomas war also ganz und gar nicht zufrieden und konnte sich nicht damit abfinden, dass ,Ende gut, alles gut' sei.

Er ging wieder zu Karin, die mittlerweile lesend auf dem Bett lag, und war froh, mit ihr darüber reden zu können. Mit einer Flasche Bordeaux, die Thomas von seinem Klienten *Solarmanufaktur* als Weihnachtsgeschenk bekommen hatte, dazu den Hinweis, dass es sich hierbei um den besten ihnen bekannten Solarspeicher handeln würde. Ob das stimmte, wusste Thomas nicht, doch der Wein schmeckte gut, vor allem als er ihn aus Karins Bauchnabel schlürfte. Später fragte ihn Karin, warum er nicht nach dem Abschiedsbrief gefragt hatte. Das holte Thomas noch kurz vor Mitternacht nach. Er war etwas verärgert über Peter und auch ein wenig über Helma. Schließlich hatte er sich um die beiden Sorgen gemacht, war ein paar Mal deswegen nach Blaukirchen gefahren. Dafür hätten sie ihm zumindest alles erzählen können. Sozusagen als Wiedergutmachung könnten sie auch um diese Zeit für ihn da sein. Peter versprach dann auch, nach einem Getuschel im Hintergrund, etwas kleinlaut, ihm gleich den Brief durchzumailen. „Ich brauche dir ja wohl nicht zu sagen, dass der höchst vertraulich ist." Thomas verzichtete auf eine Antwort.

Ich habe einen furchtbaren Fehler gemacht. Und weil ich es nie eingestanden hatte, sind viele weitere Fehler entstanden. Vielleicht wäre meine Hoffnung aufgegangen und die Zeit hätte einen wohltuenden Schleier über quälende Erinnerungen gelegt. Doch wer hätte je ahnen können, dass sich Helma in Peter, in den Sohn von Reinhold Schneider verlieben würde. Ausgerechnet in Peter Schneider! Und so nahm das Unglück seinen Lauf. Alle meine Versuche, diese unselige Liaison auseinanderzubringen, scheiterten. Im Nachhinein weiß ich, dass sie scheitern mussten. Statt dass wir uns im Laufe der Jahre von dem tödlichen Strudel entfernt hätten, wie es anfangs zu gelingen schien, trieben wir immer näher zu einem Sog, dem irgendwann nicht mehr zu entrinnen war.

Heute bedaure ich, dass ich meinen Sohn Michael mitgenommen hatte, ohne ihn wirklich einzuweihen. So sehr mitgenommen, dass er jetzt nichts mehr verstehen kann. Er kann nicht mehr verstehen, nach all den Jahren, in denen ich ihn vor Peter gewarnt hatte, dass er uns vernichten könne. Er kann natürlich nicht mehr verstehen, dass die eigentliche Gefahr nicht von ihm, Peter Schneider, ausgeht, sondern von meiner Feigheit. Meiner Feigheit, nicht zu mir und zu meinem Leben gestanden zu haben. Wie sehr die Leute bewundern, was ich geschaffen habe. Auch nachdem ich das meiste davon abgeben musste, blieben noch genug Neider, Bewunderer und Speichellecker. Dass dies nicht mein Leben war, können sie nicht ahnen. Ich habe mich nie getraut, das zu sagen. Nein, es war nicht mein Leben: Ich bin nicht der Brosinski, den ihr zu kennen glaubt. Ich bin es nicht und weil ich nicht mehr die Kraft habe, zu mir zu stehen, gehe ich, bevor noch mehr Unheil geschieht. Ja, Peter hätte uns ruinieren können. Und es nützt nichts, wenn Michael mich wütend angeht, weil ich Peter angeblich zu sehr schütze. Ich habe einfach nicht mehr die Kraft, Brosinski zu sein.

21

„Es wird ja mal wieder Zeit!"

„Trotzdem weiß ich nicht, ob ich heute wirklich schon mit dir laufen soll! Ich muss auf alle Fälle langsam machen."

„Was soll denn das? Ist dir die Lust vergangen? Das letzte Mal sind wir vor Weihnachten gelaufen. Dann bist du abgetaucht!"

„Ich war einfach krank und davor war ich im Spessart bei Karins Eltern. Und schließlich warst du um die Weihnachtstage nicht da. Wo warst du eigentlich genau? Das klang ja reichlich nebulös im alten Jahr."

Thomas Schöngeist und Manni waren endlich wieder zum Laufen verabredet. Sie trafen sich auf dem kleinen Parkplatz gegenüber der St. Bruno-Kirche am Eingang des Steinbachtals. Thomas hatte zwar noch wackelige Beine, aber er brauchte endlich wieder Bewegung, und wenn es nur für eine halbe Stunde wäre.

Außerdem wollte er auch mal wieder mit Manni quatschen. Sie hatten sich ja noch nicht mal ein gutes neues Jahr wünschen können. So trabten sie also sehr langsam los und Thomas hatte genug Luft, um sich seinen Unmut über seinen alten Freund Peter von der Seele zu reden. „Haut da einfach ab, nachdem er sich mit Helma gestritten hatte. Die beauftragt mich, ihn zu suchen, und verschweigt mir diesen Streit. Was soll das denn?"

„Vielleicht war für Helma der Streit wirklich nicht wichtig. Und sie hat ihn deshalb nicht erwähnt? Schließlich hast du mir ja auch erzählt, dass sie recht sicher war, dass er ein neues Leben suchen würde. Das klingt nach fundamentaler Krise, nicht nach einer Kurzschlusshandlung, einem emotionsbedingten spontanen Weglaufen wegen eines Streits. Und wer weiß, wie heftig die wirklich gestritten haben? Manchmal genügen zwei falsche, ganz leise ausgesprochene Worte, die den anderen so treffen können, ohne dass man selbst zunächst etwas davon spürt. Geschweige denn, dass man es so gewollt hätte."

„Da ist was dran! Zumal sich ja beide schon seit geraumer Zeit in einer Extremsituation befinden, in der man sicherlich weitaus empfindlicher reagiert als sonst üblich."

Eigentlich wollte Thomas nur bis zum Buswendeplatz laufen und dann wieder umkehren. Er fühlte sich noch von seiner fiebrigen Erkältung schwach, doch das langsame Tempo tat ihm gut und das Gespräch interessierte ihn: „Schwer vorstellbar, wie sich das anfühlt, wenn man plötzlich ausgegrenzt wird. Wenn man der ist, der man schon immer war, und auf einmal taugt man nicht mehr. Alles was man tut und früher richtig oder zumindest in Ordnung war, ist plötzlich falsch!"

„Wenn man will, findet man immer was auszusetzen", antwortete Manni, „und noch schlimmer ist, wenn alles Tun plötzlich durch eine missgünstige Brille bewertet wird. Gönnt man dem einen Erholung nach den Mühen der letzten Wochen, so gilt der andere in dieser Situation als faul. Und arbeitet der eine bis zum Umfallen, so ist ihm Mitleid und Bewunderung gewiss, wie sehr er sich in seiner Verantwortung fürs Allgemeinwohl aufopfert, während dem anderen in dieser Situation krankhafter Ehrgeiz und selbstsüchtige Geltungssucht unterstellt wird."

„Stimmt leider, da kann der andere also machen, was er will, er wird nie eine Chance bekommen. Und er wird dadurch mit der Zeit eben anders und verbitterter!"

„Ihr musstet doch sicher in der Schule auch in *Andorra* von Max Frisch lesen, wie es dem anderen, dem Andri, erging."

„Wer musste das nicht lesen!", keuchte Thomas. Sie hatten die Steigung Richtung Kist zur Hälfte gemeistert.

„Komm, lass uns abkürzen und drüben wieder zurücklaufen", setzte er nach, „sonst schaffe ich es nicht mehr zurück!"

„Und was wirst du jetzt tun?", fragte Manni. Durch das Bergablaufen kam Thomas wieder in einen ruhigen Rhythmus. „Keine Ahnung. Eigentlich will ich noch mal zu Peters Vater. Allerdings habe ich wenig Hoffnung, dass er noch mal weitererzählt. Anscheinend ist er auf einen wunden Punkt gestoßen, ab dem er blockiert. Er hat ja ein wenig von seiner Familie erzählt. Zwei Schwestern und ein Bruder. Von diesem Bruder, Helmut, hat mir Peter nie etwas erzählt. Wenn der noch lebt und keinen Alzheimer hat, dann könnte der vielleicht die Geschichte von seinem Bruder weitererzählen. Ich frage mich, warum ich darauf überhaupt nicht schon früher gekommen bin!"

„Ich sagte doch schon, dass du wieder öfter laufen musst!", frotzelte Manni nicht nur im Spaß. „Wie sonst sollen gute Ideen entstehen? Wie sonst bekommst du wieder einen Überblick über Geschichten, in denen du dich ja anscheinend gerne verstrickst!"

Thomas sagte nichts dazu. Schließlich gab es dazu nichts zu sagen. Er war laufbesessen, und auch wenn er nach seinen früheren Maßstäben mittlerweile vom Läufer zum Jogger abgestiegen war, brauchte er das regelmäßige Laufen, sonst wurde er unzufrieden und griesgrämig. Er brauchte die Bewegung an der frischen Luft, die seinen Kopf freier machte. Und er gestand sich ein, dass er die kleine Flucht aus dem mühseligen und oft kleinkarierten Alltag nicht missen wollte. Auf diese kleine Flucht konnte er nicht verzichten, wie ein Süchtiger. Vielleicht auch deswegen, weil er sich die große Flucht, so wie sie Peter anscheinend versuchen wollte, nicht traute. Er jammerte stattdessen über seinen überquellenden Schreibtisch und die vielen Schriftsätze, die zu formulieren sind.

„Thomas, hör auf damit!", unterbrach ihn Manni, „ich laufe sonst schneller! Wem erzählst du das? Ich kann dich gerne einmal in mein Büro einladen. Allerdings können wir dort nur ein Bier im Stehen trinken, weil jetzt zu

Jahresbeginn die Jahresabschlüsse meiner Mandanten fertig werden müssen. Alle möglichst gleichzeitig. Mein Büro ist voll von Ordnern und vorläufigen Bilanzen."

So liefen sie die letzten Kilometer vom Buswendeplatz zurück und plauderten über dies und das, über einen Halbmarathon, den sie Ende März gemeinsam in Schweinfurt laufen wollten, über eine mehrtägige Wanderung in den Alpen, die sie sich schon seit Jahren vorgenommen hatten und in diesem Jahr endlich auch machen wollten. Thomas war am Ende des Laufes zwar sehr müde, seine Beine waren in der Tat noch wackelig, aber er hatte den Eindruck, dass ihm dieser gemeinsame Jahresauftakt mit Manni sehr gutgetan hatte und vor allem sein Unmut über Peter etwas besänftigt war.

Doch auch wenn sie das Thema der viel zu vielen Arbeit und der wenigen Zeit, die ihnen dabei für das Leben blieb, ausgeblendet hatten, holte ihn genau dies in den nächsten Tagen mit voller Wucht wieder ein. Ein Tag verging wie der andere und Thomas hatte einfach keine Zeit, sich mit der Geschichte von Peters Vater, Peters immer noch rätselhaftem Verschwinden und dem Selbstmord von Claus Brosinski zu beschäftigen. Ein wahres Knäuel von unentwirrbaren Rätseln. Doch war es für sein alltägliches Leben nicht lebenswichtig, dieses zu entwirren. Das Leben ging auch so weiter und so wurde sein drängendes Interesse immer mehr vom alltäglichen Trott überlagert.

Ab und zu bekam er eine SMS wie diese: „Der Frühling bricht das Eis der Odra, wann traust du dich?" Manchmal verstand Thomas die Nachrichten nicht ganz oder wusste nicht, was Olga damit sagen wollte, doch er beantwortete jede: „Mein Mut reicht vielleicht nicht, über brüchiges Eis zu dir zu gehen." Nicht immer kam sofort eine Antwort von Olga: „Nur wer aufbricht, weiß, was er wirklich zurücklässt."

Über solche Sätze konnte Thomas lange grübeln, doch meistens waren es nicht die Wörter, in denen er in Gedanken versank, sondern es war Olga selbst. Olga, so wie er sie an jenem Wochenende kennengelernt hatte. Mit der Erinnerung an Zofía konnte er weniger anfangen.

Karin erzählte er nichts davon. Es gab auch nichts zu erzählen, schließlich war auch nichts passiert, er telefonierte nicht einmal mit Olga.

22

Thomas Schöngeist gähnte. War es schon eine beginnende Frühjahrsmüdigkeit Mitte März? Seine Uhr zeigte 15 Uhr. Um 17 Uhr war er wieder mit Manni zum Laufen verabredet. Er war hundemüde und die langweiligen Schriftsätze, die er noch zu diktieren hatte, machten ihn auch nicht gerade munter. Ein Mahnbescheid, eine Schadensersatzgeschichte, ein Mieter, der nicht zahlen will …

Die Nummer auf dem Display kam ihm nicht bekannt vor. Er wunderte sich. Seine direkte Durchwahl kannten nicht gerade viele Leute. Neugierig nahm er den Hörer ab.

„Schöngeist?!"

„Eckstein! Sie wollten mich sprechen!"

Er kannte keinen Eckstein. Einen älteren aus dem Ruhrpott schon gleich gar nicht. Als er die Stimme hörte, dachte er gleich an einen Fußballreporter, der in diesem Ruhrpott-Slang im Radio Bundesligaspiele moderierte. Sein Name fiel ihm nicht ein.

„Entschuldigen Sie bitte, Herr Eckstein. Ich weiß nicht …?"

„Frau Freygang hat mich gebeten, Sie endlich anzurufen. Sie wollten von mir wissen, wie das damals war!"

Thomas kannte keine Frau Freygang, er wusste nicht, dass er sie gebeten hätte, einen Herrn Eckstein zu bitten … Da er nichts sagte, redete Eckstein weiter. Mit einer Stimme, die seine Altersungeduld nicht verbergen konnte: „Die Flucht aus Breslau. Und ob ich einen Brosinski kenne!"

„Tut mir leid, Herr Eckstein, ich war eben bei einer anderen Arbeit, ich freue mich über ihren Anruf." Wenigstens jetzt reagierte Thomas schnell und geistesgegenwärtig: „Von wo aus rufen Sie denn an?"

„Aus Velbert, aber das werden Sie nicht kennen. Ist zwischen Essen und Wuppertal, dort hat es uns nach dem

Krieg hinverschlagen. Es gab Arbeit …"

„Und Frau Freygang hat mit Ihnen telefoniert?", unterbrach ihn Thomas, dem wieder eingefallen war, dass Hertha Freygang die Freundin war, die ihm seine Mutter zu Jahresanfang vorgestellt hatte, als er in Sachen verschwundener Peter unterwegs war.

„Ja, sie hat wohl schon seit längerem versucht, mich zu erreichen. Wir kennen uns aus dem Flüchtlingslager Neustadt und sind danach in Kontakt geblieben. Sie weiß, dass ich aus Breslau stamme. Aber sie hat meine Telefonnummer nicht richtig aufgeschrieben und zwei Ziffern vertauscht und deshalb wohl schon gedacht, dass ich nicht mehr lebe. Sie hätte mir natürlich gleich einen Brief schreiben können. Auf diese Idee ist sie aber erst nach vielen Wochen gekommen, typisch …"

Thomas wollte gar nicht wissen, für was das typisch sei und unterbrach den redseligen Eckstein: „Das ist ja großartig, dass es nach so langer Zeit doch noch geklappt hat."

Und so erzählte Herr Eckstein. Er erzählte gerne, zumal ihn Thomas selten unterbrach, auch weil Eckstein darauf mit einem ungnädigen Tonfall reagierte. Der legte sich allerdings schnell wieder, wenn er in seine Erinnerungen abtauchte.

„Seit dem Morgen des 21. Januar 1945 war ich mit einem Treck von Breslau aus in Richtung Westen unterwegs. Wir, das heißt meine Mutter und meine beiden jüngeren Geschwister, hatten gerade mal eine Nacht Zeit, um Vorbereitungen für die Abreise zu treffen. Mein Vater und mein älterer Bruder waren an der Front. Wagen wurden beladen, Hausrat und Verpflegung, Betten und Kleider verstaut, alles unter Aufsicht der *Goldfasane*, wie wir die Parteibonzen ziemlich offen nannten. Längst nicht alles durfte mitgenommen werden. Die Propaganda machte den Leuten vor, es wäre nur für ein paar Tage, die Wunderwaffen kämen sogleich zum Einsatz. Wir fuhren bei einer Temperatur von minus 20 Grad los. Noch heute friere ich, wenn ich daran denke. Männer über 16 Jahren durften nicht mit. Sie mussten zum Volkssturm. Ich war damals 14 Jahre alt. Zwei Parteibonzen begleiteten den Treck. Ich erinnere mich genau an die Namen, Pinkowski und Exner. Exner kannte ich aus der Herzogstraße. Der war mit Brosinski aus dem Elektrogeschäft verwandt. Meine Tante wohnte gleich in der Nähe, in der Gneisenaustraße. Das ist oder das war gleich bei der Sternschanze.

So schleppten wir uns mit einfachen Wägelchen und Schlitten und ein paar Pferdegespannen Richtung Erzgebirge. Vorneweg in einem Auto Exner und Pinkowski. Mir war aufgetragen, mit einem Fahrrad den Treck zu begleiten und manchmal als Vorhut die Lage auszukundschaften. An einem Hügel mussten alle ran zum Schieben. Die entkräfteten Pferde konnten die Lasten nicht mehr alleine ziehen. In dieses Durcheinander kam der Ortsgruppenleiter vom nächsten Dorf mit einem Kleinmotorrad gefahren, in der Eiseskälte, volltrunken, mit hochrotem Kopf und schrie aus Leibeskräften: ‚Fahrt, fahrt, die Russen sind schon in Namslau!!'

Im ersten Dorf auf dem Weg folgte die nächste Begegnung: Der Treck hatte sich wieder in eine Reihe Wagen formiert, hinter unserem fuhr der Bäcker Kampe mit einem uralten Pferd und auch er war wohl für den Volkssturm nicht mehr zu gebrauchen. Das Pferd konnte sich ohne Eisen kaum auf den Füßen halten und wir fürchteten nur, dass Kampes Wagen in unseren hinten reinknallt, weil niemand ihn bremsen konnte. Entsprechend wenig hatten die Kampes auch geladen, keine Plane gegen die Kälte – nichts! In Strehlen forderte Exner den alten Kampe auf, die Freundin eines örtlichen Parteifreundes und deren riesigen Reisekorb aufzuladen. Na, da kam er an den Richtigen! Ein Wort gab das andere, Kampe drohte mit der Peitsche, falls sie auf den Wagen käme. Exner zog eine

Pistole! Doch auch das machte keinen Eindruck auf den alten Mann. Mit den Worten ,Schieß doch, schieß doch, du Lackaffe!' setzte er seinen Gaul behutsam wieder in Bewegung. Es hat niemand geschossen, aber ich hatte das erste Mal grausame Angst!

Der Treck kroch weiter. Bei einem längeren Aufenthalt in Zarow hätte es mich auch erwischen können: Ein russischer Tiefflieger flog auf uns zu. Wir rasteten gleich neben einer Flakstellung. Doch dann drehte er im letzten Moment ab, vielleicht weil er sah, wie viel Kinder sich dort versammelt hatten. Von Weitem konnten wir dann sehen, wie Bomben auf Schweidnitz geworfen wurden, und dann sind wir sehr schnell weitergezogen.

In dem völlig überlaufenen kleinen Ort Burkersdorf stellten uns zwei sogenannte Ostarbeiter ihre bescheidenen Räume zum Schlafen zur Verfügung. Es waren ein Mann und eine Frau, die wohl einmal in ihrer Heimat Lehrer waren. Ich hatte gegen die Kälte die schwarze Kluft der Pimpfe an, zu dem auch das Käsemesser gehörte. Von den beiden Ostarbeitern wurde ich nach der Verwendung dieses Messers gefragt. Ich stotterte was von verteidigen, zustechen, wehren und erntete nur ein Lächeln. Ich schämte mich auf einmal. Ich hoffe, dass die beiden am nächsten Tag ihr Zimmer aufgeräumt haben, hinter dem Ofen müssen sie mein Käsemesser und auch die Raute von der Mütze gefunden haben!

Der Treck und das tägliche Laufen wurden immer mehr zur Routine. Ich war ein großgewachsener Junge und hatte, wie schon gesagt, ein Fahrrad zu betreuen. Meine Aufgabe war es, mit dem Ortsgruppenleiter dem Treck vorauszufahren und an wichtigen Kreuzungen dem ersten Fahrzeug des Trecks die Richtung zu zeigen. So kamen wir irgendwo über das Gebirge. Ich entsinne mich noch der Plackerei für die Gespanne und an die regelrecht ausgemergelten Pferde.

Auf dem Gebiet der Tschechen gab es immer was zu futtern, auch für die Tiere, und auf einer dieser Tagestouren war die nächste Begegnung fällig. Exner wurde auf unserem Weg durstig, wir betraten gemeinsam eine Gastwirtschaft und Exner, mit dem riesigen Parteiabzeichen am Revers, bestellte an der Theke ein Bier und für mich eine Limonade. Die betont höfliche Antwort des Kellners war: ‚Wir haben leider kein Bier!' Auch für mich war nichts zu haben. Ich verstand gar nichts mehr: Aus dem Hahn floss doch wohl unaufhörlich Bier, das gelbe Zeug muss doch Bier sein!!?? Exner rastete aus: ‚Dann gebt dem Jungen doch wenigstens ein Glas Wasser', brüllte er, doch er erntete nur Kopfschütteln. Ich stand da, rührte mich nicht von der Stelle und mir fiel der Unterkiefer herunter. Wo war ich denn da hineingeraten?

Doch die Wochen hielten noch Schrecklicheres für mich parat: Einmal mussten alle Jungen, die so um die 14 oder 15 Jahre waren, ganz schnell den Treck verlassen. Es dauerte einen ganzen Tag und eine Nacht, bis wir unseren Treck wiederfanden. Mir kam es irgendwie wie Indianerspielen vor, ich hatte den Ernst der Lage noch immer nicht kapiert!

Das änderte sich blitzartig. Hinter uns im Treck fuhr Rudi Schörner. Ihm wurde nach einer schweren Verwundung vor Leningrad als 19-Jähriger der rechte Arm amputiert, und er war rechtzeitig vor dem Fluchtbeginn ausgemustert worden. Natürlich hatte er keinerlei Zivilkleidung mehr, fuhr also sein Gespann halbverdeckt durch die Plane mit der linken Hand und hätte als Soldat verkannt werden können. Und genau das geschah. Bis ich bemerkte, was da los war, war schon der heftigste Tumult im Gange: Kettenhunde waren auf den vermeintlichen Soldaten Schörner aufmerksam geworden. Ohne lange zu fragen, sprangen sie mit wüsten Beschimpfungen auf den Wagen und wollten Rudi herauszerren. Der war aber auch nicht faul, seine Tante noch weniger, und ehe man sich's versah, lief dem einen Kettenhund Blut aus der Nase: Rudi hatte eine Abwehrbewegung mit seinem rechten

Armstummel gemacht! Das Palaver ging noch eine Weile weiter, Exner schaltete sich Gott sei Dank ein und wir konnten mit Schörner weiterfahren. Ohne Exner wär's wahrscheinlich schlecht um Schörner und seine Verwandtschaft gestanden. Später habe ich erfahren, wie viele vermeintliche Deserteure zu Kriegsende von den eigenen Leuten erschossen wurden.

Am Tag darauf, kurz vor Karlsbad, war Exner verschwunden. Einige, so wie Kampe, waren froh darüber, die meisten aber fürchteten, dass sie nun schutzloser seien. Unser Treck zerfiel kurz darauf, einige Dorfbewohner schafften es bis Bayern, viele andere kehrten gleich nach Kriegsende wieder um und kamen fast wieder heim, doch da war dann plötzlich eine Grenze. Wir sind dann ganz weit in den Westen und letztlich in Velbertgelandet."

Thomas bedankte sich artig bei Herrn Eckstein für das lange Gespräch und seine Mühen. Der schien sich zu freuen, auch wenn er es in seiner ruppigen Art nicht zugeben mochte. Überhaupt wollte er Thomas noch weiterhelfen, denn irgendwie schien er zu spüren, dass der mit seiner Geschichte nicht allzu viel anfangen konnte.

„Ich kenne jemanden aus Breslau, die ist, glaube ich, in Würzburg gelandet. Wenn ich sie finde, melde ich mich!"

Thomas wusste wirklich nicht, was er von dem Telefonat und der Geschichte halten sollte. Klar war ihm, dass er auf keinen Fall unzählige Fluchtgeschichten hören wollte. Sie würden ihm nicht weiterhelfen. Zumal er sich vorstellen konnte, dass diese Erzählungen nach 65 Jahren mythenhaft stilisiert wurden. Hinzu kam, dass die Erinnerungen durch die damalige Angst ums Überleben in Verbindung mit der schicksalhaften Entwurzelung eine besonders nachhaltige Dramatik entwickelten, in der es schwer war, Überzeichnungen oder Erlebnisse, die sich wiederum aus Erzählungen anderer nährten, von objektiv Erlebtem zu unterscheiden. Kann es in so einer Situation objektives Erleben geben? Gibt es eigentlich objektive Berichterstattung, wenn man selbst betroffen ist?

Überhaupt hatte er die Geschichte mit Peters Verschwinden und den Selbstmord Brosinskis aus den Augen verloren. Der Alltag hatte ihn wieder eingeholt. Nur Breslau blieb permanent in seinem Bewusstsein, denn von dort aus bekam er nach wie vor SMS von Olga, zum Beispiel: „Meinst du, dass du weiterkommst, wenn du nur Erinnerungen lebendig machen willst?"

Thomas wusste nicht, ob er zu viel Lebensweisheit hineininterpretierte, aber auf diese antwortete er erst zwei Tage später: „Meine Vergangenheit verfolgt mich. Und ich kann ihr nicht entrinnen, auch wenn ich noch so schnell laufe."

Mit Manni hatte er anfangs noch öfter über das Ausgegrenztwerden, so wie er es von Helma gehört hatte, gesprochen oder über Flüchtlinge, die integriert werden wollten, um nicht länger nur Geduldete zu bleiben.

Manni referierte ihm beim Laufen – Thomas wunderte sich immer wieder über sein Allgemeinwissen –, dass ein Jahr nach Kriegsende vom Alliierten Kontrollrat knapp zehn Millionen Flüchtlinge gezählt worden waren. Allein in Schleswig-Holstein stieg die Bevölkerungszahl um etwa ein Drittel an!

„Ich finde, die Integration dieser Millionen Menschen ist eine herausragende Leistung der Nachkriegszeit Deutschlands! Und sie hat viel zum Wirtschaftswunderland Deutschland beigetragen. Denn es waren fleißige Leute, und nicht wenige von ihnen haben Betriebe gegründet, so wie dein Brosinski!"

Thomas fand zwar, dass es nicht sein Brosinski war, trotzdem zollte er mit seinem Schweigen dem Respekt, was diese Generation unter schwierigsten Bedingungen geleistet hatte, und wovon seine Generation und er heute noch profitierten. Sein Schweigen wiederum kaschierte er hinter einer Tempoverschärfung, längst war er nach seinem lang anhaltenden Tief im Januar und Februar wieder zu einer einigermaßen guten Form gelangt. Manni konnte das Tempo locker, wenn auch hörbar schnaufend, mitgehen: „Bist du auf der Flucht oder was?"

Gut gelaunt und trotz etwas müder Beine erfrischt, stürmte Thomas kurze Zeit später wieder ins Büro. Dort warteten zwei Nachrichten auf seinem Handy.

Von Karin: „Musste dringend weg. Hast du Lust auf ein Glas Wein heute Abend?"

Und von Olga: „Nächste Woche sind wir mit der Firma in Deutschland und besuchen Kunden. Ich kann einrichten, dass ich auf Rückfahrt in Würzburg übernachte! Passt es dir?"

Beide Male antwortete er mit „ja". Das zweite Mal mit einem eindeutig schlechten Gewissen.

23

Tagebuch

23. September 1944
Großkundgebung der HJ in unserer Jahrhunderthalle. Marschmusik und dicke feuchtwarme Luft. Gauleiter Hanke sagt bei der Begrüßung, daß Zehntausend Hitlerjungen anwesend sind. Neben Hanke wieder der Sturmbannführer Exner. Er redet laut vom Kampf für den Endsieg und zähem Durchhaltewillen. Dabei überschlägt sich schrill seine Stimme. Die Begeisterung in der Halle mit Sprechchören und Kampfliedern geht unter die Haut, auch bei mir, auch wenn sie mich nicht anzustecken vermag. Ich habe Angst, aber die darf man auf keinen Fall zeigen. Überall um mich rum fanatische Gesichter.

Minutenlanger Jubel bricht aus, als er von der so lange angekündigten, mit dem Einsatz der V1 endlich begonnenen Vergeltung gegen England spricht.

Der Jubel steigert sich, als er laut ruft: „Wir bauen das Germanische Reich!"

Ich fürchte mich vor so viel Gewalt, aber ich habe auch Angst vor dem Russen, der uns die Hölle bringen würde.

4. Oktober 1944
Ich war heute mit Mutter und meinen Geschwistern in unserer Elftausend-Jungfrauen-Kirche. Ich komme nur mehr selten dorthin. An den Gottesdienstzeiten am Sonntagvormittag habe ich ja jetzt immer Dienst in der Hitlerjugend, zu dem wir verpflichtet sind. Es werden die Namen der gefallenen Soldaten verlesen. Bei jedem Namen höre ich ein lautes Aufschluchzen aus irgendeiner Ecke.

Auch die Namen von Gerhard Adameit und Ernst Wirsich werden verlesen. Ich schaue zu Mutter und sehe Tränen in ihren Augen. Adameit wohnte im Nachbarhaus, Wirsich war ein Kollege meines Vaters.

Beim Hinausgehen sehe ich die Frau Adameit mit ihren fünf Kindern. Herbert geht in meine Klasse. Alle sind sie schwarz gekleidet. Viele gehen hin und sprechen ihr Beileid aus. Ich weiß nicht, was ich sagen soll und gehe schnell weiter.

24

Thomas Schöngeist wollte laufen gehen. Karin lag neben ihm im Bett, sie war gerade aufgewacht. „Warum willst du denn so früh raus?", fragte sie schläfrig.

Das fragte er sich in solchen Momenten auch. Natürlich hätte er sich vorstellen können, an diesem Sonntagmorgen lieber faul im Bett liegenzubleiben. Mehr noch hätte er sich vorstellen können, mit Karin zu schlafen, doch als er unter ihre Decke schlüpfte, rollte sie sich noch mehr zusammen. Er kam sich abgewiesen vor und sich aufdrängen wollte er nicht. Schlafen konnte er auch nicht mehr. Etwas anderes außer Laufen fiel ihm nicht ein. Außerdem war er sich recht sicher, dass seine kleine Missstimmung, von der Karin ja noch nichts bemerkt hatte, danach verflogen sein würde.

Tatsächlich roch es draußen feucht nach Frühling. Er lief unter den lindgrün knospenden Bäumen am geschotterten Uferweg den Main entlang. Rechts säumten die herrschaftlichen Verbindungshäuser den Hügel. Sie sahen so alt und ehrwürdig aus. Hatten die eigentlich das wahnwitzige Brandbombardement zu Ende des Krieges überlebt? Unvorstellbar, dass diese Stadt nahezu komplett zerstört gewesen war, so wie viele andere deutsche Städte. Unvorstellbar an diesem frischen Morgen, an dem die Natur nicht nur den neuen Tag begrüßte, sondern sich nach dem Winterschlaf auch auf den Frühling vorbereitete. Erstes Grün und freche gelbe Blütenkleckse begleiteten seinen Weg. Gegenüber vom Steinbachtal querte er auf der Fußgängerbrücke den Main und lief auf der anderen Flussseite den geteerten Fuß und Radweg weiter Richtung Randersacker. Spaziergänger waren noch nicht unterwegs, dafür erstaunlich viele Jogger, die wie er diesen Tag begrüßten, der immer wieder und immer mehr zwischen recht großen Wolkenlücken hervorlugte. Kurz vor Randersacker blendete ihn für einige Minuten gleißende Sonne, bevor sich der Weg mehr Richtung Süden wendete.

Thomas überlegte, ob er unter der Autobahnbrücke wie geplant umkehren sollte oder alternativ in Eibelstadt. Er schwitzte sehr stark, doch er fühlte sich gut. Gut und frei. Vor ihm sah er einen anderen Läufer. Und wie immer fühlte er sich magisch angezogen und steigerte sein Tempo. Er wusste, dass dies totaler Unsinn war. Was hatte er davon, wenn er den Typen einholte? Letztlich musste er dafür seinen Rhythmus aufgeben, das Gleichgewicht, in das er sich die letzten Kilometer hineingelaufen hatte. Doch er konnte nicht anders. Er steigerte stetig und langsam seine Geschwindigkeit. Der vor ihm Laufende war nicht langsam, und in Thomas stritt sich sein Jagdinstinkt mit seiner Vernunft: So ein Unsinn, wenn du ihn eingeholt hast, bist du vollkommen fertig, aber du kannst dann nicht gleich langsam laufen, das würde ja oberaffig wirken, wenn der dich gleich wieder einholen würde. Außerdem bist du dann platt für den Rückweg. Du bist zu alt, als dass sich deine Beine schnell wieder erholen würden, dafür bist du doch mittlerweile erfahren genug.

Sein Körper scherte sich nicht um diese Kopfargumente, seine Beine wollten laufen, wollten fliegen, fühlten sich magisch angezogen von dem da vorne, und er hatte das jetzt drauf, egal was danach wohl kommen mochte. Thomas wurde also weiterhin schneller. Nach der Autobahnbrücke holte er den Läufer ein und grüßte kurz und betont lässig mit einem Kopfnicken zur Seite.

Er versuchte dabei, dem Überholten nicht unbedingt zu verraten, wie heftig seine Lunge pumpte. Unmöglich konnte er jetzt gleich umkehren, er musste also weiter bis Eibelstadt und er musste dabei das Tempo einigermaßen halten. Der Überholte wirkte so locker und ruhig. Der würde ihn sonst gleich wieder einholen und sich dabei wohl denken, was das für ein verrückter Angeber wäre, der eben mit hechelnder Zunge an ihm vorbeihetzte, ihm unbedingt zeigen wollte, dass er besser in Form sei. Doch darum ging es Thomas nicht, überhaupt nicht. Aber er konnte sich jetzt unmöglich die Blöße geben und langsamer werden.

So hielt er das hohe Tempo bis Eibelstadt, wo er endlich umkehrte und sein Tempo stark drosselte. Er war froh, dass er dem anderen Läufer nicht mehr begegnete. Der war wohl früher umgekehrt. Thomas hatte jetzt wirklich schwere Beine und er musste sich für den Rückweg gehörig mühen. Doch war er auch zufrieden mit sich. Laufen gehörte für ihn zum Leben wie Schlafen oder Essen. Kann gleichermaßen Besonderes sein und Alltägliches.

„Da das Alltägliche, so banal es klingt, nun mal mein Leben ist, ist auch im Laufen ein Teil meines Lebens verborgen. Die heftigen intensiven, weit über alle körperlichen Grenzen hinausgehenden Mittelstreckenläufe meiner Jugend, die so gar nichts mit dem stetigen Langstreckenlauf zu tun haben. Der Siegesrausch. Die langen, schon fast kontemplativen Läufe oder das kurzweilige Geplauder in einer Läufergruppe. Meine Freundschaften, die sich beim gemeinsamen Laufen entwickelten. Vielleicht auch meine Regenerationsläufe nach zu viel Alkohol, um den Kopf wieder frei zu bekommen. Oder die Notwendigkeit jetzt beim Altern, weil meine Muskeln sonst versteifen würden. Die Liste könnte unendlich sein. Das Alltägliche? Auch die kleine Blüte am kargen Wegesrand ist alltäglich, meist unbemerkt, und doch strahlt sie, wenn man ihr nur ein wenig Beachtung schenkt, eine unglaubliche Schönheit aus und erzählt einen Teil der unendlichen Schöpfungsgeschichte", erklärte er einmal Karin und war sich nicht sicher, ob sie ihn wirklich verstanden hatte.

Ja! Thomas war nach dem Morgenlauf wieder zufrieden mit sich, und Karin spürte nichts von seiner davongelaufenen Verstimmung, die ihn eine gute Stunde vorher aus der Wohnung getrieben hatte.

25

Mittags war das Wetter wieder umgeschlagen. Bleigraue Wolken zogen auf und lasteten schwer über dem Würzburger Kessel, wollten sich aber nicht entladen. Genau das richtige Wetter, um endlich die Ausstellung ‚Der andere Weg' in der Volkshochschule zu besuchen, von der Karins Freundin Silke schon vor Wochen erzählt hatte. In Erinnerung an die Zerstörung Würzburgs am 16. März '45 wurden Linoldrucke von jüdischen und arabischen Jugendlichen gezeigt. Nach dem Besuch der Ausstellung verabschiedete sich Karin. Sie hatte abends eine Verabredung mit Freundinnen und würde dann wieder in ihrer eigenen Wohnung übernachten.

Daheim fand Thomas Schöngeist eine SMS von Olga auf seinem Handy: „Ich probiere in zwei Wochen also aus, ob Weg von Ost nach West tatsächlich kürzer ist als von West nach Ost. Hast du immer noch Lust, mich dabei zu treffen?" Ja! Er hatte Lust, sie zu treffen. Große Lust sogar. Ungetrübte Vorfreude wollte allerdings nicht aufkommen. Wie und was sollte er Karin erzählen? Wo sollten sie sich treffen? Abends in Würzburg rumbummeln und dabei Karin über den Weg laufen? Seine Beziehung zu Karin wollte er auf keinen Fall aufs Spiel setzen, doch änderte dies nichts daran, dass er Olga sehr gerne wiedersehen würde. Er begann schon, süchtig nach ihren kurzen Nachrichten zu werden, mit denen er langsam eine Aphorismensammlung hätte füllen können. Immer wieder phantasierte er sich in die körpernahe Intimität eines längst vergangenen Wochenendes, an das er sich zunehmend intensiver und erregter erinnerte. Fieberte er einem Traumbild nach? Idealisierte er die kurze und heftige Begegnung zu einer der Wirklichkeit nicht standhaltenden Beziehung? Dabei stellte sich Thomas überhaupt nicht die Frage, wie denn so eine Beziehung im Alltag überhaupt aussehen könnte. Er dachte nur an die weiche Geborgenheit ihres Körpers und ihrer

Stimme, der er so vieles von sich anvertraut hatte. Mit Karin, seiner treuen Begleiterin seit nunmehr fast einem Jahr, konnte er nicht so offen über Leonie und Simone sprechen.

Auf Simone, der Thomas letztes Jahr auf der Jagd nach Korruptionsgeldern bis Argentinien nachreiste, war und ist Karin eifersüchtig. Auf Leonie, seine Frau, die so plötzlich und unerwartet vor fünf Jahren viel zu jung starb, war Karin nicht unbedingt eifersüchtig, doch sie mieden das Thema. Oder war es nur er selbst, der sich scheute, mit Karin darüber zu sprechen? Darüber zu sprechen, dass ihn Simone in so vielem an Leonie erinnert hatte? Beide hatten einen Doktortitel, beide hatten ein Superabitur mit nur ganz wenigen Zehnteln über 1,0. Doch auch körperlich waren sie sich sehr ähnlich, mit ihren dunklen langen Haaren, den braunen Augen und sehr sportlichen Figuren.

Für Thomas war Leonie die Frau seines Lebens. Es war zwar nicht so, dass er keine anderen Frauen mehr anschaute oder immun gegenüber deren Reizen war, doch hätte er sich damals nie vorstellen können, mit einer anderen Frau als Leonie zusammen zu sein. Sie war eine intelligente Gesprächspartnerin. Thomas hielt sie für weitaus schlauer als sich selbst. Er suchte und vertraute ihrem Rat. Doch das alleine war es beileibe nicht. Immer aufs Neue genoss er, mit welcher offenen Neugierde sie seinen Körper entdecken wollte und sie ihn einlud, den ihren zu erforschen. Mit einer verblüffenden Natürlichkeit zeigte sie, welchen Spaß sie dabei hatte. Ihr hohes Kichern, wenn er ihre wunderschönen Brüste küsste, und einige Oktaven tiefer, wenn er sie in ihrer Scham liebkoste.

Einmal wollte er ihr Dessous kaufen. Einen BH, der gut zu den zierlichen Linien ihrer Schultern passen sollte, und dazu ein Höschen. Erfahrung hatte er damit keine. So ging er also in die Wäscheabteilung eines großen Kaufhauses. Dort war er wie erschlagen von der ungeheuerlichen

Auswahl in allen möglichen Größen, Farben und Formen. Die Angelegenheit war ihm vorher schon etwas peinlich, und als er durch die Kleidergassen schlich, kam er sich vor wie ein Voyeur, der unerlaubt in weibliches Terrain eindrang. Trotzdem wollte er nicht kleinlaut und unverrichteter Dinge davonschleichen, auch wenn es ihm heiß wurde und er schon zu schwitzen anfing. Ein Gefühl wie damals, als er das erste Mal in eine Apotheke ging, um Präservative zu kaufen. Er versuchte es damals sportlich als Mutprobe zu sehen und war danach doch einigermaßen stolz auf sich selbst, als er die Prüfung durch die zunächst streng wirkende Apothekerin bestanden hatte. Sie hatte ihn natürlich nicht gefragt, wofür er sie denn bräuchte, sondern wollte ganz professionell und geschäftsmäßig wissen, ob er eine bestimmte Marke bevorzugen würde. Damit brachte sie ihn zum Stottern: „Ähm, also …" Doch sie erlöste ihn nach einer Pause auch wieder: „Diese hier verkaufen wir am meisten!" Und Thomas hatte den Eindruck, dass sie still und heimlich die Situation genoss.

„Genau, davon nehme ich eine Packung! Besten Dank!" Die Kaufhaus-Verkäuferin, die ihn zwischen den Unmengen an Büstenhaltern ansprach, sah gar nicht streng aus wie die Apothekerin damals, hatte aber auf den ersten Blick auch nichts mit den Models gemein, die gut gebaut von großen Plakatwänden den neuesten Wäschechic zeigten. Sie war einfach nur hilfsbereit: „Suchen Sie etwas Bestimmtes?"

„Ähm, also …"

„Etwas Schickes für ihre Frau oder Freundin?", fragte sie weiterhin beflissen und vollkommen professionell. Genauso würde sie wohl Socken verkaufen.

Thomas war erleichtert: „Ja, für meine Freundin."

„Haben Sie eine bestimmte Vorstellung?"

„Na ja, ich weiß nicht …"

„Soll es etwas Ausgefallenes sein?"

„Nein, um Gottes willen, eher etwas Schlichtes. Vielleicht ein Set in Schwarz?"

Sie zeigte Thomas Modelle, die ihm durchaus gefielen.

„Welche Größe hat denn ihre Freundin?"

„Ein Meter 72", antwortete Thomas spontan.

Die Verkäuferin lächelte geduldig: „Ich meine die Körbchengröße."

Thomas wiederholte ihre Frage: „Körbchengröße?"

„Na ja", jetzt spürte Thomas eine leichte Verlegenheit bei der jungen Verkäuferin, „Größe B, C oder noch größer?"

„Größe B oder C?", wiederholte Thomas. „Keine Ahnung!"

„Wie groß ist denn die, ähm, Brust ihrer Freundin?"

Thomas wusste nicht, wie er darauf antworten sollte,

„nicht zu groß und nicht zu klein."

Es wunderte ihn nicht, dass sie damit nichts anfangen konnte, während er auf ihren Busen starrte. Die Verkäuferin hatte aber eine wenig figurbetonende Bluse an. Er konnte ja schlecht von ihr verlangen, dass sie diese auszog, damit er ihr mit einem „größer" oder „kleiner" weiterhelfen könnte. Von der Verlegenheit, die Thomas eben zu spüren glaubte, war nichts mehr übrig, als ihm die Verkäuferin wieder sehr angenehm freundlich riet, dass er die Körbchengröße seiner Freundin und ihre Unterbrustweite ausfindig machen sollte, dann könne er gerne wiederkommen.

„Selbst wenn ich Ihnen jetzt welche vorführen würde, bei meiner Größe würde das ganz anders wirken als bei ihrer Freundin. Ich bin nur 1 Meter 64 groß." Die erneute Sprachlosigkeit von Thomas überbrückte die Verkäuferin, indem sie ihm zeigte, wo er bei einem Büstenhalter die Größe ablesen könne, und sie würde sich freuen, wenn er wieder käme.

Drei Tage später kaufte Thomas einen schwarzen Büstenhalter in Größe 75 B, dessen Raffinesse aus seiner edlen Schlichtheit herrührte, sowie den passenden Slip dazu. Leonie hatte diese Kombination gut gefallen und Thomas fand, dass sie umwerfend darin aussah. Trotzdem zog er sie ihr schnell wieder aus.

Karins Brüste waren ein klein wenig größer. Sie wären vielleicht etwas eingezwängt gewesen in jenem BH. Karin war anders als Leonie und sah auch anders aus, nicht nur, weil sie blond war. So gab es keine vergleichende Erinnerung. Das tat ihrer Beziehung mehr als gut. Karin war ihm eine verständige, vielleicht manchmal launische, aber trotzdem sehr unkomplizierte Begleiterin, von der er den Eindruck hatte, dass sie mit ihm durch dick und dünn gehen würde. Das wollte er auch in Zukunft mit ihr. Auch wenn er daran zweifelte, ob er sie jemals so lieben könnte wie Leonie.

Trotzdem oder vielleicht auch deshalb hatte er Lust, Olga zu sehen, allein der Gedanke an sie erregte ihn. Er antwortete auf ihre SMS: „Warum soll eine Möglichkeit nicht Wirklichkeit werden?"

26

Als Thomas Schöngeist mit klopfendem Herzen die Hotel-treppe hochging, stellte er sich vor: Olga ist noch nicht ganz fertig zum Ausgehen. Im Bad. Sie bürstet sich, noch nicht ganz angezogen, die hellen Haare, in denen ein paar Strähnen silbrig schimmern. Er küsst ihr Schlüsselbein und wandert mit dem Mund dabei etwas tiefer. Olga kichert und schiebt ihn weg. *You look wonderful tonight* von Eric Clapton fällt ihm ein und er freut sich auf das Abendessen.

It's late in the evening
she's wondering, what clothes to
wear she puts on her make-up
and brushes her long, blond hair

Zofía war erschöpft von den Reisen der letzten Tage. Mit den Kollegen hatte sie noch munter plaudernd einen Kaffee getrunken, bevor sie ins Hotel ging. Die fuhren weiter zu einem anderen Termin nach Kassel, wo sie ihre Dolmetscherfähigkeiten nicht brauchten. Im Zimmer, allein, spürte sie die Müdigkeit. Das Wasser, das sie übers Gesicht laufen ließ, erfrischte ein kleines bisschen. Nur noch wenig Zeit, bis Thomas sie abholen würde.

Sie freute sich schon seit einigen Wochen auf diesen Abend, trotzdem sie sich davor fürchtete, dass er misslingen könnte. Thomas hatte vorgeschlagen, zum Essen zu gehen. Er müsste jeden Moment kommen. Sie war nervös, stand vor dem Spiegel, zupfte an ihren Haaren und betrachtete sich kritisch. Das grelle Licht betonte müde Ringe und kleine Fältchen um die Augen. Deren strahlendes Grünblau – „wie Ostsee im Frühling", sagte ihre Oma immer – wirkte mehr wie ein verwaschenes Grau. Sie war müde und unzufrieden mit sich. Unsicher lauschte sie zur Tür: Jeden Moment müsste er klopfen.

Schon seit Tagen spürte Thomas einen kleinen Stich im Magen, wenn er an diesen Abend dachte. Irgendeine unsichtbare Grenze würde vielleicht überschritten werden.

Als er an der Hoteltür stand, meinte er, das Pochen seines Herzens würde sein Klopfen übertönen. Doch er hörte gleich Schritte und sie stand, schon ausgehbereit, im Mantel vor ihm.

Zwischen Tür und Angel fiel die Begrüßung recht förmlich aus. Er traute sich nicht zu fragen, ob er reinkommen dürfe.

„Wo gehen wir hin?", fragte Olga.

Thomas hatte sich das anders vorgestellt. Er mühte sich um leichtes unverfängliches Geplauder, das aber das Schweigen untereinander nicht kaschieren konnte.

Damit die Stimmung zwischen den beiden nicht noch mehr verkrampfte, erzählte Thomas beim Essen von Argentinien, als er auf der Jagd nach Korruptionsgeldern entführt wurde und nur durch die Recherche und Ortungskünste seines Freundes, dem Detektiv Ralf Bendlin aus Frankfurt, schnell gefunden werden konnte.

Olga hörte höflich interessiert zu. Dabei stocherte sie mit wenig Appetit in ihren Spaghetti herum. Aus der Erzählung wurde noch kein gemeinsames Gespräch, das hätte verbinden können.

Der Anfang blieb auch nach Stunden offen. Thomas wollte aber den Wunsch nicht aufgeben, dass es noch eine gemeinsame Nacht werden könnte.

Er war eigentlich immer davon ausgegangen.

Doch noch war sie es nicht. Sie wurde es auch nicht.

Als Thomas aufwachte, allein, spürte er, dass es noch viel zu früh war. Schon wieder! Er haderte mit seiner ruhelosen Müdigkeit und vergrub sich noch einmal tief in sein Kopfkissen, in der Erwartung, dass es ihn sanft in den Schlaf zurückziehen würde. Doch die Hoffnung war vergebens. Vielleicht, weil er nicht wirklich daran glaubte. Er gab sich geschlagen und blieb wach liegen. Die Augen hielt er fest geschlossen, als würde diese Anstrengung helfen, wieder einen Traum zu finden, und als müsse er trotz der Dunkelheit die Welt um ihn herum abwehren. Im Traum schlüpfte sie zu ihm unter die Bettdecke. Mit einem Kuss!

Gestern wurde er nicht geküsst. Es gab nicht einmal einen Abschiedskuss und schon gar keinen, der etwas mehr als ein solcher hätte sein können, zwar Zuneigung ausdrückend, aber, weil einer Abschiedssituation angemessen, auch nicht zu intim. Natürlich hätte eine Ahnung von mehr mitschwingen können, doch auf keinen Fall müssen. Weder zu irgendetwas verpflichtend oder danach etwas geschuldet. Nur eine Ahnung, die man hätte auskosten können, und wenn nicht, einfach nur ein Abschied oder eine Verabschiedung. Aber es gab ihn nicht, diesen Kuss.

Und so blieben Fragen und Enttäuschung zurück. Und die Erinnerung an eine Situation, die beide irritierte und der sie vielleicht nicht gewachsen waren. Olga, die den Kuss abwendete, vielleicht weil sie ihn nicht wollte. Auch nicht als leichte Abschiedsgeste. Vielleicht, weil er ihr unangenehm war, vielleicht auch, weil sie Angst davor hatte.

Und das war es, was Thomas nicht mehr losließ. Er hatte sich einfach von der Erinnerung an das erste Würzburger Wochenende tragen lassen, eine angenehme Schwingung, die er trotz ihrer scheinbaren Unverbindlichkeit in ihrer Nähe genoss und die er irgendwie wieder ins Heute zurückholen wollte. Dass er Olga damit vielleicht verstört hatte, machte ihm jetzt zu schaffen. Jetzt, als er müde keinen Schlaf mehr fand und die roten Ziffern des alten Radioweckers 4 Uhr 37 anzeigten. Viel zu früh, um aufzustehen. Seine Sorge, dass ihre gemeinsame Vergangenheit, die zwischen den beiden ganz unsichtbar, wie ein Seidenfädchen hin und her schwang, reißen würde. Es schwebte so leicht im Wind, scheinbar ohne eigene Kraft, und doch hatte er den Eindruck, dass es sie beide ein wenig zusammenhalten konnte. Das hatte ihn fasziniert und eigentlich wollte er nur ein wenig nach diesem Faden greifen. Dieses flatternde dünne Etwas nur ein klein wenig festhalten. Aber jetzt hatte er den Eindruck, dass es ihm dabei entglitten war oder er es sogar zerrissen hatte.

Sein Handy meldete mit einem Piepston eine SMS. Thomas erschrak. Eine Nachricht um diese Zeit konnte nichts Gutes bedeuten. Doch beim Lesen keimte Hoffnung auf:

„Thomas, ich bin nicht Olga! Ich heiße und bin Zofía. Wenn du mich willst, musst du Zofía nehmen!"

27

Zofía hatte sich vorgenommen, Thomas von sich zu erzählen, doch es ergab sich nicht. Sie war sich nicht sicher, ob er sich überhaupt für ihre Zukunft oder für ihre Vergangenheit interessierte. Im bemühten Geplauder kam sie nicht dazu, ihm zum Beispiel von ihrer Wohnung in Wrocław zu erzählen, wo sie aufgewachsen war. Gerne hätte sie die darin hausenden Gespenster der Vergangenheit in die funkelnde Gegenwart gezerrt und damit unschädlich gemacht. Durch die Rohre, die das Bad durchzogen, konnte man in den vertrockneten Alltag von alten Frauen und die lustvollen Nächte frisch vermählter Paare in den angrenzenden Wohnzellen hören. Plattenbauten! Wahrlich die Errungenschaft des Sozialismus! Und welch Symbolik: transparent, offen und basisdemokratisch, denn jeder konnte mitreden und wurde auch gehört. Mit großem Pomp und Propaganda gefeiert, hatten die dünnen Wände und winzigen Zimmer ihre hoffnungsvollsten Jahre schnell hinter sich.

Den besten Empfang hatte man unter Wasser in der kleinen verbeulten Badewanne, die, wenn man das Wasser zu schnell ablaufen ließ, das winzige Badezimmer überschwemmte. Hielt man sich die Nase zu und tauchte unter, konnte man hören, wie das Rentnerpaar nebenan Töpfe verrückte und mit den abgenutzten Gegenständen eines langen Lebens hantierte. Aus der gegenüberliegenden Wohnung konnte man eine Zeit lang jeden Spätnachmittag ein hohes lustvolles Stöhnen hören, das nach einem tiefen und langen männlichen Röhren nur wenige Minuten später wieder beendet war. Manchmal klang es bedrohlich, manchmal wartete sie auf die Szene und fühlte im warmen Wasser eine angenehme Erregung. Einmal streichelte sie dabei ihre noch jungen Brüste und dann ihr Geschlecht. Sie hörte damit plötzlich auf, als sie das Röhren hörte. Peinliche Scham löste ihre warme feuchte Erregung ab.

Ein Stockwerk tiefer lebte eine alte Dame mit einem cholerisch kläffenden Dackel, dessen Gebell eines Tages verstummte. Die ehemalige Lehrerin, die hartnäckig ein paar mickrige Pflanzen im Treppenhaus wässerte, war eine gute Freundin ihrer verstorbenen Tante Olga, die noch in ihrem Schlafzimmer herumspukte. Olga Krasicki war drei Jahre vorher in diesem Zimmer gestorben und hatte eine Wand voller Bilder ihrer verschwundenen Welt hinterlassen.

Ein wenig verblasst und mit verschwommenen Gesichtszügen: ihr Mann, der das KZ überlebt und doch vor ihr die Welt verlassen hatte. Sie – besorgten Blickes und noch im Alter mit dickem blondem Haar – sie wirkte immer noch wie das gesunde kräftige Mädchen aus einem kleinen Fischerdorf am Kurischen Haff. Sie hatte aus ihrer Heimat an der Ostsee flüchten und im kriegszerstörten Breslau, das gerade im Begriff war, Wrocław zu werden, ein neues Leben beginnen müssen. Ihr Mann Tomasz, aus dem Lager Groß-Rosen entkommen, war hier gelandet wie die Tante. Als Schlesien polnisch wurde, versteckte Olga ihren litauischen Akzent und vergaß das Deutsch, welches sie unter der deutschen Verwaltung gelernt hatte.

Zofía hörte des Nachts manchmal Tante Olga zusammen mit dem Kofferradio auf Litauisch wispern. Nach ihrem Tod fanden sie in dem großen schweren Holzkoffer, der geheimnisvoll in ihrem Zimmer stand, Souvenirs aus längst vergangener Zeit und einer längst vergangenen Heimat. Diese Herkunft versteckte man anscheinend in der jungen sozialistischen Republik, die nach Jahrhunderten von Teilung und Opfer wieder ihre polnische Identität feierte, besser ganz unten in dem Koffer. Ein Koffer, der wohl bereitstand für den nächsten Umzug oder eine Rückkehr in die alte Heimat, eine Zukunft, die nun schon Vergangenheit wurde, ohne je Gegenwart geworden zu sein.

Sie fanden Gegenstände, deren Funktion sie nur erraten konnten: ein Rasiermesserschärfer aus Holz mit Lederriemen, den die Tante vielleicht als Andenken an

Tomasz behalten hatte, Zwei-Millionen-Litas-Scheine aus den Zeiten der Inflation, Essenmarken und Rationsstempelbücher.

Nur selten öffneten sie das Fenster, das zum noch immer halb verwüsteten jüdischen Friedhof zeigte, auf dem wichtige Persönlichkeiten, wie Ferdinand Lassalle und Clara Sachs, begraben lagen. In ihren letzten Tagen hatte Tante Olga die Toten aus ihren zerschossenen Gräbern klettern sehen.

Als Zofía nach Deutschland ging, in der Hoffnung auf ein besseres Leben, wie damals ihr Papa, den sie dort vielleicht hätte treffen können, hatte sie der Einfachheit halber Olgas Namen angenommen. In ihm fühlte sie sich irgendwie wohl und vertraut. Wie bei ihrer Tante sollte der Aufenthalt nur eine Zwischenstation sein, eine, von der sie mit einem Koffer schnell wieder aufbrechen könnte. Ohne zu wissen wann, aber ihre Reisetasche, die moderne Version des schweren Holzkoffers, immer mit im Zimmer.

Das Leben spülte sie in diese Würzburger Nachtbar, von der sie sich viel zu viele Monate nicht lösen konnte, und wo sie den sympathisch wirkenden sportlichen Mann traf, der sich wohl auch in dieses Etablissement verirrt hatte, wahrscheinlich aus ganz anderen Gründen als sie. Ebenso wie sie passte er nicht in diesen Club, genauso wenig wie sein Freund. Auch deren Verhalten passte nicht. Sie wirkten nicht so ausgehungert nach Kontakt, wie so viele nächtliche Besucher, deren Gang und Gestik auch im düsteren Licht ihre Einsamkeit verrieten. Sie suchten Nähe und hofften, durch schnelle körperliche Befriedigung ihrem einsamen Elend wenigstens für kurze Zeit zu entkommen.

Die beiden Männer benahmen sich anders, der kleinere mit den gewellten dunklen Haaren, der trotz seines Alkoholkonsums so viel dynamische Energie ausstrahlte, und sein grauhaariger hagerer Begleiter, der wohl ebenso viel getrunken hatte wie sein Freund, aber trotzdem viel nüchterner wirkte.

Sie interessierten sich schon beim Eintreten nur für ihr Gespräch und nicht für die offen dargebotenen Reize ihrer Kolleginnen. So bekam sie ihre Chance, die zwei Männer zu bedienen. Als sie seinen Namen, Thomas, hörte, spürte sie, dass das Schicksal ein deutliches Zeichen zu ihr gesandt hatte. Tomasz hieß der Mann ihrer Großmutter Olga. Und sie wusste, dass sie diese Chance ergreifen würde. Nicht aus berechnendem Kalkül heraus, sondern weil sie etwas spürte, was wohl viele Menschen Liebe nennen würden. Sie wagte nicht, daran zu glauben, aber sie wollte diese Gelegenheit nicht ungenutzt verstreichen lassen.

28

Tatsächlich rief Herr Eckstein einige Wochen später wieder bei Thomas Schöngeist an. Es war längst Frühling geworden. Die Bäume am Main spannten schon ein grünes Dach über die Uferwege. Die Sonne glitzerte im leichten Kräuseln des Mains. Der tauschte immer öfter seine trübe graubraune Farbe gegen ein freundlicheres Stahlblau, in das sich das Funkeln eines strahlenden Himmels mischte.

Seine damalige Freundin – nach dem Wort Freundin gönnte sich Eckstein am Telefon eine kleine Pause, so als würde er sich die damalige Freundin noch einmal in ihrer Jugendlichkeit vor Augen führen – wohne heute in der Semmelstraße in Würzburg. „Ich habe Sie schon angekündigt!" Eckstein gab ihm die Telefonnummer von Freya Schulze und so blieb Thomas nichts anderes übrig, als sie in den nächsten Tagen anzurufen. Er verabredete sich mit ihr zu einem Samstagnachmittagskaffee und freute sich, dass Karin mitgehen wollte.

„Mein Gott, das ist alles schon so lange her. Aber manchmal erinnere ich mich an unsere Kindheit in der Herzogstraße besser als an das, was letztes Jahr passiert ist!" Freya Schulze sagte das mit einer festen Stimme, die ihr Alter von 82 Jahren nicht verraten hätte. Überhaupt wurden sie von einer überaus rüstigen Frau empfangen, die sich zwar langsam, aber doch mit sicherem Schritt durch ihre Wohnung im zweiten Stock eines Mehrfamilienhauses bewegte, in die sie Thomas Schöngeist und seine hübsche Freundin gebeten hatte. Es waren schon drei Kaffeetassen und zugehörige Teller aufgedeckt. Aus einer Kanne duftete Filterkaffee. Thomas fühlte sich wie daheim bei seiner Mutter. Das Kaffeeservice erinnerte ihn an das ganz gute Geschirr seiner Oma, schnörkelig verzierte Tassen mit Goldrand, aus einem äußerst dünnen Porzellan. Als Kind bewunderte er das feine Service, doch mochte er es nicht. Immer wieder wurde er ermahnt, aufzupassen, ja nichts kaputt zu machen, sodass er immer größere Angst bekommen hatte, ihm könne eine Tasse auf den Boden fallen. Er hatte damals eine große weiße, dickrandige Tasse mit blauen Punkten als Lieblingstasse auserkoren. Seiner Oma bereitete es Freude, ihm seinen Kaba in dieser Tasse zu geben, und so hatte er mit dem feinen Geschirr nichts mehr zu tun. Derweil freute sich Frau Schulze sichtlich, dass sich jemand für ihre Erinnerungen an vergangene Zeiten interessierte.

„Wir wohnten schräg gegenüber dem Geschäft von Brosinski. Ich sehe noch den Schriftzug *Brosinski & Söhne* vor mir, in großen Frakturlettern. Davor hatte der Laden einen polnischen Namen, aber an den kann ich mich nicht mehr so recht erinnern, so ähnlich wie Sekunda. Von unserem Wohnzimmer konnten wir fast in seinen Laden schauen, den man von der Straße über zwei Stufen erreichte. Drüber wohnte die Familie Brosinski. Neben dem Laden ein großes Tor, durch das Brosinski mit seinem offenen Lieferwagen fuhr, um seine Waren in den Hinterhof zu transportieren. Das schwere Tor war meist verschlossen. Direkt gegenüber unserer Wohnung, gleich neben der Einfahrt, versteckte sich eine kleine Nische in der sonst recht gleichförmigen geschlossenen Häuserfront. Dort war über Kopfhöhe ein kleines Fenster, durch das man in Brosinskis Hof sehen konnte. Allerdings musste ich mich dafür auf die Schultern meiner Schwester stellen. Wenn man von diesem Fenster nichts wusste, hat man es nicht unbedingt sehen können. Es war eigentlich kein Fenster, mehr so eine Luke. Ich habe da mal in Brosinskis Hof geschaut, aber außer Kisten und den Fenstern zu den Werkstätten habe ich nichts Besonderes gesehen. Der Brosinski war mit einer der Fröbel-Zwillinge verheiratet, ich glaube, es war die Gerlinde. Ihre Schwester, die Elsa, heiratete den Emil Exner, der immer in einer schneidigen Uniform daherkam. Manchmal besuchte er die Familie seiner Schwägerin und parkte seinen Wagen direkt vor dem Laden. Emil Exner war bei der SS und in der Stadtkommandantur beschäftigt. Er wurde ein hohes Tier unter Hanke, dem Gauleiter. Damals flüsterten manche Leute:

‚Hanke, der Henker'. Dabei durfte man sich aber nicht erwischen lassen, weder beim Flüstern noch beim Zuhören. Dann wäre man aufgehenkt worden. Sagte man zumindest. Viel mehr Leute, viel viel mehr, sind allerdings in der Festungszeit, als die Stadt vom Russen eingeschlossen war, gestorben. Meine Familie ist Gott sei Dank noch Ende '44, als der Russe noch nicht so nah an Breslau war, zu unseren Verwandten nach Bayern gezogen. Ich bin 1954 von Neustadt nach Würzburg, wo ich meinen Ludwig geheiratet habe. Ludwig ist 1998 gestorben, er liegt auf dem Hauptfriedhof begraben. Es war damals nicht leicht, vor allem mit den drei Kindern. Ludwig musste schwer arbeiten, um uns durchzufüttern. Er war Bierfahrer für die *Würzburger Hofbräu*."

Thomas nutzte ein Atemholen der erzählfreudigen alten Dame, um ihre Gedanken wieder nach Breslau zu lenken:

„Hatten die Exners Kinder?"

„Ja, den Clemens. Hatte ich das nicht eben schon gesagt? Seine Mutter ist bei der Geburt gestorben. Der Clemens war eben häufig bei den Brosinskis. Die hatten auch nur ein Kind, den Claus. Ich glaube, dass Frau Brosinski bei der Geburt auch große Schwierigkeiten hatte und noch lange nach der Geburt ihres Claus in der Klinik lag. Ich denke, das hing mit dem Rhesus-Faktor zusammen. Danach hat sie wohl keine Kinder mehr bekommen können. Richtig gesund wirkte sie auf mich nie.

Claus und Clemens sahen sich sehr ähnlich, man hätte sie mit ihren blonden Haaren und blauen Augen auch für Zwillinge halten können. So richtige Vorzeigearier! Das konnte man von den Vätern ja nicht gerade behaupten.

Brosinski war schon immer eher dicklich und glatzköpfig. Der Exner war ja anfangs ein schneidiger schlanker Mann, doch er schien gut zu essen und gern zu trinken, denn mit den Jahren näherte er sich der dicklichen Gestalt seines Schwagers. Claus und Clemens, die beiden Kinder, sind auch bis zum Alter von ungefähr zehn Jahren gemeinsam aufgewachsen. Sie wohnten damals noch in der Gneisenaustraße, gleich ums Eck. Zu der Zeit als sie dann in die Herzogstraße umzogen, begann der Aufstieg von Exner. Ich glaube, das hing stark mit dem Hanke zusammen. Der kam ja '41. Jedenfalls ist Clemens, also der Sohn von Exner, damals auf irgendein Internat gekommen. Ab da habe ich ihn nur noch sehr selten gesehen. Frau Brosinski ist, kurz bevor wir Breslau Richtung Bayern verlassen hatten, gestorben. Was dann passiert ist, weiß ich nicht. Viele Breslauer mussten ja Ende Januar '45 Hals über Kopf nach Westen flüchten und sind dabei gestorben. Die, die dort geblieben sind, wurden entweder von den Russen totgebombt oder vom Hanke aufgehenkt. Der Rest kam in Kriegsgefangenschaft. Die anderen, die vorher flüchten konnten, wurden über ganz Deutschland verstreut. Bei uns in Neustadt haben sich auch andere Breslauer niedergelassen. Die meisten haben wir allerdings dort erst kennengelernt."

„Haben Sie später noch mal was von Brosinski oder Exner gehört?", fragte Karin.
„Nein, ich weiß wirklich nicht, was aus Exner und Brosinski und deren Kindern geworden ist. Da kann ich leider nicht weiterhelfen."

Nachdem der Samstag sehr regnerisch begonnen hatte, machte er im Laufe des Nachmittags dem April, bevor er morgen zu Ende gehen würde, alle Ehre. Aus weißen Wolkenfetzen wurde schnell ein blau strahlender Frühlingshimmel gezaubert, unter dem Karin und Thomas Hand in Hand in Richtung Alte Mainbrücke spazierten. Als sie dort ankamen, tröpfelte es allerdings schon wieder, sodass sie nicht draußen sitzen konnten.

„Was hältst du davon?", fragte Karin, während sie Thomas mit einem Glas Montepulciano zuprostete. Sie saßen am Fenster des *Brückenbäck* mit Blick auf die Alte Mainbrücke und einen Sonnenuntergang, der nach dem Regenschauer rotglühend zwischen querliegenden Wolken hervorlugte.

„Irgendwie schon interessant, aber was soll ich damit anfangen? Eine recht alltägliche Geschichte, die uns nicht weiterbringt."

„Vielleicht würde es sich lohnen, nach diesem Exner zu suchen?"

„Was soll das bringen? Ein hoher Nazifunktionär? Der hat doch sicherlich alles unternommen, damit niemand seine wahre Geschichte mitbekommt. Wahrscheinlich kennt er sie selbst nicht mehr richtig und glaubt nach 65 Jahren wirklich ernsthaft, dass er nur ein kleiner Mitläufer war."

„Aber Thomas, warum regst du dich so auf? Uns geht's doch nicht darum, irgendeinen alten Nazi zu entlarven. Wir wollen doch nur wissen, was damals passiert ist!"

„Wollen wir das wirklich wissen?"

„Ich denke schon. Schließlich hat sich Brosinski umgebracht und davor geschrieben, dass er nie den Mut hatte, zu seinem Leben zu stehen. Der Exner war der Schwager von Brosinski. Und letztlich ist es doch interessant, warum sowohl der Vater von Peter als auch der Vater von Helma, der Brosinski, so entschieden gegen die Hochzeit der beiden waren und sind!"

„Der Peter war dem alten Brosinski halt nicht fein genug!"

„Und du meinst, dem Schneider war die Helma zu fein? Mach's dir doch nicht zu einfach. So wie du Helma schilderst, mag sie vielleicht unerreichbar für dich gewesen sein, aber sie scheint keine zu sein, die hochnäsig Standesdünkel pflegt!"

„Stimmt schon", gab Thomas zu. „Aber was hat das heute noch für eine Bedeutung? Die beiden sind verheiratet und haben gemeinsam ihre Heimat verlassen. Vielleicht fühlten sie sich dazu gezwungen. Vielleicht haben sie den kleinstädtischen Mief einfach nicht ertragen. Berlin ist so schlecht auch nicht. Da gehen viele Leute hin und fühlen sich weitab provinzieller Enge doch pudelwohl.

Der Selbstmord von Brosinski geht uns nichts an, an dem können wir eh nichts ändern. Und was der Brosinski in seinem Abschiedsbrief schreibt, ist doch erklärbar: Wenn er sich noch wohl in seiner Haut gefühlt hätte und mit sich im Reinen gewesen wäre, hätte er sich ja auch nicht umgebracht."

„Stimmt schon. Aber warum soll uns der Tod von Brosinski nichts angehen? Thomas, da ist irgendwas in der Vergangenheit, was bis heute hineinreicht und uns vielleicht noch beschäftigen wird. Glaub mir, mit dem Exner ist irgendwas faul!"

„Wie kommst du denn darauf? Im Winter hast du noch gesagt, ich solle mich nicht so sehr um die Vergangenheit kümmern."

„Weibliche Intuition vielleicht? Ich weiß nicht."

„Deine Weiblichkeit hat mehr zu bieten als so eine geheimnisvolle Intuition!"

„Wie meinst du das?"

„Du kannst dich ja mal im Spiegel anschauen! Und solltest du das hier machen, dann erzähle ich dir, wie die meisten Männer dich anstarren, wenn du aufs Klo gehst."

„So!"

„Was heißt hier ‚so'? Hast du vielleicht Lust auf ein Steinpilzrisotto? Ich könnte eines kochen. Außerdem habe ich einen wunderbaren Barolo zu Hause. Den hat mir kürzlich der Kittel mitgebracht."

„Und du? Hast du Lust auf eine Vorspeise?"

29

Thomas Schöngeist wartete in seinem Büro der Wirtschaftssozietät Meyer & Schöngeist auf seine Freunde Peter Schneider und Manni Kempf. Allerdings hatte das Treffen keinen privaten Hintergrund, weder ein gemeinsamer Lauf noch ein gemütliches Bier, auf das sich Thomas freuen könnte. Peter hatte gestern verzweifelt angerufen, weil er Hilfe brauchte. Die Staatsanwaltschaft beschuldigte ihn und die Berliner Firma Suninvest, bei der er seit Februar arbeitete, der kriminellen Steuerhinterziehung. Und deshalb hatte er gleich seinen Freund und Steuerberater Manni hinzugebeten. Eine frische Junisonne leuchtete das Besprechungszimmer aus.

Thomas öffnete die Fenster, schaute hinunter zum Main, dann hinauf zur Feste Marienberg und verspürte große Lust, an diesem herrlich klaren Frühsommertag mit dem Rad den Main entlang nach Erlabrunn zu fahren und dort in den Badesee zu springen.

Das Vogelgezwitscher, das ab und an die Fahrgeräusche der Autos übertönte, verstärkte seinen Drang, den Vorboten des Sommers nicht mit problematischen Gesprächen in seinem Büro zu begrüßen. Ihm fiel der Brief ein, den ihm Helma, Peters Frau, Anfang des Jahres zeigte und erinnerte sich an die Zeilen:

... heißer Sommer, Sonnenschein. Sehnsucht, was hinter diesem Tun liegen könnte. Kornfelder in der Rheinebene, eine Radel-Tour, ein kühler Bach, ein kaltes Bier, ein amüsantes Gespräch, Sonnenstrahlen, nackte Haut. Eine sonore Stimme, Gefühle auf der Zunge, Augen, die mir in die Seele ...

Peter und Manni kamen gleichzeitig ins Zimmer und verhinderten, dass Thomas kurzerhand einem Sommertraum nachlief.

„… dem Finanzamt die gezogene Vorsteuer zurückzahlen!", hörte er Manni ganz trocken sagen. „Die Strafe für verspätetes Abgeben der Umsatzsteuererklärung und Verzugszinsen machen dann den Kohl auch nicht mehr fett!"

„Das sind knapp drei Millionen Euro!", stöhnte Peter.

„Im allerschlimmsten Fall, aber davon gehe ich nicht aus, habt ihr ein Verfahren wegen Steuerhinterziehung am Hals! Vielleicht nicht ganz so medienwirksam wie bei unseren prominenten Wirtschaftslenkern, Pischetsrieder, Schmidt oder Klaus Zumwinkel, der Ex-Post-Chef. Der bekam nach Meinung der Medien eine milde Strafe mit zwei Jahren Haft auf Bewährung und einer Geldstrafe von einer Million Euro."

„Hör mal, Manni, du kannst doch Peter nicht mit dem Schnösel Zumwinkel vergleichen!", mischte sich Thomas ins Gespräch ein, bevor er seine Freunde begrüßte, die sich schon im Treppenaufgang getroffen hatten.

„Ich tu's auch nicht. Aber andere könnten es: Das Etikett ‚reicher Steuerhinterzieher‘ kommt in der ganzen Bevölkerung und quer durch alle Parteien nicht gut an. Da fragt keiner nach den Hintergründen und Details. Die Schublade ist eindeutig: geldgierig und unsozial! Da kommst du so schnell nicht raus!"

„Vor allem, weil die Medien kein Pardon kennen!", ergänzte Thomas.

Peter schaute aus dem Fenster, doch sein Blick ging ins Leere, als er wie zu sich selber sagte: „Das kann doch gar nicht wahr sein. Wir haben doch nur unsere Arbeit gemacht und das immer korrekt!"

„Ihr seid nicht die Ersten, denen das passiert, und ihr werdet auch nicht die Letzten sein. Der Staat braucht Geld. Und Geld unterscheidet nicht zwischen Schuldigen und Unschuldigen. Und der, der Geld braucht, sowieso nicht."

„Was soll ich denn jetzt tun?", fragte Peter mit kleinlauter Stimme.

152

„Vielleicht gehen wir erst einmal gründlich alle Fakten durch!" Mannis nüchterne Stimme wirkte beruhigend. „Das Schlimmste habe ich dir ja schon erzählt! Aber so weit sind wir ja noch lange nicht. Deshalb sitzen wir ja hier zusammen! Schildere doch mal, wie das alles passiert ist!"

Peters Stimme war die nervliche Belastung deutlich anzuhören. „Wir haben dringend Fotovoltaik-Module gesucht. Die waren so knapp, dass fast jede Qualität zu hohen Preisen gekauft wurde. Eines Tages bin ich über das Angebot einer Fotovoltaik-Firma, *Solaris*, gestolpert, die eine große Menge eines Qualitätsmoduls anbot, eine Top-Marke aus China. Die Bedingungen waren Vorkasse und Warenannahme innerhalb von sechs Wochen, täglich vier Sattelzüge voll. Insgesamt ein Betrag von etwa 15 Millionen Euro und ein riesiger logistischer Aufwand, die täglichen Lieferungen entweder gleich weiterzuliefern oder zwischenzulagern."

„Und wo war der Haken?", fragte Thomas.

„Der Haken? Das Angebot war 48 Stunden gültig, ansonsten würden die woanders hin verkaufen. Die Nachfrage nach Modulen war riesengroß. Wir waren uns schnell einig, dass es kein Problem sein würde, die Module schnell wieder zu verkaufen. Die 15 Millionen waren das größere Problem. In so kurzer Zeit waren die nicht aufzutreiben. Unsere Bank war nur bereit, knapp 50 Prozent, also sieben Millionen, zu finanzieren, wenn wir selbst acht Millionen aufbringen könnten. Die Barreserven unserer Firma machten eine stolze Million aus. Doch die reichte hinten und vorne nicht. Nur Heike wusste, dass ich möglicherweise die sieben Millionen aufbringen könnte. Sie sagte nichts, allerdings gab sie zu erkennen, dass sie die Sache für ein sicheres Geschäft hielt und angesichts des guten Einkaufspreises gut und gern innerhalb weniger Monate zwei Millionen Euro zu verdienen wären."

„Hmm", kommentierte Manni. „Bei so 'ner schnell verdienten Mark sollte man immer hellhörig werden!"

Thomas verdrehte die Augen und wies seinen Freund

und Steuerberater Manni zurecht: „Hinterher ist man immer schlauer und ohne Risiko verdient man in unserem System gar nichts. Dann würde auch uns die Arbeit ausgehen."

Peter schaute erst irritiert zu den beiden und fuhr dann fort: „Tatsächlich konnte ich das Geld auftreiben. Helma war die Verwendung des Geldes aus dem Verkauf der väterlichen Firma ziemlich egal. Sie wollte damit längst nichts mehr zu tun haben und rührte davon ohnehin nichts an. Am nächsten Tag erkundigten wir uns über den Lieferanten. Auf seiner Homepage fanden sich viele Referenzen quer über das Bundesgebiet verteilt. Die Seite sah vertrauenerweckend aus. Viele strahlende Mitarbeiter mit ihren Funktionen waren abgebildet, Informationen über Solarenergie und das Unternehmensziel einer grüneren und gerechteren Zukunft.

Heike und ich haben uns dann in Frankfurt mit dem Geschäftsführer David Griffith getroffen. Er wollte uns eigentlich zu seinem Firmensitz irgendwo zwischen Schwarzwald und Bodensee einladen, aber wir haben auf die Schnelle keinen Termin gefunden. Griffith machte einen professionellen und vertrauenswürdigen Eindruck und dann haben wir das Geschäft losgetreten.

Wir mieteten also zwei große Lagerhallen an. Jeden Tag kamen zuverlässig vier Sattelschlepper mit Modulen. Ein Großteil davon wurde am gleichen Tag wieder weiter zu unseren Kunden transportiert. Eine wahre Goldgrube!"

„Habt ihr keine weiteren Erkundigungen über *Solaris* eingeholt?", fragte Manni kopfschüttelnd. „Schließlich habt ihr denen ordentlich Geld überwiesen!"

„Warum sollten wir misstrauisch werden? Innerhalb von zwei Monaten waren die Module weg und auf unserem Konto waren tatsächlich knapp zwei Millionen Euro mehr als vorher, und zwar nachdem die Bank ihr Geld zurückbekommen hatte. Helmas Geld war auch wieder bei ihrer Bank und ich konnte bei *Suninvest* einen mehr als gelungenen Einstand mit meinen Kollegen feiern.

Zwei Wochen nachdem uns der letzte Sattelschlepper belieferte, wollten wir neue Module nachordern, doch bei *Solaris* war das Telefon permanent besetzt. Griffith habe ich anfangs noch auf seinem Handy erreicht. Er war immer in irgendeinem Termin und wollte mich zurückrufen. Das hat er aber nie getan, und dann bekam ich nur mehr seine Mailbox zu hören.

„Der Markt ist schnelllebig!", sagten meine Kollegen, die mehr Erfahrung hatten als ich, und wir arbeiteten wie gewohnt weiter. Es meldeten sich andere Anbieter, doch keiner konnte mehr so gute Preise bieten wie Griffith. „Wir haben einfach ein Schnäppchen gemacht!", meinten meine Kollegen. „Freuen wir uns lieber darüber, anstatt uns zu ärgern, dass die Quelle vertrocknet ist. Vielleicht hat er auch gemerkt, dass er zu billig war."

Peter stockte und sah verzweifelt in die Runde.

„Und wie ging's weiter?", forderte ihn Thomas neugierig auf weiterzuerzählen.

„Dann standen eines Tages zwei Beamte der Steuerfahndung mit einem gerichtlichen Durchsuchungsbeschluss in unserem Büro. ‚Keine Sorge', beruhigten sie uns, ‚gegen Sie liegt nichts vor. Wir ermitteln gegen Ihren früheren Lieferanten *Solaris* wegen des Verdachts der Steuerhinterziehung und suchen bei Ihnen nach den Ausgangsrechnungen dieser Firma.'

Kein Problem, dachten wir, in unserem Betrieb herrscht Ordnung. Wir suchten den Beamten die gewünschten Rechnungen, Lieferscheine und Zahlungsbelege heraus. Beim Abschied gab uns einer von denen noch den guten Rat, bei der Auswahl unserer Lieferanten vorsichtig zu sein. Die haben leicht reden, dachte ich mir. Mehr Gedanken machte ich mir nicht. Schließlich hatten wir uns nichts vorzuwerfen: Unsere Umsatzsteuervoranmeldungen werden stets gewissenhaft abgegeben, Vorsteuer wird ordnungsgemäß in Höhe der uns gegenüber ausgewiesenen Mehrwertsteuer gezogen.

Wir erfüllen unsere steuerlichen Pflichten mehr als sorgfältig und pünktlich. Was soll da passieren?

Vorgestern waren die beiden wieder da, weniger leutselig und beruhigend als zwei Wochen davor, allerdings mit einem Durchsuchungsbeschluss, in dem diesmal wir selbst als Beschuldigter aufgeführt waren.

Unsere gesamte Finanzbuchhaltung wurde sichergestellt, die Festplatten unserer Computer wurden ausgebaut und mitgenommen. Es hätte noch gefehlt, dass sie uns auch gleich noch abgeführt hätten.

‚Was soll denn das Ganze?', fragte Heike vollkommen außer sich.

‚Wir ermitteln wegen bandenmäßiger Umsatzsteuerhinterziehung und Mitgliedschaft in einer kriminellen Vereinigung!'

Heike versagte die Stimme, was ich bei ihr noch nicht oft erlebt habe, und wir anderen waren schon vorher sprachlos. Größer und überraschender kann kein Schrecken sein!"

Und wieder dachte Peter falsch. Es sollte alles noch schlimmer kommen.

30

Wegen des Verdachts der Steuerhinterziehung in besonders schwerem Fall wird gegen Peter Schneider, Schwiegersohn des am Jahresanfang verstorbenen Unternehmers Claus Brosinski, ermittelt.

Wie aus zuverlässiger Quelle zu erfahren war, durchsuchten Steuerfahnder und Beamte des Bundeskriminalamtes Firma und Wohnung Schneiders.

Noch ist unklar, ob der Umzug Peter Schneiders von Blaukirchen nach Berlin, kurz nach dem Tod von Claus Brosinski, mit dem Verdacht auf Steuerhinterziehung in Millionenhöhe zusammenhängt.

Gerüchte über dubiose Machenschaften Schneiders gab es in Blaukirchen seit Jahren. Als Schwiegersohn des Unternehmers Claus Brosinski wirkte Schneider bei unzähligen Geschäften mit. Unter Umständen zu Lasten des namhaften Blaukirchener Unternehmens und des deutschen Steuerzahlers. Trotz zahlreicher Verdachtsmomente in der Vergangenheit ist gegen den Ehemann der Brosinski-Erbin Helma Schneider bislang aber keine Anklage erhoben worden.

Nach den neuesten Vorwürfen soll Schneider in seiner neuen Firma, der Berliner Suninvest, umfangreiche Vorsteuern zu Unrecht geltend gemacht und damit Steuern in Millionenhöhe hinterzogen haben. Er wird verdächtigt, zentraler Drahtzieher in einem kriminellen internationalen Umsatzsteuerkarussell zu sein. Parallelen gibt es zu einem ähnlichen Fall, bei dem kürzlich führende Manager eines namhaften deutschen Finanzinstituts vor Gericht standen.

Karin war mit diesem Artikel aus dem *Schwäbischen Tagblatt* in die Besprechung geplatzt, ohne eine Antwort auf ihr kurzes Klopfen abzuwarten. Im Zimmer war es beim Lesen still geworden.

Von draußen hörte man deutlich den Verkehrslärm. Darin mischte sich auch ab und zu das Frühlingsgezwitscher der Vögel. Und doch klang es in der fassungslosen Schweigsamkeit anders als vor einer Stunde, als Thomas Schöngeist das Besprechungszimmer mit dem heiteren Frühsommer füllen wollte.

Manni war der erste, der sich nach einigen Minuten räusperte: „So was habe ich ja noch nicht erlebt! Wie ich schon sagte, gibt es kein großes Erbarmen für millionenschwere Steuersünder, aber dass man in dieser Art wegen eines Anfangsverdachts an den Pranger gestellt wird, ist übelste Verleumdung!"

Peter saß nur blass da und sagte nichts. Seine Lippen waren fast weiß geworden und sein Blick verzweifelt in eine unerreichbare Ferne gerichtet. Thomas fragte, ob er eine Ahnung hätte, wer da seine Finger im Spiel hatte, obwohl er sich lebhaft vorstellen konnte, wer da irgendwo die Strippen zog.

„Woher können die das überhaupt so schnell wissen?", fragte Manni, während Thomas in seiner Erinnerung kramte: Ein Detail, das ihm bei seinen Recherchen nach Peters Verschwinden Anfang des Jahres aufgefallen war und in Zusammenhang mit Mannis Frage stand. Er kam nicht drauf.

Manni versuchte derweil, mit nüchterner Analyse die Situation emotional erträglicher zu machen.

„Der Sachverhalt mag zwar für den schwäbischen Schmierfinken klar sein, allerdings wird noch zu klären sein, ob auch einem Unternehmer, der unwissentlich in eine Lieferkette einbezogen worden ist, der Vorsteuerabzug aus den betrugsbehafteten Lieferungen versagt werden darf."

„Das klingt ja schön, aber wie soll Peter nachweisen, dass er unwissentlich da hineingeraten ist?", fragte Thomas.

„Ehrlich gesagt, blicke ich aber überhaupt nicht durch. Kannst du mir mal in einfachen Worten erklären, was denn Peter überhaupt verbrochen haben könnte?

Soweit ich das verstanden habe, hat er sich doch immer vorschriftsmäßig verhalten, seine Umsatzsteuern ans Finanzamt abgeführt und eben seine bezahlten Vorsteuern vom Finanzamt rückerstattet bekommen."

„Er hat das schon gemacht. Trotzdem könnte er theoretisch an folgender Kette aktiv beteiligt sein. Sein Lieferant, die *Solaris*, bezieht die Module aus dem Ausland. Diese Lieferung ist umsatzsteuerfrei. *Solaris* verkauft an *Suninvest* weiter und stellt ihr eine Rechnung inklusive Mehrwertsteuer. *Suninvest* zahlt die Rechnung. Die darin enthaltene Umsatzsteuer müsste *Solaris* ans Finanzamt abführen. Tut es aber nicht, sondern macht sich, bevor der Schwindel auffliegt, aus dem Staub. Da *Suninvest* aber diese von ihr gezahlte Umsatzsteuer mittlerweile im Zuge ihrer Umsatzsteuererklärung als Vorsteuer vom Finanzamt rückerstattet bekommen hat, bleibt das Finanzamt auf dieser Forderung sitzen und möchte natürlich das Geld haben."

„Aber da kann doch nun Peter oder die *Suninvest* nichts dafür!", schüttelte Thomas den Kopf.

„Das mag ja sein", antwortete Manni, „aber seit einigen medienwirksamen Umsatzsteuerbetrugsfällen in Zusammenhang mit dem internationalen Handel von Emissionszertifikaten ist der Fiskus sehr hellhörig und vor allem sehr, sehr misstrauisch geworden, wenn irgendein Geschäft nach einem betrugsmäßigen Umsatzsteuer-karussell riechen könnte. In diesen Fällen hat nämlich der Unternehmer wie etwa *Suninvest* wieder an den ursprünglichen Lieferanten ins Ausland umsatzsteuerfrei weiterverkauft. Das könnte dann immer wieder von vorne losgehen. Immer im Kreis herum, eben wie ein Karussell. Dem Fiskus entgehen auf diese Art und Weise jährlich Milliardenbeträge und deshalb werden die Beamten hellhörig und verdächtigen Unternehmen als sogenannte ‚buffer', wenn Geschäfte aus Sicht der Ermittler ungewöhnlich abgewickelt wurden.

Zum Beispiel bei Vorkassegeschäften, was bei *Suninvest* ja leider der Fall war."

„Das alleine reicht für diese unerhörten Verdächtigungen?", fragte Thomas ungläubig.

„Ein anderes Indiz ist, wenn ein nicht branchenerfahrener Beschuldigter mit seinem Betrieb sozusagen von Null auf Hundert hohe Umsätze erzielt hat."

„Das ist bei uns auch der Fall! So einen Umsatz wie in den beiden Monaten hatten wir noch nie in unserer Firmengeschichte", bestätigte Peter kleinlaut.

„Ehrlich gesagt, habe ich den Eindruck, dass ich da nicht richtig durchblicke, aber auch wenn ich nicht alles verstanden habe, muss es doch noch eine Möglichkeit geben, da raus zu kommen. Vor allem, wenn man unschuldig ist!" Thomas ließ nicht locker.

„Es gibt noch andere Kriterien, die die Richter des Bundesfinanzhofes aufgestellt haben. Die haben nämlich entschieden, dass Unternehmer nicht ihren Vorsteueranspruch verlieren, wenn sie alle Maßnahmen getroffen haben, die vernünftigerweise von ihnen verlangt werden können, um sicherzustellen, dass sie von ihren Geschäftspartnern nicht in ein Karussellgeschäft hineingezogen werden.

Peter, wenn du also irgendwie belegen kannst, dass du an ein paar wichtige Punkte gedacht hast, die wir gleich durchgehen, müsstest du aus dieser Geschichte unbeschadet ..."

Manni unterbrach sich selbst: „... na ja, vor den Finanzbehörden unbeschadet davonkommen. Der öffentliche Rufmord ist schwer wieder rückgängig zu machen."

„Ermordete sind tot, und Tote kann man nicht mehr lebendig machen", sinnierte Thomas beipflichtend.

„Und wenn wir das nicht nachweisen können?", fragte Peter bang.

„Dann suchen wir die Hintermänner!", antwortete Thomas etwas vorschnell, ohne zu berücksichtigen, dass er eigentlich keinen Plan hatte, wie er das bewerkstelligen sollte. Und ohne zu wissen, was das überhaupt bringen sollte.

Entsprechend skeptisch zeigte sich auch Manni: „Erfahrungsgemäß ist bei solchen Leuten, sollte man die finden, von dem Geld nicht mehr viel übrig. Die neigen zu Verschwendungssucht."

Mit leiser Stimme warf Peter ein: „Mir geht's schon lange nicht mehr ums Geld. Ich will den zur Rechenschaft ziehen, der mein Leben zerstören will!"

„Peter, du weißt doch, dass die Welt nicht gerecht ist. Und erzwingen kann man Gerechtigkeit ohnehin nicht. Und vor Gericht schon gleich gar nicht!"

Manni ergänzte Thomas: „Also den heißblütigen Rächer möchte ich sowieso nicht spielen, lass uns lieber die Situation nüchtern strukturieren!" In der Tat wäre die Rolle eines emotional agierenden Heißsporns für Manni überhaupt nicht passend. Der hagere, schon früh ergraute Manni verkörperte eine sachliche Nüchternheit, die es ihm immer erlaubte, ein klein wenig mehr Distanz zu Personen und Ereignissen zu halten, als es bei Thomas der Fall war. So gelang es Manni, sich nicht so oft in Querelen zu verstricken oder vorschnell Partei zu ergreifen. Eine wichtige Voraussetzung, knifflige Situationen wieder zu entwirren und zu lösen.

„Also", drängte Manni, „zurück zur Sache. Gibt es eine Dokumentation der Kontaktaufnahme mit dem neuen Lieferanten?"

„Die ist per Telefon erfolgt", antwortete Peter hoffnungslos. „Das sagte ich doch schon."

„Eine Nummer hast du ja, von diesem Griffith. Hast du auch mit anderen Beschäftigten in dieser Firma *Solaris* gesprochen?"

„Ehrlich gesagt, eigentlich nicht. Ich habe immer mit Griffith telefoniert. Das schien mir einfacher. ,Ich bin immer für Sie erreichbar!', hatte er mich ja eingeladen. Und ich habe mir nichts Schlechtes dabei gedacht."

„Gab oder gibt es eine Postanschrift?"

„Ja, auf der Homepage, eine Adresse irgendwo in der Nähe des Bodensees!"

Thomas tippte die Webadresse in sein Smartphone. „Kann ich nicht finden!"

„Vielleicht hast du die Adresse falsch eingetippt?"

„Die Adresse gibt es nicht. Oder nicht mehr!", stellte Thomas nach mehreren weiteren Versuchen fest.

Manni fragte Peter nach der Visitenkarte.

„Da steht ja keine Postadresse drauf. Ist mir bisher überhaupt noch nicht aufgefallen!" Peter klang immer zerknirschter.

„Dann gehe ich auch davon aus, dass ihr die Umsatzsteueridentnummer nicht beim Bundeszentralamt für Steuern überprüft habt?", konstatierte Manni.

Peter nickte nur. Die schweigende Ratlosigkeit war wieder erfüllt vom Verkehrslärm am Ludwigskai, aber auch von den warmen und frischen Gerüchen nach Sommer, die durch das offene Fenster ihren Weg ins Besprechungszimmer fanden.

Wieder war es Manni, der weiterredete. „Also, ich gehe davon aus, dass der Fiskus beweisen muss, dass du in ein etwaiges Betrugsgeschäft wissentlich verwickelt warst. Es liegt somit nicht an dir, den Gegenbeweis anzutreten. Allerdings wäre es natürlich günstiger, wenn wir da schon den ein oder anderen Beweis in der Hand hätten."

„Das heißt, es würde nichts schaden, die Hintermänner zu suchen", meinte Thomas und dachte dabei an seinen Freund und Detektiv Ralf Bendlin. Und jetzt fiel ihm auch wieder ein, wonach er vorhin erfolglos in seinem Gedächtnis gekramt hatte. Bendlin hatte ihm damals im Januar, als er die Recherchen nach Peter wieder abbrach, erzählt, dass anscheinend schon jemand anders von außen in Peters Computer herumgeschnüffelt hatte. Vielleicht erklärt dies, warum die Presse so schnell Bescheid wusste. Irgendjemand muss sie gefüttert haben.

„Mehr Informationen können in der Tat nicht schaden", meinte Manni abschließend. „Wenn wir mehr beieinander haben, sollten wir uns wieder zusammensetzen. Ich muss jetzt dringend weg, ein Mandant wartet in meinem Büro. Den juristischen Formalkram, Fristverlängerung und dergleichen, erledigt derweil Thomas. Oder?"

„Wer sonst", muffelte Thomas zurück.

Als Manni gegangen war, fragte Thomas, ob Peter noch mit ihm Mittagessen gehen wolle. Vielleicht gäbe es ja noch einiges zu erzählen.

„Mein Zug geht um 14 Uhr 31 Uhr, ich habe noch Zeit."

31

Die heitere Atmosphäre in der Stadt, der Duft nach Frühsommer, die leichtbekleideten Menschen mit ihrem beschwingten Gang, die fröhlichen Kinder – all das passte nicht zu der Stimmung von Peter Schneider und Thomas Schöngeist. Die war beschwert, nicht nur wegen des Zeitungsartikels, sondern auch durch einen kleinen Stachel Misstrauen, der immer noch in Thomas steckte.

„Warum hast du mir damals nicht alles erzählt?"

Peter gab keine konkrete Antwort, sondern versicherte, er hätte nicht gewusst, dass Helma Thomas um Hilfe gebeten hatte. „Vergiss bitte nicht, die Rechnung zu schreiben!"

Thomas schluckte seine Verärgerung über diesen Satz hinunter, und sie suchten sich in der Sanderstraße auf der Terrasse eines Cafés einen freien Tisch und verbargen ihre Stimmung hinter dunklen Sonnenbrillen. So saßen sie, die Gesichter gen Sonne gerichtet, wie zwei erfolgreiche Karrieristen scheinbar vollkommen sorgenlos in der Mittagspause.

Doch entspannt war keiner von beiden. Thomas fragte nach dem Überfall der Polenoder Russenbande.

„Woher weißt du das?", fragte Peter scharf zurück.

„Ich hatte den Auftrag, nach dir zu recherchieren, und meine Quellen muss ich schützen!"

„Es waren Polen!"

„Wer oder was steckte dahinter?"

Die Bedienung, eine junge schlanke Frau in einer ärmellosen weißen Bluse, kam mit den Getränken auf sie zu und lenkte Thomas kurz von Peter ab. Sie beugte sich zu ihm, um ein Glas Wasser auf das Tischchen zu stellen. Dabei fiel ihre Bluse so, dass es seinen Blick in den Ausschnitt zog, wo sich ihre Haut sanft und gleichmäßig wölbte, bevor sie in einer geschwungenen Linie unter einem spitzenbesetzten Büstenhalter verschwand. Ein Stück Haut wie ein Versprechen. In seinem Unterleib reckte sich eine wohlige

Stimmung, und er erinnerte sich an die Nacht mit Olga, fuhr mit zittrigen Fingern Olgas Lippen entlang, streichelte ihre Augenbrauen, ihren Haaransatz und genoss ihre Glückseligkeit, in der sie mit geschlossenen Augen lächelte.

„Ich weiß es nicht!", wich Peter aus und riss Thomas aus seinem Tagtraum.

„Aber du hast einen Verdacht, oder?"

„Ja natürlich. Aber die ganze Geschichte ist einfach ziemlich schräg. Das glaubt einem doch keiner!"

„Erzähl sie doch einfach!"

„Konzentrieren wir uns jetzt erst mal auf die blöden Module!"

„Also gut", antwortete Thomas. „Woher genau bekam *Solaris* die Module? Direkt aus China? Oder von einem anderen Zwischenhändler? Warum waren sie so überaus günstig? Ist *Suninvest* zufälliges Opfer des Umsatzsteuerbetrugs oder wurde versucht, gezielt eure Firma oder gar Peter Schneider zu treffen?"

Für die beiden stand fest, dass es auf alle Fälle ein geplanter Betrug gewesen sein musste, dafür sprach, dass es plötzlich keine Spuren mehr von *Solaris* gab, auch nicht mehr im Internet.

Bevor sie der Frage nachgehen wollten, wer es denn gezielt auf Peter Schneider abgesehen hätte, wollten sie klären, mit welcher Spedition und vor allem von woher genau die Module angeliefert wurden. Dazu wollten sie Bendlin beauftragen, der dies in Zusammenarbeit mit der Buchhaltung von *Suninvest* eruieren könnte. Außerdem sollte er nach Spuren von *Solaris* und diesem Griffith suchen, auch wenn sie daran zweifelten, dass dies sein richtiger Name ist.

Thomas wollte der Bedienung winken, um noch zwei Espresso zu bestellen. Es gab ihm einen kleinen Stich, als er sie zwei Tische weiter bei einem jungen Mann stehen sah, den sie zum Abschied auf den Mund küsste. Er fand sich lächerlich und war froh, dass es keiner merkte.

Beim Kaffee drängte es Thomas dann doch zu fragen, wer hinter den Vorfällen um seine Flucht nach Berlin und vor allem um die Steueraffäre stecken könnte.

Peter, der trotz der Sonne recht blass wirkte, wurde noch blasser und antwortete: „Keine Ahnung, ich weiß es nicht, und ob Flucht das richtige Wort ist, weiß ich auch nicht. Ich würde es Aufbruch nennen, und das kann eine Riesenchance sein. Und die möchte ich auch nutzen! Ich würde mich freuen, wenn du mir dabei helfen würdest, Thomas!"

32

Als Thomas Schöngeist wieder auf dem Weg ins Büro war, fiel ihm ein, dass er vergessen hatte, Peter nach dessen Onkel Helmut zu fragen. Er rief sofort an. Doch Peters Handy war anscheinend ausgeschaltet oder er steckte in einem der vielen Tunnel zwischen Würzburg und Kassel in einem Funkloch.

Im Ringpark lockte eine Bank in der Sonne. Von dort aus erreichte er Helma. Sie ging davon aus, dass Peters Onkel längst nicht mehr lebte. „Ich habe Peter irgendwann einmal gefragt. Er hat gesagt, dass ihm einmal erzählt wurde, dass sein Onkel gestorben sei. Anscheinend ein heikles Thema, das er nicht mehr angeschnitten hatte. Peters Tante Hildegard war vor zwei Jahren achtzigjährig gestorben, seine Tante Irene lebt in Nürnberg. Mehr weiß ich nicht!"

Der Park schirmte die Verkehrsgeräusche etwas ab und Thomas genoss das Gezwitscher der befiederten Parkbewohner. Er hätte hier ewig sitzen können, doch in der Sonne wurde es ihm schon fast wieder zu heiß. Und nicht zum ersten Mal an diesem Tag dachte er, dass dies ein Tag ist, um ins Schwimmbad zu gehen. Es würde die richtige Erfrischung bieten.

Stattdessen telefonierte er mit Bendlin und bat ihn, nach Helmut Schneider zu suchen. „Rein vorsichtshalber. Unter Umständen findet sich mehr als nur ein altes Grab. Und wenn du schon dabei bist, kannst du mal nach einem Emil Exner forschen? Der war ein SS-Sturmbannführer in Breslau."

Nach dem Telefonat wollte sich Thomas nicht von der luftigen Frühsommerstimmung trennen. So blieb er auf der Bank sitzen und sah den wenigen weißen Wolken zu, wie sie langsam wie Zeppeline über den blauen Himmel schwebten. Dabei wäre er fast eingeschlafen, bis er am anderen Ende des Parks, an der Sanderglacisstraße, einen nahezu glatzköpfigen, großen schweren Mann in Richtung

Hofgarten gehen sah. Er brauchte eine Weile, bis er sicher war, wem er da nachschaute.

Er stand auf und folgte ihm. An der Ottostraße, die den Ringpark quer durchschnitt, bog er etwa fünfzig Meter hinter dem Mann nach links ab. Gegenüber der Residenz und dem sie verschandelnden Parkplatz blieb der an einer roten Fußgängerampel stehen. Anscheinend wollte er über die Ottostraße in die Hofstraße. Für Thomas eine schwierige Situation, er wollte sich nicht in die kleine Menge der Wartenden stellen. Zu groß wäre die Gefahr, darin erkannt zu werden. Als er eine Lücke im nicht allzu schnellen Autostrom wahrnahm, querte er schnell die Ottostraße und wartete an der nächsten Straßenecke. Erleichtert konnte er in dem Ampelgrüppchen, das in die Hofstraße bog, wieder Brosinski ausmachen. Er folgte ihm weiter an der Sparkasse vorbei, über den Kiliansplatz, bis Brosinski in der Martinstraße in einem Bürogebäude verschwand.

Thomas wusste überhaupt nicht, warum er Brosinski gefolgt war. Er hatte einfach einem Impuls nachgegeben. Doch jetzt wollte er nicht einfach unverrichteter Dinge wieder in den Alltag, in sein Büro zurück. So studierte er zumindest die Firmenübersicht rechts neben der Eingangstür. Rechtsanwälte, Steuerberater, Vermögensberater, die übliche Mischung, so wie in einer Vielzahl ähnlicher Gebäude. Dann stach ihm ein Schild ins Auge: *Preußische Treuhand*.

Sieh an, die kenne ich doch! Besitzansprüche von Vertriebenen aus den ehemaligen Ostgebieten ... Helma hatte kurz nach Neujahr in Zusammenhang mit Peters Verschwinden Dokumente mit deren Briefkopf auf seinem Schreibtisch gefunden.

Während er sich umdrehte, um endlich ins Büro zurückzugehen, sah er auf der anderen Straßenseite einen schmalen Mann mit blonden dünnen Haaren, der seinen Kopf schnell abwendete, als er merkte, dass ihn Thomas kurz anstarrte.

Thomas war sich nicht sicher, aber er hatte den Eindruck, dass er ihn vor kurzem schon einmal gesehen hatte. Irgendwas war ihm an dem unscheinbar wirkenden Mann mittleren Alters aufgefallen. Er sah ausländisch aus. So als käme er aus dem Osten. Dabei war ihm aber nicht klar, wie man überhaupt sehen konnte, ob ein Mensch aus dem Osten kam. Auffällige slawische Gesichtszüge waren ihm in der kurzen Zeit nicht aufgefallen. Lag es vielleicht an der Kleidung? Oder an der Haltung? Am Gang? Und da fiel es ihm wieder ein: Als er auf seiner Parkbank dösend eine kleine Weile brauchte, bis er Michael Brosinski erkannte, ging auch dieser Mann auf dem Parkweg. Thomas hatte allerdings keinen Zusammenhang zu Michael gesehen. Es konnte kein Zufall sein, dass der jetzt ausgerechnet hier, gegenüber der *Preußischen Treuhand*, betont unauffällig herumstand.

Eigentlich wollte Thomas endlich ins Büro gehen, doch er war neugierig geworden. Bleiben konnte er aber auch nicht. Zum einen hatte er keine Lust, Michael Brosinski zu begegnen, zum anderen würde er damit im Visier des geheimnisvollen Mannes stehen. Diese Situation musste er umdrehen. Er ging also zurück zum Kiliansplatz und stellte sich so, dass er den Blonden im Blick hatte, in der Hoffnung, von diesem, der offensichtlich vor allem auf den Eingang des Bürogebäudes fixiert war, nicht bemerkt zu werden. Thomas konnte deutlich sehen, dass der nun immer wieder zu ihm in Richtung Kiliansplatz schaute.

„Hallo Schöngeist!", hörte er eine Frauenstimme von hinten. Reflexartig drehte er sich um. Pia, seine ehemalige Studienkollegin, lächelte ihn provozierend an. „Hast ja lange nichts mehr von dir hören lassen!" Sie hatte recht. Seit er nach dem Neujahrsempfang noch mit ihr nach Hause gegangen war, hatte er sich wirklich nicht mehr gemeldet. Die Situation war ihm unangenehm. Sie sah gut aus, ihre dunklen, ehemals langen Haare waren zu einer Pagenfrisur geschnitten, das enge Top betonte ihre sportliche Figur mit den festen, eher kleinen Brüsten, die Shorts zeigten lange Beine, die schon nicht mehr blass waren. „Servus Pia, du siehst aus, als wärst du im Urlaub!" Anstatt darauf zu antworten, schrie Pia erschreckt auf: „Um Gottes willen!"

Gleichzeitig hörte Thomas ein Auto aufjaulend losfahren und in dem Moment, als er sich umdrehte und in die Martinstraße schaute, einen Schlag, kurze Bremsgeräusche. Er sah einen dunklen VW Golf hochtourig davonrasen. Vor dem Bürogebäude bildete sich eine Menschentraube.

33

Von dieser Würzburger Menschentraube war Peter mittlerweile schon über eine Stunde entfernt. Der ICE verließ gerade Kassel-Wilhelmshöhe. Bis Göttingen nur noch eine Viertelstunde. Die flache Sommerlandschaft flog an ihm vorbei, er hätte sich ruhig zurücklehnen und einfach vor sich hindösen können. Das gelang ihm genauso wenig, wie sich auf seine Arbeit zu konzentrieren. Der aufgeklappte Laptop wartete vergeblich darauf, bedient zu werden. Er hätte auch ein Buch dabei gehabt. An sich sind Zugreisen die beste Gelegenheit, endlich entspannt zu lesen.

Doch seine Gedanken kreisten unermüdlich und unproduktiv um Michael Brosinski – Peter war sich sicher, dass diese ganze Geschichte von ihm inszeniert worden war. Schon allein die Tatsache, dass die lokale Presse Bescheid wusste, bevor überhaupt die Steuerfahndung bei ihm angeklopft hatte. Den direkten Draht hatte er ja – mit seiner Frau, der Kulturredakteurin der Blaukirchener Nachrichten. Er hatte Michael schon längst im Verdacht, dass er der Drahtzieher hinter all den Intrigen und Aktionen gegen ihn sei. Dabei hatte er lange keine Ahnung, woher dieser abgrundtiefe Hass, der ihn wohl antrieb, herrührte. Verständnis hätte er dafür gehabt, dass er ihn einfach nicht leiden konnte. Was durchaus auf Gegenseitigkeit beruhte. Peter stieß schon dessen fette, mindestens körperliche Faulheit suggerierende Physis auf.

Dann diese Attitüde, dass immer irgendjemand anderer Schuld hätte. Dass er nie selbst die Verantwortung, die er gerne bei seinen Mitarbeitern und in seinem Umfeld anmahnte, wirklich übernahm. Obwohl er sich gerne so darstellte, als würde das Gewicht der übergroßen Verantwortung besonders auf ihm lasten.

Diese Antipathie erklärte nicht diesen abgrundtiefen Hass, der sogar Triebfeder war, eine polnische Schlägerbande anzuheuern. Oder diese ehrabschneidenden Lügen, mit denen er von seinen eigenen Unzulänglichkeiten ablenken wollte. Die waren deshalb so schlimm, weil sie so sorgfältig konstruiert waren und einen realen, wenn auch harmlosen Hintergrund hatten. Der war nicht wegzureden und entwickelte genau deswegen mittels einer durchaus plausibel klingenden Missdeutung diese Sprengkraft.

Eine Sprengkraft, die auch gewachsene soziale Bindungen zerreißen konnte.

Peter hatte die Ursache des Hasses bis Ende letzten Jahres nie richtig verstanden, aber er begann, den Hass an sich zu begreifen, denn immer mehr stauten sich in ihm selbst Rachegelüste an. Rache, Michael mindestens die körperlichen Schmerzen zuzufügen, die er durch die Prügel dieser polnischen Schlägerbande verspürte.

Dabei blieben von diesen körperlichen Schmerzen nicht so tiefe empfindliche Narben zurück wie nach den intriganten Lügen, die ihn in Blaukirchen so diffamierten. Oder von dem handstreichartigen Rauswurf aus seiner Firma. Überraschend erschreckend war für ihn, wie viele Leute anscheinend recht gerne die Versionen von Brosinski junior glauben mochten. Mit dem Gefühl, wie süß Rache sein könnte, döste er vor sich hin.

Natürlich musste er in seinem Leben immer wieder Ungerechtigkeiten ertragen. Doch er lernte, dass diese zum Leben dazu gehörten und auch recht gleichmäßig auf viele Schultern verteilt wurden. Zum Beispiel, wenn die Lehrerin in der Schule ihn zu Unrecht strafte, weil er geschwätzt hätte. Einmal bekam er wie sein Nachbar eine Sechs in Mathematik, weil dieser von ihm abgeschrieben hatte – fatalerweise auch eine vogelwilde gebrochene Zahl als Ergebnis. Eine Eins wäre es wegen des falschen Ergebnisses nicht geworden, aber die Sechs fand er ungerecht. Doch schon kurze Zeit später sonnte er sich in dieser zu einer amüsanten Anekdote verklärten Episode, die vor allem wegen dieser krummen Zahl die Runde machte.

Vor einigen Jahren war er auf ein Gartenfest eingeladen. Es war Sommer, die Nacht lau und gesprächsselig. Er trank wie die anderen viel Wein, Gläser klirrten und er hätte bis zum Morgengrauen sitzen bleiben können. Einmal klirrte ein Glas zu heftig und ging zu Bruch. Zwischen dem Glasbersten und ihm saßen mindestens drei Personen. Es war dunkel. Sabine, die Gastgeberin, kam gerade wieder zum Tisch zurück, ein Tablett mit Tapas balancierend. Als sie das zerbrochene Glas sah, schrie sie auf: „Das ist ein altes Erbstück meiner Oma, es gibt nur vier davon!" Sie stellte das Tablett ab, schaute nur kurz in die schlecht beleuchtete Runde und fragte laut und scharf: „Peter, warum hast du nicht aufgepasst!"

Die leichte, beschwingte Stimmung der Nacht war dahin. Die Gastgeberin ließ mit versteinerter Miene seinen Abschiedsgruß unerwidert. Er konnte den Rest der Nacht nicht schlafen und ärgerte sich fürchterlich. Er war es einfach nicht gewesen. Er hatte das Glas nicht zerschlagen. Und vor allem war er tief enttäuscht über den Missetäter, der die Angelegenheit nicht richtig gestellt hatte. Da Peter nicht wusste, wer es war, fiel sein Misstrauen auf all jene, die in der Unglücksecke saßen oder standen.

In der Folgezeit ging er erst mal auf Distanz zu allen Gästen von damals. Auch nach Jahren fragte er sich immer wieder, wenn er einen von denen sah, ob der das damals gewesen war. Eingeladen wurde er von Sabine nicht mehr und er spürte heute noch einen schmerzenden Stich in der Magengegend, wenn er sie sah. Eigentlich hatte er sie recht gerne gemocht. Diese vordergründig unbedeutende Ungerechtigkeit nagte an und in ihm. Vielleicht war es die Enttäuschung über die Feigheit der anderen, denen ein Opfer gerade recht kam, sofern sie selbst unbehelligt davonkamen. Vielleicht auch dieses anschließende Ausgegrenztwerden von dieser Gruppe. Nun, er hatte, außer mit Sabine, nicht allzu viel mit ihren Gästen zu tun und wollte auch irgendwann nichts mehr mit denen zu tun haben. Ein unangenehmer schaler Nachgeschmack blieb trotzdem.

Ihm schien es, als wäre dieser Zwischenfall der Anfangspunkt einer Kette von Ungerechtigkeiten, die ihn über die Jahre schleichend zermürbten. Den Großteil musste er durch die Familie seiner Frau Helma ertragen. Ungerechte Demütigungen, kleine abwertende Gesten, wenn er zum Beispiel einem Bankdirektor vorgestellt wurde. Wie abschätzig in so einer Situation das Wort Schwiegersohn klingen konnte!

Er gewöhnte sich, Helma zuliebe, an diese Nadelstiche. Er stammte eben nicht aus dieser Schicht, die es sehr gut verstand, sich vom normalen Volk abzuheben. Mit Symbolen, die ihm erst mal nicht bekannt waren, oder einer bestimmten Sprachmodulation oder einer ausgesuchten Wortwahl. Da wurde nicht unbedingt sichtbar die Nase gerümpft. Offen diskriminierende Bemerkungen gab es selten, die unsichtbare Trennlinie wurde sehr viel subtiler gespannt.

Peter brauchte eine Weile, bis er diese Welt einigermaßen zu verstehen lernte und noch heute ist er sich nicht sicher, ob er sie wirklich verstanden hat. Was er aber immer klarer spürte, war, dass er immer weniger von dieser glitzernden, geistreich scheinenden Welt fasziniert war, je tiefer seine Einblicke wurden. Er musste sich eingestehen, dass seine Faszination anfangs so groß war, dass er den dringenden Wunsch verspürte, zugehörig zu sein. Und im Nachhinein schämte er sich, wie er für sein Bemühen viel zu oft den Preis zahlte: die Demütigung.

Helma war noch nie fasziniert von dieser Schicht, aus der sie stammte. Sie suchte eher die echte Welt und meinte, dass es die seine wäre. Dabei klagte sie niemanden an, distanzierte sich auch nicht offen von ihrer Herkunft, aber sie war ihr unangenehm und Helma wollte damit so wenig wie möglich zu tun haben. Peter hatte dies anfangs, in seinem Bemühen aufzusteigen, nicht richtig verstanden. Als ihm die Situation, in der er sich verfangen hatte, endlich klar wurde, war es wahrscheinlich schon zu spät gewesen. Zu sehr war sein Leben bereits mit denen der Brosinskis verwoben.

So sehr, dass ein guter Nährboden bereitet war für die Intrigen von Michael Brosinski. Die Gerüchte, die er in die Welt setzte, und Peter auch von Leuten, die ihm etwas bedeuteten, auszugrenzen drohten. Dann dieser polnische Schlägertrupp. Und jetzt diese Steuergeschichte, in die er viel zu tollpatschig reingetappt war. Eine wirklich clevere Falle! Peter wachte aus seinem Dösen auf und stierte auf die monotonen brandenburgischen Wälder, ehemals Jagdgründe exklusiv für die alten verlogenen Männer der DDR-Regierung. Sperrzonen für die normale einfache Bevölkerung, die von den Jägern verarscht wurde.

Wie sehr konnte er die aufgestaute Wut der jahrelang eingesperrten Bürger verstehen, die sich vor 20 Jahren im Niederreißen der als unüberwindlich geltenden Grenze entlud.

Seine eigene Wut, sein Ärger, seine Frustration ließen ein Rachegelüst wachsen, das sich wie ein Brandherd in ihm ausbreitete.

34

„Also ehrlich, ich habe das nicht kapiert mit dem Umsatzsteuerkarussell. Wer wird denn da geschädigt? Und was kann vor allem dein Freund Peter dafür?" Karin saß bei Thomas Schöngeist im Büro bei einer Tasse Espresso. Sie gönnten sich eine Nachmittagspause.

„Genau das ist die Logik der Umsatzsteuerschwindler", Thomas tat so, als hätte er die komplizierten Details verstanden und redete vom großen Ganzen. „Sie veräußern so lange irgendwelche Produkte im Kreis und über Ländergrenzen hinweg, bis den Finanzbehörden ganz schwindlig wird. Momentan ist das ganz beliebt bei Emissionszertifikaten. Je virtueller oder kleiner das Produkt, desto einfacher ist es. Firmen aus dem In- und Ausland kassieren Steuererstattungen und verschwinden anschließend noch schneller als sie aufgetaucht sind. Wenn sich der Staat am Ende der Lieferketten die ausbezahlten Mittel zurückholen will, ist meist nichts mehr da. Keine Firmen, kein Geld!"

„Und das ist bei Peter passiert?"

„Genau! *Suninvest* hat die Umsatzsteuer vom Finanzamt zurückerhalten, aber weder *Solaris* noch ihre Zulieferfirma, die polnische *SMP*, haben jemals die entsprechende Vorsteuer an das Finanzamt abgeführt!"

„Und diese sollte jetzt Peter nachzahlen?"

„So ist es. Über drei Millionen Euro. Normalerweise sollte er nachweisen können, dass er selbst Opfer ist. Aber so komisch, wie die Sache gelaufen ist, klingt seine Geschichte nicht unbedingt glaubwürdig, sondern eher nach dubiosen Ausflüchten."

„Glaubst du ihm nicht?"

„Ich schon, aber ob die Finanzbehörden und die Kripo ihm glauben, weiß ich nicht. Ich jedenfalls glaube, dass er in eine äußerst geschickt angelegte Falle getappt ist."

„Und wer hat sie deiner Meinung nach gestellt?"

„Für mich deutet alles auf Michael Brosinski hin!"

Bendlin kam kurz vor 17 Uhr mit seiner Sporttasche in Thomas' Büro.

„Wir können alles beim Laufen besprechen!"

„Da brauchen wir eine lange Runde! Ich habe ziemlich viel zu berichten", antwortete Bendlin.

Einige Minuten später ließen sie gerade den Fußgängersteg, der zum Steinbachtal führte, rechts liegen und liefen am Mainufer entlang weiter. Bendlin hatte darum gebeten, eine flache Strecke zu laufen, damit sie sich ohne große Atemnöte unterhalten könnten.

„Was ist mit Michael Brosinski?", fragte er.

„Er liegt mit schweren Kopfverletzungen auf der Intensivstation der Uniklinik. Sie haben ihn in ein künstliches Koma versetzt. Viel mehr weiß ich nicht!"

„Wie ist das passiert?"

Thomas erzählte ihm von seiner kleinen Verfolgungsjagd durch Würzburg bis zum Büro der *Preußischen Treuhand*. Von seinem missglückten Beobachtungsversuch vom Kiliansplatz aus. Er berichtete von dem Mann, den er zwei Mal gesehen hatte. Von Pia erzählte er nichts.

Nach einer längeren schweigsamen Pause, sie liefen gerade unter der Konrad-Adenauer-Brücke weiter Richtung Randersacker, fragte Bendlin, womit er beginnen sollte: „Helmut Schneider oder die Module?"

„Hast du ihn wohl gefunden? Lebt er also doch noch?"

„In Ecuador, in Cuenca, einer alten Inkastadt in den Anden."

„Cuenca ist doch in Spanien! Irgendwo zwischen Valencia und Zaragoza."

„Es gibt wohl mehrere Städte mit diesem Namen. Das Cuenca, in dem Helmut Schneider wohnt, hat eine Viertelmillion Einwohner, liegt auf 2500 Meter Höhe und gilt als die schönste Stadt Ecuadors!", belehrte ihn Bendlin.

„Wie hast du ihn dort oben entdeckt?"

„Berufsgeheimnis", schmunzelte Bendlin, „und gute Mitarbeiter!"

„Vom Chaos Computer Club", ergänzte Thomas. Bendlin ließ den Nachsatz unkommentiert und antwortete: „In Deutschland gibt es 3254 Telefonadressen auf den Namen Helmut Schneider!"

„Die wirst du ja wohl kaum alle antelefoniert haben?" Thomas probierte noch einmal, mehr über die Recherchemethoden von Bendlin herauszubekommen. Der ging wieder nicht darauf ein, sondern berichtete weiter.

„Helmut Schneider lebt seit 1949 in Ecuador, studierte dort Medizin, war verheiratet seit 1956 mit einer jüdischen Emigrantin aus Berlin namens Paula Balke. 1959 zog das Paar von Quito nach Cuenca, wo Schneider bis zu seiner Pensionierung im dortigen Krankenhaus arbeitete. Das Paar blieb kinderlos. Schneiders Frau starb 2007 an Krebs."

Thomas bewunderte Bendlins Detektivarbeit, der fortfuhr:

„Doch das Beste kommt noch: Peter Schneider ist am 6. Januar von Frankfurt aus über Madrid mit dem Flug IB 3513 nach Quito geflogen. Von dort aus ist er gleich weiter mit der LAN Ecuador, Flugnummer XL 1542 nach Cuenca. Am

13. Januar ist er dann wieder zurück. Von Madrid aus allerdings nicht nach Frankfurt, sondern mit dem Flug Nummer 5578 nach Berlin. Von unserer Hauptstadt hat er sich ja dann wieder zurückgemeldet."

„Warum erzählt er davon nichts!", brummelte Thomas vor sich hin.

Allerdings so laut, dass Bendlin darauf antwortete: „Manches bleibt selbst mir unerschlossen!" Thomas wusste dieses aufheiternd gemeinte Wortspiel nicht zu würdigen und stapfte verärgert weiter.

Bendlin dachte sich wohl, dass es besser sei, nicht auf diese Befindlichkeitsstörung zwischen zwei alten Freunden einzugehen und berichtete nüchtern weiter, was seine Detektei bis jetzt noch alles rausgefunden hatte.

„Die Modultransporte kamen direkt aus Breslau, von einem Logistikunternehmen namens *Polog*. Uns ist aufgefallen, dass in dem gleichen Industriegebiet, wo das Transportunternehmen ansässig ist, auch die Fertigungshallen einer Modulproduktionsfirma stehen. Die Zentrale der *SMP – Solar Moduľy Polska* hat ihren Sitz im Stadtzentrum, in der ul. Jana Kilińskiego Nr. 4.

„Wie?"

„Kilińskiego Nr. 4?"

„Nein, ich meine die Firma!"

„SMP – Solar Moduľy Polska!"

„Das gibt's doch nicht!" Olgas Visitenkarte. Er hatte sie nach ihrem Besuch oft in der Hand. *SMP* in der Kilińskiego. Olga arbeitete dort. Er hatte sich anscheinend nur den Straßennamen, nicht aber den Firmennamen eingeprägt und erst jetzt fiel ihm der Zusammenhang auf.

Bendlin schaute überrascht zu Thomas, nachdem der aber nichts mehr sagte, erläuterte er weiter, was seine Detektei bislang herausgefunden hatte. Thomas staunte nur und stellte ab und zu ein paar Zwischenfragen.

„Die Module wurden jeden Tag direkt aus Breslau mit polnischen Lastwägen nach Berlin gefahren. Offiziell wusste niemand etwas davon. Die in Berlin angelieferten Module hatten ein Label der chinesischen Firma *suntech*. Wir haben die Situation natürlich weiter recherchiert und können mit Sicherheit sagen, dass die Module wirklich unmöglich aus der Breslauer Produktion stammen können. Es handelt sich um eine noch relativ kleine und neue Fabrik. Deren Fertigungskapazität wird mit maximal acht Megawatt im Jahr angegeben. Das sind etwa 32000 Module im Jahr. Bei Peter handelte es sich ja um etwas mehr als diese Menge innerhalb von sechs Wochen. *Solar Moduľy Polska* könnte das gar nicht alles produziert haben. Also haben wir versucht herauszufinden, woher und wie diese Module nach Breslau kamen. Das war zunächst ziemlich schwierig, weil bei uns niemand Polnisch sprechen oder lesen kann und unser Heiner Müller erst recht nicht. Die dortigen Computer waren allerdings vollkommen unproblematisch für ihn und als wir ihm eine hübsche Polin zum Übersetzen organisiert hatten, konnte er sich ziemlich schnell mit Hilfe des Warenwirtschaftssystems der *SMP* und den Frachtbriefen ein Bild machen.

Er reimt es sich so zusammen: Etwa zehn Megawatt Module wurden von China aus über Rotterdam quer durch Europa nach Breslau in das Industriegebiet am Stadtrand transportiert. Es waren allerdings keine Module mit der Marke *suntech* in den Lastwägen. Auf den Lieferpapieren stand etwas von *Quiasun*. Später gab's von Breslau aus Lieferscheine mit *suntech*-Modulen im Auftrag der Firma *Solaris* nach Berlin zu Peters Firma *Suninvest*. Auf den Versandpapieren wird weder *SMP* noch Breslau erwähnt.

Ich kenne mich ja in diesem Geschäft nicht aus. Aber da ist irgendetwas faul. Module aus China kommen in Rotterdam an, werden von dort aus nach Breslau spediert, um dann mit anderem Namen wieder nach Berlin geschickt zu werden. Mit Frachtpapieren, in denen die deutsche Firma *Solaris* als Auftraggeber und Versender angegeben ist."

„Vielleicht kann uns das Heribert Gmeiner erklären?", antwortete Thomas. Sie waren schon vor ein paar Minuten an der Autobahnbrücke umgekehrt und trabten wieder an Randersacker vorbei Richtung Innenstadt.

„Wer ist das?"

„Ein mittelständischer Solarunternehmer aus Karlsruhe. Ich hatte ihn letztes Jahr kennengelernt. Seither vertrete ich ihn in seinen Rechtsangelegenheiten."

Sie riefen Gmeiner gleich nach ihrem gemeinsamen Lauf an und bekamen schnell plausible Erklärungen. Bei den *Quiasun*-Modulen, von denen er selbst noch nie gehört hatte, handelte es sich wahrscheinlich um vollkommen unbekannte chinesische Produkte mit zweifelhafter Qualität, die zu sehr günstigen Preisen angeboten wurden.

„Und die Geschichte klingt so, als wäre diesen Modulen irgendwo in Breslau einfach ein *suntech*-Etikett aufgeklebt worden. Simple Produktfälschung!"

Solche Betrügereien seien in den letzten Jahren des Öfteren passiert. Manchmal wurden nur die Leistungsangaben verändert, manchmal auch die Markenaufkleber. Gmeiner vermutete, dass die Module aus China ohne Markenaufkleber nach Rotterdam verschifft worden waren. „Das ist nicht ungewöhnlich. Schließlich lassen viele etablierte Firmen einen Großteil ihrer Module in Asien fertigen. Diese Firmen kommunizieren normalerweise auch mehr oder weniger offen, dass diese Module in ihrem Auftrag und unter stärkster Qualitätskontrolle in China für sie produziert werden."

„Transparent ist diese Modullieferung in unserem Fall aber nicht!", meinte Thomas.

„Na ja, ich glaube, dass diesen Modulen heimlich in Breslau das Etikett *suntech* aufgeklebt wurde. Dann verließen sie Breslau wieder als vermeintlich hochwertige und preislich höher angesetzte Qualitätsmodule. Und es hat sich ein Dummer gefunden, der die Module abgekauft hat", fuhr Gmeiner fort. In den letzten Jahren seien viele Unternehmen auf den Solarzug aufgesprungen. „Da herrschte richtiggehend Goldgräberstimmung und nicht alle Firmen hatten wirklich Ahnung von diesem Geschäft!"

Das sei für alte erfahrene Hasen wie ihn schon oft fürchterlich anzusehen. „Na ja, die verkaufen oft Ramsch und die Montagequalität ist unterste Schublade. Das schadet dem Ruf der ganzen Branche und es werden noch viele Gewährleistungsprobleme auf diese Firmen zukommen. Aber diese Firmen sind dann oft schon wieder verschwunden. Manchmal in betrügerischer Absicht, so wie besagte *Solaris*, manchmal aber einfach nur, weil da vollkommen naiv und ohne Fachkenntnisse ins Solargeschäft eingestiegen wurde.

Getreu der Maxime ‚Geld frisst Hirn' wurde versucht, Big Business zu inszenieren."

Heribert Gmeiner redete sich richtiggehend in Rage. Er hatte seine Solartechnikfirma schon seit knapp 20 Jahren und wollte sie auch die nächsten 20 Jahre weiter betreiben. Mittlerweile beschäftigte er etwa 100 Mitarbeiter, gehörte damit zwar nicht zu den großen und überregional bekannten, aber doch zu den etablierten und in Fachkreisen geschätzten Unternehmen.

„Na ja, und solche Firmen wie die *Suninvest* sind auch wie die Pilze aus dem Boden geschossen. Diese Unternehmen werden in der Branche etwas verächtlich als Containerschieber bezeichnet. Meist sind das irgendwelche Anzugsfuzzis, die meinen, dass die Solarwelt auf sie gewartet hätte, weil die alten Firmen ja keine Ahnung vom wirklich großen Geschäft hätten. Na ja, ich bin sicher, dass der ein oder andere Highflyer bald nicht mehr so hochfliegt, sondern ganz unsanft eine Bruchlandung hinlegen wird."

Gmeiner fügte zum Schluss noch an: „Ich gehe davon aus, dass die blauäugigen Greenhorns von *Suninvest* auf einen Betrüger reingefallen sind, der ihnen chinesischen Ramsch als hochwertige Ware untergejubelt hat. In deren Haut möchte ich nicht stecken, weil irgendwann rauskommt, dass das Zeug nichts taugt und dann, wenn es um ihr Geld geht, können Kunden richtig unangenehm werden. Und in diesem Fall bekommt *Suninvest* als Handlanger, der aus der Betrügerei noch Profit gemacht hat, erhebliche Probleme!"

Als das Telefonat beendet war, meinte Thomas zu Bendlin, dass Peter wohl noch tiefer in dem Schlamassel stecken würde, als bislang angenommen. „Wenn es dumm läuft, muss er nicht nur die drei Millionen Umsatzsteuer noch mal zahlen, diesmal an das deutsche Finanzamt, sondern wird weitaus teurere Schadensersatzansprüche von Kunden und vor allem von der Firma *suntech* bedienen müssen."

„Das wird er finanziell kaum überleben!", kommentierte Bendlin.

„Dann läge es ja nicht unbedingt in seinem Interesse, die ganze Sache aufzudecken!"

Als Thomas am Abend eine SMS von Olga erhielt, die erste nach ihrem Besuch in Würzburg, ahnte er, warum er sich so in diesen Fall verbiss.

„Bei uns in Polen sagt man, dass nach einer missglückten Generalprobe die Aufführung gelingen würde."

Am nächsten Morgen fiel ihm eine Antwort ein, die er in sein Handy tippte, während er seine große Tasse Milchkaffe trank.

„Wenn ich noch länger warte, fließt das Leben auch ohne uns vorbei."

Die Antwort von Olga kam prompt: „Damit sich unser Leben nicht nur in deinem Kopf abspielt, sollten wir unser Leben auch wirklich erleben. Ich würde mich freuen, dir mein sommerlich strahlendes Wrocław zu zeigen!"

35

Er war sich nicht sicher, ob er sich die feuchten Lippen auf seiner Haut erträumte oder wirklich spürte. Doch ganz egal, ob Traum oder Wirklichkeit, das Gefühl war da und Thomas Schöngeist wollte es nicht durch zu viel Überdenken wieder verlieren. Der küssende Mund wanderte von seinen Lippen über seine Brustwarzen, wo er knabbernd innehielt, zu seinen Lenden. Die konnten ihre einsetzende Erregung nicht verbergen. Seine Schlafanzughose spannte. Heiße Hände zogen sie weg. Über ihm die vollen Brüste von Karin, die ihn an diesem strahlenden Frühsommermorgen nicht nur aufweckte, sondern ihn mit Haut und Haaren zu verschlingen drohte.

„Schöner kann man nicht aufwachen!", dachte sich Thomas und kuschelte sich entspannt an die noch heiße Haut von Karin. Draußen hörte er Vögel heiter singen, dazu nur wenige vorbeifahrende Autos. Er schaute auf seinen Radiowecker. Die roten Digitalziffern zeigten 5 Uhr 45. Noch eine Stunde! Karin drückte sich an ihn. Er spürte ihre Brüste an seinem Rücken und döste selig im Halbschlaf vor sich hin. Thomas genoss die ruhigen entspannten Atemzüge von Karin, die wohl wieder eingeschlafen war.

Es kam selten vor, dass Karin und Thomas zusammen ins Büro gingen. Sie wollten dort nicht unbedingt als Paar wahrgenommen werden, obwohl natürlich jeder wusste, dass sie eines waren. Trotzdem versuchten sie vor ihren Kollegen den Eindruck aufrechtzuerhalten, dass sie zwei ungebundene freie Menschen sind. Dazu gehörte auch, dass sie unabhängig voneinander ins Büro kamen. Auch wenn sie miteinander die Nacht verbracht hatten. Egal bei wem. Doch an diesem Morgen gingen sie gemeinsam die kurze Strecke von Thomas' Wohnung zum Ludwigskai. Sie konnten und wollten sich nicht voneinander lösen. Nach der heftigen Vereinigung, die Thomas nicht geträumt hatte, dösten sie noch eng aneinander liegend vor sich hin. Dann frühstückten sie zusammen und sie hätten es in der Situation affig gefunden, betont unabhängig, um ein paar Minuten versetzt, in die Kanzlei zu kommen.

Als sie über die Löwenbrücke gingen, hielt Karin an und sagte unvermittelt zu Thomas: „Ich weiß, dass ich kein Ersatz für Leonie bin. Das will ich auch nicht sein. Deshalb brauchst du dir auch keine Mühe zu geben, mich mit ihr nicht zu vergleichen."

Thomas war vollkommen überrumpelt. Die tiefstehende Morgensonne blendete ihn. Eine Straßenbahn ratterte vorbei. Zeit zu überlegen. Doch es gab nichts zu überlegen. Karin rührte genau an seinem wunden Punkt, über den er nicht mit ihr redete. Ihm war selbst nicht klar warum.

„Leonie braucht nicht zwischen uns zu stehen. Du musst sie nicht vor mir verstecken. Ich weiß, dass sie zu dir gehört. Und weil ich dich liebe, gehört sie mit dazu!"

Karin klang sehr entschlossen und bestimmt. Er wusste dazu nichts zu sagen. Wenn die Sonne nicht geblendet hätte, hätte Thomas einen Tränenfilm in ihren Augen sehen können. Gerührt nahm er sie in seine Arme und küsste sie.

Dann gingen sie, sommerlich heiter beschwingt, weiter. Kurz vor dem Büro sagte Karin unvermittelt: „Du hast mir immer noch nichts von Olga erzählt!"

Eine Stunde später stellte sie ihm ein Gespräch durch. Sie klang ganz und gar nicht schnippisch, als sie sagte, dass nicht Schwester Olga, sondern Schwester Ingrid am Apparat sei.

„Hallo Herr Schöngeist! Mir ist doch noch was eingefallen. Gestern habe ich Zeitung gelesen und da war ein Artikel über den Claus Brosinski drin. Da stand viel über sein Unternehmertum. Die vielen Tausend Arbeitsplätze und die elektronischen Schalter, die er entwickelt hatte. Grundlage war ein altes Patent, das sein Vater schon in den 30er Jahren angemeldet hatte. Ein beeindruckender

Mensch. Schade, dass so ein Leben durch einen tragischen Unglücksfall enden muss." Thomas war ganz verdattert. Mit Schwester Ingrid hatte er nicht gerechnet. Schließlich waren schon einige Monate vergangen, seit er in dem Pflegeheim mit ihr gesprochen hatte und er erinnerte sich jetzt, dass er ihr damals seine Visitenkarte hinterlassen hatte. Er pflichtete ihr bei: „Ja, ich kannte Claus Brosinski. Sein Unternehmen ist in meiner Heimatstadt ansässig. Aber, entschuldigen Sie bitte, rufen

Sie mich deshalb an?"

„Sie haben mir doch gesagt, ich solle Sie anrufen, wenn mir noch etwas zu dem Besucher von Reinhold Schneider einfallen sollte. Sie haben mir extra ihre Visitenkarte gegeben!" Schwester Ingrid klang etwas verschnupft bei ihren letzten Worten.

„So war das nicht gemeint! Entschuldigung!", versuchte Thomas, die Stimmung zu retten.

„Passt schon. Ich überfalle Sie ja wahrscheinlich an diesem Morgen und Sie können sich vielleicht gar nicht mehr an mich erinnern", lenkte Schwester Ingrid wieder ein.

„Natürlich erinnere ich mich an Sie. Erzählen Sie weiter! Sie haben mich neugierig gemacht!", ermunterte sie Thomas, froh darum, dass die Stimmung mit dieser ihm sehr sympathischen Frau nicht unnötigerweise gekippt war.

„Da gibt's nicht mehr viel zu erzählen. Es war ein Bild von Claus Brosinski abgedruckt. Das war der Mann, der kurz vor Silvester Herrn Schneider besucht hatte!"

Nachdem er sich vielfach bedankt hatte, saß Thomas still am Tisch und grübelte: Karin hatte ja auch schon vermutet, dass der Besucher der alte Brosinski gewesen sein könnte. Und auch wenn er sich damals gegen diese Hypothese sträubte, musste er sich eingestehen, dass es irgendwie passte. Claus Brosinski und Reinhold Schneider verband mehr als die von beiden ungeliebte Zwangsverwandtschaft durch die Ehe ihrer Kinder.

36

Das erste Mal hatte Helmut Schneider den Brief gelesen, als er von seinem morgendlichen Spaziergang entlang des *Río Tomebamba* wieder zurück in die Wohnung kam. Die gute Concepción hatte ihm geholfen, seine Schuhe auszuziehen, dann gab sie ihm das Kuvert. Es war ihm immer peinlich, wenn Concepción ihm beim An- und Ausziehen der Schuhe half und sich dabei vor ihm niederkniete. Er hatte sie schon mehrfach darauf angesprochen. Doch die 45-jährige Ecuadorianerin lachte dabei nur: „Mi Padrone! Er hat immer noch nicht verstanden, dass es arme und reiche Leute gibt und immer geben wird. Ich bin auch nach 25 Jahren noch froh, dass ich für Sie arbeiten darf!"

Schon Lucrecia sagte immer Padrone zu ihm. Er hat sie in den vielen Jahren nie gefragt, ob sie wohl, bevor sie in ihr Haus kam, für einen Italiener gearbeitet hatte. Concepción war die Tochter von Lucrecia, die seit Ewigkeiten ihm und seiner Frau half, Ordnung zu halten und hungrige Mägen mit schmackhaftem Essen zu beglücken. Concepción hatte mit ihm alleine jetzt nicht mehr allzu viel Arbeit, aber er war froh um diese Hilfe, ohne die er ziemlich aufgeschmissen wäre. Nicht mal seine Schuhe könnte er sich alleine schnüren. Er konnte sich einfach schon seit Jahren nicht mehr bücken oder sich so weit vorbeugen, dass er die Schuhe mit seinen Händen erreichen würde. Trotzdem hatte er keinen Grund zu klagen, denn auch wenn sich seine Beine oft sehr steif anfühlten, konnte er täglich seine langen Spaziergänge machen. Manchmal musste er sich dabei recht plagen, doch er verzichtete keinen Tag darauf. Oft ging er danach noch in die kleine Bar unten am Eck, um einen Kaffee zu trinken. Und wenn er nach Hause kam, wurde er von Concepción empfangen. Früher hatte ihn Paula erwartet, doch sie wartet jetzt vielleicht im Himmel auf ihn. Schon vor vier Jahren war ihre unsterbliche Seele dorthin gegangen.

Er war immer skeptisch gewesen ob dieser christlichen Bilder, allerdings gab ihm die Vorstellung, dass sie ihn vielleicht nach seinem irdischen Leben erwarten könnte, nun doch ein wenig Hoffnung.

Gerne hätte er mit Paula über diesen Brief gesprochen. Die zwei Seiten beunruhigten ihn viel stärker als er jemals gedacht hätte. Eigentlich war er davon ausgegangen, dass er mit all diesen unseligen alten Geschichten vollständig abgeschlossen hätte. Er wollte sich genauso wenig wie Paula an all das erinnern, was der damalige Zeitgeist und der menschenverachtende Krieg mit ihnen angerichtet hatte. Und er glaubte, dass ihnen dies im eigenen Ringen gegen die Widrigkeiten ihres neuen Lebens gelungen wäre. Vielleicht war es dieses gemeinsame Bemühen, sich von all den Lügen der alten Heimat zu trennen, was ihn so mit Paula verband. Dieser gemeinsame Kampf wurde umso wichtiger, je klarer wurde, dass sie wohl niemals gemeinsame Kinder haben könnten.

Natürlich hätte er wissen müssen, dass ihn irgendwann die Vergangenheit einholen würde. Das hat sie jetzt mit voller Wucht getan.

„Ist Ihnen nicht gut, Padrone?", fragte Concepción fürsorglich. „Ich habe da ein Mittel …"

Helmut Schneider fügte sich dieses Mal in sein Schicksal. Zu jeder passenden und unpassenden Gelegenheit kam Concepción mit ihrem Hausmittel, dessen Rezeptur sie von ihrer Mutter geerbt hatte. Irgendwelche Kräuter, in Branntwein eingelegt, sollen gegen alle möglichen Erschwernisse des Lebens helfen, Erkältungen, Kopfschmerzen, Magenschmerzen, nervöse Verstimmungen. Sie nahm es mit dem ihr eigenen Humor, wenn er viel zu oft ablehnte, und sie war deshalb überrascht, dass er dieses Mal einfach nickte und beim Lesen brummelte: „Sí, Concepción, por favor!"

Lieber Onkel Helmut,

es war nicht leicht, dich zu finden. Vor allem, weil es nur ein unbestimmtes Gefühl war, dass du doch noch leben würdest. Es hätte ja auch sein können, dass du vielleicht wirklich nicht nur totgeschwiegen wurdest und es tatsächlich eine sinnlose Suche sein würde. Aber seitdem ich beim Entrümpeln von Vaters Haus das Heft mit den eng beschriebenen Seiten, dein Tagebuch, gefunden hatte, war ich mir irgendwie sicher, dass du noch leben würdest.

Es war leider nur ein Heft. Aber die Einträge klingen so, als gäbe es noch mehr. Der 19. Juli 1944 füllt die erste Seite. Es war heiß, du warst mit meinem Vater im Schwimmbad gewesen. Ihm hast du nicht erzählt, dass du nur in der Nähe von Klara sein wolltest, die sich auf der Liegewiese ein paar Schritte weiter mit ihren Freundinnen vergnügte. Du tatest so, als würdest du in dem Eichendorff-Buch „Aus dem Leben eines Taugenichts" lesen. Die Schüler deiner Klasse hatten es am 18. März anlässlich des Geburtstages des Namenspatrons eures Gymnasiums geschenkt bekommen. Euer Deutschlehrer, der alte Helmke, hatte dazu an die Tafel, die Zeilen ‚Der Wälder sind viele im weiten Deutschen Reich, aber es gibt nur einen deutschen Wald, den des Josef Freiherr von Eichendorff' geschrieben.

Doch das interessierte dich alles nicht sonderlich, einzig Klara, die mit ihren Freundinnen herumkicherte und die du, hinter dem Buch versteckt, dauernd beobachtetest. Ich wunderte mich beim Lesen deiner Zeilen, denn so habe ich mir das vorletzte Kriegsjahr gar nicht vorgestellt.

Ziemlich weit hinten im Heft beschreibst du, was am 17. Januar 1945 passiert ist. Darüber würde ich gerne mit dir reden. Das war der Auslöser, dich zu suchen, *aber auch ohne diesen Anlass würde ich gerne meinen totgeschwiegenen Onkel kennenlernen. Ich bin wirklich neugierig auf den Mann, der in wenigen Sätzen so spannend von seiner Jugendzeit berichtet.*

Ich bin neugierig, wie sein weiteres Leben verlaufen ist. Aber ich möchte vor allem mit dir über Claus Brosinski sprechen, der mittlerweile mein Schwiegervater ist. Und ich will wissen, wie mein Leben mit dem Tagebucheintrag vom 17. Januar zusammenhängt. Für mich ist die Antwort auf die Frage existentiell wichtig. Ich würde also, wenn du es willst, schnell zu dir nach Cuenca kommen!

Dein Neffe Peter Schneider

Nach der ersten Beunruhigung und mehrfachem Lesen des Briefes begann Helmut Schneider, sich auf den Besuch seines Neffen Peter zu freuen. Er war gespannt darauf, eine Brücke zu seinem früheren Leben kennenzulernen. Dabei war ihm nicht klar, ob er sich trauen würde oder ob er es wollte, über diese Brücke wirklich zu gehen. Er erinnerte sich an eine Wanderung mit Paula in den Bergen nicht weit von Quito, Mitte der fünfziger Jahre, als sie eine tiefe schroff abfallende Schlucht überqueren mussten. Die Brücke war nichts anderes als ein Geflecht von fragwürdigen Hanfseilen und zweifelhaften Baumstämmen, die einfach auf den Kanten der Abhänge aufgelegt waren. Das Ganze sah mehr als provisorisch aus, war aber die einzige Möglichkeit, die gut 15 Meter zu überqueren. Paula lachte ihn aus, als er umkehren wollte: „Wir sind schon über weitaus wackligere Wege in eine unsichere Zukunft gegangen!"

„Eben deswegen!", antwortete er trotzig und kroch dennoch auf allen Vieren über den tiefen Abgrund auf die andere Seite, wo Paula schon wartete.

Paula hatte recht! Sie war mit ihren Eltern weitaus gefährlichere Wege gegangen, bis sie dem Nazideutschland endgültig entkommen war und im ecuadorianischen Quito eine vorübergehende Heimat gefunden hatte. Zumindest war sie dort mit ihrer Familie unbehelligt von den Schergen der deutschen Verblendung. Denn neben Bolivien und der Dominikanischen Republik war Ecuador das einzige Land in Lateinamerika, das keine Restriktionen gegen die Einwanderung europäischer Juden und Jüdinnen erlassen hatte. Die Entscheidung, wer das begehrte Visum erhielt, lag damals im Ermessen der ecuadorianischen Diplomaten in Europa. Es hatte sich herumgesprochen, dass der Konsul in Amsterdam namens Uteras im Gegensatz zu seinem Hamburger Kollegen, Konsul Andrade, sich den Asylsuchenden gegenüber freundlich und hilfsbereit zeigte.

Aber auch er ließ sich das Visum der Familie Balke nach Ecuador teuer bezahlen.

Wie die meisten Deutschen, die in Guayaquil mit dem alten Fährschiff anlandeten, hatte auch die Familie Balke kein US-Visum erhalten und das unbekannte Ecuador war eine Notlösung. Konrad Balke war in Berlin Lehrer für Englisch und Deutsch, bis ihm 1936 endgültig die Ausübung seines Berufes verboten wurde. Doch wie alle Einwanderer durfte er sich zunächst nur im landwirtschaftlichen oder industriellen Bereich betätigen. Nach anfänglichen Schwierigkeiten gelang es ihm aber, in einer Schule eine Aushilfsanstellung zu finden und so die Familie mit den drei Mädchen einigermaßen über Wasser zu halten.

Helmut Schneider kam 1949 als 19-Jähriger in Quito an. Dort suchte er nach Sekula. Sein Vater hatte ihm, kurz bevor er an die Front einrücken musste, geraten, dass er sich immer an Sekula in Ecuador wenden könne, wenn er Hilfe bräuchte. „Wer weiß, was alles passiert, wenn der Russe noch näherkommt? Bei Sekula bist du gut aufgehoben!"

Es dauerte nicht allzu lange, bis er die *tienda electrónica alemana* von Sekula in der *calle Eugenia Espejo* gefunden hatte. Und wirklich, Sekula freute sich sehr, dem Sohn seines Freundes Waldemar Schneider helfen zu dürfen. Für Sekula war Waldemar Schneider ein Held. Der hatte ihm kurz vor Kriegsbeginn geholfen, aus Deutschland nach Amsterdam zu fliehen, von wo aus er und seine Familie auf einem Dampfer Richtung Ecuador einschifften. Die Schiffspassage hatte auch Waldemar Schneider besorgt, der die Familie bis zum Hafen begleitete. Sekula fragte neugierig, was aus dem Laden geworden sei. Was Brosinski daraus gemacht hat. Ob er wüsste, was aus dem Patent geworden ist, das er mit Helmuts Vater kurz vor seiner Flucht noch angemeldet hatte, und ob denn Brosinski diese Schalter bauen würde. Als er fragte, wie es in der Herzogstraße denn mittlerweile aussehen würde, unterbrach ihn Helmut mit Tränen in den Augen.

„Ganz Breslau wurde 1945 in Schutt und Asche gelegt. Es würde mich wundern, wenn es das Haus in der Herzogstraße überhaupt noch gibt. Doch ich weiß es nicht. Ende Januar musste meine Familie aus Breslau flüchten, mein Vater wurde kurz vorher noch an die Front berufen. Er ist kurz darauf gefallen. Und ich musste im Volkssturm mit anderen Jugendlichen und alten Männern Breslau verteidigen. In dieser Zeit hatte ich selten Gelegenheit, die Herzogstraße oder mein Zuhause in der Rosenstraße zu sehen. Als die Russen Breslau einnahmen, wurde ich als Kriegsgefangener nach Joachimsthal in ein Uranbergwerk gesteckt. Aus dieser Hölle konnte ich fliehen und habe den Rest meiner Familie in Blaukirchen wiedergefunden. Und bin von dort aus gleich weiter, bis hierher, bis Quito!"

Sekula, der es mit seinem Elektrogeschäft zu einem bescheidenen Wohlstand in der ecuadorianischen Metropole gebrachte hatte, ermöglichte Helmut ein Medizinstudium an der Katholischen Universität. „Ich bin froh und dankbar, dass ich mich endlich revanchieren kann!"

In Quito lernte Helmut Schneider Paula kennen und lieben, was nicht so einfach war. Die eher störrische, aber hochintelligente Frau ließ sich nicht so einfach um den Finger wickeln und hatte mehr einen Blick für die sozialen Ungerechtigkeiten des Landes als für junge Männer. Später vermutete Helmut, dass sie vielleicht ohnehin lieber mit einer Frau zusammen gewesen wäre.

Die elenden Bedingungen, unter denen die Ureinwohner, von deren Kultur seine Verlobte fasziniert war, leben mussten, empörten sie derart, dass sie anfing, Alphabetisierungskurse zu organisieren. Dazu lernte sie Quitschua, eine für Helmut reichlich sinnlose Beschäftigung, denn außer einigen Missionaren und Linguisten kam es kaum Weißen in den Sinn, sich mit dieser indigenen Sprache zu beschäftigen. Für Paula eröffnete die Sprache einen angemesseneren Zugang zur Kultur der Ureinwohner, die sie schon von Anfang an in ihren Bann gezogen hatte.

Als Helmut ein Angebot erhielt, am kommunalen Krankenhaus in Cuenca als Oberarzt zu arbeiten, konnte er sie Ende der fünfziger Jahre überreden, sich an der dortigen Deutschen Schule in Cuenca für eine ausgeschriebene Stelle als Sprachenlehrerin zu bewerben. Er war froh gewesen, sie damit aus dem Schussfeld genommen zu haben, denn in Quito sahen die Militärs ihre politischen Aktivitäten und ihre Verbindungen mit großem Missfallen. In Cuenca machte sie zwar mit ihren Kursen weiter, doch hatte mal wieder der populistische Reformer Velasco Ibarra die Militärregierung abgelöst. Schon zum vierten Mal! Und die Provinz wurde ohnehin nicht so interessiert wahrgenommen. So konnte Paula unbehelligt die Dörfer besuchen und den Einwohnern, insbesondere den Kindern, Lesen und Schreiben beibringen. Eigene Kinder waren ihnen ja versagt geblieben. Ja, all dies und noch viel mehr konnte er seinem Neffen Peter erzählen, der sich anscheinend für sein Leben interessierte. Wahrscheinlich wollte er mehr wissen, über die Tage, als in Breslau alles zu Ende ging. Nun, auch das konnte er ihm erzählen, wenn er kurz nach Weihnachten zu ihm nach Cuenca kommen würde.

37

Tagebuch

10. Oktober 1944

Ich sollte heute ein Paket zu Tante Gerlinde nach Karlowitz bringen. Sie war letzte Woche gestürzt und hat sich dabei so den Fuß verstaucht, daß sie nicht selbst zu uns in die Stadt kommen konnte. Ich mag Tante Gerlinde nicht besonders. Deshalb hatte ich auch keine Lust, dort hinzufahren. Eigentlich ist sie auch keine richtige Tante, sondern eine Cousine meiner Mutter. Wir müssen aber immer Tante Gerlinde zu ihr sagen. Sie ist schon ziemlich alt, etwa 50 Jahre, und hat keinen Mann.

An der Haltestelle stand auch Klara. Ich traute mich kaum hinzuschauen, und dann stieg sie auch noch in die 14 mit ein. „Wo mußt du denn hin?", fragte sie mich. Und dann noch: „Darf ich mich neben dich setzen?" Mir ist nichts eingefallen, was ich ihr erzählen könnte. Ich wagte nicht, ihr zu sagen, wie schön es ist, daß sie auch nach Karlowitz fahren muß. Trotzdem war mir unangenehm und heiß, weil ich nicht wußte, was ich ihr sagen sollte, und weil sie auch nichts sagte. Vor lauter Nachdenken und Aufregung habe ich die richtige Haltestelle verpaßt, traute mich aber wieder nichts zu sagen, so daß wir erst an der Endstation bei der Gaststätte Teichbaude ausgestiegen sind.

„Wo mußt du denn hin?" Ich überwand mich endlich zu dieser eigentlich banalen Frage, die ich schon seit geraumer Zeit im Kopf wälzte.

„Nirgends!", antwortete sie. „Die BDM-Stunde ist ausgefallen und dann habe ich dich an der Haltestelle gesehen."

„Ich muß meiner Tante das Paket bringen."
„Kann ich mitgehen?"

Wir gingen schweigsam die Kastanienallee entlang wieder zum Ort zurück und nach der Unterführung zum Oderdamm. Den ganzen Weg überlegte ich, was ich zu ihr sagen könnte. Wenn Klara nicht dabei gewesen wäre, hätte ich den Schiffen auf der Oder zugesehen und den Besuch bei Tante Gerlinde möglichst weit hinausgezögert. So gingen wir also schnell weiter bis zur Oskar-Heimann-Straße, wo Tante in einem Mehrfamilienhaus wohnte. „Du kannst nicht mit rein", sagte ich zu ihr. Ich habe Tante Gerlinde das Paket an der Wohnungstür gegeben und gesagt, daß ich dringend wieder zurück müßte und bin schon wieder die Treppe hinunter. Klara hat an der Straßenecke auf mich gewartet und gefragt, ob wir noch mal zum Oderdamm gehen wollen. Von dort kann man so schön die vielen Schiffe beobachten.

Es war so schön, neben ihr zu sitzen, und die Zeit ist wie im Flug vergangen. Wir mußten laufen, um die letzte 14 zurück in die Stadt wieder rechtzeitig zu erreichen. Auf der Rückfahrt, die viel kürzer war als die Hinfahrt, redeten wir über die Frachter auf der Oder. Ich begleitete sie noch ein Stück, und sie verabschiedete sich an der Abzweigung zur Herzogstraße, wo sie wohnt.

Mutter hat sich gewundert, daß ich so lange bei Tante Gerlinde geblieben bin.

38

Seit Weihnachten hatte Tadeusz Mostowski nichts mehr von der *Preußischen Treuhand* gehört. Er hoffte, dass die Angelegenheit damit ausgestanden sei. Sein alter Freund Stanisław hatte ihm anscheinend doch helfen können.

Der hatte ihm letztes Jahr geraten, nicht lange zu diskutieren. Sie saßen damals im Café Literatka und schauten bei einer Tasse Kaffee durch trübes Novembergrau auf den alten Marktplatz und das Rathaus. „Das macht sowieso keinen Sinn, die sprechen Deutsch und du Polnisch! Wir verpassen den Brosinskis einfach einen Denkzettel, den die nicht vergessen werden!"

Tadeusz schaute zu Stanisław und musste lachen, obwohl ihm die Sorge um sein Haus und seine Familie sein Leben verdüsterte: „Wann hast du dich das letzte Mal im Spiegel gesehen? Was wollen wir zwei kleine Tattergreise denn gegen diese schweren Männer ausrichten?"

„Kümmere dich nicht, ich bin dir schon lange einen Gefallen schuldig."

„Stanisław, ich warne dich, willst du vielleicht …"

„Aber Tadeusz, wer will das so genau wissen? Ich lasse mir etwas einfallen, aber nur, wenn du mich nicht mehr ausfragst."

Im neuen Jahr schlief Tadeusz wieder bedeutend ruhiger und besser als im ausgehenden alten. Er glaubte schon, dass er vielleicht wirklich gefiebert hatte und einem Alptraum aufgesessen war. Bis um die Faschingszeit wieder ein Deutscher auftauchte. Er hatte einen englischen Namen und wollte mit ihm und seinem Sohn Antoni reden. Zofia konnte ihn nicht abwimmeln. Es gehe um wichtige Geschäfte bei den Fotovoltaikmodulen. „Warum soll dann mein Vater dabei sein?", fragte Antoni den smart wirkenden Geschäftsmann. „Er muss nicht dabei sein, aber ich soll ihren Vater von Herrn Brosinski grüßen. Er ist ein Bekannter von mir und er lässt ausrichten, dass es sich sehr positiv auf die leidige Angelegenheit auswirken würde, wenn ich als sein Freund Geschäfte mit *SMP* machen würde!"

Tadeusz wurde blass, er hatte außer Stanisław niemandem sonst vom Besuch der beiden Deutschen erzählt. Nun würde auch seine Familie davon erfahren und alle wären beunruhigt. Während Tadeusz ängstlich grübelte, wie er sich weiter verhalten sollte, erläuterte Griffith seinen Vorschlag. Zofía übersetzte und Antoni schaute sehr misstrauisch. Sie würden jeden Tag mindestens vier Lastwägen voll mit Solarmodulen aus China bekommen. Diese seien im Auftrag der großen Firma *suntech* gefertigt, wären allerdings noch nicht für den deutschen Markt gelabelt, zudem müssten noch die in Deutschland üblichen Tyco-Stecker montiert werden. Aufgrund der großen Nachfrage hätten sie in China Kapazitätsprobleme. Deshalb suche *suntech* eine Firma in Europa, die diese Arbeiten zuverlässig und pünktlich erledigen würde. Jeden Tag müssten dann für einen Zeitraum von etwa sechs Wochen vier Lastwägen voller Module nach Deutschland versandt werden. „Die deutschen Kunden legen Wert auf Pünktlichkeit und Qualität!" Und er gab vor, dass er diesbezüglich nur Gutes von *SMP* gehört hätte. Er bot einen anständigen Preis und absolut sichere Zahlungsbedingungen. Tadeusz rechnete schnell, dass die Firma seines Sohnes fast eine halbe Million Euro verdienen würde, das war mehr als in den letzten drei Jahren zusammen, und schaute fragend zu seinem Sohn.

„Da stimmt doch was nicht", kommentierte Antoni mit skeptischer Miene die Ausführungen des Deutschen. „Wo ist der Haken?"

„Es gibt keinen! Ein astreines Geschäft."

Tadeusz suchte die Falle, aber er fand keine oder wollte keine finden, stattdessen betonte er gegenüber seinem Sohn die hervorragenden Verdienstmöglichkeiten. Antoni blieb misstrauisch, doch sein Vater versuchte, ihm zuzureden, dass dies zwar eine große Herausforderung sei, aber auf keinen Fall etwas Unseriöses.

„Bis wann brauchen Sie eine definitive Antwort?", fragte Antoni. „Ich werde unsere Produktionsmöglichkeiten und Lagerkapazitäten prüfen und kann Ihnen bis Freitag Bescheid geben."

„Das wäre prima!", übersetzte Zofía die Antwort von Griffith.

39

Die *Preußische Treuhand* wurde in Würzburg von einem Rechtsanwalt Dr. Krueger vertreten. Eine ältliche schmale Sekretärin, die ihre festen grauen Haare mit einem Kurzhaarschnitt in Form gebracht hatte, empfing Thomas Schöngeist freundlich. „Guten Tag, Herr Schöngeist, Herr Dr. Krueger braucht noch zehn Minuten. Darf ich Ihnen derweil einen Kaffee oder ein Wasser bringen?" Sie deutete dabei auf eine Sitzecke gegenüber ihrem Empfangsschreibtisch. Thomas lobte im Stillen Karin, die diesen Termin anscheinend perfekt eingefädelt hatte.

Dr. Krueger war mindestens doppelt so breit wie seine Sekretärin, nicht viel größer als sie, dafür aber genauso grau. Er bat Thomas in sein Büro. Der schaute fasziniert auf ein großes Büffelhorn, das eine Wand des großzügigen Raumes zieren sollte. Krueger bemerkte dies und sagte stolz:

„1993 in Deutsch-Südwest!"

Thomas war so irritiert, dass ihm reflexartig „Sie meinen Baden-Württemberg?" rausrutschte.

Krueger war zunächst vollkommen perplex, dann bemerkte Thomas, wie sich dessen Miene kurz verfinsterte, bevor es jovial aus ihm herauslachte: „Der ist gut! Sie meinen, weil neuerdings lauter Hornochsen in Deutschlands Südwesten regieren?"

Thomas versuchte, sich seinen Ärger auf diesen Großkotz nicht anmerken zu lassen. Er hatte den Wahlsieg der Grünen in Baden-Württemberg mit Manni und ein paar anderen Freunden in einer Kneipe in der Sanderstraße gefeiert. Sie hätten lieber die Biere im *AKW* getrunken. Doch das alte *Autonome Kulturzentrum* in der Nähe vom Friedrich-Ebert-Ring, zu Beginn seines Studiums eine Keimzelle der Würzburger Grünen, gab es längst nicht mehr.

„Ich komme im Auftrag einer Mandantin, die noch ungenannt bleiben möchte. Ihre Eltern hatten Besitztümer in Schlesien. Und sie wollte prüfen lassen, ob es Sinn macht, irgendwelche ..."

„Dann sind Sie doch bei mir absolut richtig!", fiel ihm Krueger ins Wort.

„Sie wurden mir von einem Kollegen empfohlen!"

Kruegers Miene hellte sich wieder auf. Er lehnte sich in seinem breiten Schreibtischstuhl zurück und begann, genüsslich zu dozieren: „Mit dem Zusammenbruch des totalitären Kommunismus in den Ostblockstaaten sind uns hinsichtlich der Vertreibungsgebiete neue Möglichkeiten eröffnet worden. Eine Rückkehr zu Haus und Hof, insbesondere die damit verbundene Rückgabe des konfiszierten Eigentums, scheint wieder möglich zu werden, auch wenn die gegenwärtige deutsche Regierung dies offen ablehnt."

„Warum?", fragte Thomas, eine kurze Atempause von Krueger nutzend. Der ging aber nicht auf die Frage ein, sondern erklärte weiter: „Unsere Organisation sichert beziehungsweise erhält Eigentumsansprüche der einzelnen Vertriebenen und verwaltet diese treuhänderisch. Wir verstehen uns als Selbsthilfeorganisation der Vertriebenen für deutsches Vermögen in den Vertreibungsgebieten. Als solche machen wir individuelle private Vermögensansprüche gegenüber den Vertreibungsstaaten geltend."

Thomas fragte sich, wo er jetzt hier gelandet war. Eben noch war er durch sonnenwarme Straßen spaziert, fühlte sich als freier Mensch und genoss das bunte, sommerliche, quirlige und doch friedvolle Treiben. Und jetzt diese Tiraden, die ihm fremd waren. Doch er war hier, um mehr zu erfahren und unterbrach Krueger: „Meine Mandantin lässt anfragen, ob Sie schon in Wrocľaw und Umgebung tätig waren."

„Wroc̆law?", fragte der erstaunt. „Sie meinen Breslau!"

„Jetzt heißt es wohl Wroc̆law!", erwiderte Thomas, obwohl auch er selbst Breslau sagte.

„Natürlich haben wir Fälle aus Breslau. Schließlich war Breslau, die Perle Schlesiens, mit 600000 Einwohnern vor Kriegsende eine der größten Städte im deutschen Osten! Aber Herr Schöngeist, Sie erwarten doch nicht im Ernst, dass ich Ihnen Namen nenne!"

„Nein, natürlich nicht. Es geht meiner Mandantin um vergleichbare Schicksale, sodass sie in Zusammenarbeit mit ..." Wieder fiel im Krueger ins Wort: „Wir haben bislang Hunderte Vertriebene vertreten. Alles ähnliche Schicksale. Da gibt es viele Parallelen!"

Thomas war sich sicher, dass der Dicke in seinem Lehnstuhl noch mehr ausplaudern würde, wenn er ihn nur richtig packte. So fragte er: „Wie schaffen Sie das eigentlich gegen alle Widerstände, sich erfolgreich zu behaupten?"

Damit war Krueger wieder in seinem Element. Thomas hatte sich nicht getäuscht.

„Die Vollmacht der einzelnen Eigentümer an uns verhindert, dass eine Restitution bereits deshalb scheitert, weil keine handlungsfähigen Anspruchsinhaber auftreten. Durch die Bündelung der Ansprüche werden diese auch ernster genommen. Daraus ergibt sich die Stärke der *Preußischen Treuhand* für unseren gemeinsamen Zweck ‚Sicherung des Anspruchs bzw. Rückgabe des im Osten von den Vertreiberstaaten völkerrechtswidrig konfiszierten Eigentums'. Wir sprechen nicht nur deutsche Heimatvertriebene an, sondern alle, die ihrem gerechten Anliegen Nachdruck verschaffen wollen, nämlich der Verwirklichung des Menschenrechtes auf die Heimat!"

Krueger hatte Schweißperlen auf der Stirn, er beugte sich vor, um von seinem Kaffee, der wahrscheinlich schon kalt geworden war, zu trinken. Dabei wirkte er nicht erschöpft, sondern äußerst angeregt und engagiert. Er war überzeugt von dem, was er Thomas vortrug.

„Und was passiert mit den Menschen, die mittlerweile in den alten Häusern wohnen?", wagte sich Thomas wieder vor.

„Aber Herr Schöngeist, was vermuten Sie denn? Natürlich gehen wir davon aus, dass die Leute vom polnischen Staat eine Entschädigung erhalten. Es handelt sich ja schließlich um völkerrechtliche Ansprüche. Darüber hinaus empfehlen wir unseren Mandanten durchaus, mit etwas eigenem Geld nachzuhelfen."

„Haben Sie vielleicht ein Beispiel?", insistierte Thomas weiter und warf einen Köder aus. Er hoffte, dabei nicht allzu plump vorzugehen. „Wissen Sie, ich stamme von der Schwäbischen Alb und dort haben sich nach dem Krieg doch einige Flüchtlinge angesiedelt. Da hat der ein oder andere sicher etwas in seiner alten Heimat zurückgelassen!"

„Ja, natürlich haben wir auch Mandanten aus dem Schwäbischen! Woher kommen Sie denn?"

„Ach, ein kleines Nest. Nicht sonderlich bekannt, es heißt Blaukirchen ..." Thomas versuchte, möglichst arglos und beiläufig zu klingen.

„Natürlich, Blaukirchen! In der Nähe von Ulm!" Dr. Krueger war offensichtlich stolz auf seine Geographiekenntnisse.

„Aber zurück nach Breslau!" Thomas tat so, als wolle er ablenken. „Meine Mandantin wollte wissen, ob Sie schon ähnliche ..."

„Ja, richtig", Krueger schwätzte unbedarft weiter, „erst kürzlich haben wir einen Unternehmer vertreten, der einem Polen eine recht ansehnliche Summe für die Rückgabe seines Hauses geboten hatte. Das hat doch mit Enteignung nichts zu tun!"

Thomas hatte den Vorwurf der Enteignung zwar gedacht, aber nicht laut gesagt und antwortete unbestimmt: „Das kann man so und so sehen."

„Leider herrscht ein falsches Bild von unseren Aktivitäten in der Öffentlichkeit, lieber Herr Schöngeist. Es geht uns doch um das Menschenrecht auf Heimat."

Kruegers Kopf färbte sich nun gefährlich rot. Auch Thomas wurde es langsam heiß. Das mit Bildern und Trophäen überfrachtete Büro war stickig und wenig gelüftet.

„Genau, Herr Dr. Krueger, Sie sagten es bereits." Thomas musste an sich halten, um nicht unhöflich zu werden. „Mit diesem Unternehmer haben wir doch eine gute Referenz für meine Mandantin. Da er einen hohen Preis für sein altes Heimathaus zahlen wollte, kommt der Verdacht des Revanchismus vielleicht gar nicht auf! Meine Mandantin könnte ebenso diesen Weg gehen. Sie ist nicht unvermögend", lavierte sich Thomas durch diese Situation.

„Sie haben Recht, lieber Herr Schöngeist!"

Thomas war sich nicht sicher, wie lieb die Anrede eigentlich gemeint war. Er wusste nur, dass er sie auf keinen Fall wörtlich nehmen durfte. „Dann machen wir doch Folgendes. Sie erzählen die Geschichte dieses Mannes, ohne einen Namen zu nennen, und wir können meine Mandantin überzeugen, sich von der Preußischen Treuhand vertreten zu lassen. Wie schon gesagt, sind ihre finanziellen Möglichkeiten …"

Wieder ließ ihn Krueger nicht ausreden. Thomas duldete dies mit einem inneren Lächeln, schließlich schien er sein Ziel zu erreichen.

„Also, lieber Schöngeist. Es handelt sich, wie schon gesagt, um einen Unternehmer aus dem Schwäbischen. Sein Vater und sein Großvater und wahrscheinlich auch dessen Vater stammen aus Breslau und besaßen dort seit Generationen ein Elektrounternehmen nebst einem Haus in bester Lage nahe der Innenstadt. In ihrem Unternehmen schützten sie nichtarische Mitarbeiter vor Übergriffen der Naziregierung. So beschäftigten sie zum Beispiel auch einen Polen in leitender Position. Der half meinem Mandanten bei der Entwicklung eines Elektroschalters, der sogar zum Patent angemeldet wurde."

„Wie konnte das funktionieren? Polen wurden doch Ende der dreißiger Jahre zunehmend diskriminiert und aus dem öffentlichen Leben verbannt?"

„Das zeichnet ja diese Unternehmerfamilie aus. Wie sehr sie ihre Kontakte und Verbindungen nutzten, um solchen Leuten zu helfen. Da wird leider häufig in den Medien ein falsches Bild verbreitet. Nur deshalb wurden sie Parteimitglied, nicht aus Überzeugung. Und Sie können sich sicherlich vorstellen, dass solche Unternehmerpersönlichkeiten in jeder Organisation gerne als Aushängeschild dargestellt werden. So entsteht ein vollkommen falsches Bild in der Öffentlichkeit und dann auch in der Geschichte, so als wären solche Menschen fanatische völkische Ideologen gewesen. Unser Unternehmer musste natürlich für die Wahrnehmung Außenstehender sichtbar mit der Zeit gehen. Mit seiner echten Überzeugung konnte man damals nicht hausieren gehen. Hätte er dies getan, wäre er selbst in Schwierigkeiten geraten. Arbeitsplätze wären gefährdet gewesen, vor allem die der nichtarischen Beschäftigten."

Thomas wollte etwas sagen. Ihm wurde fast schwindlig, aber eigentlich war er froh, dass er keine Gelegenheit dazu bekam.

„So entsteht ein vollkommen falsches Bild von der damaligen Situation!"

„Wie ging die Sache mit dem schwäbischen Unternehmer weiter?", traute sich Thomas zu fragen.

„Die Polen haben sein Angebot nicht angenommen. Anscheinend haben sie es nicht nötig. Irgendwie sind die auch vorher schon zu Geld gekommen. Ich bin dann selbst noch einmal hin, um in aller Ruhe ganz vernünftig mit den Leuten zu reden."

„Und?"

„Die ließen sich nicht erweichen. Wir haben ein Verfahren gegen den polnischen Staat vorbereitet, um die Rückgabe einzufordern. Doch bedauerlicherweise ist der Unternehmer kürzlich schwer verunglückt. Ein Autounfall. Tragisch. Es hätten noch ein paar Unterschriften von ihm gefehlt, jetzt kann ich nicht weitermachen."

„Sie sagten, es handelt sich um eine Familie. Gibt es niemanden mehr, für den Sie weiterarbeiten können?"

„Das ist ja die Tragik. Der Vater meines Mandanten ist Anfang des Jahres verstorben. Sein Sohn wollte ihn quasi posthum würdigen, indem er das echte Familienerbe wieder in den Schoß der Familie führen würde."

„Und sonst niemand?"

„Die Schwester meines Mandanten hat dafür kein Interesse. Sie hat irgendsoeine grüne oder linke Weltanschauung. Mulitkulti nennt man das wohl heute. Für die Familie ist das natürlich bitter, aber was will man machen?"

„Und wie geht es jetzt weiter?"

„Keine Ahnung. Die Unternehmerpersönlichkeit ist nach meinen Informationen bis auf Weiteres nicht ansprechbar." Thomas meinte, genug erfahren zu haben. Mehr Substantielles würde nicht kommen und noch einmal eine halbe Stunde Revanchismus würde er nicht aushalten. Ihn zog es wieder hinaus ans Licht, in seine freie unabhängige Welt

und zu einer Polin.

„Ich glaube, Sie haben mich überzeugt, Herr Dr. Krueger und ich werde meiner Mandantin eine entsprechende Empfehlung geben!"

Dabei fragte er sich, ob dessen Titel auch so entstanden war wie bei besagtem Bundesminister, dessen Abschreiberei zu der Zeit öffentlich wurde, als Peter Schneider plötzlich verschwand. Nach Ecuador, wie er heute wusste.

40

Thomas Schöngeist hatte wenig Lust, noch einmal ins Büro zurückzugehen, um sich in einen Fall zu vertiefen. Zu sehr lockte der schöne Sommerabend. Die Vorstellung, ein frisches Bier zu trinken und sich dabei von der tief stehenden Sonne sein Gesicht wärmen zu lassen, wurde so übermächtig, dass er kurzerhand seinen Schritt am Dom vorbei wendete, dann die Domstraße hinunter zur Alten Mainbrücke ging und sich dort am anderen Ufer beim *Brückenbäck* einen freien Sonnenplatz suchte.

Von dort aus rief er Karin an, ob sie vielleicht Lust hätte, mit ihm einen Schoppen zu trinken.

„Keine Zeit, irgendjemand muss ja die Arbeit machen!", blaffte sie ihn an. Thomas hätte sich den beginnenden Sommerabend zwar etwas entspannter vorgestellt, wollte sich ihn aber auch nicht komplett verderben lassen und genoss die Sonne auf seiner Haut. Er ließ noch einmal Revue passieren, was er mittlerweile alles wusste. Zunächst war klar, dass sein Informationsstand nicht unbedingt immer aktuell war. Sein Freund Peter hatte ihm nie alles erzählt, was er wusste. Thomas unterstellte zwar keine böse Absicht, doch war er deswegen immer wieder verstimmt über Peter gewesen.

Am 6. Januar täuschte Peter Schneider einen Termin in Frankfurt vor oder vielleicht hatte er auch einen. Jedenfalls flog er von dort aus, ohne seiner Frau Bescheid zu sagen, nach Ecuador, um seinen Onkel Helmut zu besuchen.

Seit wann wusste er, dass sein Onkel dort lebte? Warum sagte er nicht Bescheid?

Sein Telefon riss ihn aus seinen trägen Gedanken. „Tut mir leid! Sitzt du noch beim *Brückenbäck*?" Da Thomas nur ein

„Mmh ..." brummelte, fuhr Karin fort: „Falls ich dir nicht deine Laune verdorben habe, würde ich noch gerne kommen!"

„Passt schon!"

„Bin in einer Viertelstunde da!"

Thomas nahm seinen Gedanken wieder auf: Von Ecuador aus war Peter dann nach Berlin geflogen. Nicht, um eine alte Liebe wieder aufzufrischen, sondern um bei ihr als Geschäftspartner einzusteigen. Von Berlin aus hatte Peter dann auch Helma angerufen.

Welche Gründe gibt es noch, dass Peter aus Blaukirchen, seiner Heimatstadt, weggezogen ist? Hing das damit zusammen, dass er Ende letzten Jahres offensichtlich verprügelt wurde? Warum hat er das nicht zur Anzeige gebracht? Wollte ihn jemand gezielt aus Blaukirchen vertreiben? Das eigenwillige Eichendorff-Zitat deutet wohl darauf hin. Er rezitierte es halblaut vor sich hin:

Aus ist deine Zeit und die Laut zerschlagen, Nachts aus der stillen Stadt nun mußt du gehn, Die Wetterfahnen nur im Wind sich drehn, dein Tritt verhallt, mag niemand nach dir fragen.

„Eichendorff!"

Thomas drehte sich etwas erschrocken nach hinten zum Nachbartisch und sah eine ältere Dame mit weißen Haaren, die ihn durch ihre übergroße Sonnenbrille unverwandt anschaute und mit ihrer dünnen, aber bestimmten Stimme nachlegte: „Joseph Karl Benedikt Freiherr von Eichendorff!"

Die Verblüffung machte Thomas kurzzeitig sprachlos. Das schien die alte Dame noch mehr zum Weiterreden zu animieren: „Einer der größten schlesischen Romantiker!"

„Donnerwetter! Das nenne ich Allgemeinbildung, ich hätte das nicht gewusst!"

Die alte Dame musterte ihn belustigt von oben bis unten und dann wieder von unten nach oben. „Junger Mann, wir mussten in der Schule noch Gedichte auswendig lernen!"

Daraufhin hob sie ihren Zeigefinger wie eine Lehrerin, wahrscheinlich war sie eine, dachte Thomas. „Und Sie haben einen Fehler gemacht! Es heißt nicht ‚aus ist deine Zeit‘, sondern viel weniger dramatisch ‚aus ist dein Urlaub‘!"

Langsam löste sich Thomas' verblüffte Sprachhemmung: „Allen Respekt, gnädige Frau! Das ist ja trotz allem nicht selbstverständlich!"

„Wie meinen Sie das, junger Mann?", fragte sie, Erstaunen mimend. „Spielen Sie vielleicht auf mein Alter an? Ich würde sagen, doppelt so alt wie Sie? Habe ich nicht recht?" Thomas spürte, dass er gegen die Dame nicht ankommen würde, aber immerhin konnte er langsam wieder klare Gedanken fassen. „Sie sagten, schlesischer Dichter …"

„Nein, ich sagte schlesischer Romantiker!"

Er würde sich noch die Zähne an ihr ausbeißen.

„Also gut, schlesischer Romantiker, sagten Sie. Breslau ist doch auch in Schlesien." Ihm war nicht ganz klar, warum sich diese Assoziation in seinen Kopf schlich, und noch weniger, warum er sie, ohne groß nachzudenken, gleich herausplapperte.

„Richtig, junger Mann. Breslau war die Metropole, die Perle Schlesiens, und Eichendorff ging dort aufs Gymnasium. Ins Matthiasgymnasium. Ich ging in die Viktoria-Schule in der Blücherstraße. Eine Oberschule für Mädchen." Thomas wunderte sich schon nicht mehr, wie viele Menschen aus Breslau er seit einigen Monaten kennenlernte und wollte die Dame fragen, ob sie denn einen Elektroladen Brosinski kannte.

Doch in diesem Moment kam Karin mit ihrem Fahrrad angefahren. Ihre blonden langen Haare wehten luftig im Fahrtwind. Über dem T-Shirt, das in ihrer gebückten Radlerhaltung tiefe Einblicke gewährte, hatte sie einen blauen Pullover gebunden, der gut zu ihrer hellen Hose passte. Thomas hatte das Gefühl von Sommer pur, vor allem, als sie ihn, das Gesicht von der untergehenden Sonne leicht vergoldet, anstrahlte: „So, da bin ich!"

Die Dame drehte sich zu der Stimme und fragte unverblümt: „Und wer sind Sie?"

Karin stutzte einen Moment und antwortete kess: „Karin Müller, Geliebte von Thomas Schöngeist! Und wer sind Sie?"

„Henriette Holoubek, ehemalige Geliebte und heutige Ehefrau von Marek Holoubek!"

So etwas hatte Thomas noch nicht erlebt. Diese schlagfertige alte Dame verblüffte ihn immer wieder aufs Neue. Da ihm nichts rechtes einfiel, er die Situation aber irgendwie genoss, fragte er sie, ob sie mit ihnen einen Wein trinken wolle.

„Gerne, junger Mann, aber nur, wenn es ihrer hübschen Freundin recht ist!"

„Was bleibt mir anderes übrig!", stöhnte Karin gekünstelt.

„Irgendwie scharwenzelt immer irgendeine Nebenbuhlerin um ihn herum!" Sie gab Thomas einen demonstrativen Begrüßungskuss, winkte der Bedienung und bestellte eine Flasche Primitivo mit drei Gläsern.

Thomas war natürlich neugierig geworden. Dabei brauchte er Frau Holoubek überhaupt nicht auszufragen, sie war ohne Aufforderung redselig.

„Wissen Sie, ich komme gerade von der Uniklinik. Dorthin haben sie vorgestern meinen Mann mit dem Hubschrauber transportiert. Verdacht auf ein geplatztes Blutgefäß im Gehirn. Heute Nachmittag gaben die Ärzte Entwarnung, und nun sitze ich hier und freue mich des Lebens. Wir wohnen in Heidelberg und waren übers Wochenende zu Besuch bei unserer Tochter in Bad Mergentheim."

Karin schenkte ein, die bestellte Flasche war mittlerweile gekommen: „Prost, auf Herrn Holoubek!"

„Auf Marek!" Frau Holoubek hob ihr Glas und trank es danach mit großen Schlucken halb leer. Karin, die auch nicht zum Reden kam, schaute amüsiert von Thomas zu Frau Holoubek und wieder zurück, sagte aber nichts. Schweigsam wurde es allerdings nicht, weil die alte Dame gleich weiterredete: „Marek ist emeritierter Professor für neuere Geschichte in Heidelberg. Er stammt aus Kattowitz. Ist also genauso wie ich Schlesier, aber irgendwelche Mächte hatten bestimmt, dass ich eine Deutsche bin und Marek ein Pole. Wir haben trotzdem geheiratet. Vor fast 60 Jahren. Können Sie sich das vorstellen, junge Frau?" Dabei sah Frau Holoubek unverwandt zu Karin. „In dieser Zeit wird heutzutage fünf Mal eine Ehe geschieden!"

Karin wusste darauf nichts zu sagen. Vor einem Jahr ging ihre Beziehung zu Michael in die Brüche, verheiratet waren sie allerdings nicht gewesen. Sie beschloss für sich, dass sie mit den Scheidungen nichts zu tun hatte.

„Wir haben oft diskutiert, ob Wrocław oder Breslau nun eine deutsche oder polnische Stadt ist. Sind aber nie zu einem richtigen Ergebnis gekommen. Natürlich bin ich der Ansicht, dass Breslau deutsch ist. Schließlich lebten zu meiner Zeit dort über 90 Prozent Deutsche. Aber Marek hat natürlich in der Geschichte weiter ausgeholt und besteht auf den polnischen Wurzeln. Marek kann letztlich nicht aus seiner polnischen Haut, wenn es um sein Heimatland geht." Dabei wedelte sie mit ihrem leeren Glas herum. Es war mittlerweile dunkel geworden, Karin zog sich ihren blauen Pullover über und Henriette Holoubek zeigte sich betont entrüstet, als ihr Thomas eine Decke brachte, die er ihr über den Schoß legte. Sie ließ sie dann dort liegen.

„Im frühen Mittelalter gründeten böhmische Slawen die Stadt und nannten sie Wratislawia. Lange Zeit gehörte sie dann zum Machtbereich polnischer und böhmischer Fürsten, kam aber schon im 11. Jahrhundert durch Einwanderung zunehmend unter deutschen Einfluss. Im 16. Jahrhundert wurde Breslau habsburgisch, im 18. preußisch. Nach dem Zweiten Weltkrieg fiel Breslau an Polen und wurde offiziell umbenannt in Wrocław.

Es folgte eine Phase, in der die kommunistischen Machthaber alle Symbole der deutschen Vergangenheit auszulöschen versuchten. Denkmäler wurden zerstört, Inschriften an Gebäuden entfernt. Erst seit der Wende 1989 erinnert man sich allmählich wieder der gemeinsamen Geschichte. Der jahrhundertelange Kulturaustausch kann also weitergehen."

„Ich finde nur, dass die Sprache problematisch ist", warf Thomas ein. Frau Holoubeks Antwort kam wieder wie aus der Pistole geschossen: „Wer ein paar Brocken Polnisch beherrscht, ist eindeutig im Vorteil."

„Das ist vielleicht das entscheidende Problem?"

„Dann bemühen Sie sich doch. Sie sind doch noch jung. Breslau ist schön. Sie versäumen was. Irgendwann holt Sie der Hubschrauber. Und nicht immer hat man so viel Glück wie Marek. Solange Sie können, sollten Sie selbst bestimmen, wohin die Reise geht!"

Wieder war Thomas platt vor so viel komprimierter schlagfertiger Lebensweisheit. Karin half ihm über seine Sprachlosigkeit hinweg: „Dann lass uns doch demnächst nach Breslau fahren!"

Henriette Holoubek ließ sich ein Taxi bestellen und verabschiedete sich in ihrer eigenen Art recht knorrig von den beiden: „Danke für den Abend und viel Spaß in Breslau!" Karin lud Thomas ein, die Nacht bei ihr zu verbringen. Sie hatte am nächsten Tag frei – „hast du wohl schon wieder vergessen?" – und beabsichtigte, schon früh morgens aufzubrechen, um über das verlängerte Wochenende eine Freundin im Bayerischen Wald zu besuchen.

Thomas wollte nicht mitfahren. Die Freundin wohnte in Bodenmais und dort hatte er zusammen mit Leonie ein schönes Wochenende verlebt, nur wenige Monate vor ihrem Tod. Sie war zu einem Ärztekongress eingeladen gewesen.

„Willst du nicht mitkommen? Luxuriöses Vier-Sterne-Hotel, Wellness, herrliche Natur", hatte Leonie ihn gefragt.

„Und was soll ich dort den ganzen Tag machen, wenn du auf diesem Kongress bist?"

„Ausspannen, laufen und mir die ein oder andere Pause versüßen."

„Letzteres klingt ja nicht schlecht. Aber so viele Pausen hast du ja auch nicht!"

„Ein paar Kaffeepausen und immerhin zwei Nächte! Letztes Jahr war es furchtbar einsam in dem großen Doppelbett. Und die meisten Kongressteilnehmer waren total langweilig, obwohl sich einer wichtiger als der andere vorgekommen ist."

„Waren keine Frauen dabei?"

„Doch! Meistens Ehefrauen. Die wenigen Ärztinnen wurden furchtbar angebaggert!"

„Du auch?"

„Ich auch. Und dazu habe ich keine Lust!"

Leonie hatte nicht zu viel versprochen. Thomas fühlte sich wohl in Bodenmais und in dem luxuriösen Hotelzimmer. Am Samstag war er vormittags eine gute Stunde wunderbar weiche Waldwege entlang gelaufen, hatte sich als Belohnung ein Vier-Gänge-Menü gegönnt und danach ein Mittagsschläfchen. Aus diesem weckte ihn Leonie. Sie hatte eine Pause und nur den BH und den Slip an, den er ihr zu Beginn ihrer Ehe einmal geschenkt hatte.

Am Tag darauf hatte sie nichts an, als sie ihn aus seinem Mittagsschlaf verführte. Sie hatte wirklich nicht zu viel versprochen. Es war ein wunderbares Wochenende in Bodenmais gewesen und er brachte es nicht fertig, mit Karin dort hinzufahren. In dem kleinen Städtchen würde ihn so Vieles an Leonie erinnern. Das konnte er Karin nicht antun, denn   in Gedanken würde ihn die Vergangenheit mit Leonie einholen. Es würde ihm wieder schmerzlich bewusst werden, dass er Karin, so wie jede andere Frau nach Leonie, mit ihr verglich. Er wusste, dass dies ungerecht war und ihn daran hinderte, wieder eine tiefe, unvoreingenommene und unbelastete Beziehung einzugehen.

Seit Leonie hatte er sich nicht mehr bedingungslos auf eine Frau eingelassen, auch nicht auf Karin. Es blieb ein letzter Rest an Unverbindlichkeit, die manchmal ihre Beziehung so wunderschön leicht und frei machte, aber sie auch belasten konnte. Das wollte und konnte er Karin nicht eingestehen und deshalb konnte er unmöglich mit ihr nach Bodenmais fahren. Arbeit hatte er ohnehin genug und so log er auch nicht, als er ihr sagte, dass er keine Zeit hätte.

Es war nun doch kühl geworden und Thomas zog Karin zu sich, während sie ihr Rad schob. Sie waren nach Henriette Holoubeks Abschied nicht mehr lange im *Brückenbäck* sitzen geblieben. Beide waren von der Begegnung mit der alten Dame und dem Gespräch beschwingt. So beschwingt, dass sie es kaum erwarten konnten, sich endlich in Karins kleiner Wohnung Haut an Haut zu wärmen.

Karin war dann schnell eingeschlafen, dicht und gemütlich an Thomas gekuschelt, der entspannt den Gedankenfaden von vorhin wieder aufnehmen wollte. Beim Eichendorff-Zitat war er von Frau Holoubek unterbrochen worden. Was hatte es also mit dem abgeänderten Gedicht auf sich? Man könnte meinen, dass Peter damit aus der Stadt komplimentiert werden sollte. Oder interpretierte er angesichts des Hintergrundes zu viel in diese schönen Verse?

Wie ging es dann weiter?

Karin drängte sich noch einmal wohlig grunzend bäuchlings zu ihm hin, er ließ seine linke Hand auf ihrer festen Hinternwölbung.

Wie hängt Peters Reise nach Ecuador mit Brosinskis Selbstmord zusammen? Oder war das zeitliche Zusammenfallen reiner Zufall? Und immer wieder die gleiche Frage, warum Peters Vater, genauso wie der alte Brosinski, so gegen die Hochzeit zwischen Helma Brosinski und seinem Sohn war.

41

Tagebuch

17. Oktober 1944

Schon nach der zweiten Stunde fiel mal wieder der Unterricht aus. Als ich nach Hause kam, saß mein Vater in der Küche. Das war ungewöhnlich, denn normalerweise arbeitete er bis spät in den Abend bei den Schlesischen Elektricitätswerken. Dort war er unabkömmlich, also UK-gestellt, und mußte glücklicherweise nicht an die Front.

Mama saß neben ihm und weinte. Als ich in die Küche kam, sagte sie nur: „Papa hat eine Einberufung bekommen. Er muß sich übermorgen in der Eichbornstraße, gleich in der Nähe des Polizeipräsidiums, einfinden."

Für mich war das ein Schock. Papa weg! Die wenigsten Väter kamen wieder zurück von der Front. Ich versuchte, tapfer zu sein, und sagte, daß schon alles gut gehen werde.

Später, alleine auf meinem Zimmer, spürte ich Tränen über meine Wangen laufen. Ein deutscher Junge weint nicht.

Aber was machen wir, wenn Papa nicht wiederkommt?

42

Es dauerte eine Stunde, bis Helmut Schneider und Concepción, die ängstlich in der einen Hand die kleine Reisetasche, in der anderen den Flugschein und die Reisepässe hielt, endlich im Flugzeug, wie in einer überdimensionierten Sardinenbüchse, verstaut waren. Zusammen mit Hunderten anderen Passagieren. Concepción schaute zwar noch immer mit furchtsamem Blick aus dem Fenster, doch Helmut Schneider konnte sich das erste Mal einigermaßen entspannt zurücklehnen, obwohl die große Reise in eine weit entfernte Vergangenheit erst beginnen sollte. Hinter ihm lag eine Stunde quirligen Treibens, enges Geschiebe, fruchtlose Versuche, übergroßes Handgepäck unterzubringen, Kindergeschrei, Platztauschen und beruhigende Worte der souverän wirkenden Stewardessen.

Ihm war selbst bang ums Herz. Noch nie war er so eine lange Strecke geflogen, doch er musste gegenüber Concepción so tun, als sei diese Aufregung vollkommen unnötig, denn er fürchtete, dass sie vor Angst wieder kehrtmachen würde. All seine Überredungskünste hatte er in den letzten Tagen aufbringen müssen, damit sie ihn überhaupt auf der Reise von Cuenca nach Deutschland begleitete.

Er hatte gelesen, dass die meisten Flugzeugunglücke nicht in der Luft, sondern beim Starten und Landen geschähen. So schloss er, als sich die Maschine in Bewegung setzte und ihn die Beschleunigung gegen die Rückenlehne presste, die Augen und gab sich seinem Schicksal hin. Dabei nahm er die linke Hand von Concepción, um sie zu beruhigen. Eine Geste, die sie, während sie mit unbewegter Miene aus dem kleinen Lukenfenster starrte, heute ausnahmsweise und, wie er meinte, dankbar zuließ.

Sein bestes Argument war gewesen, dass er ohne sie ziemlich aufgeschmissen wäre. Dabei würde er es sich durchaus zutrauen, alleine mit sich zurechtzukommen, doch er wollte ihr ganz einfach seine Heimat zeigen, die Stadt, die er bis zum bitteren Ende verteidigen musste. Und er wollte sie als moralische Unterstützung dabei haben.

Das sagte er ihr aber nicht, da er sich nicht sicher war, ob sie ihn verstehen würde. Schon seitdem er im Winter den Brief von Peter erhalten hatte, regte sich in ihm immer wieder der Wunsch oder die Sehnsucht, noch einmal seine Heimat zu sehen. Viel Gelegenheit dazu würde er nicht mehr haben. Vor einigen Monaten hatte er zusammen mit einigen Freunden seinen achtzigsten Geburtstag gefeiert. Die Zahl seiner Freunde war die letzten Jahre deutlich geschrumpft.

Ehrlich gesagt waren eigentlich nur mehr drei gekommen und es wäre eine recht traurige Angelegenheit geworden, wenn nicht Concepcións Familie Leben in seine Wohnung gebracht hätte. Sogar ihre beiden Söhne, hauptberuflich aufmüpfige Studenten, waren an diesem Tag einigermaßen friedlich. Ihr Mann Raoul, ein freundlicher schweigsamer Mestize, schob seine Schwiegermutter, die gute alte Lucrecia mit einem Rollstuhl in die Wohnung. Das heißt, erst hatte er sie die beiden Stockwerke hochgetragen, während einer seiner Söhne mit dem Rollstuhl hinterherkam. Dann hatte er seine gute alte, zerbrechlich gewordene Seele vor der Wohnungstür wieder in den fahrbaren Untersatz gesetzt und mit großem Hallo in die Wohnung geschoben.

Concepción hatte mit ihrem anderen Sohn einen großen Tisch hergerichtet, um den sie alle saßen, Lucrecia neben ihm. Es wurde viel geredet, viel gegessen und viel getrunken, bis sich nach und nach seine Freunde verabschiedeten, später als sie ursprünglich dachten, und sich für den schönen Abend bedankten. Lucrecia wurde wieder die Treppen hinunter bugsiert, und es blieb nur mehr Concepción übrig, die noch aufräumte und ihn beim Abschied fragte, ob er noch etwas bräuchte.

„Nein, danke!"

Er fragte sie noch, ob es ihr gefallen hätte, und sie antwortete, ausweichend wie immer: „Aber Padrone, es ist eine große Ehre für meine Familie und mich, dass wir dabei sein dürfen!"

An diesem Abend störte ihn diese Antwort besonders, es störte ihn, dass sie nie von sich oder ihren Gefühlen sprach. Lange konnte er nicht einschlafen, aufgewühlt von dem schönen Tag und Concepcións Abschiedsworten im Ohr. Wie viel Zeit blieb ihm noch zu überlegen, ob er es ihr sagen sollte oder nicht?

Bis letzten Dezember dachte er, dass es besser sei, alte Geschichten, über die das Leben längst hinweggeflogen ist, zu vergessen oder zumindest unerzählt ruhen zu lassen. Wem mag, Jahrzehnte nach einem Krieg, nach furchtbaren Gräuel, nach Vertreibung und Neuanfang, noch ein winziges weiteres Detail nützen? Wen mag interessieren, was all die Jahre niemanden interessiert hat?

Nie hätte er gedacht, dass diese Episode ihn noch einmal einholen würde. Er hatte nie und nimmer damit gerechnet, wie sehr diese Geschichte, dieser 17. Januar 1945, noch heute in das Leben von Menschen eingreifen könnte, die damit überhaupt nichts zu tun haben. Menschen, die ein Recht auf Zukunft ohne Ballast aus der Vergangenheit haben wollen. Er machte sich Vorwürfe, dass er, ohne es zu wissen und zu wollen, eine Keimzelle von Hass und Misstracht damals nicht hatte ersticken können.

Eigentlich wollte er es. Als er nach seiner Flucht aus der russischen Zwangsarbeit versuchte, sich wieder im Nachkriegsdeutschland zurechtzufinden.

Doch dann musste er erkennen, dass sich die Verantwortlichen für den Schrecken, so wie Exner, längst aus dem Staub gemacht hatten, während er in den letzten Kriegswochen zusammen mit anderen Kindern und Greisen verteidigen musste, was längst schon verloren war. Die meisten starben bei diesem unsinnigen Versuch, die uneinnehmbare Festung Breslau zu verteidigen. Das machte ihn wütend, auch wenn er froh und dankbar war, den Russen wieder entkommen zu sein.

Doch das reichte nicht, um ihn in Deutschland zu halten. Er bereute nie, dass er in Ecuador eine neue Heimat gefunden hatte.

Paula und er führten dort eine gute Ehe, trotz oder vielleicht auch wegen ihrer Vergangenheit, die sie nicht selten in der Nacht alptraumbeschwert aus dem Schlaf riss und danach noch enger aneinander band. Nicht nur in körperlicher Vereinigung, sondern als gegenseitiger Rettungsanker in der weit entfernten Fremde. In der neuen Heimat, die nicht weit genug entfernt sein konnte von der alten, die aber nächtens unentrinnbar in den Träumen bedrohlich näher rückte.

Paula war eine emanzipierte und vollkommen unkonventionelle Frau, was in den fünfziger Jahren, noch dazu in Südamerika, nicht einfach war. Sie wollte sich engagieren. Beruflich und sozial. Gegen die Missstände der korrupten Regierung ankämpfen. Gegen die Armut der Bevölkerung etwas unternehmen, mit Bildung für eine bessere Zukunft der Indios sorgen. Er bewunderte immer ihre Kraft, fragte sich, woher sie die unendliche Energie nahm, denn die Widerstände gegen ihre Arbeit waren übergroß.

Trotzdem sie in allen Belangen eine ungewöhnliche und vor allem unkonventionelle Frau war, wollte sie, wollte auch er, Kinder haben. Doch Paula wurde nicht schwanger. Anfangs schenkten sie dem kaum Beachtung. Sie hatten beide beruflich genug zu tun. Aber nach einigen Jahren fingen sie an, sich zu fragen, warum sich wohl kein Kind ankündigen wollte. Beide quälten sich mit dem Gedanken, in ihrer natürlichen Rolle, für Nachwuchs zu sorgen, versagt zu haben. Jeder für sich, ohne dem anderen etwas davon zu sagen.

Bis sie eines Nachts, Anfang der sechziger Jahre, sie waren vorher bei Freunden gewesen und hatten beide viel Wein getrunken, anfingen, darüber zu reden. Er wollte eigentlich, beschwingt von den angenehmen Gesprächen und der heiteren Atmosphäre des vergangenen Abends, mit ihr schlafen. Sie wehrte ihn ab, plötzlich traurig geworden:

„Ich bin vielleicht keine richtige Frau!"

Er erschrak, zog seine Hände zurück und antwortete nach einer Weile: „Es liegt doch an mir!"

Sie redeten lange miteinander, ohne eine Lösung zu finden. Was sollte es auch damals für eine Lösung geben? Im Morgengrauen hatte sie dann ihren Körper für ihn geöffnet, in den er gierig eindrang. Danach waren sie erleichtert eingeschlafen.

Sie waren kaum einige Monate nach Cuenca umgezogen, als Paula Lucrecia mitbrachte, eine junge Frau indigener Herkunft, klein und breit, pechschwarzes glattes Haar, das für die Gegend typische volle Gesicht mit den fleischigen Lippen. Sie redete nicht viel. In ihren dunklen Augen las er das ganze hoffnungslose Elend, dem sich die Indios schicksalsergeben nicht widersetzten. „Lucrecia wird bei uns wohnen", sagte Paula bestimmt, „sie wird im Haushalt helfen und mich in die Dörfer begleiten!"

Ihr Ton machte trotz der freundlichen Wärme deutlich, dass es darüber nichts zu diskutieren gab. So fragte er nur, welches Zimmer sie bekäme und wie sie es mit dem Bad machen würden.

„Sie bekommt das Zimmer mit dem kleinen Balkon. Das Waschbecken reicht normalerweise vollkommen aus. Wenn Lucrecia ein Bad braucht, kann sie unseres nehmen." Das Ehepaar Schneider hatte in Cuenca in einem dreistöckigen Haus im Kolonialstil eine große Wohnung mit vier Zimmern bezogen. Einem Arzt angemessen und genug Platz für eine große Familie.

So wurde Lucrecia ein fester Bestandteil der Familie. Immer öfter strahlte sie und er spürte, wie sich eine Freundschaft zwischen der acht Jahre älteren Paula und ihr entwickelte. Eine Freundschaft, die Paula offensichtlich guttat. Ihre Anspannung, die sie zu ihren großen Energieleistungen antrieb, sie aber auch manchmal verkrampft wirken ließ, löste sich immer öfter.

Eine gute Woche nach dem Gespräch mit Paula, als sie ihm ihre Verzweiflung über die Kinderlosigkeit gestand, lud sie ihn in ein kleines Restaurant ein. Sie bestellte zum Essen einen Rotwein, was etwas ungewöhnlich war, denn der kostete mehr als das Alpakafleisch mit den Kartoffeln.

„Was gibt es denn zu feiern?", fragte er.

Sie vermied eine konkrete Antwort, und er war ob ihrer guten, nicht aufgesetzt wirkenden Laune damit zufrieden. Wieder daheim schmiegte sich Paula so an ihn, dass er sie gleich sanft ins Schlafzimmer zog. Dort lag Lucrecia in ihrem Bett. Paula hielt ihn davon ab, gleich wieder das Zimmer zu verlassen. Stattdessen zog sie erst ihn aus, dann sich selbst und zu guter Letzt zog sie ihn mit ins Bett zu Lucrecia. Die lächelte in ihrer unschuldigen Nacktheit zu Paula hin, die sich erst an sie drückte und dann ihn zwischen sich und Lucrecia schob.

Er wusste überhaupt nicht wie ihm geschah, ließ sich aber widerwillig von Paula dirigieren. Sie beugte sich über ihn hinweg zu Lucrecia und küsste sie auf Mund und Brustspitzen. Dann nahm sie seine Hand und legte sie auf eine von Lucrecias Brüsten. Er war zu überrascht, um sich zu sträuben. Auch als Paula begann, seinen Unterleib zu streicheln, ihn küsste und ihm ins Ohr flüsterte: „Heute zeugen wir unser Kind!"

Er spürte, wie seine widerwillige Hemmung nachließ und sein Glied steif wurde, worüber sich die beiden Frauen offensichtlich freuten. Lucrecia öffnete ihre Beine und Paula schob ihn auf sie. Während er in sie eindrang, küsste Paula Lucrecias Brüste mit den dunklen großen Vorhöfen. Lucrecia nahm ihn warm und willig auf, seine beginnende Erregung steigerte sich zu gierigem Verlangen. Schnell erreichte er seinen Höhepunkt, was Paula und Lucrecia wieder erfreut registrierten.

Am nächsten Tag fürchtete er sich, Lucrecia zu begegnen. Doch sie tat so, als wäre nichts passiert. So ging es ihm auch mit Paula. Und tatsächlich hatte sich nichts verändert, die Tage flossen genauso dahin wie davor. Er ging wie jeden Morgen ins Krankenhaus und Paula fuhr mit Lucrecia in irgendein Dorf, um den Leuten Lesen und Schreiben beizubringen. Nach wie vor arbeiteten sie einmal die Woche im Regionalbüro der *Federación Ecuatoriana de Indios*, das Paula mit aufgebaut hatte.

Lucrecia versah in ihrer Gleichmütigkeit den Haushalt und behandelte ihn nach wie vor mit etwas distanziertem, wohlwollendem Respekt. Es war, als wäre nichts passiert, als hätte sich nichts verändert. Er hätte meinen können, dass er von Lucrecias großen dunklen Vorhöfen, die er niemals wieder zu Gesicht bekam, nur geträumt hatte, wenn nicht neun Monate später Concepción zur Welt gekommen wäre.

Auch danach sprach ihn Lucrecia weiterhin mit Padrone an und erzog auch Concepción dazu, es genauso zu tun. Ihr, wie all jenen, die sich dafür interessierten, wurde erzählt, dass ihr Vater bei einem Unfall kurz nach der Verlobung verstorben sei.

So wuchs also Concepción mit ihrer Mutter gut behütet im Haushalt der Schneiders auf, die dafür sorgten, dass es ihr an nichts mangelte. Anscheinend gefiel es ihr so gut, dass sie weiter bei Paula und ihm arbeitete, als sie schon verheiratet war und sie längst ihre Mutter pflegen musste. Auch als Paula nicht mehr da war, blieb sie bei ihm.

Bevor Paula starb, hatte sie auf seinen fragenden Blick geantwortet, dass die Wahrheit die Menschen manchmal nicht unbedingt glücklicher machen würde.

Seit Peter bei ihm aufgetaucht war, fragte er sich, ob wohl Paula recht gehabt hatte. Da er damals nach dem Krieg die Wahrheit nicht aufgedeckt hatte, kam Peter offensichtlich in Schwierigkeiten. Überhaupt hatte das Verschweigen der Wahrheit dazu geführt, dass er sich nicht nur von seinem Heimatland, sondern auch von seiner Familie getrennt hatte.

Eigentlich wollte er 1948, als er nach seiner Flucht aus dem Uranbergwerk Joachimsthal die Überbleibsel seiner Familie in Blaukirchen gefunden hatte und zu seinem Bestürzen erfahren musste, dass sich ebendort die Brosinskis niedergelassen hatten, zur Polizei gehen. Doch seine Mutter und Reinhold hinderten ihn daran. Er erinnerte sich noch gut an jene Nacht. Sie saßen in der kalten ungemütlichen Baracke, die die Flüchtlinge für ihr bisschen Leben zugewiesen bekommen hatten. Er argumentierte, warum er am nächsten Tag die Polizei informieren müsste. Seine Mutter flehte ihn mit Unterstützung von Reinhold an, dies nicht zu tun. Stattdessen würde sie zu Brosinski gehen.

Er ließ sich überreden, noch einen Tag zu warten. Am nächsten Abend legte seine Mutter Tausend Mark auf den Tisch, damals ein Vermögen, und für die fast mittellosen Flüchtlinge erst recht.

„Brosinski besorgt uns eine gute Wohnung und zahlt das Studium für Reinhold!" Es war das erste Mal seit seiner Ankunft, dass er seine Mutter so entschlossen sah. „Wir wollen in diesem Elend hier", und sie zeigte dabei auf die tristen Holzwände, „nicht ersticken!"

Die Wahrheit wollte und sollte damals niemand wissen. Auch seine Familie wollte sich damit nicht auseinandersetzen. Noch in der Nacht ging er fort von seinen Leuten, nicht von daheim, denn seine Heimat hatte er längst verloren. Er konnte aus der engen Wohnung nicht lautlos und unbemerkt verschwinden, was er in seinem Ärger am liebsten getan hätte. Später war er froh, dass sich seine Familie zumindest von ihm verabschiedet hatte.

In ein paar Tagen würde er Reinhold wiedersehen und dann seine Schwester Irene. Er hatte ein wenig Angst davor, doch wusste er, dass er dies unbedingt tun musste, um wieder Frieden mit sich zu finden. Der Friede, in dem er sich davor wähnte, war brüchig. Ein Friede, der zusammenbrach, als Peter ihn mit seiner Vergangenheit konfrontierte.

Vor etwa fünfzig Jahren hatte er erst nach wochenlanger Verspätung vom Tod seiner Mutter erfahren. Er war damals sofort nach Blaukirchen aufgebrochen. Eine Schiffsreise von mehreren Wochen. Dann stand er am Grab und haderte mit seiner Familie. Für eine Nacht mietete er sich in einer Pension ein.

Niemand kannte ihn. Er besuchte auch nicht seine Geschwister. Am nächsten Tag stand er wieder am Grab und dieses Mal flossen seine Tränen, die seiner Mutter, dem Verlust seiner Familie und der wehmütigen Erinnerung an seine Breslauer Kindheit galten. So schnell wie möglich war er wieder nach Quito zu Paula zurückgekehrt, nichts hielt ihn in dem neuen Deutschland, das ihm vollkommen fremd war. Dieses Mal würde er mit Peters und Concepcións Hilfe hoffentlich auch Frieden mit seinen Geschwistern schließen können.

43

Thomas Schöngeist mochte es, früh aufzustehen, vor allem an so einem sommerlichen Morgen, wenn die Stadt noch schläft, die Straßen noch ruhig und leer sind und er das Gefühl haben durfte, nicht nur ein kleines Teilchen in der hektisch wogenden Masse zu sein.

Er begleitete Karin zum Bahnhof. Ihr Zug nach Furth im Wald über Regensburg fuhr um 6:07 Uhr ab. Als er danach wieder zu seiner Wohnung ging, leuchtete die Sonne schon über dem Stift Haug und warf lange Schatten. Die Festung thronte mächtig über der Stadt, von der aufgehenden Sonne warm angestrahlt. Thomas machte sich noch einen Kaffee, schaute auf die Alte Mainbrücke und genoss den Morgen, als sein Handy klingelte. Er zuckte erschreckt auf. Ein so früher Anruf verhieß selten etwas Gutes.

Es war Peter. „Mein Onkel kam gestern Mittag in Berlin an. Am Abend haben wir beschlossen, heute schon nach Breslau zu fahren. Ich habe eine Spur, die führt dorthin, und er möchte seine alte Heimatstadt wiedersehen. Möchtest du mit? Wir fahren heute los. Außerdem muss ich dir noch einiges erzählen. Ich denke, das ist längst überfällig. Hast du Lust?"

„Das ist aber plötzlich! Vielleicht hättest du mir früher Bescheid geben können!"

„Stimmt. Aber viel früher ging's ja nicht. Helma und ich waren lange mit Onkel Helmut zusammengesessen. Wir haben ihr alles erzählt. Sie wird nicht mitkommen, sie fährt nach Würzburg, ihren Bruder besuchen. Aber sie hat gesagt, dass du seit meinem damaligen Verschwinden zumindest sporadisch an meinem Fall arbeitest und auch einen Detektiv eingeschaltet hast. Deine Kanzlei schickt immer noch Rechnungen, die sie bezahlt."

Das stimmte, ohne dass ihm das so richtig bewusst war. Karin erledigte den Verwaltungskram mit den Mandanten und damit auch die Rechnungen. Sie hatten nie darüber gesprochen. Er hatte also zwei Auftraggeber,

Helma Schneider, die ihren Auftrag, nach den Gründen für Peters Verschwinden zu suchen, nie storniert hatte, und seit einer Woche ihren Mann, Peter Schneider, dem er aus seinem misslichen Umsatzsteuerkarussell helfen sollte und auch wollte. Er fragte sich, ob das reine Nachlässigkeit von Helma oder gezielte Absicht war.

„Thomas, ich glaube, dass ich dir ein paar Erklärungen schuldig bin!"

„Warum jetzt Breslau?"

„Da sitzt doch diese Solarfirma, von der wir über *Solaris* die leidigen Module bekommen hatten."

„Mmhh …"

„Du musst nicht mit. Ich erzähle dir die Geschichte auch später, wenn ich wieder zurückkomme!"

„Lass mich kurz überlegen. Ich rufe in einer Viertelstunde zurück!"

Thomas schien das Ganze eine überstürzte Schnapsidee zu sein. Auch wenn er längst nach Breslau fahren wollte. Und seit gestern auch Karin. Es siegte seine Neugierde auf das, was Peter längst hätte erzählen sollen, und auch auf Peters Onkel Helmut.

Oder war es Olga, die ihn nach zehn Minuten zum Hörer greifen ließ? „Ok, wie wollen wir das machen? Würzburg liegt ja nicht gerade auf der Strecke von Berlin nach Breslau!" Peter wollte mit seinem Onkel direkt von Berlin aus fahren. Am praktischsten wäre es, wenn Thomas einfach ins Auto steigen und losfahren würde. Dann wäre er am Nachmittag in Breslau. Peter würde sich um ein Hotel kümmern. Mittags rief Peter wieder an, Thomas war gerade an Bautzen vorbeigefahren, und gab die Adresse des Hotels durch. *Art Hotel* in der Kie?ba?nicza.

Später erfuhr Thomas dann, dass diese Straße, die von der Oder zur Elisabethkirche führte, bis zum Ende des Krieges Herrenstraße hieß. Ein Hotelangestellter wies ihn dort in die enge Tiefgarage ein. Freundliches Personal begrüßte ihn auf Deutsch an der Rezeption. Thomas fühlte sich sofort wohl. Während er in der Lobby an einem Fensterplatz neugierig auf Peter und seinen Onkel wartete, schrieb er noch eine SMS an Olga:

„Manchmal rauscht das Leben schneller als man meint, man muss sich nur mitnehmen lassen. Ich bin also da und würde mich gerne mit dir treffen!"

Ein Kellner brachte Thomas einen Kaffee, der ihm gar nicht so übel schmeckte. Er bewunderte die beiden Frauen an der Rezeption und deren Sprachkenntnisse. Vom Polnischen hüpften sie bei einem Telefonat ins Englische und beim nächsten Gast sprachen sie Deutsch mit dem für ihn lustig klingenden Akzent.

Durch das Fenster beobachtete er das Leben auf der Straße. Der gegenüberliegende Gehsteig war von grellem Sonnenlicht ausgeleuchtet. Scharf abgegrenzt vom Schlagschatten, auf die Straße geworfen von der Häuserzeile, in dem auch das Hotel eingereiht war.

Es sah gar nicht viel anders aus als das Würzburger Leben. Warum eigentlich auch? Nur weil es anders klingt?

Sein Telefon läutete. Thomas wollte erst nicht abnehmen, er fühlte sich gestört. Da es Bendlin war, nahm er trotzdem ab.

„Ich muss dir was Wichtiges erzählen!"

„Was ist heute nur los?", redete Thomas mehr zu sich selbst.

„Am besten ist, ich komme bei dir vorbei. Ich wollte übers lange Wochenende mit Gaby in den Süden und da liegt Würzburg ja auf der Strecke! Was hältst du von sieben Uhr? Wir könnten auch noch eine kleine Runde ..."

„Tut mir leid, Ralf, ich bin nicht da!"

„Wo bist du denn? Hast du mir nicht vor ein paar Tagen gesagt, dass du das lange Wochenende alleine in Würzburg bleibst, weil du so viel Arbeit hättest?"

Davon war Thomas tatsächlich ausgegangen.

„Ich sitze in einem Hotel in Breslau und warte auf Peter und seinen Onkel aus Ecuador. Sie müssten jeden Moment kommen!"

„Genau darüber wollte ich mit dir reden!"

„Dass sie jeden Moment im Hotel auftauchen würden?", versuchte Thomas, witzig zu klingen.

„Quatsch, über Peter und die Drahtzieher des Umsatzsteuerkarussells. Und dann noch über seinen Onkel, Helmut Schneider aus Cuenca. Oder aus Breslau."

„Kannst du mir das nicht am Telefon erzählen?", fragte Thomas. Allerdings bereute er die Frage, er wollte nicht telefonieren, wenn die anderen ankommen würden.

„Es ist der Hammer! Und erklärt alles. So etwas erzählt man nicht am Telefon. Wann kommst du denn wieder zurück?"

Darüber hatte er mit Peter noch nicht gesprochen. Thomas hatte keine Ahnung, wie lange der in Breslau bleiben wollte, außerdem wollte er sich ja mit Olga treffen. Und zwar alleine. Allerdings hatte ihn Bendlin auch neugierig gemacht.

„Am Sonntagabend müsste ich wieder in Würzburg sein", antwortete er unbestimmt.

44

Die Fährte zu Griffith schrieb Bendlin dem Glück der Tüchtigen zu.

Zunächst hatte Heiner Müller außer einer alten Webseitenversion der Firma *Solaris* keine weitere Spur im weltweiten Netz gefunden. Diese Webseite, die irgendwo im riesigen digitalen Datenfriedhof unserer Erde vergraben war, ließ sich zwar nicht mehr direkt über *www.solaris-solar.de* aufrufen, könnte aber vielleicht hilfreich sein, wenn es zu einem Verfahren gegen Peter Schneider kommen sollte.

Dann diskutierte er mit seiner Mitarbeiterin, der Journalistin Eva Böck, die fehlenden Mosaikbausteinchen zu der Umsatzsteuerproblematik und was sie tun könnten, um noch verwertbare Details zu erhalten. Sie war es dann auch, die mit der eigentlich simplen Idee, dass es doch bestimmt einen Solarverband in Deutschland gäbe, den Knoten löste.

„Schließlich gibt es doch für alles Mögliche Verbände und Vereine. Vielleicht können die mit dem Namen Griffith was anfangen?"

Sie fand in der Tat eine *Deutsche Gesellschaft für Solarenergie.* Von dort wurde Eva Böck an den *Bundesverband Solarwirtschaft* verwiesen: „Die vertreten die deutsche Solarwirtschaft!" Eva wunderte sich. Das klang recht spitz, so als wollten die mit diesem Bundesverband nichts zu tun haben oder als wären sich Solarenergie und Wirtschaft nicht unbedingt grün. Sie rief also bei diesem Verband in Berlin an und hatte letztendlich Glück. Sie gelangte an eine freundliche Sachbearbeiterin und scheiterte bei dem Versuch, den Geschäftsführer an die Leitung zu bekommen. Den brauchte sie aber gar nicht, denn mit der Dame in Berlin landete sie einen Volltreffer, auch wenn es anfangs nicht danach aussah.

„Wir haben 900 Mitgliedsfirmen und alle heißen irgendwie mit Solar. *Solaris* sagen Sie? Da fallen mir gleich zehn Firmen ein, die so ähnlich klingen. Und der Geschäftsführer heißt Griffith? Ja, der Name ist schon etwas ungewöhnlicher. Er klingt so englisch."

Eva Böck witterte eine Chance und gab Peters Beschreibung von Griffith weiter: etwa 45 Jahre alt, gut 1 Meter 80 groß, dunkles, an den Schläfen graues, kurz geschnittenes Haar, schmales Gesicht und schmaler Körper, sportlich fit, professionell und vertrauenswürdig. Typ George Clooney. Eva Böck konnte fast hören, wie es in Berlin bei der Dame *klick* machte. „Ja, da fällt mir was ein. Wir hatten vor ein paar Monaten eine Tagung organisiert, die mit einem geselligen Abend ausklang. Ein Typ, wie sie ihn beschreiben, tauchte auch auf. Ich kannte ihn nicht, was aber nichts heißen soll, denn im letzten Jahr haben wir so viele neue Mitglieder bekommen, dass man unmöglich alle kennen kann. Im Prinzip ist er mir nicht besonders aufgefallen, er war einer von diesen typischen neuen Mitgliedern, die so aussehen, als hätten sie vorher in der Versicherungs- oder Immobilienbranche gearbeitet. Im Prinzip so Leute, die mehr an Geld als an Solarenergie interessiert waren."

Eva Böck erinnerte sich bei diesen Worten an die abschätzigen Bemerkungen über den Verband bei ihrem kurzen Gespräch mit der *Deutschen Gesellschaft für Solarenergie*.
„Warum ich mich aber trotzdem erinnere? Der hat die Julia, meine Kollegin, angebaggert, und die träumte wohl an diesem Abend von George Clooney und ist später mit ihm abgezogen. Sie hat's am nächsten Tag bitter bereut!"
„Meinen Sie, ich könnte mit Ihrer Kollegin sprechen?"
„Sie arbeitet nicht mehr hier. Kurz nach der Tagung ist sie nach Bonn gezogen und arbeitet dort für eine große Solarenergiefirma in der Öffentlichkeitsarbeit. Der Umzug hatte aber nichts mit dem Clooney-Typen zu tun, der Stellenwechsel war längst ausgemacht."
„Haben Sie ihre neue Telefonnummer?"

Die Frau am anderen Ende stutzte, anscheinend wurde ihr bewusst, dass sie vielleicht zu viel herausgeplappert hatte.

Eva Böck konnte förmlich spüren, wie sich die Dame aus Berlin wand, das Telefonat mit einer Notlüge abzuschließen:

„Nein, tut mir leid, die habe ich nicht!"

Es störte Eva Böck nicht allzu sehr. Das, was sie gehört hatte, musste reichen, um an die ehemalige Kollegin heranzukommen.

Sie fand bei dem großen Bonner Unternehmen schnell heraus, dass die neue Mitarbeiterin in der Öffentlichkeitsarbeit Julia Hessler hieß. Ihre Kontaktdaten waren leicht im Internet abzurufen.

Das war ja wie ein Sechser im Lotto. Eva Böck jubelte und konnte es kaum erwarten, mit Frau Hessler zu telefonieren.

„Ja, ich kenne Herrn Griffith!", antwortete Julia Hessler knapp. Eva Böck musste jetzt aufpassen, so redefreudig wie ihre Kollegin am Tag davor zeigte sich ihre neue Gesprächspartnerin nicht. Ganz im Gegenteil. Die Journalistin spürte deutlich, dass sie am Telefon nichts erfahren würde. Wenn sie über die missglückte Affäre an Griffith herankommen wollte, dann lag die einzige Chance in einem persönlichen vertraulichen Gespräch.

„Ich schreibe gerade einen Artikel über die aktuellen Probleme in der Solarbranche. Man hört ja aus verschiedenen Quellen in Berlin, dass die bisherige Förderung gründlich überarbeitet werden soll, mit katastrophalen Folgen für die Branche!"

„Für welche Zeitung schreiben Sie?", fragte Julia Hessler misstrauisch, aber auch schon etwas aufgeschlossener.

Eva Böck hatte den richtigen Ton gefunden!

„Diesen Beitrag schreibe ich für die *Frankfurter Rundschau!*"

„Ich kann Ihnen ein Faktenpapier zusenden. Damit werden die wesentlichen Behauptungen der Atomlobby, die in den letzten Monaten auf sehr subtile Art die öffentliche

Meinungshoheit erlangt hat, widerlegt. Zum Beispiel ist es nicht richtig, dass die Kosten ..." Julia Hessler war in ihrem Element und kaum zu bremsen, Eva versuchte es trotzdem:

„Wie wäre es denn, wenn Sie mir in einem Vieraugengespräch die Fakten erläutern würden?"

So verabredeten sie sich schon für den nächsten Tag zu einem Mittagessen in einem kleinen italienischen Restaurant in der Nähe des Bonner Bahnhofes. Die Zugfahrt von Frankfurt nach Bonn würde nur knapp zwei Stunden dauern.

Eva Böck hatte sich Julia Hessler ganz anders vorgestellt. Das auf der Unternehmenshomepage veröffentlichte Foto vermittelte einen frechen offensiven Charakter, doch die unscheinbare Frau, die kurz nach Eva das Restaurant betrat, wirkte eher schüchtern und in ihrem konservativen anthrazitfarbenen Kostüm wie eine graue Maus, deren einziger Farbtupfer die gelborangenen Tupfer auf ihrem Halstuch waren. Wahrscheinlich die Unternehmensfarben. Perfektes Corporate Design, schoss es Eva Böck durch den Kopf, ich dachte, die Solarbranche ist peppiger.

Ihre Gedanken behielt sie natürlich für sich, als sie sich begrüßten. Julia Hessler kam gleich zur Sache: „Haben Sie das Faktenpapier gelesen? Was denken Sie darüber?"

Dann referierte sie Zahlen und Daten, ohne langweilig zu wirken, und Eva Böck hatte den Eindruck, mit einer überzeugten Streiterin für die Energiewende und für Solarenergie zu Mittag zu essen. Eva ließ sich für die Belange der Solarenergiebranche, die sie ohnehin vor allem nach der Atomkatastrophe von Fukushima positiv sah, begeistern. Doch fragte sie sich während des eigentlich einseitigen Gespräches, wie es kommen konnte, dass ein George Clooney-Typ die äußerlich unscheinbar und zu mager wirkende Frau mit den kurzen, dünnen, fahlen Haaren anbaggern wollte. Sie fragte sich aber vor allem, wie sie das Thema zu ihm lenken sollte.

„Bei meinen Recherchen über den Solarmarkt bin ich auf die Firma *Solaris* gestoßen, sie wurde mir als äußerst erfolgreiches Start-up-Unternehmen geschildert, das sich schon ein Jahr nach der Gründung zum Shootingstar entwickelte und dann schnell wieder von der Bildfläche verschwand. Ist das typisch für die Branche?"

„Woher haben Sie denn diese Informationen?", fragte Julia Hessler mit etwas zu scharfer Stimme, verschränkte die Arme und lehnte sich zurück.

Eva Böck ahnte, wie schon bei dem vorherigen Telefonat, dass sie vorsichtig sein müsse, sonst würde sie gar nichts erfahren. Aber sie musste eine plausible Antwort geben.

„Ich habe mit Herrn Gmeiner von der *Solarmanufaktur* in Karlsruhe gesprochen ..."

„Ach, der Gmeiner, das ist ein alter Hase", unterbrach Julia Hessler, „der war schon bei der Gründung des Solarverbandes vor zwanzig Jahren dabei und ist auch Kunde von uns!" Eva atmete erleichtert auf. Das schien ja noch einmal gut gegangen zu sein.

„Leider hat sich die Branche in den letzten Jahren stark verändert. Noch vor einigen Jahren war sie geprägt von Überzeugungstätern wie dem Gmeiner, die engagiert und kompetent für Solarenergie eintraten. Heute scheint es nur noch um Renditen und Invests zu gehen. Die Themen und die Sprache haben sich verändert und gleichzeitig die Typen, die mehr mit diesen Floskeln jonglieren als mit Solarenergie. Anzugbubis, die auch in anderen Branchen Karriere machen und morgen mit der gleichen falschen Überzeugung für Kernkraftwerke werben würden. Business und Return on Investment. In dieses Klischee passte auch der David Griffith. Gmeiner und Griffith, das sind zwei komplett unterschiedliche Welten."

Julia Hessler redete sich richtiggehend in Rage und war kaum mehr zu bremsen. Eva wusste, dass sie in dieser Situation nur den richtigen, den wunden Punkt treffen musste, dann würde sie viel erfahren: „Das ist ja interessant für meinen Artikel. Ich möchte nicht nur Zahlen bringen, sondern auch Charaktere vorstellen. Das lässt sich an zwei grundverschiedenen Köpfen am besten beschreiben."

„Griffith definiert sich nicht über seinen Kopf, sondern nur über seinen Schwanz!", platzte es aus Julia Hessler heraus.

Eva Böck zuckte verblüfft auf. Diese drastische Wortwahl hätte sie von ihrer Gesprächspartnerin jetzt doch nicht erwartet und noch weniger, wie ungerührt Julia Hessler da saß, ohne dass ihr anscheinend der Ausrutscher irgendwie peinlich war. Eva jedenfalls verschlug es die Sprache und spürte, wie sie errötete, was Julia Hessler nicht weiter störte. Sie war nicht zu bremsen und redete gleich weiter: „Dieser Griffith ist ein großmäuliger Blender. Mit Solarenergie hatte der gar nichts am Hut, der wollte nur ein bisschen rumhorchen, weil er irgendein Ding am Laufen hatte.

Noch schlimmer aber ist sein perverser skrupelloser Charakter. Nach einer Tagung hatten wir in geselliger Runde noch etwas getrunken und er hatte sich an mich rangemacht. Ich habe ihn an diesem Abend das erste Mal wahrgenommen, er sah ja nicht schlecht aus. Ein bisschen wie George Clooney. Anscheinend fühlte ich mich so geschmeichelt, dass ich mit ihm auf sein Hotelzimmer ging. Dort fackelten wir beide nicht lange rum und zogen uns gegenseitig aus. Ich weiß gar nicht, was in mich gefahren war. Wir lagen nicht lange auf dem Bett, dann wurde er plötzlich richtig grob. Schlagartig kam ich wieder zur Besinnung, ich wollte ihn wegschubsen, da drückte er mich mit Gewalt aufs Bett und als ich aufschreien wollte, hielt er mir erst eine Hand auf den Mund und band ihn dann mit einem Tuch, das er erstaunlich schnell parat hatte, zu.

Mit Handschellen, die er wohl schon auf seinem Nachttisch vorbereitet hatte, kettete er meine Arme an die Bettpfosten, so dass ich wie gekreuzigt splitternackt vor ihm lag. Nach einer Viertelstunde war der Spuk vorbei. Er zog sich an, sperrte die Handschellen auf, steckte sie in seine Jackentasche und verschwand aus dem Zimmer.

Erst in diesem Moment fiel mir auf, dass in dem Hotelzimmer kein Reisegepäck von ihm stand. Ich bin dann nach Hause gegangen und habe Rache geschworen!"

„Warum sind Sie nicht zur Polizei gegangen?"

„Was hätte ich denen sagen sollen? Dass ich scharf war auf ihn? Und mit ihm ins Zimmer gegangen bin? Freiwillig! Irgendwelchen Fremden eine Geschichte erzählen, die sie vielleicht sogar aufgeilen würde?"

„Aber Sie hätten doch von einem Arzt ..."

„Der hat sich an meinem Körper befriedigt, ohne in mich einzudringen!"

Eva fragte sich, warum Frau Hessler dies so freimütig erzählte, doch eigentlich war es ihr klar. Sie suchte Mitstreiterinnen und Hilfe für ihren ganz persönlichen Rachefeldzug.

„Ich habe schnell gemerkt, dass seine *Solaris* nur eine Scheinfirma ist. Aber da konnte ich ihm nichts anhängen. Solange er mit einer falschen Visitenkarte und einer Dummy-Firma niemanden schädigte, würde sich die Polizei nicht für ihn interessieren. Dann fand ich heraus, dass er über eine polnische Firma Module falsch labeln ließ, also echten Etikettenschwindel betrieb. Doch als ich ihn bei der Staatsanwaltschaft anzeigen wollte, war auch seine Dummy-Firma verschwunden, ohne Spuren zu hinterlassen. Irgendwie traute ich mich mit dem Material nicht zur Polizei. Allerdings habe ich seinen Weg verfolgen können, er handelt mittlerweile in Almería mit Solarmodulen. Dieses Mal unter dem Namen McPherson!"

„Und Sie erzählen mir das alles, damit ich eine Story daraus mache!"

„Es war Ihre Idee, eine Story zu schreiben, nicht meine!", schob Julia Hessler eventuelle hinterlistige Absichten wieder zu Eva zurück.

Irgendwie hat sie recht, dachte sich Eva, die ist ganz schön clever und hat einfach den Spieß geschickt umgedreht.

Trotzdem war die Stimmung zwischen den beiden nicht getrübt. Jede hatte das erreicht, was sie erreichen wollte, und war zufrieden damit, sodass sie den Nachtisch, ein Tiramisu, genießen konnten.

„Haben Sie das Material noch?", fragte Eva Böck.

„Ich maile Ihnen alles zu, was ich habe!"

Kaum saß Eva Böck wieder an ihrem Schreibtisch in Frankfurt, waren die Unterlagen auch schon in ihrem Postfach.

„Das müsste reichen, damit Peter Schneider unbehelligt davonkommt!", meinte Ralf Bendlin. „Sehr gut gemacht!" Eva spürte, wie sie rot wurde, als Ralf weitersprach: „Ich rufe gleich Thomas Schöngeist an und präsentiere ihm die Dokumente. Der wird Augen machen!"

45

Tagebuch

20. Dezember 1944
Großes Aufgebot in der Jahrhunderthalle. Weihnachtsfeier der Hitlerjugend. Sturmbannführer Exner spricht von Heldentum und davon, daß wir als germanische Rasse diesen Krieg gewinnen werden. Es ist logische Konsequenz: Die feigen russischen Untermenschen sind unserem Volk einfach nicht gewachsen. Wir sind technologisch und charakterlich überlegen.

Es sind einige HJ-Rotten aus anderen Städten im Westen dabei, die ihre Wimpel stolz hochhalten. Wuppertal, Remagen, Köln. Ihre Häuser wurden ausgebombt und hier in Breslau ist Ruhe vor dem Feind. Die Amerikaner und Engländer kommen nicht so weit und der Russe wird nie so weit kommen.

Alle jubeln. Ich juble mit, obwohl mir mulmig zumute ist. Ich weiß nicht, wie ich kämpfen soll, wenn ich einem russischen Ungeheuer gegenüberstehe. Es gibt Freibier für die über 16-Jährigen. Ich probiere von einem älteren Kameraden. Keiner überprüft das Alter. Das Bier schmeckt mir nicht. Es ist laut in der Halle, alle sind lustig. Ich bin es auch und singe bei den Liedern mit.

Dann ein Trommelwirbel. Exner kommt noch einmal auf die Rednertribüne. Es wird plötzlich ruhig im Saal. Nur die Trommel schlägt einen beängstigenden Rhythmus. Alle schauen zur Trommel, die beim Westeingang der Halle steht. Dort taucht eine Sechsergruppe von schwarz gekleideten HJ-Scharführern auf. In ihrer Mitte ein etwa 15-jähriger Junge. Seine Uniform wirkt schmutzig und zerfetzt. Sie gehen Richtung Rednerpult. Als sie näher an mir vorbeikommen, sehe ich das blaugeschlagene Auge des Jungen und sein ängstliches schweißnasses Gesicht. Er wirkt jämmerlich und wird von der Gruppe zum Podium getrieben.

Exner steht vorne und beobachtet wie wir gebannt das Schauspiel. Die Trommel hat aufgehört zu schlagen. Es ist plötzlich totenstill. Ich meine, daß ich das ängstliche Schluchzen des Jungen hören kann. Dann plötzlich wettert Exner los: „Dieser Feigling, dieser gotterbärmliche Feigling wollte sich dem Kampf entziehen. Er wollte davonlaufen vor seiner Verantwortung, von seinen Kameraden, er wollte sie verraten und hat Deutschland, hat die germanische Rasse verraten.

Wollte heim in Mamas Schoß, anstatt mannhaft zu kämpfen an vorderster Front, wie ihr alle in dieser Halle. Er hat euch verraten!"

Die Menge tobte plötzlich. „Feigling", „Verräter" wurde gerufen. Mancher drängte sich zu dem Jungen, um ihn in aller Öffentlichkeit zu schlagen.

Wieder Trommelwirbel. Exner befahl schreiend Ruhe.

„Was machen wir mit ihm? Mit diesem Verräter? Mit diesem Feigling?"

Ich hörte in dem Geschrei das Wort „aufhängen!".

„Was machen wir mit dem, der euch durch seinen Verrat in den Rücken gefallen ist?"

Die Menge war vollkommen aufgeheizt. Auch ich ärgerte mich über den Jungen, obwohl er mir leid tat. Ich hatte auch oft keine Lust auf meine Dienste, doch bislang habe ich sie alle klaglos ausgeführt. Was sollte ich auch machen? Wer nicht mitmachte, hatte verloren.

Anfangs hatten die sechs Scharführer den „Delinquenten" von der Masse noch abgeschirmt, doch nach den letzten Worten Exners wurde er freigegeben. Die Menge stürzte sich auf ihn. Ich konnte nicht sehen, ahnte aber, was mit ihm passierte. Dann wieder Trommelwirbel. Die Scharführer scheuchten die aufgebrachte Menge zurück. Am Boden lag ein Bündel Mensch. Es wurde weggetragen. Dann ging es weiter mit Bier trinken und singen. Mir ging der Junge nicht aus dem Kopf, aber ich sang mit.

10. Januar 1945

In den Breslauer Nachrichten war heute zu lesen, daß die Großoffensive der Sowjetarmee im Weichselbogen Richtung Deutschland begonnen hatte. Unsere Wunderwaffe V2 würde aber diesen Vormarsch bald stoppen.

Doch das kümmerte uns heute nicht. Ich bin mit Klara und Reinhold als Anstandswauwau mit der Straßenbahn in die Stadtmitte zum Stadtgraben an der Liebichhöhe zum Schlittschuhlaufen gefahren. Endlich waren tiefer Frost und Schnee gekommen. Darauf hatten wir seit Weihnachten gewartet, weil Reinhold und ich an Heiligabend Schlittschuhe bekommen hatten. Auf der Eisfläche Jubel und Trubel von fast ausschließlich Schülern aller Altersklassen – so etwas habe ich schon lange nicht mehr erlebt.

12. Januar 1945

Heute mußte ich zur Musterung. Sie fand im Friedrichsgymnasium statt, und ich mußte mich mit etwa 50 Jungen in meinem Alter um 14 Uhr dort einfinden. Wieder hatte ich Angst. Nach der Hauptuntersuchung wurde ich gefragt, zu welcher Waffengattung ich mich melden will. Ich wollte nirgendwohin, trotzdem sagte ich „Luftwaffe!". „Dort ist alles besetzt", antwortete sehr unwillig der zuständige Beamte, ein etwa 70 Jahre alter Mann, den ich noch nie gesehen hatte. Er gab mir einen Wehrpaß, in dem schon vorgedruckt stand:

Dienstverpflichteter, Freiwilliger für Wehrmacht, Waffen-SS und RAD. Dann kreuzte er in die obere Zeile „Freiwilliger" an. Ich bin also Freiwilliger der Wehrmacht. Hoffentlich werde ich nicht mehr einberufen.

18. Januar 1945

Fliegeralarm. Leuchtende Christbäume fielen vom Himmel und machten die Ziele für die russischen Bomber sichtbar. Die Leute erzählen, daß im Krankenhaus Bethanien Bomben eingeschlagen waren.

19. Januar 1945

Liegt es an meiner Unruhe oder spüre ich in der Stadt eine größere Nervosität? Kommt der Russe doch durch? Meinem Kameradschaftsführer melde ich keine besonderen Vorkommnisse für letzte Nacht. Mir ist klar, daß ich diejenigen in Gefahr bringe, denen ich von Brosinski erzähle. Vielleicht war es doch ein Alptraum, der wieder vergeht?

20. Januar 1945

Die Stimmung ist wie ein Vulkanausbruch explodiert. In der Stadt irren Tausende Menschen herum, hauptsächlich Frauen und Kinder. Alle dick vermummt, es ist noch kälter geworden. Dazwischen die Lautsprecherdurchsagen: „Achtung! Achtung! Frauen mit Kindern begeben sich zum Fußmarsch auf die Straße nach Opperau in Richtung Kanth!"

Ein fürchterliches Gedränge und Geschiebe. Kinder weinen ...

46

Thomas Schöngeist sah Peter zum Hotel kommen. Im Schlepptau hatte er nicht nur seinen Onkel, zumindest ging er davon aus, dass der schmale alte Mann Helmut Schneider war, sondern auch eine etwa 40-jährige Frau. Mit ihren pechschwarzen Haaren und ihrer eher gedrungenen Figur sah sie wie eine Lateinamerikanerin aus. Sicher war er sich jedoch nicht, denn sie hatte auch viel von einer Europäerin, die gerade Nase, die feinen Gesichtszüge.

„Das ist Concepción, die Haushälterin und Pflegerin meines Onkels. Und das ist mein Onkel Helmut!", stellte Peter vor.

Nachdem alle an der Rezeption die Zimmerschlüssel bekommen hatten, Concepción für ein eigenes Zimmer, registrierte Thomas, trug er den Koffer von Helmut Schneider, der lieber die Treppen hinaufging, als den Aufzug zu nehmen. Das wunderte Thomas, denn Peters Onkel mühte sich mit seiner steif wirkenden Hüfte die Treppen hoch. Er drehte sich lächelnd und ein wenig schwitzend zu Thomas:

„Wenn ich mich nicht dauernd bewege, wird meine Hüfte noch steifer!"

Das grelle Licht des Nachmittags wurde gegen Abend wärmer und die Schattenkonturen verloren an Schärfe, als die kleine Gruppe zu einem ersten Spaziergang aufbrach. Peter hatte schon in Deutschland Geld umgetauscht. Euro gegen Zloty.

Helmut Schneider wollte ihnen als erstes das historische Rathaus zeigen, das mit der weltberühmten Uhr, und den Schweidnitzer Keller, in dem er unbedingt zu Mittag essen wollte. Dazu war es aber jetzt viel zu spät. Zum Abendessen aber noch zu früh.

So spazierten sie die Oder entlang, an der Universität vorbei, bis zur Universitätsbrücke. Von dort hatten sie einen herrlichen Blick auf die Sandinsel mit den vielen ehrwürdigen Kirchen und vor allem dem Dom – ein sakraler, idyllischer, gotischer Dreiklang gleich hinter der alten Mühle, inmitten einer in der Sommerhitze pulsierenden Großstadt.

Auf der nördlichen Oderseite gingen sie den Fluss entlang, bis sich dieser wieder mit einer 90-Grad-Kurve nach Südosten wendete. Sie mussten das malerische Oderufer verlassen und eine breite belebte Straße sowie Trambahnschienen überqueren. Plötzlich war die kleine Gruppe schweigsam geworden, stattdessen begleitete sie Autolärm auf einem öden Asphaltband. Doch nach nur mehr wenigen Hundert Metern bogen sie wie zufällig nach rechts ab und standen in der *ul. Jana Kilin´skiego*. Schlagartig wurde es ruhiger, Helmut Schneider räusperte sich und sagte: „Das hier ist oder war die Herzogstraße, hier hatte Sekula seinen Laden, bevor er ihm von Brosinski genommen wurde."

Thomas schaute zu ihm hinüber und sah, wie sich eine Träne einen Weg über die Falten seiner hageren Wange suchte. Es wirkte so, als hätte sie mit dem Gesicht nichts zu tun. Concepción nahm ihn bei der Hand, und Peter schluckte schweigsam, bevor er fragte, wo genau denn der Laden gewesen sei.

„Es sieht alles so anders aus", sagte Helmut Schneider und schaute hektisch die Straße hinauf und hinunter. „Dort, in der Mitte, das müsste es gewesen sein!" Die Gruppe ging automatisch seinem Fingerzeig nach und fand sich vor einem Haus wieder, auf dem in großen Lettern *SMP – Solar Moduł´y Polska* stand.

Thomas drehte sich um und suchte die Fenster, aus denen Freya Schulze von ihrer Wohnung aus vor fast 70 Jahren zu Brosinskis Laden geschaut hatte. Die Straße war bedeutend breiter, als er sie sich vorgestellt hatte. Die Häuserzeilen sahen gut erhalten aus, nichts erinnerte mehr an die Zeit, als sie hauptsächlich von Deutschen bewohnt waren, und erst recht erinnerte nichts an die Zerstörungen der russischen Belagerung.

„Ich hätte es nicht wiedererkannt, aber es muss wohl dieses Haus sein. Die Hausnummer stimmt, es sei denn die Polen haben außer den Straßennamen auch die Hausnummern verändert." Peter schaute sich die Klingelzeile an:

„Im zweiten Stock wohnt Tadeusz Mostowski. Mostowski heißt auch der Inhaber von *SMP*, so viel habe ich mittlerweile erfahren." Thomas musste wieder schlucken: Da rekonstruierte er sich mühsam mit Bendlins Unterstützung die Lieferkette zu Peter und der wusste es anscheinend schon wieder vor ihm, ohne ihm etwas zu sagen.

Peter läutete sowohl bei *SMP* als auch bei Mostowski. Oben öffnete sich ein Fenster, ein alter Mann schaute heraus und rief den unten Stehenden etwas zu, was sie aber nicht verstanden. Ein zweiter Mann in ähnlichem Alter tauchte im Fenster auf. Auch er rief der Gruppe etwas auf Polnisch zu. Die Untenstehenden zuckten ratlos die Schultern. Thomas fuhr Peter an: „Was hast du denn erwartet? So eine blödsinnige Idee, einfach zu klingeln!"

Die beiden Alten verschwanden wieder und gerade, als die Gruppe wieder losgehen wollte, öffnete sich die Haustüre und die beiden Alten kamen heraus. Einer der Alten schau te erschrocken zu Peter. Wieder fragten sie etwas auf Polnisch. Wieder zuckten alle nur die Schultern und schauten verständnislos. Thomas konnte sehen, wie der eine immer wieder zu Peter schaute und augenscheinlich intensiv grübelte. Nachdem sich die beiden Gruppen nicht verständigen konnten, verabschiedete sich Peters heimlicher Beobachter. Der andere, anscheinend Tadeusz Mostowski, sagte irgendetwas zu ihm, Thomas verstand nur den Namen Stanisław, bevor er wieder ins Haus zurückging.

Stanisław wiederum ging nur bis zur nächsten Straßenecke an der Bolesława Prusa, drückte sich in den Schatten eines Hauseingangs und wartete, bis die vier Deutschen vorbeigingen und die Straße Richtung Oder verlassen hatten. So schnell er konnte, eilte er zu dem

Haus zurück und läutete solange Sturm, bis Tadeusz Mostowskis Kopf im Fenster auftauchte. „Hör mal, das war doch einer von den Brosinskis!", rief er ihm nach oben zu.

„Spinnst du, der Brosinski sah doch ganz anders aus. Groß und dick. Die von eben waren doch alle schmal."

„Der eine gehört zur Brosinski-Familie. Darek hat mir damals ein Bild gezeigt von der Familie, da war der mit drauf, er ist mit der Schwester ..."

„Sag mal, willst du ganz Wrocław deine Geschichte erzählen? Komm noch mal rauf!"

Etwas atemlos redete Stanisław oben weiter. „Also, der eine jüngere, mit den glatten kurzen Haaren, ist mit der Schwester von dem großen Dicken, der bei dir war, verheiratet. Ich sollte dir ja davon nichts erzählen, aber Darek hat ihm damals einen Denkzettel verpasst. Der andere Brosinski war zu der Zeit auf Geschäftsreise. Es hatte ja gewirkt und du hattest deine Ruhe."

„Stimmt, aber im Frühjahr kam der andere Deutsche mit seinen Modulen. Und seither ist wirklich Ruhe!"

„Und wenn die es doch wieder probieren? Der eine war ja noch älter als wir, vielleicht hat der damals in dem Haus gewohnt. Ich sage dir, die wollen das Haus wiederhaben."

Tadeusz war wieder blass geworden, so wie im letzten Herbst. War alles umsonst gewesen? Vielleicht hätte er doch einmal mit seiner Familie reden sollen?

„Was verstehst du eigentlich unter Denkzettel verpassen?", fragte er misstrauisch seinen Freund. Dabei war ihm die Antwort schon klar, er ahnte damals schon, was Stanisław meinte, als er sagte, er würde sich darum kümmern und ihn bat, nicht nach dem Wie gefragt zu werden.

„Hör mal, was gibt es darunter groß zu verstehen? Wenn Worte nicht mehr wirken, muss man eben zu handfesteren Argumenten greifen!"

Stanisław fingerte ungelenk ein Mobiltelefon aus seiner Hosentasche, hielt es mit ausgestrecktem Arm weit von sich und tippte umständlich ein paar Nummern. „Ja, ich bin's. Die Deutschen von damals sind hier aufgetaucht. Ich glaube, sie gehen Richtung Rathaus. Schau dich dort mal um!"

Kaum hatte er aufgelegt, schnauzte ihn Tadeusz an: „Hör mal, ich will keinen Ärger!"

„Eben", antwortete Stanisław knapp.

47

In der untergehenden Sonne warfen die vier Breslau-Besucher, Helmut Schneider, Concepción, Peter Schneider und Thomas Schöngeist, lange Schatten, als sie über die Neue Sandbrücke wieder in Richtung Stadtzentrum zurückgingen. An der alten Markthalle vorbei nach rechts zur Universität. Dann über Kopfsteinpflaster zum Rynek, dem alten Ring mit den wunderschön restaurierten und teilweise recht farbig angemalten Häusern. Gegenüber vom Rathaus setzten sie sich in eines der Cafés, es hieß *Literatka*. Die Sonne schenkte ihnen von Westen noch ein paar flache Strahlen, die den Platz in ein warmes gelbes Licht tauchten.

Am Nebentisch saß ein junges Pärchen, das Englisch sprach.

Die Gruppe war still geworden. Alle schienen darauf zu warten, dass Helmut Schneider weitererzählen würde. Aber als wäre das Schweigen heilig, wollte es keiner brechen. So hörten sie das Geplauder vom Nebentisch. Es stellte sich heraus, dass die schöne Blonde aus Warschau kam, und der ihr gegenüber sitzende junge Mann war irgendwo in der Schwäbischen Alb zu Hause.

Endlich kam die Bedienung. Mit ihrer Frage: „Was wünschen Sie?", brachte sie die Gruppe wieder zum Reden. Thomas wollte gerade ein Bier bestellen, als sein Telefon läutete. Zofía leuchtete auf seinem Display auf. Er stutzte immer noch bei diesem Namen: Wenn er an sie dachte, dachte er an Olga. Trotzdem zögerte Thomas, bis er abnahm: „Es ist eine lange Geschichte … Ich kann jetzt nicht weg … Ich rufe dich später noch einmal an … Nein, ich bin nicht alleine, mein Freund Peter, sein Onkel Helmut und dessen Pflegerin sind mit dabei … wir sind im *Art Hotel* in der Kiełbaśnicza … Ich melde mich wieder!"

Thomas war hin und hergerissen. Er verstand sehr gut Olgas Unmut oder zumindest ihre Ungeduld. Denn auch er könnte sich gut vorstellen, diesen schönen Sommerabend zusammen mit ihr zu verbringen.

Schließlich war sie eine nicht unentscheidende Triebfeder, überhaupt hierher zu kommen. Doch war er auch neugierig auf die Geschichte von Peters Onkel, denn er spürte, dass er bald die Auflösung serviert bekommen würde, auch wenn momentan keiner was sagte. Er interpretierte es als Ruhe vor dem Sturm. Nein, er konnte jetzt unmöglich weg.

Mit den Bieren kam auch die Gesprächslaune wieder zurück. Helmut Schneider erzählte von der Reise. Thomas versuchte holprig, seine ungeübten Spanischkenntnisse bei Concepción anzubringen: „Estás casada y tienes hijos?", um sie in das Gespräch mit einzubeziehen. Doch er verstand kaum etwas von ihrem Redeschwall, den er mit der Frage auslöste. Das Bier und die Abendsonne sorgten für gute Stimmung an dem Tisch mit den so unterschiedlichen Menschen und sie verabredeten, dass sie das Abendessen gegen 20 Uhr im Innenhof des Hotelrestaurants nehmen wollten. Thomas war schon ganz gespannt, beim Tischgespräch erwartete er die Klärung all seiner Fragen. Als er aufstand, sah er auf der gegenüberliegenden Restaurantterrasse einen Mann sitzen, von dem er glaubte, ihn schon einmal gesehen zu haben. Er redete sich ein, dass das gar nicht sein könne. Außerdem, selbst wenn er einen alten Bekannten gesehen haben sollte, kann er kaum so wichtig gewesen sein, wenn er so tief in seinem Gedächtnis wühlen musste. Trotzdem ging ihm dieser blonde schmale Mann nicht mehr aus dem Kopf. Concepción hakte sich bei Peters Onkel unter. „Necesita-mos una pequeña pausa!", sagte sie und zog ihn in Richtung Hotel, das nur etwa fünf Minuten Fußweg entfernt lag. Eine gute Gelegenheit für Peter, Thomas zu fragen: „Trinken wir noch irgendwo ein Bier?"

Sie drehten eine Runde um das Rathaus, den Rynek, den alten Ring, entlang. Viele Bierterrassen luden zum Verweilen ein, allerdings standen schon viele Stühle im Schatten und die verbliebenen sonnigen Plätze waren bereits besetzt. So landeten sie wieder vor dem *Literatka*, wo ihr Tisch noch frei war.

Kaum hatten sie sich wieder hingesetzt, fragte Thomas:
„Woher weißt du von der Spur zu *SMP*?"

„Dazu komme ich später. Lass mich von Anfang an erzählen."

„Gerne. Ich bin ziemlich neugierig!"

„Einige Monate nachdem mein Vater wegen seines Alzheimers in einem Pflegeheim untergebracht werden musste, habe ich seine Unterlagen ausgemistet. Meine Mutter bat mich darum, sie hatte davor schon alte Kleidungsstücke entrümpelt: ‚Er wird nicht wiederkommen. Es ist ein schleichender Untergang!'

Mir schien das Verhalten meiner Mutter ziemlich gefühlskalt zu sein, was sie auch spürte.

‚Sag mir eine bessere Möglichkeit, damit fertig zu werden, dass unser gemeinsames Leben zu Ende geht!'

Da fiel mir natürlich nichts ein, außer dem in dieser Situation vollkommen unpassenden Spruch von Winston Churchill, dass Demokratie nur die zweitbeste Staatsform wäre, die beste aber noch nicht erfunden worden sei. Ich sichtete also die vielen Fotos, Schriftstücke und Dokumente, die in verschiedenen Schränken, in Papierbündeln, in Schuhkartons und Schubladen verteilt waren.

‚Peter, es ist mir wirklich eine große Hilfe, wenn du das für mich tust! Falls du meinst, dass irgendwas auch für mich von Belang oder Interesse ist, dann lass es mir. Den Rest nimmst du oder entsorgst ihn!'

An diesen Tagen fing ich an, meine Mutter zu verstehen. In das Leben eines geliebten Menschen, der nicht mehr der ist, der er einmal war, einzutauchen, ist nicht nur mental, sondern vor allem emotional sehr anstrengend. Es wäre erträglicher gewesen, wenn mein Vater schon tot gewesen wäre, aber so, als halblebendiges Gespenst, bei dem immer wieder mal vollkommen unverhofft ein heller klarer Geist durchblitzte?

Die Vorstellung, dass er eigentlich nichts mehr mitbekommt, aber dann auf einmal doch wieder für einige Minuten an unserem Leben Anteil nimmt … Vielleicht wäre es doch besser gewesen, mit dem Aufräumen zu warten, bis er gestorben war.

Doch meine Mutter wehrte diesen Gedanken sofort ab: ‚Ich möchte doch nicht die Tage zählen wollen, bis er stirbt.‘ Ich glaube, ab diesem Moment habe ich sie wirklich verstanden. Meine Mutter wollte ihn als den Menschen in Erinnerung behalten, der ihr ein guter Ehemann und uns ein guter Vater war. Gleichzeitig wollte sie den, der in seiner Verwirrung den Bezug zu seinem alten Leben verloren hatte, in seinem Leben lassen, ohne sich zu sehr daran aufzureiben und dadurch die Erinnerungen zu verdüstern.“

Thomas schaute auf die Uhr, in einer Viertelstunde wollten sie sich zum Abendessen treffen. Und er hatte den Eindruck, dass sie bis Mitternacht sitzen könnten, denn die Geschichte hatte noch nicht einmal angefangen. Trotzdem wollte er Peter nicht unterbrechen. Die Bedienung brachte noch ein Bier. Das Rathaus strahlte im Gold der untergehenden Sonne und leicht bekleidete Frauen flanierten alleine oder in Begleitung über den Platz.

„Und dann fand ich ein Tagebuch. Es datierte vom Sommer 1944 bis zum 20. Januar 1945. Es war spannend zu lesen, und schon nach wenigen Zeilen war klar, dass der Verfasser der Bruder meines Vaters gewesen sein musste!“
Obwohl oder gerade weil Thomas seine Neugierde kaum mehr zügeln konnte und er davon ausging, dass Peters Onkel eine wichtige Rolle bei der Auflösung der Geschichte spielen sollte, drängte er nun doch zum Aufbruch: „In zehn Minuten wollten wir uns zum Essen treffen. Ich hoffe, dass ich als Beilage die ganze Geschichte serviert bekomme!“

Dieses Mal war er sich nicht ganz sicher, ob es der Blonde von eben war, dessen Schatten er in dem kleinen Torbogen, der den Marktplatz von der Elisabethkirche trennte, sah.

„Ich glaube, ich sehe schon Gespenster", murmelte er vor sich hin.

„Wie bitte?", fragte Peter. „Ach nichts, ich dachte nur, ich hätte jemanden gesehen …"

Als sie in die Kiełbaśnicza einbogen und an der Kirche vorbeigingen, die Sonne verschwand gerade im Westen, läutete wieder das Telefon. Thomas zog es fast unwillig aus der Hosentasche, da er schon vermutete, dass es Olga wäre, die er zwar leidenschaftlich gerne sehen würde, aber nicht jetzt.

48

Helmut Schneider war sehr erschöpft vom Flug nach Berlin und der vierstündigen Autofahrt hierher nach Breslau – für einen Mann im stolzen Alter von 81 Jahren eine echte körperliche Herausforderung. Auf der anderen Seite fühlte er sich eigenartig aufgekratzt. Fast so, als hätte ihn ein Teil seiner selbst, der jung gebliebene Teil, den er hier vor 65 Jahren zurückgelassen hatte, wiederbelebt. So lag er auf dem Bett, um sich auszuruhen. Er wollte aber eigentlich aufstehen und zur Rosenstraße gehen, dorthin, wo er aufgewachsen war.

Am Nachmittag hatte er sich nicht getraut. Er dachte, es würde ihm zu viel werden, und er hatte den Eindruck, dass seine Kraft nicht reichen würde, noch die gerade mal hundert Meter zu gehen, die Bogumil jeden Morgen zu ihm gerannt kam, um ihn zur Schule abzuholen. Deshalb wollte er, nachdem sie den ehemaligen Laden von Brosinski, der eigentlich Sekula gehörte, gefunden hatten, auch wieder zurück. Zurück in die Innenstadt, zum Rathaus und zum Hotel. Er glaubte, sein Kopf könnte platzen von all den Erinnerungen, die sich plötzlich aus ihren verstaubten Verstecken seines Hirnes in sein Bewusstsein wagten. So sehr er in Cuenca anfangs auch haderte, noch einmal in seine alte Heimat zu fahren, jetzt war er glücklich, dass er sich getraut hatte.

Die Erinnerungen an seine Kindheit und Jugend waren zwar Teil seiner selbst, doch hatte er auch den Eindruck, dass sie einen anderen Menschen betrafen, einen, der in einer anderen Welt lebte als er selbst den größten Teil seines Lebens. Irgendwie bekam er, in seinem Hotelzimmer liegend, die zwei unterschiedlichen Leben nicht richtig zusammen.

So fühlte er eine Spannung in sich, die ihn nicht zur Ruhe kommen ließ. Dazu passte, dass sie in seiner Stadt heute Polnisch sprachen. Ja, für ihn war es trotzdem seine Stadt, er war dort geboren, er war dort aufgewachsen, er musste sie vor dem Russen verteidigen und hätte, wie so viele seiner Freunde, das auch mit dem Leben bezahlen müssen, wenn er nicht so viel Glück gehabt hätte.

Es war seine Stadt. Auch wenn es diese Stadt von damals eigentlich nicht mehr gab. Trotzdem, wie er heute gesehen hatte, viele Gebäude wieder aufgebaut worden waren, die Kirchen auf der Sandinsel, der Ring, die Universität, sogar die Markthalle gegenüber der Sandbrücke, der ältesten Brücke Breslaus. Er konnte sich heute, an diesem sonnigen warmen Junitag überhaupt nicht vorstellen, dass die Stadt im Mai '45, als er sie das letzte Mal gesehen hatte, in Schutt und Trümmern gelegen hatte. Zwei Drittel aller Gebäude waren zerstört, in manchen Stadtteilen stand kein einziges Haus mehr.

Die noch überlebenden Deutschen wurden wie er zu Zwangsarbeit verpflichtet, in Lager gesteckt oder vertrieben, und die Stadt wurde aufgefüllt mit Polen, die aus deren ehemaligen Ostgebieten, wie Galizien, vertrieben worden waren.

Genauso wenig konnte er sich heute vorstellen, dass Breslau schon kurz nach dem Krieg kommunistisch wurde. Als Teil der neuen Volksrepublik Polen, die seither einheitlich grau hinter dem Eisernen Vorhang, unter dem Einfluss der Sowjetunion, ein realsozialistisches Schattendasein führte. Eine düstere Zeit, in der den ohnehin gebeutelten Menschen anscheinend nichts erspart blieb. In der es den Bewohnern auch wirtschaftlich nicht besonders gut ging.

Dabei hatte Helmut, zusammen mit den anderen 600000 Breslauern, vor dem Krieg die Blütezeit seiner Stadt erleben dürfen. Und soweit er das heute nach den paar Stunden Aufenthalt feststellen konnte, steht die Stadt wieder in voller Blüte, und das nicht nur wegen des weit fortgeschrittenen Frühlings.

Es wurde Zeit zum Abendessen. Er war schon gespannt darauf, mit dem Freund seines Neffen über die Brosinski-Geschichte zu reden, nachdem der erfahren würde, was sich in dieser kalten Januarnacht 1945 ereignet hatte. Und warum Brosinski in seinem Abschiedsbrief zu Recht meinte, dass er nicht der ist, für den ihn die Leute hielten.

Er hatte bei der Rückkehr vom Marktplatz die Speisekarte des Hotels studiert und freute sich schon auf das *Schlesische Himmelreich*, obwohl er überzeugt davon war, dass es nie mehr so gut schmecken würde wie früher, daheim in der Rosenstraße, bevor seine Familie ihrer Heimat beraubt und dadurch auseinandergerissen worden war und seither nicht mehr richtig zusammenfand.

In ein paar Tagen würde er seinen Bruder Reinhold besuchen. Vielleicht konnten sie ihre letzten Tage versöhnlicher gestalten, wenn das Geheimnis, das noch zusätzlich einen Keil in seine Familie trieb, offenbart wurde. Es sich gleichsam damit in Luft auflösen würde. Und seine misslichen Folgewirkungen gleich mit.

Es klopfte. Concepción, die ihn zum Essen holen wollte.

„Ich komme gleich!" War es nicht längst an der Zeit, auch dieses Geheimnis zu lüften? Doch wie würde Concepción darauf reagieren, wenn sie erführe, dass er, ihr Padrone, ihr Vater ist? Würde er ihr mit dieser Enthüllung nicht ihr bisheriges Lebensfundament entziehen? Würde es ihr nicht auch so gehen wie Helma, die gestern erzählte, dass sie nicht zuletzt wegen der falschen Identität ihres Vaters auch an der eigenen zweifelte?

Ist Erkenntnis, ist Wahrheit immer der Schlüssel? Wahrscheinlich nicht, aber eine lebenslange Lüge ist es sicher auch nicht. Aber nicht heute. Heute ging es um Brosinski, dieses Schwein! Er mühte sich aus dem Bett, ging mit steifen Bewegungen zur Tür.

Peter und Thomas saßen noch nicht an dem Tisch, der für sie in einer gemütlichen Ecke des Innenhofes reserviert war. Die aufkommende nächtliche Sommerfrische hatte sich noch nicht hierhin verirrt.

Concepción bestellte Wasser, vielleicht würde sie später einen Wein mittrinken. Helmut wollte Bier. Sein erstes und letztes Bier in Breslau war von *Haase Bräu* im *Schweidnitzer Keller*, kurz bevor dieser zu einem Lazarett umfunktioniert wurde. Die Marke, die sie hier im Hotel ausschenkten, hieß *Spiz*. Es schmeckte ihm. Der Abend fühlte sich warm an, wärmer als die Abende in Cuenca, wo es nach Sonnenuntergang wegen der Höhenlage sehr schnell kühl wurde. Concepción hatte deshalb auch eine dicke Wolljacke dabei. „Te gusta Breslau?", fragte er sie, obschon er längst spürte, dass es ihr hier gefiel. Sie schien sich auch in Gesellschaft der beiden jungen Männer, auf die sie jetzt warteten, wohl zu fühlen.

„Cuénteme de los judíos en Alemania!" Sie wusste, dass Paula, seine Frau, eine Jüdin war. Mithin, und das traute sich Helmut Concepción an diesem Abend nicht zu sagen, war auch Concepción irgendwie eine halbe Jüdin.

Der Ober brachte die Getränke und fragte wieder, ob sie denn nicht zu essen bestellen wollten. Helmut wehrte ab, schaute auf die Uhr und meinte, dass die anderen beiden bald kommen würden. Dann erzählte er.

„Ich erinnere mich an die Reichskristallnacht, beziehungsweise an den Tag danach. Als ich morgens zur Schule ging, sah ich viele zerbrochene Scheiben. Ich wusste nicht warum. In der Schule angekommen, setzte unser Lehrer ‚Heimatkunde' auf den Stundenplan. Das war mit einem Stadtrundgang verbunden. Er war wohl selbst neugierig, was es da alles zu sehen gab. Wir gingen durch das Zentrum der Stadt. Bei Wertheim, dem größten Kaufhaus von Breslau, waren die Scheiben eingeschlagen. Auch in anderen Geschäften war das so. Alle möglichen Waren lagen auf der Straße zwischen den Glassplittern. Man durfte nichts aufheben. Vor einem Haus, in der Nähe vom Hauptbahnhof, standen SA-Leute. Ein Mann mit einem Koffer kam herausgestürzt und wurde gleich zusammengeschlagen. Über ein Brückengeländer ließ man einen anderen Mann an einem Strick zur Oder herunter und zog ihn wieder rauf. Ich denke, es war ein Jude. Dann standen wir vor der großen Synagoge, aus deren Kuppel die Flammen schlugen. Ich konnte mir bis dahin gar nicht vorstellen, dass ein steinernes Haus brennen kann.

Im Jahr darauf kam ich zum Jungvolk. Besondere Freude machte es uns, wenn wir als Marschkolonne durch Stadtviertel marschierten, in denen viele Juden wohnten. Dann brüllten wir fürchterliche Hetzlieder. ‚Schmeißt sie raus, die ganze Judenbande, schmeißt sie raus aus unserm Vaterlande …‘

In den Geschäften begegnete ich oft den Menschen mit dem gelben Judenstern. Da drehte ich mich weg, als wenn ich es mit einem Aussätzigen zu tun gehabt hätte.“

Concepción liefen Tränen über die Wangen. „Señora Padrona fue una judía! Qué hicisteis con ella!“, rief sie empört. Helmut tätschelte ihre Schultern: „Was wir mit ihnen gemacht haben? Wir waren Kinder, es tut mir immer noch leid!“

49

Weder Thomas Schöngeist noch Peter Schneider bemerkten
in der Dämmerung die beiden Männer, die an der Nordecke
der Elisabethkirche warteten, scheinbar in ein Gespräch
vertieft. Hinter ihnen parkte ein Lieferwagen mit laufendem
Motor. Als Peter und Thomas an der Ecke vorbeikamen und
er den Anruf annehmen wollte, ging alles sehr schnell. Ein
heftiger Schlag traf Thomas in die Magengegend. Ihm blieb
die Luft weg. In diesem Moment wurde er, genauso wie
Peter, mit einem Klammergriff gepackt und durch die offene
Hecktüre in den Lieferwagen gestoßen. Die Tür wurde
schnell zugeworfen. Thomas' Handy fiel auf die Ladefläche
und zerbrach. Durch das heftige Anfahren rutschten sie im
Dunkeln auf der Ladefläche nach hinten bis zur
verschlossenen Hecktüre. Bei jeder Kurve schlitterten sie auf
der Ladefläche herum. Sehen konnten sie nichts.

„Scheiße!"

„Das kannst du laut sagen!"

„Nein, doppelt Scheiße! Mein Handy ist kaputt!"

„So ein Mist! Und ich habe meines auf dem Zimmer
liegen!"

Die Fahrt ins dunkle Ungewisse dauerte etwa eine halbe
Stunde. Sie hatten nicht einmal eine Ahnung, in welche
Richtung sie fuhren. Eine starke Bremsung, die die beiden
nach vorne schleuderte, beendete die Fahrt. Die Hecktüre
wurde aufgerissen. Davor standen, im Dunkel nur mehr
schemenhaft zu erkennen, drei Männer. „Raus!", brüllte
einer.

So blieb ihnen nichts anderes übrig, als die Ladefläche
wieder vorzurobben und mit wackeligen Knien
auszusteigen. Die Männer schubsten die beiden Gefangenen
gleich weiter in Richtung eines Hauses, das recht einsam
vor einem Wald stand. Anfangs beleuchtete der Lichtschein
aus einem Fenster im Erdgeschoss die Szenerie, die Thomas
als reichlich unwirklich empfand, der er sich aber hilflos
fügte.

Der Schlag ins Gesicht traf ihn trotz seiner Anspannung vollkommen unvorbereitet. Es folgten, ohne dass er überhaupt Zeit fand, sich zu wehren, Schläge in die Magengegend. Kurz bevor er sich übergeben musste, hörten die Schläger auf.

Soweit er erkennen konnte, wurde Peter genauso wie er traktiert. Einer aus der Schlägertruppe brüllte sie wieder an:

„Wenn ihr Tadeusz' Haus nehmt, hauen wir weiter! Das ist Warnung letzte, nächste Mal tot! Verstanden? Wenn Tadeusz Haus wegnehmen, aus mit euch!"

Wohl um seine Worte zu untermauern, schlug er Peter mit einem Schlagstock, den er die ganze Zeit schon drohend in der Hand gehalten hatte, in den Unterleib. Peter heulte laut auf. Thomas traf ein Stockschlag von hinten in die Kniekehle, von dem er zusammensackte und auf die Erde fiel.

Bevor Peter ansetzen konnte, das Missverständnis aufzuklären, entfernten sich die Schläger, und Thomas hörte ein Auto neben dem Lieferwagen starten, die Reifen drehten durch und spritzten Splitt und Dreckpartikel auf die beiden am Boden liegenden Männer.

„Scheiße!"

„Das hört hier keiner!", japste Peter als Antwort.

„Was machen wir jetzt?"

„Wir rufen ein Taxi und fahren ins Hotel!"

„Idiot!"

Thomas fröstelte, nicht nur wegen der Kälte, die in der wolkenlosen Nacht feucht aus dem Boden kroch.

„Ich glaube, das waren die gleichen Typen, die mich Ende letzten Jahres in Blaukirchen verprügelt haben", sagte Peter.

„Und von denen du mir nie erzählt hast!", warf ihm Thomas vor.

„Woher weißt du davon?"

„Unser gemeinsamer Schulfreund, der jetzige Polizeipräsident von Blaukirchen, Uwe Meier, hat's mir erzählt."

„Polizeipräsident! Du beliebst zu scherzen. Was hat er noch erzählt?"

„Sag mal, spinnst du, Peter!", schrie ihn Thomas heftig an. „Wir sitzen hier in der Scheiße, irgendwo im Niemandsland in der Nähe von Breslau und haben keine Ahnung, wie wir in die Stadt zurückkommen sollen, und du willst wissen, was mir Uwe Meier von dem, was du mir verschwiegen hast, erzählt hat!"

„Wie meinst du denn das?"

„Wenn du mir alles erzählt hättest, würden wir doch wahrscheinlich gar nicht hier am einsamsten Fleck von ganz Polen rumhängen!"

Thomas war wütend. Bei jedem Einatmen schmerzte sein Brustkorb. Er fror. Er fühlte sich hundeelend und hatte keine Ahnung, wie sie jemals von hier wegkommen sollten.

„Jetzt beruhige dich mal. Es tut mir leid, wenn ich dir nicht alles gesagt habe. Aber ich hatte dich damals auch nicht beauftragt, mich zu suchen. Und Helma wusste auch nicht alles. Und danach wollte ich die Geschichte einfach nur vergessen und nicht noch mal aufwärmen. Es tut mir wirklich leid!"

„Lass uns mal ins Haus schauen!"

Thomas humpelte voran und Peter folgte ihm, leicht nach vorne gekrümmt, seine linke Hand gegen seinen Bauch gedrückt. „Tut ganz schön weh!"

„Was uns nicht umbringt, macht uns nur noch härter!", antwortete Thomas wenig empathisch. Ein dummer Spruch aus seiner Aktivenzeit, als sie manchmal bei den Wettkämpfen liefen, bis ihnen schwarz vor Augen wurde, und sie im Ziel so ausgepumpt auf der Bahn lagen, dass sich manchmal Rettungssanitäter besorgt um sie kümmern wollten. Doch ein paar Minuten später standen sie auf, halfen ihren Laufkameraden auf die Beine oder wurden auf die Beine geholfen. Das war der Moment für diesen Spruch, den Thomas seither reflexartig nach einer überstandenen Krise wiederkäute.

Der Lichtschalter neben der unverschlossenen Eingangstür gehörte zu einer Glühbirne, die lose an der

Decke hing und funzelig einen Korridor ausleuchtete. Einige offen stehende Türen zweigten davon ab. Nicht jedes Zimmer hatte Licht, aber alle schienen gleich dreckig zu sein. Ein paar alte Möbel standen herum. In einem Raum ein Tisch, drei wackelige Stühle und ein Küchenschrank aus billigem Resopal, der jeden Moment in sich zusammenzufallen schien. In einem anderen Zimmer ein Bett mit schmutziger Bettwäsche, in das sich Thomas nicht in der größten Not hätte legen wollen. Wieder im Korridor bemerkte Peter das schwarze Telefon in einer Ecke auf dem Boden. Er stürzte hin, hob ab und hörte nichts. Kein Freizeichen, kein Piepen, kein Dauerton, einfach nichts. „Scheiße!"

Draußen hörten sie ein Auto vorfahren, und noch bevor sie hoffnungsvolle Freude darüber empfinden konnten, waren die Typen von eben wieder da. Jeder mit einem Schlagstock ausgerüstet. „Hier rein", schrie der Wortführer von eben und dirigierte sie in den Raum mit dem verfallenen Küchenschrank und sperrte die Tür von außen zu. Dann konnte Thomas hören, dass sich knirschend ein Schlüssel an der Haustüre drehte, bevor das Auto wieder hochtourig davonfuhr.

„Scheiße!"

„Durchs Fenster!"

Sie stürzten zum Fenster hin, als gäbe es einen Preis zu gewinnen, wer als erster den Fluchtweg eröffnen würde. Doch der war mit einem Holzladen versperrt.

„Da kam doch eben noch Licht durch!"

„Jetzt nicht mehr! Und wir auch nicht!"

Erschöpft und resigniert setzten sie sich auf die wackeligen Stühle und schwiegen sich an. Die funzelige Birne an der Decke beleuchtete die ausweglose Situation.

„Was war das denn eigentlich? Warum sind die noch mal zurück?"

„Keine Ahnung. Vielleicht hatten sie einfach vergessen, uns einzusperren und ihr Auftraggeber hat sie …"

„Das hilft uns sowieso nicht weiter", unterbrach ihn Thomas. „Wie sollen wir die Tür aufbringen?"

„Es ist kein Alptraum?", fragte Peter.

„Doch! Aber einer, aus dem wir uns gemeinsam befreien sollten."

Nach einigen Minuten vergeblichem Ziehen an der Tür rissen sie den Türgriff ab. Danach drückten sie am Fensterladen herum, suchten Spalten und Ritzen und irgendwann gönnten sie sich frustriert und erschöpft eine Pause.

„Wir geben nicht auf!"

„Natürlich nicht!"

Es roch nach feuchtem Verfall.

50

Helmut Schneider schaute auf die Uhr: „Están retrasados?", stellte er fragend fest. Concepción zuckte nur ihre Schultern, sie kannte diese deutsche Pünktlichkeit schon von ihrem Padrone, doch in Ecuador war eine halbe Stunde nach der verabredeten Zeit noch lange keine Verspätung.

Concepción fröstelte ein wenig. Die Kühle der Nacht schlich sich nun auch in den Innenhof des Hotels. Der Ober schaltete einen Heizstrahler ein und fragte, ob sie noch was zu trinken wollten, und schon etwas ungeduldig, wann sie das Essen bestellen würden.

„Die Anderen kommen gleich", antwortete ihm Helmut und fragte Concepción: „Te apetece también una cerveza?"

„No, un vaso de vino blanco, por favor!"

Dann bat sie ihn: „Cuénteme un poco de Breslau de su juventud!"

„Was willst du hören?"

„Quizás un poco de su familia?"

„Manchmal fuhr unsere Mutter mit uns Kindern in den Zoo. Dazu mussten wir in der Scheitniger Straße in die Straßenbahn Nummer 18 oder 11."

„Cómo se llaman sus hermanos?"

„Reinhold, Irene und Hildegard!"

„Me gustaría tener hermanos!", sagte Concepción verträumt und Helmut spürte einen Stich im Herz, erzählte aber gleich weiter.

„Hinter der Paßbrücke, die über die Alte Oder führte, stiegen wir am Grüneicher Weg aus. Wir hatten keinen Blick mehr für die Tram, die über die Adolf-Hitler-Straße, die eigentlich Friedrich-Ebert-Straße hieß, in Richtung Zimpel weiterfuhr. Zimpel war der Name für ein neues, ganz modernes Viertel.

Das zweiflüglige Haupttor zum Zoo, aus verschnörkeltem Schmiedeeisen, war meistens verschlossen, sodass wir durch eines der beiden kleineren Seitentore, die von zwei steinernen Löwen bewacht wurden, hineingingen. Gleich danach kam ein größeres Gebäude, wo Mutter Eintrittskarten für uns löste. In der Papageien-Allee saßen die bunten Vögel angekettet auf ihren Querstangen und krächzten.

Einer rief: ‚Ich bin der Schönste', während er aufgeregt mit seinen Flügeln schlug und sich stolz in seinem bunten schillernden Federkleid gebärdete. Und schon standen wir auf einer geschwungenen Brücke, von der aus wir die Flamingos sehen konnten, die rosa schillernd einbeinig in den drei Seen standen. Wir warfen Futter für sie hinunter. Danach staunten wir über das sehr große Vogelhaus. Mitten im Zoo gab es einen Konzertplatz, wo manchmal eine Breslauer Blaskapelle aufspielte.

Vor dem Wilhelmshafener Dammweg ging's zum Freigehege, wo sich Braunbären, Eisbären, Seelöwen und Tiger tummelten. Fremde Tiere außerhalb eines Käfigs zu erleben, war schon etwas Besonderes. Mutter sagte, das sei einmalig in Europa. Am meisten zog mich jedoch das Affenhaus an und ich fragte mich, ob wir nun die Affen anschauten oder wir für sie die sehenswerten Objekte waren. Nach dem Elefantenhaus gab es meistens Kuchen und Limonade.

Als einmal Bogumil, Reinholds Freund, dabei war, fiel das Kuchenessen aus. Wir brachten ihn nach dem Zoobesuch heim, zu dem Haus in der Herzogstraße, vor dem wir heute Nachmittag standen. Seine Mutter hatte uns zum Kuchenessen eingeladen. Ich erinnere mich noch gut an die große Wohnung und das Esszimmer, in dem wir alle zusammen um einen riesigen Tisch saßen, unsere Familie und die von Bogumil mit seinen zwei Geschwistern. Wir aßen Schlesischen Mohnkuchen, der bergeweise aufgetragen wurde."

Helmut trieb es bei den Erinnerungen an längst vergangene Kindertage Tränen in die Augen. Concepción nahm tröstend seine Hand, so wie er die ihre genommen hatte, kurz bevor das Flugzeug abhob.

51

„Und das waren die gleichen Typen, die dich in Blaukirchen verprügelt haben?", knüpfte Thomas Schöngeist an das Gespräch von draußen an.

„Ich glaube schon. Allzu viel erkennen konnte ich ja heute nicht in der Dunkelheit. Und damals auch nicht. Aber irgendwie war es ähnlich. Doch, ich glaube, es waren die gleichen Typen!"

„Wer ist Tadeusz? Und welches Haus meinte der Typ?", fragte Thomas weiter, obwohl er sich einige Fragmente der Antwort zusammenreimen konnte.

„Tadeusz Mostowski. Das Haus haben wir heute besichtigt. Es ist der ehemalige Laden von Brosinski. Das Haus, in dem Antoni Mostowski, der Sohn von Tadeusz, die *SMP* gründete und heute noch die zentralen Büros hat."

„Und was hast du mit dem Haus zu tun?"

„Eigentlich nichts. Aber anscheinend bin ich an allem schuld, was den Brosinskis zustößt. Ich habe keine Ahnung, warum ich auch dieses Mal wieder als Sündenbock herhalten muss, aber das passiert mir laufend." Peter zuckte mit den Schultern und ergänzte wenig überzeugend: „Da gewöhnt man sich dran."

„Michael Brosinski wollte anscheinend sein Elternhaus zurückhaben und hat hierfür auch die *Preußische Treuhand* eingeschaltet. Aber bislang hat er es nicht bekommen. Momentan liegt er im Krankenhaus, und es ist noch nicht sicher, ob er jemals wieder irgendetwas will. Warum, um Himmels willen, haben die dich noch mal verprügelt, und mich gleich mit?"

„Ich habe wirklich keine Ahnung. Ich kann mir vorstellen, dass sie mich mit Michael verwechselt haben."

„Das wiederum ist für mich nur schwer vorstellbar!", warf Thomas ein. „Du passt ja zweimal in den rein! Und etwas mehr Haare hast du auch noch!"

„Stimmt schon, trotzdem hatte ich mit Immobilien zu tun und eine Zeit lang habe ich mich auch um die Wohnungen und Häuser der Brosinski-Familie gekümmert. Ich weiß es ja auch nicht. Das mit der *Preußischen Treuhand* habe ich auch mitbekommen. Helmas Vater hat mir kurz vor seinem Tod davon erzählt, auch dass Michael Kontakt mit denen hat, wegen des alten Hauses in Breslau."

„Warum hast du damals keine Anzeige erstattet, als du das erste Mal verprügelt wurdest?"

„Der Typ hat zwar damals schon was Ähnliches gesagt, mit Tadeusz und dem Haus. Ehrlich gesagt, habe ich damals nicht gewusst, was das sollte. Auf Breslau und das alte Haus wäre ich nicht im Traum gekommen. Ich dachte einfach, Michael hätte die Truppe beauftragt, um mich aus der Stadt zu vertreiben!"

„Wegen Eichendorff?"

„Wie kommst du jetzt auf Eichendorff?", fragte Peter irritiert.

„Na dieses Gedicht von ihm!"

„Was für ein Gedicht? Ich kenne von ihm nur das ‚Leben eines Taugenichts'."

„Du hattest doch ein Gedicht von ihm auf deinem Schreibtisch?"

„Thomas, ehrlich, ich weiß jetzt überhaupt nicht, wovon du redest."

„Aus ist deine Zeit und die Laut zerschlagen …"

„Ist das von Eichendorff?", unterbrach ihn Peter überrascht.

„Weißt du das nicht?"

„Das hat mir Onkel Helmut mit seinem ersten Brief zugesandt. Es ist sein Lieblingsgedicht, das ihn zeitlebens, seit er Breslau verlassen musste, begleitet hat!"

„Eichendorff stammte aus Breslau!", stellte Thomas fest.

„Das wusste ich nicht", gab Peter zu. Dann stand er auf und inspizierte noch einmal den wackeligen Schrank. „Mit diesen Pressholzplatten kann man nichts anfangen, aber in der Rückwand ist eine längere Querstrebe aus Holz.

Die bekommen wir schon irgendwie so klein, dass man damit versuchen kann, den Sperrhebel des Fensterladens aus seiner Verankerung zu fieseln."

Thomas rüttelte am Schrank, und mit einem fürchterlichen Krachen fiel der in sich zusammen. Gleichzeitig sprang eine Ratte fiepend heraus und rannte auf die beiden Männer zu. Die sprangen vor Schreck auf die Stühle und schauten angewidert der Ratte zu, die von einem Eck zum anderen jagte und sich dann in dem Bretterhaufen des ehemaligen Schrankes wieder versteckte.

Daraus ragte die hölzerne Längsstrebe heraus.

Peter zog sie aus dem Haufen, worauf die Ratte wieder aus ihrem Versteck schreckte und sich nach kurzem hektischem Suchen in eine Zimmerecke kauerte, die Knopfaugen stechend auf die Männer gerichtet. Unter ihrer Beobachtung inspizierte Peter die dünne morsche Latte, doch sie bröselte ihm unter den Fingern weg.

„Mist!"

„Nicht aufgeben!"

Peter inspizierte die Möbelplatten. Das Pressholz war an den Flächen mit einem ehemals weißen Kunststoff furniert, der sich ebenso löste wie die etwa zwei Zentimeter breiten Umleimer aus einem zähen elastischen Kunststoff, der die Stirnseiten kaschiert hatte.

Den zog er ab, und ausgerüstet mit der schmalen und beweglichen Kunststoffleiste, werkelte er noch einmal an den Fensterläden herum.

„Ich hab's gleich!"

Thomas schaute ihm gespannt zu, immer die Ratte im Blick, die in ihrem Eck wie eine stille Drohung aufmerksam lauerte.

„Ich schaffe es nicht!" Peter warf vollkommen nass geschwitzt sein improvisiertes Werkzeug verzweifelt auf den Boden. Thomas hob das Provisorium wieder auf und versuchte, es zwischen den abgenuteten Fensterläden zum Sperrriegel hochzuziehen, um ihn aus seiner Verankerung zu lösen.

Doch auch er gab irgendwann entnervt auf und warf den Umleimer in die Rattenecke, worauf das Tier mit gefletschten spitzen Zähnen und schrillem Kreischen von seinem Beobachtungsposten aus auf ihn zuschoss.

Er versuchte, sie mit der Schuhspitze wegzukicken, konnte sie aber nicht treffen. Sie wich seinem Fuß mit unglaublich wendiger Geschwindigkeit aus und raste wieder zwischen den Ecken, weiterhin laut fiepend, hin und her, bis sie sich erneut in dem Schrankhaufen versteckte.

Thomas konnte sie jetzt nicht mehr sehen, aber ihm war, als wäre ihr stechender Blick weiter auf ihn gerichtet, und er stellte sich vor, dass sie ihn in einem unaufmerksamen Moment mit ihren spitzen, weißen, geifernden Zähnen angreifen würde.

„Scheiße", sagte Peter, den die Ratte nicht so sehr zu irritieren schien, „jetzt sind wir also zu dritt!"

Dann war Stille im Raum. Thomas starrte unentwegt auf den Möbelhaufen. Es wäre ihm lieber gewesen, er würde die Ratte richtig sehen können, als ständig ihren Blick zu spüren. Wie Laserstrahlen schienen ihn die Rattenaugen zu durchsengen. Er versuchte, langsam und ruhig zu atmen. Irgendwann fragte er dann: „Und wie ging's dann weiter?"

„Am Dreikönigstag bin ich zu meinem Onkel nach Cuenca geflogen. Das ist eine Stadt in Ecuador, mitten in den Anden, auf etwa 2500 Meter Höhe."

„Ich meine, warum bist du so plötzlich zu deinem Onkel geflogen, ohne Helma oder sonst wem Bescheid zu geben?"

„Das habe ich dir doch schon erzählt, ich hatte ihn ausfindig gemacht und die Stimmung zwischen Helma und mir so verkorkst, dass ich es nicht schaffte, ihr davon zu erzählen."

„Das hast du schon gesagt. Ja. Aber warum hast du deinen Onkel überhaupt besucht? Soweit ich gehört habe, gab's den eigentlich gar nicht in eurer Familie."

„Da hast du richtig gehört. Ich dachte auch, dass er gestorben wäre. Ich habe mir darüber nie Gedanken gemacht. Er war ja nie Bestandteil meines Lebens und galt eigentlich schon immer als tot. Und kein Mensch hat je von ihm geredet."

„Jetzt sag halt endlich, warum du ihn plötzlich gesucht hast!"

„Wie schon gesagt, habe ich in Vaters Unterlagen das Tagebuch meines Onkels aus den letzten Kriegsmonaten gefunden."

„Und deshalb hast du geglaubt, dass er noch leben könnte und hast ihn gesucht?"

„So natürlich nicht. Zum einen wurde er durch diese Zeilen für mich lebendig, das ist richtig. Aber der Anlass war das, was er am 17. Januar '45 beobachtet hat. Das war selbst für die damalige Kriegszeit ungeheuerlich und der Schlüssel zu manch seltsamem Verhalten der Brosinskis."

Thomas war noch neugieriger geworden und vergaß für einen kurzen Moment sogar die Ratte, die wohl genauso gespannt auf den Fortgang der Geschichte wartete.

„Was ist da passiert?"

„Das, was da geschrieben stand, ist so unglaublich, dass ich versucht habe, Onkel Helmut zu finden, um ihn zu fragen, was denn damals wirklich geschehen war."

„Und wie hast du ihn dann so schnell aufgespürt?"

„Erst fragte ich meinen Vater, woran sein Bruder so früh gestorben sei. Als er nicht reagierte, fragte ich ihn, wo er denn begraben wäre. Ich war sicher, dass er mich verstanden hatte, aber er tat geistesabwesend. Ich fragte also weiter. Ob es denn überhaupt stimmen würde, dass sein Bruder gestorben sei.

Ich fragte ihn, ob er wüsste, was damals am 17. Januar '45 passiert sei. Er tat weiterhin so, als würde er nichts mitbekommen und dürfte mich in seiner eigenen Welt ignorieren. Ich sagte ihm, dass ich ja alles verstehen könne, aber nicht, warum er mir nie davon erzählt hatte, vor allem, als ich Helma heiratete. Da ist mein Vater wütend geworden, hat geschrien, dass er schon immer gesagt hätte, dass ich die Finger von der Brosinski lassen solle und hat mich rausgeworfen. ‚Komm nie wieder!', hat er mir nachgerufen."

Auf einmal flackerte die Glühbirne und erlosch. Wie ein viel zu schwerer Mantel lastete die plötzliche Dunkelheit auf den beiden Männern und raubte Thomas im ersten Moment den Atem. Er spürte wieder den durchdringenden Rattenblick und versuchte, seine Atmung zu kontrollieren. Nach einigen Schreckminuten gewöhnten sich seine Augen an die Dunkelheit, die sich mehr und mehr grau konturierte. Um sich weiter von der Ratte abzulenken, drängte er Peter weiterzuerzählen.

„Dann habe ich einfach meine Tante Irene gefragt, und die wusste letztlich nach vielem Sträuben doch Bescheid. ‚Ich sollte es nie jemandem verraten! Er wurde verschwiegen, er sollte für die anderen einfach tot sein.'

So habe ich ihm geschrieben und gefragt, ob ich ihn besuchen könne. Seine Einladung nach Ecuador kam postwendend. Er schickte mir das Gedicht mit, von dem du sagst, es wäre von Eichendorff, und über das ich die ganze Zeit nachdenken musste. Wollte mir mein Onkel sagen, dass es auch für mich Zeit wäre zu gehen? Oder hat er es mir geschickt, um auf seine eigene Vertreibung aufmerksam zu machen? Wollte er mir damit Trost spenden? Ich werde es ihn gleich noch fragen. Auf jeden Fall buchte ich einen Flug nach Cuenca am Dreikönigstag. Kurz vor Weihnachten bin ich zu meinem Schwiegervater gegangen und habe ihn mit den Tagebucheinträgen konfrontiert und eine Aufklärung gefordert. Er wurde wütend und hat mich aufgefordert, sein Haus zu verlassen. Ich war aufgewühlt und mindestens genauso wütend. Was wusste diese Familie? Was wusste Helma? Ich kam mir vor, als wäre ich in einem falschen Film nur vorgeführt worden!

Deshalb fand ich nicht die Kraft oder den Mut, mit Helma darüber zu reden, erst recht nicht, nachdem sich kurz darauf ihr Vater vor den Zug geworfen hatte. Ich fühlte mich unschuldig und mitschuldig zugleich und bin, ohne jemandem Bescheid zu geben, in das Flugzeug nach Ecuador gestiegen. Zu sehr fühlte ich mich als Getriebener von Ereignissen, für die ich nichts konnte und ich andere, alle anderen, verantwortlich machte."

„Was ist denn nun am 17. Januar 1945 passiert?" Thomas konnte seine ungeduldige Neugier jetzt kaum mehr zügeln.

„Das war auch der Grund, warum ich letztlich Helma davon nichts erzählen konnte und ohne ihr Bescheid zu geben, Onkel Helmut in Cuenca ..." Peter stockte. „Hörst du das Geräusch?"

Thomas lauschte in die Stille der Nacht und tatsächlich hörte er ein Auto, das sich zögerlich dem Haus näherte.

Ihm wurde heiß, Schweiß brach ihm aus, wie eine Ratte im Käfig waren sie der Schlägerbande jetzt ausgeliefert. Was wollten die jetzt noch ein drittes Mal? Ein erneuter Denkzettel wie eben machte keinen Sinn. Wenn die Schläger beim ersten Mal vergessen hatten, sie auch einzusperren, damit sie nicht so schnell entkommen könnten, wollten sie vielleicht jetzt richtig Ernst machen?

Die beiden nahmen die Stühle, um sie als Schutzschild zu verwenden. Ganz kampflos wollten sie sich jedenfalls nicht in ihr Schicksal fügen.

Das Auto hielt nicht weit von ihrem Fenster an.

52

Der Ober fragte den alten Mann und seine südländische Begleitung, ob sie noch etwas zu trinken wollten, und wedelte mit seiner Speisekarte herum. Helmut wurde jetzt doch nervös, es war längst neun Uhr durch und so weit war der Marktplatz, wo sie die beiden Männer zurückgelassen hatten, nicht entfernt. „Quizás puede llamar a Peter?", fragte Concepción.

Helmut Schneider schaute etwas verdutzt, brummelte irgendwas vor sich hin, das wie „stimmt" klang und sagte nach einer Weile: „Ich habe seine Nummer nicht!"

„Und die von Helma hast du auch nicht?"

„Nein, die habe ich auch nicht dabei."

„Auf dem Zimmer?"

In diesem Moment kam die Rezeptionistin auf ihren Tisch zugesteuert, im Schlepptau eine attraktive blonde Frau.

„Entschuldigung, wenn ich störe. Diese Dame lässt fragen, ob Sie mit Herrn Thomas Schöngeist verabredet sind."

Helmut Schneider erschrak und bejahte.

„Ich mache Sorgen um Thomas. Habe telefoniert und er wollte zurückrufen. Er hat gesagt, dass er unterwegs ist, mit Ihnen in *Art Hotel*. Später habe ich noch einmal angerufen. Thomas hat abgehoben und dann habe ich gehört nur noch komische Geräusche. So wie ein Kampf und dann ein lauter Knall. Seitdem ist Telefon tot. Wo ist Thomas?"

Helmut räusperte sich. „Ja, wir warten auch auf ihn und meinen Neffen, seinen Freund, und ich fange schon an, mir Sorgen zu machen!"

„Habe Gefühl, dass etwas nicht stimmt!", sagte die blonde Frau, die immer noch ganz aufgeregt vor dem Tisch stand. Die Rezeptionistin war wieder verschwunden. Helmut bot der Blonden einen Platz an. Sie setzte sich auf die Stuhlkante, als würde sie von dort schneller wieder aufspringen können. „Haben Sie schon versucht, Peter anrufen?", fragte sie und erntete verzweifelte Blicke von Helmut Schneider und Concepción.

„Entschuldigung, ich heiße Zofía Grynberg!"

Helmut stellte mit ratloser Miene sich und Concepción vor.

„Ich habe Idee!", rief Zofía aufgeregt. „Habe Namen von Detektiv. Ist ein Freund von Thomas. Vielleicht er kann helfen!"

53

Thomas Schöngeist und Peter Schneider lauschten ungeduldig, doch niemand stieg aus. Ein Frauenkichern hatte Thomas in seiner gespannten Aufmerksamkeit nicht erwartet und erschrak. Eine Männerstimme brummelte etwas, was Thomas ohnehin nicht verstehen konnte, da der Mann anscheinend und wenig überraschend Polnisch sprach. Die Stimme klang jung. Jünger als sie erwartet hatten, und jünger als die Mitglieder der Schlägerbande waren. Seine Begleitung antwortete auf seine Rede, und bald war klar, dass die folgenden Geräusche, Schmatzen und Stöhnen, den Beginn eines Liebesspiels signalisierten.

Thomas registrierte, wie Peter erleichtert aufatmete. Keine zwei Meter von ihnen entfernt, nur durch dünne Holzbretter getrennt, wand sich das Pärchen auf den knarzenden Autositzen und versuchte wohl, sich gegenseitig auszuziehen, begleitet von wohligem Kichern. Als hätten sich Peter und Thomas abgesprochen, klopften sie gegen den hölzernen Laden und riefen um Hilfe. Das Pärchen draußen verstummte, hektisches Tuscheln, die Stimme des Mannes wurde lauter, während das erschreckte ängstliche Kreischen der Frau im aufheulenden Motorgeräusch des anfahrenden Autos unterging.

In der folgenden Stille spürte Thomas wieder die stechenden Knopfaugen der Ratte auf sich und Peter gerichtet. Er konnte sie förmlich sehen, die blutunterlaufenen Augen, die lauernde Körperhaltung, die spitzen Zähne, schon fürs Zubeißen gefletscht.

Sie setzten sich frustriert auf die Stühle, die sie eben noch in Abwehrhaltung hochgehalten hatten. Nach einer längeren Pause meinte Peter: „Diese Chance haben wir ja wohl ganz schön vermasselt!" Er konnte nicht sehen, dass Thomas beipflichtend nickte.

Die Stille im Zimmer entwickelte sich zu einer drückenden Belastung und Thomas begann, wegen der Ratte, die ihn in seiner Vorstellung nicht aus den Augen ließ, zu schwitzen.

Das Geräusch eines näher kommenden Autos löste diese unheimliche Atmosphäre auf. „Anscheinend ein Liebesnest für Pärchen aus dem Dorf, die ein stilles Plätzchen suchen!", kommentierte Peter.

Es musste ein eher kleinerer Wagen sein, der langsam herfuhr. Das Auto stoppte laut knirschend in größerer Entfernung zum Haus als das Fahrzeug von vorhin. Wieder hielt Thomas den Atem an und versuchte zu hören, was draußen vorging. Zwei Türen öffneten sich und zwei Personen stiegen aus, die mit vorsichtigen Schritten auf das Haus zugingen.

Eine Männerstimme flüsterte.

Eine Frauenstimme antwortete leise.

Wieder ein Pärchen. Die wollten sich wohl außerhalb des Autos vergnügen. Na hoffentlich nicht wieder vor unserem Fenster, dachte sich Thomas. Er und Peter trauten sich nicht, ein Geräusch zu machen. Sie lauschten weiter gespannt, was draußen geschehen würde.

Die Schritte umkreisten anscheinend den Lieferwagen, den die Bande zurückgelassen hatte. Sie hörten vorsichtiges Klopfen auf das Autoblech, wieder Flüstern.

Thomas vermutete, dass der Lieferwagen das ungestörte Stelldichein des Liebespärchens störte. Hoffentlich hauen die nicht gleich wieder ab!

Die Schritte kamen näher zum Haus, verweilten kurz an der Eingangstür und schlichen um das Gebäude herum.

Er hörte sein Herz laut klopfen und hoffte, dass dies kein anderer hören konnte, genauso wie sein heftiges Schnaufen, das er zu kontrollieren versuchte. Dieses Mal mussten sie ihre Chance nutzen. Es war mehr als unwahrscheinlich, dass danach noch einmal ein Pärchen auftauchen würde. Thomas zwang sich zur Geduld. Peter, der sich ebenfalls nicht rührte, dachte wohl ähnlich. Als die Schritte auf der

Hinterseite des Hauses fast unhörbar leise wurden, flüsterte ihm Peter zu: „Erst mal abwarten, oder?"

Thomas nickte nur.

Die Schritte kamen auf der anderen Hausseite wieder zurück. Er konnte die Männerstimme jetzt deutlicher hören, aber das Polnisch trotzdem nicht verstehen. Genauso wenig wie die Antwort seiner Freundin. Doch irgendetwas ließ ihn aufschrecken. Diese Stimme! Was war mit dieser Stimme?

Das Pärchen rüttelte am Fensterladen, dann klopfte es dagegen. Bei diesem Geräusch schoss die Ratte wieder mit ihrem aggressiven fisteligen Kreischen aus ihrem Versteck. Die Frau schrie draußen spitz auf und die Schritte entfernten sich schnell vom Fenster.

54

Zofía fand schnell die Nummer von *bendlin research* und hatte Glück mit ihrem Anruf. Bendlin war nach dem zweiten Klingeln am Apparat und legte auch nicht gleich wieder auf, nachdem sie sich als Freundin von Thomas Schöngeist vorgestellt hatte.

„Er wird schon wieder auftauchen. Zwei Stunden Verspätung kann doch mal vorkommen!", meinte er etwas unwillig, um seine Besorgnis nicht zu zeigen. Er wusste, dass Thomas ein pünktlicher Mensch war. Vor allem, wenn es ums Essen ging. Irgendetwas ist da faul, dachte er sich, während Zofía zum dritten Mal erklärte, dass der Rynek mit dem Rathaus nur zweihundert Meter vom Hotel entfernt sei, und sie eben zweimal den Rynek entlang um das Rathaus gegangen sei und dann zum Hotel. Von Thomas keine Spur. „Lassen Sie mich ein paar Minuten überlegen, was ich tun kann. Ich bin gerade unterwegs und rufe wieder zurück!"

Kaum hatte er aufgelegt, rief er seinen Mitarbeiter Heiner Müller an. Der war im Büro, weil er an einer wichtigen, aber langweiligen Überwachung arbeitete. „Kannst du schnell in Polen ein Handy mit einer deutschen Nummer orten?", fragte er ihn ohne Umschweife.

„Ich bin ja nicht bei der Polizei, die darf das nicht. Ich zwar auch nicht, aber wenn du mich beauftragst, mache ich es!"

„Und wenn es ausgeschaltet ist?"

„Dann wird's schwieriger. Aber richtig aus ist es eigentlich nur, wenn der Akku entfernt wurde oder die SIM-Karte. Gib mir die Nummer, ich rufe dich in spätestens einer Viertelstunde zurück!"

Schon nach wenigen Minuten klingelte wieder das Telefon von Bendlin, der gerade Zofía erklärte, dass es eine Möglichkeit der Ortung geben könnte. „Ungefähr 30 Kilometer nordöstlich von Breslau. Wie man die Namen der Käffer ausspricht, weiß ich nicht. Zwischen Nowy

Dwor mit Ypsilon und Piekary, auch mit Ypsilon. Eine größere Ortschaft davor heißt Jeltsch Laskowitsche, das Sch schreibt man als cz. Komische Sprache. Auf Google Maps kann man ein Haus an einer kleinen Straße am Waldrand sehen, gegen über einem riesengroßen Feld. Es sieht so aus, als wäre dort dieses Handy!"

„Super! Du bist unschlagbar!"

„Danke für die Blumen. Du könntest das auch mal bei meinem Gehalt berücksichtigen. Ruf mich an, wenn du noch was brauchst!"

Bendlin gab sofort die Namen an Zofía weiter. Die hatte schon ihrem Cousin Jacek Bescheid gesagt, der sie gleich mit dem Auto abholen würde.

Helmut Schneider verstand zunächst überhaupt nichts. Wer war diese Zofía überhaupt? Was hatte sie mit Peter zu tun? Anscheinend ist sie eine Freundin von Thomas Schöngeist. Wie kann man so schnell einen Menschen im Nirgendwo finden, während er selbst nicht mal in der Lage war, sich die wichtigsten Telefonnummern aufzuschreiben? Er war froh, dass es eine Fährte zu Peter gab, wobei er sich, bis Zofía kam, eigentlich nur wenig Sorgen um die beiden Männer gemacht hatte. Jetzt bekam er Angst, dass den beiden etwas zugestoßen war.

Was macht Peter in einem Dorf außerhalb von Breslau, wenn er mit ihm hier zum Essen verabredet ist? Vor allem, wenn sie endlich all die Mosaiksteinchen, die wie Scherben um Brosinski herumliegen, zu einem stimmigen Bild zusammenzufügen wollten.

In seine Überlegungen stürmte ein etwa 30-jähriger, sportlich aussehender Mann, der schon von weitem Zofía begrüßte. Sie sprang gleich auf und rief den beiden Zurückbleibenden zu: „Ich fahre mit Jacek und melde, wenn ich weiß, wo Thomas ist!"

„Halt! Frau Zofía, Sie haben ja meine Telefonnummer nicht notiert!"

55

Thomas Schöngeist konnte leises Getuschel hören, dann näherte sich das Pärchen wieder. Die Männerstimme rief irgendetwas auf Polnisch und dann hörte Thomas eine vertraute Stimme: „Thomas, bist du da drin?"

Olga? Thomas traute sich erst nicht, ihren Namen zu rufen. Er fürchtete, dass er einer Wunschvorstellung aufgesessen sein könnte und seine Wahrnehmung einen kleinen Streich mit ihm spielte. Doch als er noch einmal diese Stimme hörte, die seinen Namen rief, antwortete er: „Olga, wir sind hier drin! Macht einfach den Fensterladen auf!"

„Wenn du mich noch einmal nennst Olga, lasse ich dich da drin schmoren, bis du bist schwarz!"

„Scheiße", sagte Thomas unhörbar und dann hörbar lauter, „Zofía, es tut mir leid, wir sind vollkommen fertig. Bitte mach den Laden auf!" Doch es hätte seiner flehenden Bitte nicht bedurft, Zofía machte sich längst an dem eingeklemmten Riegel des Fensterladens zu schaffen. Gleichzeitig hörten sie, wie jemand an der Haustür hantierte. Dann ein Rufen, das Zofía übersetzte: „Da ist kein Schlüssel an Haustüre und geht nicht auf!" In diesem Moment knirschte der Laden, Zofía schrie laut „Au", und das Fenster war offen. Thomas sagte „Mist", als er ihre blutende Hand sah. „Geht schon", antwortete Zofía und Thomas glaubte, Tränen in ihren Augen zu sehen. Allerdings war es viel zu dunkel, um das wirklich beurteilen zu können.

Er kletterte hinter Peter aus dem Fenster und stand einen kurzen fragenden Moment unschlüssig vor Zofía, doch bevor er richtig nachdenken konnte, umarmten sie sich und sie flüsterte ihm ins Ohr: „Jetzt ich dich habe gerettet! Eins zu eins!"

Dann redeten alle gleichzeitig. Jacek auf Polnisch, was nur Zofía verstehen konnte. Peter, der sich bei den beiden Rettern ganz überschwänglich bedankte. Thomas, der immer wieder fragte, wie sie die beiden um Himmels willen in dieser Einöde gefunden, ja warum sie denn überhaupt nach ihnen gesucht hätten. Irgendwann schrie Zofía auf: „So geht das nicht! Alles nacheinander! Das ist Jacek, ein Cousin von mir!"

Thomas spürte bei der Vorstellung einen Stich im Herzen. Zu Jacek gewandt stellte sie dann Peter und Thomas vor. Die beiden konnten zwar außer ihren Namen nichts verstehen, nickten aber brav zu Jacek hin und schüttelten ihm dankbar die Hände. „Warum du hast nicht angerufen mit deinem Telefon?", fragte Zofía.

„Weil es kaputt ist!"

„Wo ist?"

Während Thomas sich zu dem Lieferwagen drehte, hatte Peter die Ladentür schon geöffnet und das Handy rausgeholt.

„Hier! Das Display hängt weg, man kann keine Nummer mehr eingeben. Es ist runtergefallen, als die uns in den Wagen schubsten!"

„War nicht ganz kaputt. Dein Freund Bendlin hat Telefon gefunden und so wir haben euch gefunden!"

Jacek zeigte etwas ungeduldig zu dem kleinen Auto, ein zweitüriger kleiner Nissan Micra, und deutete an, dass alle einsteigen sollten. Zofía dirigierte die Männer und beim Losfahren saß Thomas mehr oder weniger zufällig zusammen mit ihr auf der engen Rücksitzbank. Zofía strich ebenfalls mehr oder weniger zufällig mit ihrer verletzten Hand über seinen Oberschenkel, was Thomas nicht unangenehm war.

„Was ist passiert? Wer euch hat eingesperrt?", fragte sie.

Thomas erzählte von dem blonden Mann, der ihm schon in Würzburg aufgefallen war und den er in Breslau am Ring wiedererkannt hatte. Wie die Schlägertruppe mit weiteren durchaus drastischeren Maßnahmen gedroht hatte, wenn sie nicht ihre Finger von Tadeusz' Haus lassen würden.

„Erst dachte ich, dass die Schläger wohl von Michael Brosinski angeheuert worden waren, da Peter schon

Ende letzten Jahres von der gleichen Truppe verprügelt worden war, um ihm Angst einzuflößen und ihn aus Blaukirchen zu vertreiben."

„Passt so nicht. Hat mit Blaukirchen nichts zu tun, sondern mit Haus von Tadeusz, wo ich arbeite!"

„Das denke ich jetzt auch, zumal Michael Brosinski vollkommen außer Gefecht gesetzt ist, anscheinend von eben diesen Typen!"

„Es soll vorkommen, dass Täter und Opfer ein und dieselbe Person sind!", meldete sich Peter zu Wort.

„Bitte beschreib diese Mann noch einmal!"

„Ein schmaler Mann mit blonden dünnen Haaren. Mittleres Alter. Irgendwie sah er aus, als käme er aus dem Osten!"

„Gibt tausend Männer in Wrocław, könnte passen Beschreibung", tadelte ihn Zofía, fuhr aber nach einer kurzen Pause fort, „passt aber auch zu Henryk Szmielew!"

„Wer ist Henryk Szmielew?", fragte Peter.

„Henryk Szmielew ist schlechter Mensch, genauso wie Stanisław Berwińska ist schlechter Mensch. Kann nicht verstehen, dass Berwińska ist Freund von Tadeusz. Weil Tadeusz ist gut!"

„Wer ist denn nun Berwińska oder Szmielew? Woher kennst du die überhaupt?"

„1982 mein Vater wurde von *SB* verhaftet. Er war in *Solidarnosć* aktiv und mitgeholfen, kritische Radio-sendungen gegen Regierung zu verbreiten. Ich war damals sieben Jahre und in Polen war Kriegsrecht. Davon ich habe natürlich nichts verstanden, nur dass Papa im Gefängnis war.

Nach ein paar Monaten er kam wieder heim. Er war ganz anders als vorher. Mit mir er hat wenig geredet und mit Mama immer gestritten. Zwei Jahre später meine Eltern haben sich scheiden lassen."

Einmal ich bin mit Mama die S´widnicka unter den Arkaden entlanggegangen, da sie zog plötzlich mich zur Seite hinter Säule und zeigte auf zwei Männer: „Die haben damals Papa abgeholt!" Es waren Szmielew und Berwińska. Der damals noch junge Szmielew, sein Assistent. Diese Gesichter nie werde ich vergessen!"

Im Auto wurde es still. Die beiden Deutschen waren zu betroffen, um etwas zu sagen, und Jacek hatte nichts verstanden. Thomas wollte Zofía trösten und streichelte ihr übers Haar.

Peter fragte nach einer Weile, was *SB* genau bedeuten würde.

„Das war der polnische Staatssicherheitsdienst."

„So was wie die Gestapo?", unterbrach sie Thomas.

„Dieses Krebsgeschwür der modernen Zivilisation stirbt nie aus!", kommentierte Peter. „Aber lass sie doch weiter erzählen!"

„Einmal Berwińska kam ins Büro und fragte Kollegin, wann Tadeusz wiederkommen! Nachher ich fragte Kollegin, wer das war. Sie sagte, dass er ist alter Freund von Tadeusz, und sie flüsterte mir noch ins Ohr, sie wisse, dass der mal bei der *SB* gewesen ist. Und vielleicht immer noch ist. Wer weiß?"

Thomas brauchte nur noch eins und eins zusammenzählen: „Also dein Tadeusz und sein Freund Stanisĺaw, der polnische Gestapo-Mann, haben einen Schlägertrupp beauftragt, Peter zu verprügeln. Sozusagen als Vertreter der Familie Brosinski, damit die die Finger von Tadeusz' Haus lassen!"

„Wer weiß, was Menschen tun!" Zofía zuckte mit den Schultern und Peter kommentierte: „Sag' ich doch dauernd, immer muss ich den Kopf für die Brosinskis hinhalten, und außer Beulen hat mir das noch nichts gebracht!"

Wieder zuckte Zofía mit den Schultern, was nur Thomas spüren konnte. Dann war es eine Zeit lang still. Vielleicht zu still, denn Peter begann, sich um ein Gespräch mit Jacek zu bemühen, der etwas Englisch konnte. „Do you live in Breslau?", fragte er, worauf er von Jacek ein verständnisloses Kopfschütteln erntete und Zofía ihn von hinten ermahnte:

„Unsere Stadt heißt Wroc´law!" In der Dunkelheit konnte Thomas nicht erkennen, ob Peter rot wurde, er hätte es sich gut vorstellen können.

Die Stimmung im Auto wurde durch dieses kurze Aufeinanderprallen deutsch-polnischen Patriotismus nicht getrübt. Anderes war wichtiger. Thomas war unendlich froh, aus dem miefigen, von einer Ratte bewachten Loch befreit zu sein und genoss es, so eng neben Zofía zu sitzen, die ihn immer näher zu sich zog. Von vorne hörte er englische Wortfetzen und dann spürte er warme weiche Lippen auf seinem Mund. Nicht lange, doch lange genug, sich noch enger an Zofía zu drücken.

Draußen rauschte eine flache Landschaft vorbei, nur schwach von einem mitternächtlichen Viertelmond in fahles Licht getaucht. Nach zehn Minuten begannen sich der Horizont und der Himmel erst rot, dann gelb zu färben und mit jeder Minute leuchtete das vor ihnen liegende schlafende Breslau immer intensiver. Wie Weihnachten, dachte sich Thomas, und tatsächlich war es ruhig geworden im Wagen. Jeder hing seinen Gedanken nach, bis Zofía so laut aufschrie, dass Jacek das Auto fast in den Graben steuerte. Er riss das Steuer heftig in die Gegenrichtung, und es hätte nicht viel gefehlt, dann wäre das Auto ins Schleudern gekommen. Die Mitfahrer wurden jedenfalls kräftig herumgewürfelt.

„Ich habe vergessen, Herrn Schneider anrufen!", sagte sie vollkommen unbeeindruckt von den Folgen ihres erschreckenden Aufschreis.

Sie holte das sofort nach: „Haben gefunden die beiden und fahren zurück nach Wroc´law!" und gab das Telefon an Peter weiter.

„Ja, wir sind wohlauf … in einer Viertelstunde … lass uns noch ein Bier trinken … zu spät? … Ja, ihr könnt beruhigt ins Bett gehen … morgen zum Frühstück … gute Nacht und Grüße an Concepción."

Es war schon nach zwei Uhr, als sie am Hotel ankamen. Jacek verabschiedete sich. Er müsse früh aufstehen und zur Arbeit gehen. Peter wollte ihm Geld geben, doch Jacek wehrte entrüstet ab. Zofía gab zu verstehen, dass es Jaceks Stolz verletzen würde, für diese Hilfeleistung gegenüber ihren Freunden Geld zu nehmen. Sie verabschiedete sich von ihm mit einem Kuss, und wieder gab es Thomas einen kleinen Stich.

Der Nachtportier schaute erst schläfrig, dann erschrocken auf Thomas, als die drei in die Hotellobby kamen. Reflexartig richteten auch Zofía und Peter ihre Augen auf ihn:

„Dein Kopf ist ja vollkommen blutverschmiert!", rief Peter besorgt.

Zofía strich mit ihren Fingern über Thomas' Kopf und stellte fest: „Ist Blut von meiner Hand!"

Die drei standen kurz unschlüssig herum, bis Peter gähnte: „Ich bin total groggy und gehe ins Bett!" Er ließ Zofía und Thomas alleine zurück. Die standen etwas verloren herum, vom Hotelportier mit müdem Blick beargwöhnt.

„Tut deine Hand sehr weh?", fragte Thomas.

„Hat schon aufgehört zu bluten! Passt schon."

„Wollen wir noch was trinken?"

„Hier es gibt doch nichts mehr!", dabei zeigte Zofía vom schläfrigen Portier hin zur dunklen verschlossenen Bar.

„Aber vielleicht du hast Minibar auf Zimmer?" Zofías Stimme klang etwas brüchig und unsicher.

„Dann schauen wir doch einfach mal nach!" Thomas wollte seiner Stimme einen burschikosen sicheren Klang verleihen, was ihm nicht ganz gelang.

Im Zimmer dann wieder Unschlüssigkeit, wohin mit den Händen, wohin überhaupt mit sich. Zofía flüchtete sich in die Suche nach der Minibar: „Keine da!"

„Was machen wir jetzt?"

„Deinen Kopf waschen! Ist immer noch voll Blut!"

„Deine Hand und deine Arme auch!"

Sie gingen ins Badezimmer. Zofía nahm einen weißen Waschlappen und tupfte vorsichtig Thomas' Gesicht ab. Dann knöpfte sie sein Hemd auf und wischte ihm Blutreste von Nacken und Schulter. Thomas nahm ihr den rot gefärbten Lappen aus der Hand und wischte Zofía das eingetrocknete Blut von der Hand und vom Arm, vorsichtig, fast zärtlich.

„Deine Bluse ist voller Blutflecken!"

„Wenn es dich stört, kannst du ja ausziehen!"

Es störte ihn zwar nicht sonderlich, trotzdem streifte er ihr die Bluse ab. Etwas ungeschickt nestelte er gleich darauf am Verschluss ihres weißen, mit dezenten Spitzen durchbrochenen Büstenhalters herum. Ihre Brüste fühlten sich dann noch voller an als in seinen Träumen und seiner Erinnerung, fest und trotzdem weich.

„Im Bad ist bisschen ungemütlich!"

Tatsächlich war es im Bett, befreit von den restlichen Kleidungsstücken, nicht nur gemütlicher, sondern in der Wiederentdeckung ihrer Körper weitaus spannender. Verflogen war die Erschöpfung. Vergessen die Ratte mit den Knopfaugen. Überhaupt war Thomas weit weg von seinem Würzburger Leben. Nur die warme weiche Haut von Zofía war ganz nah.

Als sie aufwachten, war es längst neun Uhr durch. Das Zimmertelefon läutete. „Thomas, wo bleibst du denn?", fragte Peter.

Als er „fünf Minuten" sagte, flüsterte Zofía von hinten ganz leise in sein Ohr, ihre Brüste an seinen Rücken gepresst, „zwanzig!", was Thomas laut in den Hörer wiederholte.

„Ok, ich drehe mit Onkel Helmut und Concepción noch eine kleine Runde. Treffen wir uns in einer halben Stunde beim Frühstück!"

56

Thomas Schöngeists schlechtes Gewissen wegen seiner Verspätung legte sich, als er sah, dass die anderen wohl noch unterwegs waren. Er setzte sich an den Tisch im Innenhof, der gestern für das Abendessen reserviert gewesen war, und bestellte einen Kaffee. Zofía war gegangen. Sie hätte sich beim gemeinsamen Frühstück nicht richtig dazugehörig gefühlt. Ihm war es lieber so, auch weil er glaubte, dass Peter seine Enthüllung nicht mit noch mehr Leuten teilen wollte. Ohnehin wollte er sein kleines Geheimnis, dass Zofía die Nacht in seinem Zimmer verbracht hatte, auch gerne für sich behalten.

Thomas nippte an seinem Milchkaffee und genoss die Sonne in seinem Gesicht. Sie war nicht so heiß, dass er in den Schatten hätte flüchten wollen.

So fand ihn die gutgelaunte Dreiergruppe zufrieden und schläfrig entspannt an diesem Bilderbuchmorgen. Helmut Schneider wirkte ganz aufgekratzt. „Ich hätte nicht gedacht, dass es so schön war! Der Geruch der Oder! Es ist, als würde meine ganze Kindheit zum Leben erwachen. Die prachtvolle Universität! In der Markthalle habe ich mir schlesische Gurken gekauft. Da, schauen Sie mal her!"

„Aber Onkel Helmut, das wird Thomas kaum zum Frühstück schmecken!"

Concepción saß lächelnd neben ihm und bestellte grünen Tee. Die Männer unisono Kaffee mit heißer Milch.

Als Thomas das üppige Frühstücksbuffet im Innenbereich des Restaurants sah, spürte er erst, wie hungrig er war.

„Mann, habe ich einen Hunger!", sagte Peter und häufte sich gleich einen Teller mit deftigen Leckereien voll.

„Man darf bestimmt zweimal gehen!", zwinkerte ihm Thomas zu.

Wieder am Tisch erzählte Peter, dass er schon am Morgen mit Helma telefoniert hatte. Sie hatte gestern ihren Bruder in der Uniklinik besucht. „Die Ärzte sind gerade dabei, ihn aus dem künstlichen Koma zu holen. Seit drei Tagen haben sie ihm immer weniger sedierende Medikamente gegeben. Anfangs war er wohl extrem aufgeregt und durcheinander und wollte sich den Tubus rausreißen. Bei ihrem Besuch konnte er schon sprechen, wenn auch sehr mühselig. Erinnern kann er sich überhaupt nicht, was da passiert war. Er bleibt allerdings erst mal auf der Intensivstation. Die Ärzte haben immer noch Sorge, dass der Schädelbruch noch eine Hirnblutung nach sich ziehen könnte."

Weil darauf keiner etwas sagte, fing Onkel Helmut zu erzählen an:

„Ich erinnere mich genau. Der 20. Januar 1945, ein Samstag, hat sich in mein Hirn gebrannt. Mit Lautsprechern wurden Frauen und Kinder aufgefordert, die Stadt zu verlassen. Die Nachricht kam so plötzlich, dass sich furchtbare Szenen abspielten. Es war ja auch seit ein paar Tagen eiskalt geworden. Viele Frauen hatten ihre Kinder auswärts in Kinderlandheimen untergebracht und bekamen Weinkrämpfe. Die Menschen liefen völlig verwirrt und kopflos in den Straßen herum. Die Straßenbahn war überfüllt. Die Bahnhöfe waren dem Ansturm nicht gewachsen. In panischer Angst wurden Hunderte von Menschen, zumeist Kinder, auf dem Bahnsteig des Freiburger Bahnhofs zu Tode erdrückt. Auf dem Hauptbahnhof lagerten Flüchtlinge mit ihrer letzten Habe und warteten auf eine Gelegenheit zur Fahrt in das Innere des Reiches. Überall hingen Bekanntmachungen vom Gauleiter Hanke, die die Männer Breslaus aufriefen, sich in die Verteidigungsfront unserer Festung Breslau einzureihen. Wir sollten sie bis zum Äußersten verteidigen. Die Männer waren meist Jugendliche wie ich oder alte Leute. Ausrüstung hatten wir kaum, die wenigen Gewehre mussten wir uns teilen."

Thomas sträubte sich anfangs innerlich, noch einer sich anbahnenden Fluchtgeschichte zuzuhören. Er wollte endlich wissen, was denn Peter und sein Onkel über die Brosinskis erzählen würden. Jede weitere Erzählung, die er als Umweg empfand, steigerte seine Ungeduld. Doch bald zog ihn das Schicksal des Onkels in seinen Bann. Er konnte es nicht fassen, welch unglaubliches Leid sich zivilisierte Menschen zufügen können.

„Überall herrschte Panik. Der plötzliche Evakuierungsbefehl löste einen Schock in der Bevölkerung aus, weil die öffentliche Berichterstattung bis zu diesem Tag den Ernst der Lage verharmlost hatte.

Ich begleitete unsere Mutter, meine Schwestern und Reinhold zum Freiburger Bahnhof. Dort herrschte eine grauenvolle Enge und Chaos. Mir taten all die kleinen Kinder leid, die nach ihrer Mutter schrien. Gott sei Dank waren meine Geschwister schon groß genug. Sie würden sich schon irgendwie zurechtfinden. Nach sieben Stunden kam ein Zug an, in den sich viel zu viele Leute drängen wollten. Meine Familie hatte es geschafft. Irgendwann fuhr der Zug ab, und ich ging in die Waterlooschule, wo ich im Keller mit meinen Kameraden vom Volkssturm die nächste Zeit verbringen musste.

Der Russe arbeitete nach der Uhr: Von Mitternacht bis zum frühen Morgen war es meistens verhältnismäßig ruhig. Von sechs bis zehn Uhr herrschte Artilleriebeschuss bis in die Innenstadt, mit grollendem Donner und dumpfen Explosionen. Von zehn bis ein Uhr nachmittags folgten die Flugzeuge, erst Jäger, dann Bomber. Immer wieder bebten die Kellermauern und der Boden. Wir hatten die ganze Zeit Angst, die Kellerdecke könnte einstürzen und uns alle erschlagen. Nach einer etwa zweistündigen Pause gingen die Bombenangriffe weiter bis gegen sechs Uhr. Zu Beginn der Dämmerung tauchte ein eigenartiger russischer Doppeldecker auf.

Er machte ein Geräusch wie eine Nähmaschine und hieß deshalb auch so. Die Nähmaschine war gefürchtet, denn sie tauchte immer da auf, wo man sie nicht vermutete. Sie warf zuweilen eine Leuchtkugel ab und traf dann auch meistens das Ziel. Nach zehn Uhr abends kamen manchmal noch deutsche Flugzeuge, meistens vom Typ Ju 52, und brachten uns Medikamente und Munition, hin und wieder auch Post.

Sirenen für Fliegeralarm gab es schon ab Februar nicht mehr. Wir waren also auf unser Gehör angewiesen, das trotz Gefechtslärm immer feiner wurde für das Geräusch von Flugzeugen auch in großer Höhe.

Am Ostersonntag, ich weiß noch, es war der 1. April 1945, herrschte strahlendes Frühlingswetter und bis zehn Uhr eine Ruhe wie im tiefsten Frieden. Wir hatten Dienst im Osten der Altstadt beim Postscheckamt, dort haben wir Straßensperren errichtet. Plötzlich kamen die ersten Angriffswellen, und das Inferno brach über uns herein. Wir konnten noch rechtzeitig in einen nahen Keller flüchten, bevor die Bomben in der Lessingstraße niedergingen und explodierten. Das Schlimmste folgte jedoch erst am Nachmittag. Wieder brummten die schwerbeladenen Bomber. Auf einmal ein leises Beben, ein Aufblitzen, dem ein lauter Knall folgte, und schon brach unter dem gewaltigen Luftdruck und unter den aufprallenden Ziegelstücken die Kellertür zusammen. Nach wenigen Augenblicken war der Keller in Ziegelstaub gehüllt. Um frische Luft zu bekommen, verließen wir panikartig unseren Zufluchtsort. Zum Glück war das noch möglich. Das Hinterhaus war ein Trümmerhaufen. Kurze Zeit später traf uns die dritte Angriffswelle. Die Jagdflugzeuge fegten erneut mit ihren Bordwaffen die Straßen sauber. Dann folgten die Bomber. Wieder ein leises Beben, ein langes Rollen, ein furchtbares Krachen; eine Luftdruckwelle raste durch den Keller, sodass Kerzen und Petroleumlampen im Nu verloschen. Wieder eine gewaltige Detonation. Der Luftdruck schüttelte uns und warf uns gegen die Wand. Es war stockfinster, und wir bekamen kaum Luft wegen des vielen Staubs. Im Nachbarkeller hielten wir dann nasse Decken vor Mund und Nase. Das wirkte gut. Erst am Abend konnten wir uns aus dem Keller wagen. In der Nähe, am Ohlauer Stadtgraben, brannte ein großes Haus lichterloh."

Thomas und Peter schauten zu Helmut, der mit entrücktem Gesichtsausdruck nach einer kleinen Pause einfach weitererzählte.

„Mitten in der Stadt sollte rund um den Scheitniger Stern ein Rollfeld für Flugzeuge gebaut werden. Nach der Sprengung ganzer Häuserviertel wurde zu den Räumungsarbeiten neben dem Volkssturm auch die noch in Breslau verbliebene Zivilbevölkerung herangezogen.

Drückebergerei, wie die Nazis es nannten, wurde nicht geduldet, weil schon seit Monaten sogenannte ‚Arbeitskarten' täglich von der Ortsgruppenleitung gestempelt werden mussten. Sie waren stets bei sich zu führen und bei Kontrollen vorzuzeigen. Das Rollfeld wurde übrigens nur einmal genutzt: zur Flucht des Gauleiters Hanke in einem Fieseler Storch. Das müsst ihr euch mal vorstellen: All die vielen Opfer, nur damit dieses Schwein fliehen konnte!

Die Durchhalteparolen ‚Bis zur letzten Patrone', ‚Bis zum letzten Atemzug' verfehlten auch bei mir nicht ihre Wirkung: Öffentliche Erschießungen angeblicher Deserteure durch die SS verstärkten die Angst der eingeschlossenen Menschen. ‚Wer den Tod in Ehren fürchtet, stirbt ihn in Schande.' Das war die zynische Sprache der totalen Krieger. Um noch mehr zivile Opfer zu vermeiden, hatte Wolfgang Spielhagen, der Zweite Bürgermeister der Stadt, zur Kapitulation geraten. Er wurde wegen ‚Feigheit vor dem Feind' hingerichtet.

Als die Rote Armee am 7. Mai in Breslau einmarschierte, wurde ich mit meinen überlebenden Kameraden gefangen genommen. Sie zwangen uns zur Arbeit in einem Uranbergwerk. Drei finstere Jahre ohne Hoffnung. Dann gelang mir die Flucht."

Die Geschichte klang unter der morgendlich frischen und bunten Junisonne, die Breslau in seiner vollen Pracht anstrahlte, vollkommen unwirklich und unvorstellbar, wie ein Alptraum. Oder wie ein Horrorfilm aus den Zeiten des Schwarzweiß-Kinos.

Peter holte Papiere aus seiner Tasche. Es waren, soviel konnte Thomas gleich erkennen, Kopien von handbeschriebenen Blättern. ‚Das Tagebuch!', schoss es ihm durch den Kopf. „Lies es in Ruhe durch!", sagte Peter. „Ich bestelle noch Kaffee. Wenn du fertig bist, können wir darüber reden."

57

Tagebuch

18. Januar 1945

Heute Nacht, also von Mittwoch auf Donnerstag, war ich zum Dienst in der Straße von Sekulas Laden, über dem jetzt ein Schild Brosinski & Söhne hängt, eingeteilt. Ich wollte unbedingt in die Herzogstraße, weil dort Klara wohnt, und habe es so einrichten können, dass ich von unserem Rottenführer dorthin geschickt wurde. An den Laden von Sekula habe ich dabei gar nicht gedacht. Die Nacht wirkte nicht besonders bedrohlich. Die Parteileitung hat wieder bekräftigt, daß der Russe spätestens am äußeren Verteidigungsring aufgehalten wird. Ich bin skeptisch und spüre, daß nicht alle Leute dem Glauben schenken. Doch was hilft es ihnen? Es bleibt den Einwohnern Breslaus nichts anderes übrig, als einfach daran zu glauben.

Meine Füße waren eiskalt und ich schlug sie gegeneinander in der Hoffnung, daß sie etwas auftauen würden. Es war nichts Besonderes los und wieder kam es mir so sinnlos vor, in dieser Kälte rumzustehen und so zu tun, als würde ich eifrig meinen Einsatzbefehl erfüllen: verdächtig aussehende Personen überprüfen, ob deren Arbeitskarten abgestempelt sind. Immer wieder hasteten dunkel gekleidete Menschen vorbei. Ab und zu hoffte ich, daß einer davon Klara sein könnte.

Wie schnell ich mich in den letzten Tagen an diese huschenden Gestalten gewöhnt habe, die mir anfangs noch bedrohlich vorkamen. Genauso wie an die Resignation der wenigen Passanten. Einmal habe ich einen Verdächtigen angesprochen, weil dieser sich permanent und recht auffällig immer wieder umdrehte, als fürchtete er einen Verfolger, um dann gehetzt weiterzueilen, den Mantelkragen hochgeschlagen, so daß ich sein Gesicht nicht erkennen konnte. Die subversive Gestalt war dann ein etwa gleichaltriger Junge, der einen ähnlichen Befehl in der Gneisenaustraße gleich ums Eck ausführen sollte. Es war sein erster Einsatz. Uns war es peinlich, doch wir ließen es uns nicht anmerken, sondern strafften uns beim Gegenüberstehen noch mehr. Danach blieb die Straße menschenleer. Es wurde richtig eintönig.

Vor dem Krieg hatte ich des Öfteren mit Reinhold unseren Vater zu Sekula begleitet, und weil es mir zwischen den Schaltern, an denen Papa und Sekula herumbastelten, langweilig war, habe ich in der Zeit im Hinterhof herumgestöbert und einen kleinen Durchschlupf entdeckt, durch den ich vom Hinterhof relativ unbemerkt durch die undurchdringlich wirkende Häuserzeile auf die Straße gelangen konnte. Ich machte mir einige Male einen Spaß daraus, im Hinterhof zu verschwinden, über die Öffnung in der Mauer zur Straße zu schleichen, um dann von vorne an der Ladentür zu läuten und genoß die überraschten Mienen von Sekula und meinem Vater, die von meinem Geheimnis nichts wußten und wirklich erstaunt waren oder zumindest so taten, wie ich, ohne durch den Laden hinauszugehen, draußen stehen konnte. Das große Tor zum Hinterhof war um diese Zeit immer mit einem mächtigen Schloß versperrt.

Aus Langeweile ging ich also zu Sekulas Laden, über dem schon seit Beginn des Krieges Brosinski & Söhne prangt. Daran werde ich mich wohl nie gewöhnen und Vater schon gar nicht. Der machte immer einen großen Bogen um Sekulas Laden, wenn er in dieser Ecke der Stadt spazieren ging, und erzählte dabei, wie Brosinski den Sekula betrogen hatte. Für wenig Geld und mit großer Unterstützung der SS-Kommandantur hatte er den Laden samt der Vorrichtungen und Werkzeuge, die Sekula mit Vaters Hilfe in vielen Abendstunden gebaut hatte, ergaunert. Es genügte wohl, daß Sekula Pole war, um ihn zu enteignen. Trotz der Kälte wurde mir heiß im Gesicht. Wegen der Ohrfeige, die ich von Vater bekommen hatte, als ich mich zu Kriegsbeginn freute, daß endlich das Polenpack verjagt werden würde. Daß Sekula ein Pole war, hatte ich damals gar nicht bedacht. Überhaupt hatte ich damals wenig bedacht, sondern nur nachgeplappert, was ich in der Schule und bei den Pimpfen hörte.

Der Durchlaß war noch da, wenn auch schwer zu finden. Allerdings fiel es mir nicht so leicht wie damals, da durchzuklettern. Ich war merklich größer geworden. Im Hinterhof war es etwas windgeschützter und wärmer. In der Dunkelheit sah er aus wie damals, und ich fand mich wie früher gut zurecht und ging zum Eingang der Werkstatt, die sich hinter dem Laden befand. Tagsüber hatten die Angestellten von Sekula dort gearbeitet und abends hatte Vater mit Sekula an den Apparaten und Schaltern herumgebaut. Viel hatte sich nicht verändert seit damals. In der Werkstatt war es im Vergleich zu draußen angenehm warm und ich überlegte, ob ich mich nicht für eine halbe Stunde aufwärmen sollte. Da hörte ich ein Schluchzen. Es konnte nur vom Laden kommen und ich schlich näher zur Ladentür. Tatsächlich wurde das Schluchzen lauter. Ein Junge, etwa in meinem Alter, saß da. Ich konnte ihn nicht genau sehen. Soweit ich weiß, hat Brosinski einen etwa 15-jährigen Sohn. Vielleicht war es Claus.

Zwei Männer standen neben dem Jungen und stritten. Einer war Brosinski, dessen Gesicht ich nie vergessen werde. Der andere sah in dem dämmrigen Licht recht ähnlich aus, vielleicht etwas größer und weniger dick. Eine Uniformmütze wies ihn gleich auf den ersten Blick als SS-Angehörigen aus. Erst als er sich ein wenig zu mir her drehte, ich erschrak fürchterlich, und ich auf seinem Uniformkragen die vier Quadrate sehen konnte, die ihn als Sturmbannführer auswiesen, erkannte ich Emil Exner, der häufig in der Schlesischen Zeitung zusammen mit Gauleiter Hanke abgebildet ist und auf einigen HJ-Veranstaltungen gesprochen hat.

Brosinski redete auf Exner ein. Er drohte, Clemens an die Gauleitung zu verraten. Es war also doch nicht Claus, wie ich anfangs dachte, sondern sein Cousin Clemens, Exners Sohn. Anscheinend war er von seinem Dienst geflüchtet, wie der Junge kurz vor Weihnachten in der Jahrhunderthalle. Das könnte sein Todesurteil bedeuten, mindestens aber das Karriereende von Exner. Dann ein Schuß, Brosinski fällt um und rührt sich nicht mehr.

Ich traue mich nicht wegzulaufen, weil ich Angst habe, bemerkt zu werden.

Clemens und Exner wickeln Brosinski in eine Decke. Exner verläßt den Laden und beauftragt Clemens, in der Wohnung nach Pässen und wichtigen Dokumenten zu suchen. Die Leiche bleibt zurück. Ich traue mich immer noch nicht, mich zu bewegen. Ich will mir gar nicht ausmalen, was mir passieren würde, wenn sie mich entdecken würden. Kurze Zeit später kommt Clemens mit einer Aktentasche wieder herunter und wartet neben der Leiche. Dann höre ich ein Auto auf der Straße vorfahren. Exner kommt wieder zurück und fragt seinen Sohn, ob er alle Unterlagen hat. Mit gepreßter Stimme antwortet der, daß alles in der

Aktentasche gewesen ist, sogar die Geburtsurkunden sind drin. Die beiden tragen das Bündel hinaus. Der Wagen fährt weg und nach einigen Minuten bin ich mir sicher, daß ich alleine bin. Ich schleiche mich wieder hinaus auf die Straße, wo es gespenstisch still ist. So still, daß ich hoffe, ich habe das alles geträumt.

Was soll ich nur tun? Ich kann das doch niemandem erzählen! Außerdem glaubt mir doch keiner, daß der Exner ein Mörder ist. Da brauche ich gar nicht anzufangen. Deshalb schreibe ich es auf. Irgendetwas muß ich ja tun und ich merke, daß mich das Schreiben beruhigt. Es ist mein längster Tagebucheintrag, länger als manchmal ein ganzer Monat. Ich kann unmöglich schlafen.

58

Onkel Helmut und Peter sahen schweigend und mit bangem Blick Thomas Schöngeist beim Lesen zu. Nach wenigen Minuten legte Thomas die Blätter weg, schaute zu den beiden und sagte erst einmal nichts. Onkel und Neffe sagten auch nichts. Auf der Straße konnte man ein Auto anfahren hören. Drinnen im Restaurant beim Frühstücksbuffet klapperten Teller. Ein Mann lachte dröhnend. In der Sonne wurde es sehr warm. Concepción war irritiert und fragte: „Qué pasa?"

„Es ist unglaublich!" Thomas erlöste die anderen mit seinem Kommentar. „Das kann doch nicht wahr sein!"

„Genau das habe ich mir auch gedacht, als ich die Zeilen zum ersten Mal gelesen habe!", antwortete Peter.

„Soll das heißen, der Brosinski ist gar nicht der Brosinski?"

„So sieht's aus. In seinem Abschiedsbrief hat er es ja auch geschrieben. Es wurde nur falsch verstanden."

„Soll das heißen, die Helma ist keine Brosinski, der Michael ist kein Brosinski? Beide sind Enkel von Emil Exner, Sturmbannführer SS, einem Mörder?"

„Genau das habe ich mir im Dezember auch gedacht", bestärkte ihn Peter.

„Und deshalb hast du deinen Onkel, den Autor des Tagebuchs, gesucht?"

„Genau, ich konnte das ja kaum glauben. Es hätte ja sonst wer schreiben können, es hätte ja auch einfach irgendjemandes Phantasie entsprungen sein können."

„Und was ist aus dem jungen echten Brosinski geworden?", fragte Thomas.

„Ich vermute, dass Claus Brosinski, wie so viele Breslauer in meinem Alter, in den letzten Kriegsmonaten umgekommen ist! Vielleicht hat auch der Exner nachgeholfen. Aber das weiß ich nicht", murmelte Helmut Schneider, der sichtlich um Fassung bemüht, von seinen eigenen Erinnerungen überwältigt wurde.

„Unglaublich", flüsterte Thomas vor sich hin und stierte einfach in die Luft. Die Sonne brannte immer heißer. Onkel Helmut zog seinen Stuhl in den Schatten neben Concepción. Peter hatte Schweißperlen auf der Stirn.

Claus Brosinski war eigentlich Clemens Exner!

Sein Bekenntnis in seinem Abschiedsbrief konnte allerdings nur verstehen, wer das Tagebuch kannte. Wahrscheinlich ging er immer davon aus, dass alle Schneiders um sein Geheimnis wussten:

Dass dies nicht mein Leben war, können sie nicht ahnen. Ich habe mich nie getraut, das zu sagen. Nein, es war nicht mein Leben: Ich bin nicht der Brosinski, den ihr zu kennen glaubt. Ich bin es nicht und weil ich nicht mehr die Kraft habe, zu mir zu stehen, gehe ich, bevor noch mehr Unheil geschieht.

Thomas schaute zu Peter und plötzlich verstand er. Das Ganze war noch grausamer als das, was Onkel Helmut bisher erzählt oder aufgeschrieben hatte. „Fühlst du dich deshalb mitverantwortlich für seinen Tod?", fragte er ihn, der nur nickte, aber nichts sagte.

Tatsächlich hatte Peter Tränen in den Augen und schien darauf zu warten, dass Thomas endlich sagte: „Du hast mit Brosinski gesprochen?"

Peter nickte wieder nur kurz und Thomas konnte förmlich einen riesigen Kloß in dessen Hals sehen.

„Kurz bevor er sich vor den Zug geworfen hat?" Wieder nickte Peter nur.

„Und deshalb wolltest du aus Blaukirchen fortziehen!" Peter schluckte und antwortete mit rauer Stimme: „Wegen

Michael bin ich sicher nicht gegangen. Der hat mich nie interessiert, und gefürchtet habe ich mich ohnehin nicht vor ihm!"

„Aber es kam dir gerade recht, dass er so gegen dich intrigierte. So sah alles aus, als wäre eure gegenseitige Abneigung der Grund für deine Flucht aus Blaukirchen!"

Wieder nickte Peter nur.

Es war ruhig geworden in der Vierergruppe. Das Klappern der Frühstücksteller aus dem Restaurant dafür lauter. Von der Straße hörten sie die vorbeifahrenden Autos. Concepción, die nicht recht verstand, was passiert war, fragte, ob sie noch einmal Kaffee organisieren sollte oder einfach nur Wasser. Die Männer wollten oder brauchten Kaffee.

Peter druckste etwas herum und sagte dann zu Thomas:

„Helma war natürlich fassungslos, als ich ihr das Tagebuch zeigte. Sie konnte es im ersten Moment nicht glauben. Doch es dauerte nicht lange, da begann sie sich in ihre neue Biographie zu fügen, und mittlerweile habe ich den Eindruck, dass sie sich sogar mit dem Gedanken anfreundet, keine echte Brosinski zu sein. So als hätte sie nichts mehr mit dieser aufgesetzten Welt der Schönen und Reichen zu tun. Ein Leben, das sie als falsch empfand und mit dem sie immer haderte."

Thomas nickte nur. Was sollte er dazu auch sagen? Er kannte Helma zu wenig und hatte sie wohl immer falsch eingeschätzt. Ihre Unsicherheit als Unnahbarkeit empfunden, ihre Introvertiertheit als Arroganz. Dass er ihr wohl unrecht getan hatte, ahnte er schon, als sie Anfang des Jahres in ihrer Küche verzweifelt um seine Hilfe bat.

„Ich glaube, dass Helma ihren Frieden mit dieser Geschichte finden kann. Aber sie möchte nicht, dass davon etwas an die Öffentlichkeit gelangt", fuhr Peter fort. „Es wäre nicht abzusehen, welche Reaktionen und welchen Rummel das alles hervorrufen würde."

Auch Onkel Helmut nickte. Seine Miene verriet wohlwollende Zustimmung zu Peters Worten.

„Deshalb habe ich ihr versprochen, dass wir alles unternehmen, damit niemand davon erfährt."

Nach einer Weile räusperte sich Thomas: „Schön!" Seine leise Stimme klang rau, aber auch verschwörerisch. „Dann haben wir vier also ein echtes Geheimnis!"

„Mit Helma, Tante Irene und meinem Vater sind es sieben!"

„Aber nur, wenn Sie Concepción endlich aufklären!" Thomas zwinkerte dabei mit den Augen. Die Abmachung zwischen Helma und Peter war wohl das Beste für alle, auch wenn er gerne diese Sensation enthüllt hätte und einen kurzzeitig aufgeflammten Impuls unterdrücken musste, die Bombe platzen zu lassen.

„Und was machen wir mit meiner Umsatzsteuergeschichte?", fragte Peter. Die Verletztheit über seine ungerechte Vorverurteilung war seiner Stimme immer noch anzuhören.

„Keine Sorge, Peter." Thomas wirkte beruhigend und war überzeugt von seinen Worten: „Wir werden eine Lösung finden. Und wenn es sein muss, dann opfern wir einen Bauern!"

59

Die Schwüle war schier unerträglich. Die Fenster zum Ludwigskai waren weit geöffnet, doch außer dem Autolärm fand kein frisches Lüftchen den Weg in die Kanzlei *Meyer & Schöngeist.* Thomas Schöngeist schwitzte und hoffte, dass dieses Mal die dunklen schweren Wolken nicht wieder über den Würzburger Kessel hinwegziehen und ihr erfrischendes Nass mitnehmen würden. Schon seit Tagen ging das so. Die Stimmung im Büro, überhaupt in der ganzen Stadt, wurde immer gereizter. Nachts konnte man kaum schlafen und nicht einmal die Morgenstunden brachten die lang ersehnte Erfrischung. Er wäre am liebsten mit Karin zum Erlabrunner Weiher gefahren und dann in einen Biergarten, doch Thomas Schöngeist erwartete Besuch. Helma und Peter wollten sich mit ihm hier im Büro treffen, bevor sie gemeinsam zu einem Krankenbesuch aufbrechen würden. In die Uniklinik, zu Michael Brosinski, der von dort aus bald in eine Reha-Einrichtung überführt werden sollte.

Michael freute sich, als die drei in sein Zimmer kamen. Er wirkte trotz seiner abgehackten Bewegungen, von denen er manche recht mühsam wieder erlernen musste, entspannt und heiter. So als wäre eine große Last, die seine Seele verdüsterte, von ihm abgefallen. Er konnte sich nicht an den Unfall beziehungsweise den Anschlag erinnern. Später mussten die Besucher registrieren, dass er weder von irgendwelchen Querelen mit Peter wusste, noch davon, dass er in Breslau ein Haus erwerben wollte. Klar war ihm, dass sein Vater tot ist. Wann und wie er gestorben war, wusste er nicht. Helma hatte ihren Bruder seit dem Unfall mehrere Male besucht. Einmal war Thomas dabei gewesen.

Sie hatten damals behutsam die Umsatzsteuergeschichte angesprochen. Michael schien auch davon keine Ahnung zu haben. Thomas war sich nicht sicher, ob er das glauben sollte. Dabei gab Michael ohne Scheu zu, dass er David

Griffith kannte. „Den habe ich mal auf einem Seminar in Frankfurt kennen gelernt. Guter Typ. Abends haben wir einige Biere getrunken!"

Thomas zählte auf, was er über David Griffith und über Antoni Mostowski wusste, und wie es um die Ermittlungen bezüglich Peter Schneiders Steueraffäre stand.

„Es besteht noch ein Risiko, dass Ihr Schwager knapp drei Millionen Euro ans Finanzamt zahlen muss und dass Schadensersatzansprüche von Kunden der gefälschten Module auf ihn zukommen!"

„Das tut mir leid, aber was habe ich damit zu tun?", fragte Michael neugierig mit schwerer Zunge, aber ohne einen Hauch von Schuldbewusstsein.

„Wir haben sehr viele Indizien, dass Sie diese Geschichte zusammen mit Griffith eingefädelt haben." Thomas konnte sich nicht für ein Du entscheiden, dafür kannte er Michael Brosinski zu wenig. Die Anrede ‚Herr Brosinski' fand er allerdings auch nicht recht passend.

Michael nahm es mit einem Schulterzucken zur Kenntnis.

„Wenn ihr das sagt, wird es schon stimmen!" Er sagte es so, als hätte er mit dem Menschen, der dafür verantwortlich war, dem früheren Brosinski junior, nichts zu tun. Für Thomas war nicht zu erkennen, ob Michael Brosinski einfach nur abblocken wollte oder ob ihm diese Geschichten aus seinem alten Leben wirklich egal waren. Oder ob er tatsächlich so etwas wie eine Amnesie hatte, er sich also tatsächlich nicht mehr an die Zeitspanne vor dem Unfall erinnern konnte.

Klar war, dass er so nicht weiterkommen würde. Brosinski würde wachsweich nicht zu greifen sein und mit unverbindlicher Freundlichkeit weiter lächeln. Irgendwann musste Thomas die Katze aus dem Sack lassen, deswegen war er auch hier. Von Helma beauftragt und Peter zuliebe. Ihm graute schon seit ein paar Tagen vor dem Gespräch.

„Michael, wir wissen auch noch etwas anderes, das wir Ihnen erzählen müssen."

Wieder zeigte Michael Brosinski diese eher heiter gleichgültige Reaktion, nach dem Motto: Redet nur, was geht mich das eigentlich an?

„Ich möchte Ihnen gerne etwas vorlesen, Michael. Es sind nur vier handgeschriebene Seiten eines Tagebuches. Es beginnt mit dem 18. Januar 1945 und endet zwei Tage später. Hören Sie bitte genau zu. Der Verfasser dieser Zeilen heißt Helmut Schneider! Peter Schneiders Onkel."

Beim Vorlesen versuchte Thomas, Michael Brosinski nicht aus den Augen zu lassen. Er war gespannt auf seine Reaktion und darauf, ob er ihn aus der Reserve locken könnte. Doch an Michaels Mimik war nichts zu erkennen, er wirkte weiterhin stoisch ungerührt und vor allem auch unbeteiligt.

„Wissen Sie, was das bedeutet?", fragte Thomas.

„Nun, das kann ja jeder schreiben. Peters Onkel lebt doch längst nicht mehr. Wer soll das denn glauben? Und auch mir scheint es wenig glaubwürdig zu sein. Eine phantasievolle Schote aus wirren Zeiten. Der Schreiber muss aufpassen, dass er nicht für genauso wirr gehalten wird!"

Thomas war darauf vorbereitet, dass diese Seiten als Phantasieprodukte abgetan werden würden.

„Peters Onkel lebt noch. Er hat eine eidesstattliche Erklärung abgegeben, dass diese Zeilen von ihm stammen und notariell versichert, dass sich die Ereignisse so zugetragen haben, wie sie aufgeschrieben wurden."

Auch damit konnte er Michael Brosinski nicht wirklich beeindrucken. Er wirkte nicht überrascht und keineswegs schockiert. Sein Gleichmut brachte Thomas langsam zur Verzweiflung. Helma schien es genauso zu gehen. Sie schüttelte fast unmerklich den Kopf, sie verstand nicht, was in ihrem Bruder vorging.

Plötzlich fragte Thomas: „Welche Medikamente bekommen Sie denn?" Bereitwillig zeigte Michael die verschiedenen Päckchen. Thomas schauderte es. So viele Pillen müssen doch krank machen. Tatsächlich war ein Psychopharmakon darunter, welches das Verhalten von Michael Brosinski erklären könnte. Vielleicht gar nicht mal so schlecht, dachte sich Thomas.

„Wen wollen Sie denn heute dafür verantwortlich machen? Mein Vater ist tot. Außerdem ist doch nicht gesagt, wer, wenn die ganze Geschichte überhaupt stimmen sollte, eigentlich geschossen hat, mein Vater oder mein Opa!"

„Das ist richtig!", konterte Thomas. „Es geht hier aber auch gar nicht um eine strafrechtliche Verfolgung. Es geht auch schon lange nicht mehr um Schuld. Für Sie persönlich geht es um Ihre Identität, um Ihre Wurzeln. Aber damit müssen Sie alleine fertig werden. Mir geht es einfach darum, dass sich die Öffentlichkeit wohl sehr stark für diese Geschichte interessieren würde. Und ich bin mir nicht sicher, ob Sie persönlich und in Ihrer Funktion als Repräsentant der *Brosinski AG* auf diese Art und Weise im Mittelpunkt der öffentlichen Diskussion und Meinungsbildung stehen wollen."

Thomas bildete sich ein, nun doch emotionale Regungen in Michael Brosinskis Mimik erkennen zu können.

„Was wollen Sie?", fragte der jetzt nicht mehr ganz so freundlich wie eben, aber doch mit der gleichen unbeteiligten Stimme.

„Es kann nicht sein, dass Peter für die Umsatzsteuergeschichte, die Sie mit Griffith initiiert haben, büßen muss und auch noch öffentlich diskreditiert wird!" Und nach einer kleinen Pause fuhr er fort, „Ich will eine tragfähige Lösung – für alle Beteiligten!"

Um diese Lösung sollte es bei dem Gespräch an diesem gewittrigen Sommerabend nun gehen.

Michael war guter Stimmung und erzählte freimütig von seiner Verletzung. Er tat sich offensichtlich schwer beim Reden und erinnerte Peter an seinen Vater, Reinhold Schneider.

„Ich bin mittlerweile ein Experte!", meinte Michael stolz. Er wirkte dabei wie ein eifriges Schulkind. „Nachdem mich das Auto erfasst hatte, muss ich mit dem Kopf so heftig aufgeschlagen sein, dass mein Hirn gequetscht wurde. Das nennen diese lateinischen Götter in Weiß ‚subdurales Hämatom'. Mit der Folge, dass ich fünf Tage bewusstlos war und die Ärzte mich auch danach noch einige Tage im künstlichen Koma hielten, sodass ich unter deren Kontrolle wieder vernünftig aufwachen konnte. Die Folgen seht ihr ja: Erinnerungslücken, die vielleicht hilfreich sein können!" Dabei lachte er aus vollem Herzen und wieder war sich Thomas nicht sicher, ob er sich wirklich nicht erinnern konnte.

„Das heißt hier ‚retrograde Amnesie!'" Peter saß schweigsam und einigermaßen erstaunt auf seinem Besucherstuhl. Er hatte den genommen, der am weitesten von Michael weg stand. Dem Frieden, der sich vor ihm auszubreiten schien, traute er jedenfalls nicht. Zu schlecht waren die Erfahrungen, die er bisher mit Michael Brosinski gemacht hatte, der irgendwie vorgab, eine Persönlichkeitsveränderung hinter sich zu haben.

Der plauderte munter weiter: „Meine halbseitige Lähmung wird wieder vergehen. In drei Tagen geht's auf zur Reha. Dort werde ich auch mit einem Logopäden üben. Die Ärzte meinen, dass ich in spätestens sechs Monaten wieder der Alte bin."

Peter fragte sich, ob das wirklich so wünschenswert wäre.

„Haben Sie über die Angelegenheit nachdenken können?", fragte Thomas.

„Erst gestern war Herr Dr. Guggemos, unser Rechtsanwalt, bei mir, um darüber zu sprechen. Er war zunächst nicht begeistert von dem, was ich ihm erzählte. Besagtes Dokument ließ ich außen vor."

Thomas atmete erleichtert auf und hoffte, dass es niemand bemerkte. Dieser Punkt war die größte Schwäche in seinem Plan, Druck auf Michael auszuüben. Er rechnete zwar nicht damit, dass Michael das Geheimnis ausplaudern würde. Aber ein Restrisiko bestand schon. Und dann wären die Folgen nicht auszudenken gewesen. Er hörte beruhigt Michael zu.

„Ich machte aber deutlich, dass wir auch eine Lösung brauchen, mit der auch er", dabei deutete er auf Peter, „gut leben kann!"

Peter sagte nichts, er war erstaunt und gespannt, was denn da jetzt kommen mochte. Und da auch die anderen nichts sagten, fragte Thomas: „Und ist ihm was eingefallen?"

Im Zimmer war es stickig und schwül. Die Fenster waren gekippt, doch es war kaum ein frischer Luftzug zu spüren. Draußen drohten dunkle tiefliegende Wolken mit einem donnernden Konzert. Erstes Grummeln war zu hören.

„Erstens: Sollte die Steuerfahndung bei Peter eine Nachzahlung fordern, so werden wir ihm diese erstatten.

Zweitens: Für eventuelle Schadensersatzforderungen von Kunden oder dieser chinesischen Herstellerfirma eröffnen wir ein Fondssonderkonto auf den Namen Peter Schneider. Wir statten es mit zwei Millionen Euro aus. Die Zinsen, das sind derzeit immerhin 50000 Euro im Jahr, sollen an die *Stiftung Flüchtlingshilfe* fließen. Gewährleistungsfälle werden von diesem Sonderkonto bedient. Das, was nach fünf Jahren noch übrig ist, soll in die *Stiftung Opfer von Falschbeschuldigungen* übergehen.

Drittens: Von der Geschichte, die Sie mir erzählt haben, dringt nichts an die Öffentlichkeit! Dafür hätte ich gerne ein Pfand oder eine Garantie von Ihnen.

Viertens: Ich sorge für positive Berichterstattung in Bezug auf Peter Schneider und eine Richtigstellung bezüglich der Steuergeschichte."

Obwohl Thomas ähnliche Vorschläge unterbreitet hätte, war er baff. Das hätte er nicht erwartet. Er war darauf vorbereitet, zäh und mühsam diese Konditionen auszuhandeln. Doch Michael Brosinski war noch nicht fertig:

„Und fünftens erteilen wir Ihnen ein Mandat, mich von den vollkommen unhaltbaren Vorwürfen, die in Zusammenhang mit diesem Griffith gegen mich erhoben werden könnten, zu entlasten!"

Damit hatte Thomas nun wirklich nicht gerechnet, und im Stillen dachte er sich, dass dies kein ungeschickter Schachzug von Brosinski war. Er musste nur aufpassen, dass er damit nicht selbst zum Bauernopfer werden würde.

„Ich glaube, darauf können wir eingehen! Bis auf das Mandat. Bitte lassen Sie mir noch ein paar Tage Zeit, damit ich überlegen kann, ob und gegebenenfalls wie wir da vorgehen können!"

„Ohne Punkt fünf sind die Punkte eins bis vier nicht zu haben! Das Ganze gibt's nur im Paket", konterte Michael schnell und knapp.

Eine subtile Falle, aus der sich Thomas kaum befreien konnte. Nach dem, was Thomas von Bendlin über Griffith gehört hatte, konnte und wollte er diesen Typ nicht ungeschoren davonkommen lassen. Eigentlich ein interessanter Fall. Doch sollte er den ja mandatsgemäß nicht aufklären, sondern offensichtlich dafür sorgen, dass ein paar Zusammenhänge vertuscht werden. Dafür wollte er sich eigentlich nicht hergeben. Doch andererseits war es genau die Chance, alle anderen Punkte zur Zufriedenheit von Helma und Peter zu regeln. Onkel Helmut würde es ihm auch danken.

„Abgesehen davon interessieren sich für den Griffith, unabhängig von uns, schon andere Leute. Deren Vorgehen liegt außerhalb meines Einflussbereiches." Thomas schaute dabei zu Helma und Peter, die zustimmend nickten.

„Wir dürfen doch davon ausgehen, dass Sie Griffith nie schriftlich beauftragt haben und er nichts gegen Sie in der Hand hat …"

Bildete sich Thomas nur ein, dass Michael Brosinski etwas blasser geworden war? Wahrscheinlich, denn der gab sich gleich darauf wieder leutselig jovial: „Vielleicht hatte der damals mit mir einfach einige Biere zu viel getrunken. Mehr war da nicht. Ich weiß nicht, was er da reininterpretiert hat. Nein, keine Sorge, mit dem Griffith habe ich nichts weiter zu tun. Ich will auch nichts mit solchen Machenschaften zu tun haben. Es geht doch einfach nur darum, Peter aus der Patsche zu helfen! Nur dafür ist dieser Sonderfonds ja auch gedacht."

Wachsweich und irgendwie clever, dachte sich Thomas und sagte: „Für Ihre Sicherheiten zu den anderen Punkten wird uns gewiss etwas einfallen. Vielleicht geben Sie mir die Kontaktdaten von Herrn Dr. Guggemos, dann können wir uns am besten etwas zusammen überlegen."

Die Männer verabschiedeten sich mit Handschlag, Helma gab ihrem Bruder einen Abschiedskuss.

Thomas war sich nicht sicher, wer sich hier letztlich als Gewinner fühlen konnte.

60

„Wie kann frei sein, unabhängig sein, und glücklich sein und verliebt? Danke Thomas. So ich fühle. Wenn du wieder kommst nach Wrocław, du weißt, ich warte. Lass dich noch mal küssen, bevor du gehst nach Würzburg zu Karin. Zofía."

Endlich hatte es geregnet und die Luft war erfrischend abgekühlt. Es war schon kurz nach sieben Uhr abends. Thomas Schöngeist wollte noch an einem Fall arbeiten, doch las er immer wieder die SMS, die er vor einer Stunde erhalten hatte. Jeden Moment würde Manni kommen, mit dem er sich zu einem Lauf verabredet hatte, als Jean auftauchte. Er hatte in den letzten Wochen seinen Partner in der Kanzlei wenig gesehen. Vor ein paar Tagen konnte er ihm nur kurz das Verhandlungsergebnis erzählen, bevor Jean wieder auf eine Dienstreise fuhr. Er hatte spontan gratuliert: „Ein besseres Ergebnis kann es doch gar nicht geben! Wenn du dir nicht sicher bist, wer von dieser Vereinbarung mehr profitiert, heißt das doch, dass jeder Grund zur Freude hat. Was willst du mehr?"

Thomas wollte mehr und Jean spürte das nicht nur, sondern konnte es sehr gut verstehen. Trotzdem war er Pragmatiker genug, um an diesem Abend zu wiederholen: „Was willst du mehr?"

Thomas zuckte resigniert mit den Schultern und sagte:

„Ein Kuhhandel, der allen hilft. Aber keine Gerechtigkeit!" Jean fragte mit zynischem Unterton: „Glaubst du wirklich an eine finale Gerechtigkeit? Du als Rechtsanwalt?" Und fuhr dann mit verbindlicherem Ton fort: „Komm, lass dich nicht so hängen und erklär mir noch mal ein paar Details. Der SS-Sturmbannführer Exner hat kurz vor Kriegsende seinen Schwager Brosinski in dessen Laden erschossen. Danach ist er als Anführer eines Flüchtlingstrecks Richtung Westen …"

Thomas unterbrach ihn: „Helmut Schneider weiß nicht, ob Exner oder sein Sohn Clemens geschossen hat."

„Wie ist Clemens eigentlich aus Breslau rausgekommen? An sich mussten wehrfähige Männer doch dort bleiben?"

„Der durfte genauso wenig raus wie eigentlich der alte Exner. Aber die hohen Rangabzeichen auf seinen Kragenspiegeln waren wohl so was wie ein Freifahrtschein. Wir vermuten, dass Clemens irgendwo unauffällig im Treck mitfuhr, vielleicht als Verletzter bandagiert. Letztlich wissen wir das aber nicht. Genauso wenig, was eigentlich aus Brosinskis Sohn, aus dem echten Claus Brosinski geworden ist. Vermutlich war sich Exner irgendwann sicher, dass Claus nicht mehr auftauchen würde ..."

„Oder er hat schon in Breslau dafür gesorgt!", unterbrach ihn Jean.

„Kann durchaus sein, jedenfalls hat er sich dann in Blaukirchen mit der Brosinski-Identität niedergelassen."

„Das hätte ja ganz schön schiefgehen können!", meinte Jean.

„Ist es doch auch. Auch wenn es Jahrzehnte gedauert hat. Und letztlich wissen wir nicht, ob ihn vielleicht noch andere aus der Breslauer Zeit wiedererkannt haben. Aber in jener Zeit sind ja viele seinesgleichen erfolgreich untergetaucht. Sein Leben hätte ich jedenfalls nicht führen wollen."

„Es war ja nicht seins!", stellte Jean fest und fragte, ob Helmut Schneider noch mal was von Klara gehört hätte.

Als Thomas zur Antwort ansetzen wollte, stürmte Manni ins Zimmer. Auch er war neugierig. So wurde das Laufen erst mal verschoben.

„Helmut Schneider hat sie nach seiner Flucht aus dem Arbeitslager genauso gesucht wie seine Familie. Er hat mich letzte Woche gebeten, nach ihr zu recherchieren. Vielleicht gibt es sie ja noch."

„Der Schlägertrupp, der Peter einen Denkzettel verpasste, wurde also nicht von Michael Brosinski angeheuert, sondern von einem Freund des alten Mostowski, der wiederum fürchtete, dass ihm die

Brosinskis sein Haus wegnehmen würden."

„Genau! Doch die waren nicht besonders helle und haben mit Peter den falschen erwischt", antwortete Thomas.

„Und die andere Frau?", wollte Manni wissen.

„Mit der anderen Frau, Heike, hatte Peter zu Beginn seines Berufslebens ein Verhältnis. Nach seinem Rausschmiss, der ja ungefähr zeitgleich mit der Entdeckung des Tagebuches erfolgte, hat sich Peter an sie gewandt, in der Hoffnung, in Berlin einen beruflichen Neuanfang zu starten. Ich glaube nicht, dass außer dem Beruflichen zwischen den beiden sonst noch was läuft!"

„Eigentlich meinte ich die andere Frau!", insistierte Manni weiter.

„Welche Frau?", fragte Jean scheinheilig.

„Na die, die Thomas befreit hat!"

„Befreit wovon?" Jean konnte furchtbar hinterlistig sein.

„Vom schlechten Gewissen!" Thomas klang bestimmt und es war klar, dass jetzt jede Widerrede zwecklos wäre, als er fortfuhr: „Und jetzt ist Schluss mit der Fragerei. Ihr wisst eh schon zu viel. Und viel zu viele wissen mittlerweile über Brosinskis Identität Bescheid. Die Zahl der Geheimnisträger ist auf zehn Personen angewachsen."

„Drei können ein Geheimnis bewahren, wenn zwei von ihnen tot sind, sagte schon weiland der Russe!" kommentierte Manni.

Doch Thomas hatte keinerlei Bedenken. Seine Freunde würden es nicht weitererzählen. Er vertraute ihnen. Und selbst wenn, dann hätten sie nichts Konkretes in der Hand. Ohne das Tagebuch und ohne Helmut Schneider war die Geschichte viel zu phantastisch, als dass sie jemand glauben könnte. Thomas fühlte sich auf alle Fälle an die Abmachung mit Helma und Peter gebunden. Sie war zwar nicht perfekt und hinterließ bei ihm einen Hauch von Unzufriedenheit.

Aber wem hätte eine schonungslose Aufklärung oder Aufdeckung genützt? Damit würde er mehr Schaden anrichten als Nutzen stiften. Wichtig war, dass Michael Brosinski die Rehabilitation von Peter vorantrieb.

„Wisst ihr, ich glaube, dass die Lösung pragmatisch und gut ist und letztlich allen Interessen gerecht wird. Als wirklich gerecht kann ich es allerdings nicht empfinden, wenn ein Mörder nicht nur ungeschoren bleibt, sondern auch noch zu höchstem gesellschaftlichen Ansehen kommt."

„Gerechtigkeit nach dieser unmenschlichen Vertreibung", philosophierte Jean, „Gerechtigkeit nach der Zerstörung einer blühenden Stadt und ihrer Kultur? Gerechtigkeit für die vielen Toten? Für die, die auf der Flucht erfroren oder verhungert sind? Für die, die von den Russen erschossen wurden? Oder Gerechtigkeit für die, die von den eigenen Leuten hingerichtet wurden?"

„Viele wollen Rache oder Genugtuung", meinte Manni,

„aber auch das ist nicht der richtige Weg zur Gerechtigkeit!"

„Ihr habt ja irgendwie recht", antwortete Thomas, „aber so, wie ihr redet, ist es auch für euch unbefriedigend, dass in unserer Welt zwar ziemlich viel Recht existiert, dieses aber das unendliche Leid der Bevölkerung kaum mindert und oft sogar erst schafft. Auch wenn es vielleicht ab und zu ein Happy End gibt."

„Das war doch jetzt ein gutes Schlusswort!", sagte Manni.

„Für mich stellen sich jetzt ganz aktuelle lebenspraktische Fragen: „Müssen wir noch laufen, bevor wir ein Bier trinken? Und versuchen, mal wieder, Jean zum Laufen zu bekehren?""

Jean verdrehte bei diesen Worten demonstrativ die Augen. Laufen kam für ihn nicht infrage. Da könnten die beiden noch so oft versuchen, ihn zu überreden.

„Oder trinken wir gleich ein Bier?", fragte Manni zum Abschluss.

www.webfriends.de

www.meyer-schoengeist.de